BASTEI LÜBBE

Bisher ist im BASTEI-LÜBBE-Taschenbuchprogramm von JOEL ROSENBERG aus der Reihe ›Die Hüter der Flamme‹ erschienen :

20 092 Die Welt des Meisters
20 097 Das Schwert des Befreiers
20 103 Die Krone des Siegers
20 118 Der Erbe des Macht
20 136 Das Vermächtnis des Kriegers

JOEL ROSENBERG

Die Krone des Siegers

DIE HÜTER DER FLAMME

FANTASY-ROMAN

BASTEI LÜBBE

BASTEI-LÜBBE-TASCHENBUCH
Band 20103

Erste Auflage : Januar 1988
Zweite Auflage : Januar 1990

Deutsche Lizenzausgabe 1988
Bastei-Verlag Gustav H. Lübbe GmbH & Co., Bergisch Gladbach
Originaltitel: The Silver Crown
Ins Deutsche übertragen von Edda Petri
Lektorat: Hans Altmeyer / Dr. Helmut Pesch
Titelillustration: Tim White
Umschlaggestaltung: Quadro Grafik, Bensberg
Satz: Fotosetzerei Schell, Bad Iburg
Druck und Verarbeitung: Brodard & Taupin, La Flèche, Frankreich
Printed in France
ISBN 3-404-20103-5

Für Tim Daniels
in memoriam, verdammt

Die zerspellten Inseln
N
W
O
S
Insel Salket
ZIRRISCHER SEE
Lundeport
Lundeyll
Ehvenor
Melawei
Faerie

Das Tal
Bremon
Sciforth
Heim-Tabernakel der Gemeinschaft von der Heilenden Hand
Wüste von Elrood
AERSHTYL-GEBIRGE
ndathaway
Metreyll
Aeryth
Handelsweg
Therranj
Die Soda-Ebene
Aershtyn
Khar
Holtun
Nyphien
Bieme
MITTELLÄNDER
Das Kathard
HP

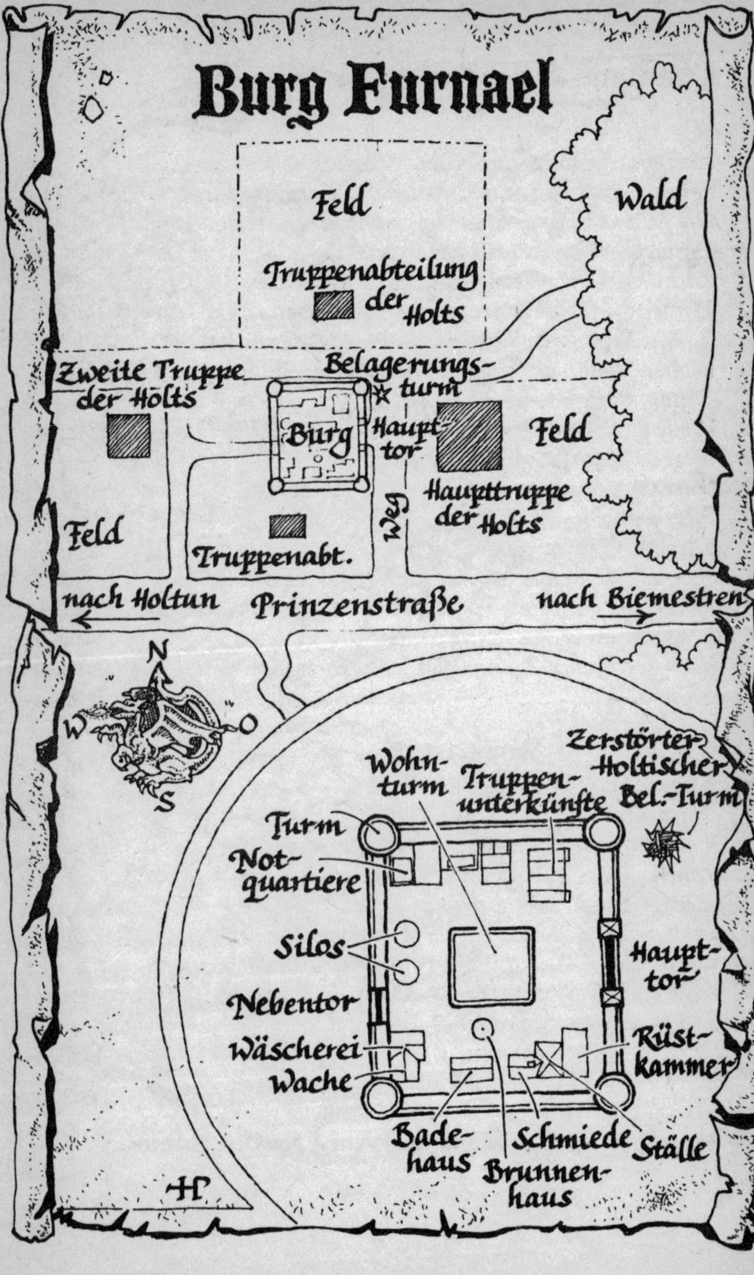
Burg Furnael
Feld
Wald
Truppenabteilung der Holts
Zweite Truppe der Holts
Belagerungsturm
Burg
Haupttor
Feld
Haupttruppe der Holts
Weg
Feld
Truppenabt.
nach Holtun
Prinzenstraße
nach Biemestren
N
W
O
S
Zerstörter Holtischer Bel.-Turm
Wohnturm
Truppenunterkünfte
Turm
Notquartiere
Silos
Haupttor
Nebentor
Wäscherei
Wache
Rüstkammer
Badehaus
Schmiede
Ställe
Brunnenhaus

Dramatis Personae

Ahrmin – Sklavenhändler, Meister
Fenrius, Danared – Sklavenhändler, Gesellen
Die Matriarchin der Gemeinschaft der Heilenden Hand
Doria – Akolythin der Hand
Karl Cullinane – Krieger, Anführer eines Stoßtrupps
Tennetty, Ch'akresarkandyn ip Katharhdn, Piell ip Yratha – Anführer von Trupps unter Karl Cullinane
Walter Slowotski – Karl Cullinanes Stellvertreter, Dieb, Krieger, Klugscheißer
Wellem, Erek, Therol, Donidge, Hervean, Firkh, Restius – Krieger in Karl Cullinanes Stoßtrupp
Sternius – Sklavenhändler, Meister
Jilla, Danni – Sklavinnen
Ellegon – ein junger Drache
Henrad – Magier-Novize, Andreas Lehrling
Andrea Andropolous Cullinane – Magierin, Lehrerin, Karl Cullinanes Frau
Jason Cullinane – Karls und Andreas Sohn
Aeia Eriksen Cullinane – Karls und Andreas Adoptivtochter, Lehrerin
Mikyn – befreiter Sklave
Alezyn – Mikyns Vater
Ahira Säbelbein – Bürgermeister des Heims
Louis Riccetti – Ex-Magier, der Ingenieur
Ranella, Bast – Ingenieurs-Lehrlinge
U'len – Köchin
Thellaren – Kleriker der Spinnensekte
Kirah Slowotski – Walter Slowotskis Frau
Jane Michele Slowotski – Walters und Kirahs Tochter
Iryk – Farmer, Hausbursche
Pendrill – Stallbursche
Werthan – Farmer
Anna Major – Werthans Frau
Anna Minor – Werthans und Anna Majors Tochter

Afbee – Meuchelmörder
Nehera – Zwerg, Schmied
Daven – Krieger, Stoßtruppführer
Wraveth, Taren – Krieger, in Davens Trupp
Jherant ip Therranj – Elf-Krieger
Dhara ip Therranj – Botschafterin Lord Khorals von Therranj
Beralyn, Lady Furnael
Thomen Furnael – Erbe der Baronie Furnael
Chton – Farmer, Führer der Anhänger-Partei
Petros – eine Art Farmer
Harwen, Ternius – Farmer
Valeran – Hauptmann der Wache im Dienst Lord Gyrens von Enkiar
Halvin – Valerans Stellvertreter
Norfan – einer von Valerans Kriegern
Prinz Harffen Pirondael – Herrscher von Bieme
Aveneer – Krieger, Anführer eines Stoßtrupps
Frandred – Aveneers Stellvertreter
Theren, Thermen, Migdal – Krieger in Aveneers Trupp
Zherr, Baron Furnael
Garavar – Hauptmann der Leibgarde
Taren – Krieger der Leibwache
Arthur Simpson Deighton/Arta Myrdhyn – Dozent für Philosophie, Meister-Magier

Nichts ist schwieriger anzufassen, gefährlicher durchzuführen oder von ungewisserem Erfolg, als die Einführung einer neuen Ordnung zu leiten.

Niccolò Machiavelli

Einleitung

Es war schon lange kein Spiel mehr. In einem Spiel starben Freunde nicht wirklich.

Aber ... es war einmal ein Spiel gewesen, vor vielen Jahren. Professor Arthur Simpson Deighton war der Spielleiter. Karl Cullinane, Jason Parker, James Michael Finnegan, Doria Perlstein, Walter Slowotski, Andrea Andropolous und Lou Riccetti hatten sich eines Abends zu einem Fantasy-Spiel zusammengesetzt. Ohne Warnung wurde aus dem Spiel plötzlich Wirklichkeit: James Michael wurde Ahira Säbelbein, ein mächtiger Zwerg; der kleine, dünne Karl Cullinane war nun ein muskelbepackter Krieger; Lou Riccetti wurde Aristobulus, starker Magie mächtig, und Andrea wurde Lotana, die Magiernovizin.

Es war Wirklichkeit geworden, so echt wie die Schmerzen, die Jason Parker in den letzten Augenblicken seines Lebens spürte, als er am Ende eines blutigen Speeres zappelte. So echt wie Ahiras Flammentod und seine Wiedererweckung durch die Matriarchin der Gemeinschaft von der Heilenden Hand.

Aber für diese Wiederbelebung mußte ein Preis entrichtet werden: Karl und die anderen gelobten, für das Ende der Sklaverei zu kämpfen. Sie erklärten der Sklavenhändlerzunft von Pandathaway, diesen Verkäufern menschlichen Fleisches, die durch die Eren-Gebiete zogen, den Krieg.

Die Sklavenhändler zu bekriegen war eine Sache – aber was sollte man mit den befreiten Sklaven anfangen? Einige konnten in die Heimat zurückgeschickt werden; aber viele hatten kein Heim, in das sie hätten zurückkehren können. Die Lösung war nicht schwer: Ein HEIM wurde errichtet, eine neue Form der Gesellschaft für die Welt, in der sie sich befanden.

Aeia Eriksen hatte eine Heimat, in die sie zurückkehren konnte, ein Dorf in Melawei. Auf der Fahrt dorthin stieß

Karl auf Beweise, daß Professor Deighton der beinahe legendäre Zauberer Arta Myrdhyn war, der in einer Höhle ein Zauberschwert zurückgelassen hatte, das von Lichtfingern gehalten wurde und das dort wartete.

Wartete auf wen? Auf Karls Sohn, wie es schien. Deighton/Arta Myrdhyn hatte Pläne mit Karls Sohn ...

Nicht mein Sohn! schwor sich Karl. Er ließ das Schwert Arta Myrdhyns in Melawei und kehrte nach Hause zurück. Von dort aus ritt er immer wieder hinaus und griff die Karawanen der Sklavenhändlerzunft an, wo immer er sie fand.

Es war schon lange kein Spiel mehr.

Eine Revolution ist niemals ein Spiel. Sie ist in vieler Hinsicht eine blutige Schweinerei.

PROLOG

AHRMIN

»Du kannst eintreten, Ahrmin«, sagte die Altardienerin. Sie war eine schlanke Frau und trug die langen, weißen Gewänder der Gemeinschaft von der Heilenden Hand. Ihr langes, blondes Haar schimmerte im Sonnenlicht, als sie ihn kühl aus Augen mit gelber Iris anblickte, die in ihrem Gesicht mit den hohen Wangenknochen merkwürdig weit, aber nicht unschön auseinanderstanden.

Ungerührt schätzte Ahrmin ihren Wert auf dreißig Goldstücke ein. In einem Zehntag konnte er ihr die arrogante Art austreiben, vielleicht auch in kürzerer Zeit, in viel kürzerer.

Sie schüttelte den Kopf, als würde sie auf seine unausgesprochene Bemerkung antworten. »Du, und nur du allein. Die anderen werden draußen bleiben. Es ist unangenehm genug, ihre Anwesenheit im Schutzgebiet dulden zu müssen. Ich werde nicht die Luft des Tabernakels durch ihren Atem verpesten lassen.«

Sie wollte sich abwenden, drehte sich aber schnell um, als Fenrius knurrend auf sie zukam. Fenrius überragte bedrohlich ihre zarte Gestalt. Aber der riesige Mann erstarrte, als die Altardienerin die Hand erhob und leise Worte murmelte, die Ahrmin zwar deutlich hörte, an die er sich später jedoch nie wieder erinnern konnte. Wie immer versuchte er, sie sich einzuprägen, aber er schaffte es nicht. Sobald der Klang seine Ohren berührte, verflüchtigten sich die Worte.

Als der Zauberspruch zu Ende war, griff die Klerikerin vor sich in die Luft. Fenrius' Arme fielen zu beiden Seiten herab. Seine Ledertunika warf Falten, als würde sie von einer riesigen, unsichtbaren Hand gepackt. Auf seinen unrasierten Wangen traten die Muskeln hervor. Seine Lippen öffneten sich zu einem stummen Schrei. Auf der Stirn standen Schweißtropfen.

»Nein«, sagte sie und lächelte freundlich, beinahe liebevoll. »Nicht hier. Hier hält dich die Hand fest, in mehr als einer Bedeutung.« Sie drückte die Finger noch fester zu. Das Leder knirschte protestierend. Aus Fenrius' Lungen entwich der Atem.

Sein Mund arbeitete verzweifelt; aber kein Laut entfloh.

Ahrmins fünf Gefährten standen bewegungslos. Danared schüttelte mitleidig den Kopf. Aber selbst er war nicht so töricht, eine Bewegung gegen die Altardienerin zu machen.

Als Ahrmin sicher war, daß Fenrius' Brust unter dem Druck brechen würde, hielt die Klerikerin inne. Sie legte den Kopf auf die Seite, als würde sie einer Stimme aus der Ferne lauschen.

»Ja, Mutter«, sagte sie und seufzte tief. Sie hob die Hand und drehte das Handgelenk.

Fenrius fiel mit einem dumpfen Aufprall der Länge nach ins Gras.

»Du kannst mir jetzt folgen, Ahrmin«, sagte sie.

Ahrmin humpelte hinter ihr durch dunkle Korridore in eine große, hohe Halle. Das schlurfende Klatschen seiner Sandalen stand im Gegensatz zu ihren gleichmäßigen Schritten. Durch einen weiten Bogen betraten sie die Halle und blieben wie auf einen unausgesprochenen Befehl hin vor dem hochlehnigen Thron stehen. Später konnte er sich nicht mehr daran erinnern, ob die Halle leer oder überfüllt gewesen war. Seine Augen wurden von der Frau auf dem Thron angezogen.

Die Altardienerin war schon schlank, die Frau auf dem Thron war dürr wie ein Skelett. Später erinnerte er sich immer an die papierdünne Haut ihrer Handrücken, Haut so weiß wie die eines Toten, makellos bis auf die Wölbungen der darunterliegenden Knochen und Sehnen.

Trotz ihrer gebrechlichen Gestalt strahlte sie ein Gefühl der Macht aus, wie sie so dasaß, das Gesicht verborgen unter der zurückgeschlagenen Kapuze ihrer sanft schimmernden weißen Gewänder.

»Sei gegrüßt, Ahrmin, Sohn des Ohlmin«, sagte sie. *»Ich habe dich schon erwartet.«*

Noch nie hatte er etwas wie diese Stimme gehört. Obwohl sie leise zu sprechen schien, klapperten seine Zähne bei ihren Worten.

»Dann wißt ihr, was ich will.«

»Was du ... willst, ist klar«, zischte die Altardienerin. »Karl hat deinen Körper zerstört – er hätte dich töten sollen. Er hätte ...«

Die Matriarchin hob die Hand. *»Sei still, meine Tochter. Wir wollen in dieser Angelegenheit nicht parteiisch sein.«* Dann wandte sie sich wieder an Ahrmin. *»Das ist genau der Punkt. Du wurdest im Kampf mit Karl Cullinane verletzt.«*

»Verletzt?« Er hob eine vom Feuer entstellte Hand. »Das nennt Ihr *verletzt?«* Wenn Ahrmin nicht die Flasche mit dem Heiltrank auf dem Schiff getrunken hätte, als alles um ihn brannte, wäre er gestorben. Auch so hatte er sich nie wieder ganz von den Verbrennungen und dem langen Marsch über die Berge von Melawei nach Ehvenor erholt.

»Ja. Stimmst du mir nicht zu?« Beim Sprechen bewegte sie ihre langen Finger. Die Luft auf einer Seite der Matriarchin schimmerte und verfestigte sich zu einem Spiegel.

»Schau dich an!« befahl sie.

Ahrmin gehorchte. Er zwang die Schultern nach hinten, um gerade zu stehen.

Es war kein schöner Anblick. Auf der rechten Seite seines Kopfes war kein Haar mehr, die Haut war für immer gebräunt und runzelig, bis auf die wenigen Stellen, wo seine zitternde Hand so viel Heiltrank hatte hinspritzen können, daß sie heil blieben.

Die linke Gesichtshälfte sah normal aus. Das Feuer hatte ihn dort nur versengt, und der Heiltrank hatte zusammen mit der natürlichen Heilfähigkeit seines Körpers alles gesunden lassen.

Aber die rechte Hälfte seines Gesichts war ein grauenvoller Anblick. Die Flammen hatten sein Ohr und einen Großteil der Lippen verschlungen und die Wange bis auf die

Knochen heruntergebrannt. Der Heiltrank hatte nicht genug Kraft, das Fleisch wieder aus der Asche zurückzubringen.

Die Matriarchin hatte mit Sicherheit die Macht, das zu tun. Man sagte, daß sie sogar Tote wiedererwecken könne. Sicher würde sie ...

»Nein!« Sie scheuchte den Gedanken und den Spiegel mit einer Handbewegung fort. *»Ich erwarte nicht, daß du das verstehst; aber hier sind Kräfte im Spiel, mit denen selbst ich mich nicht noch einmal messen möchte. Ich habe es schon dreimal getan. Einmal vor vielen Jahren, um den Tabernakel und sein Gehege zu schützen, und dann noch zweimal«*, sagte sie und legte liebevoll eine Hand auf den Arm der Altardienerin, *»aus Gründen, die dich nichts angehen. Ich werde es jetzt nicht tun.«*

»Aber ich habe Gold gebracht.« Er deutete mit der Hand zum Eingang. »Säcke voll.«

»Gold!« Die Altardienerin schnaubte verächtlich. »Du kannst einen ganzen Berg Gold bringen, und wir würden dir trotzdem nicht helfen. Jetzt hast du gegen Karl keine Chance; aber wenn wir dich heilen würden ...«

»Ich bringe den Bastard zur Strecke, und dann töte ich ihn. Er hat meinen Vater ermordet und mir das hier angetan.« *Ich werde ihn zur Strecke bringen, ganz gleich, ob ihr mir helft oder nicht*, dachte er. *Ich werde seinen Kopf in meinen Händen halten.*

Die Matriarchin verschränkte die Arme über der Brust. *»Das ist Ansichtssache.«* Sie streckte einen dünnen Arm vor. *»Geh nun!«*

Es hatte keinen Sinn zu bleiben. Gegen die Hand konnte er nichts ausrichten, nicht einmal, wenn er seine gesamte Zunft hinter sich hätte.

Er machte auf dem Absatz kehrt und humpelte davon. Die Worte hallten in den Marmorhallen hinter ihm wider.

»Wir müssen Karl helfen, Mutter, ihn zumindest warnen.«

»Ah! Deine Fähigkeiten haben sich gesteigert, Tochter. Du liest Ahrmins geheime Gedanken.«

»Ja. Karl muß denken, daß Ahrmin tot ist. Er weiß nicht ...«

»Wir können es ihm auch nicht sagen. Unsere Verantwortung liegt woanders – und in anderer Zeit. Jetzt sich einzumischen, die Hand noch tiefer in diese Sache hineinziehen ... das würde alles zerstören, wie du genau weißt.«

»Ja, ich weiß, aber ... vergib mir, Mutter, ich habe gelogen. Vielleicht kann er Karl doch töten oder töten lassen. Es ist ...«

»Dir ist verziehen. Du bist nicht die erste unseres Ordens, die eine Lüge ausgesprochen hat.«

»Er könnte Karl umbringen, wenn er ihn überraschen würde ...«

»Ich glaube, du unterschätzt deinen Karl Cullinane. Wie dem auch sein mag, mein Entschluß steht fest, Tochter.«

»Aber was können wir tun?«

»Im Augenblick gar nichts. Wir müssen warten. Warten ist eine schwierige Kunst. Ich empfehle dir, dich darin zu üben, Doria ...«

TEIL 1

DER WALD VON WEHNEST

Kapitel eins

Der Jäger

In der Dunkelheit des Zeltes griff eine Hand nach seiner Schulter. »Karl, ta ly'veth ta ahd dalazhi.« *Karl, es ist Zeit, aufzuwachen.*

Karl Cullinane war augenblicklich hellwach. Er packte mit der linken Hand das zarte Handgelenk und zog, daß der andere Körper gegen die Zeltstange prallte und sie beinahe umstieß. Mit der rechten Hand wehrte er einen möglichen Dolchstoß ab und – hielt inne, als er erkannte, wer es war.

»Ta havath, Karl.« *Ruhig, Karl.* Tennetty blies ihm lachend ihren warmen Atem ins Ohr. Sie wechselte von Erendra zu Englisch, das sie mit schwerem Akzent sprach. »Ich glaube nicht, daß das Andrea recht wäre«, sagte sie und rieb sich die Schulter. »Außerdem reißt du das ganze Zelt über unseren Köpfen ein, wenn du so rumtobst.«

Er ließ sie los und seufzte. Ihm wäre es lieber gewesen, Tennetty würde ihn etwas vorsichtiger wecken und sich nicht so darauf verlassen, daß er sie erkannte, ehe er etwas Nichtwiedergutzumachendes anrichtete.

»Was ist los, Tennetty?« fragte er auf erendra. »Ist der Drache da?« *Ellegon?* dachte er. *Kannst du mich hören?*

Keine Antwort.

»Wach auf, Karl! Du irrst dich um einen ganzen Tag. Er ist erst morgen fällig.«

»Slowotski?«

Sie nickte. »Ist auf dem Weg herauf.« Sie lächelte in dem düsteren Laternenlicht und machte sich von seinen Decken frei. »Gerrin hat ihn entdeckt – und eine kleine Karawane, die bei der Gabelung lagert.«

»Sklavenhändler oder Kaufleute?«

»Das konnte er von hier aus nicht erkennen.« Sie zuckte mit den Schultern. »Aber wenn es Sklavenhändler sind, erklärt das Slowotskis Rückkehr.« Sie kniete sich hin und nahm Stroh aus seiner Bettstatt, um das Licht von ihrer Laterne zu seiner zu bringen. Dabei hielt sie kurz inne, um die Zeltstange wieder aufzurichten. Tennetty war eine schlanke, aber keine weiche Frau. Unter ihrem zerfetzten Baumwollhemd spielten starke Muskeln.

»Ich habe in meiner Abteilung die Pferde satteln lassen und eine Inspektion der Waffen angeordnet.« Sie lächelte ihn kurz an. Tennetty schien ständig spöttisch zu grinsen. Das fing bei ihren schmalen Augen an und setzte sich über ihre dünne, gebrochene Nase bis zu den aufgesprungenen Lippen fort. Um ihr rechtes Auge ringelte sich eine tiefe Narbe. Eine schwarze Augenklappe verdeckte die Überreste des linken.

»Du mutest dir eine ganze Menge zu.«

»Vielleicht.« Sie nahm ihre Laterne und hielt die Zeltklappe für ihn auf. »Gehen wir.« Sie griff an das breite Kurzschwert, das links am Gürtel hing, dann an die primitive Steinschloßpistole rechts.

»Komme sofort«, sagte er und faßte nach dem Spinnen-Amulett, das er an einem Lederriemen um den Hals trug.

Das war ein uralter Reflex, der bis auf seine College-Tage zurückging. Karl Cullinane hatte immer Schwierigkeiten gehabt, Sachen nicht zu verlegen. Füller, Bleistifte, Bücher, Hefte, Feuerzeuge, Kleingeld und Schlüssel schienen dauernd aus seinem Besitz zu verschwinden, als hätten sie sich in Luft aufgelöst. Das Amueltt war zu wertvoll: es durfte sich nicht unter die Reihe der verlorenen Wertgegenstände mengen.

»Wenn du Slowotski siehst, sag ihm, er soll herkommen. Gib Befehl, das Lager inzwischen abzubrechen. Deine Mannschaft soll bei den Pferden warten – und sag Restius, er soll die Tiere ruhig halten, auch wenn er seiner dämlichen Stute die Kehle durchschneiden muß.«

»Soll ich dein Pferd auch satteln lassen?«

»Ja. Aber sieh nach, daß die Bauchgurte eng sitzen – vergiß es nicht, oder ...« Er schüttelte den Kopf. »Nein, ich kümmere mich lieber selbst um Stick.« Es war unnötig, jemandem die Arbeit aufzuhalsen, wenn Karl doch selbst nachsehen müßte.

»Sonst noch was?«

»Hmmm ..., sag Chak, ich möchte ihn sprechen, wenn er Zeit hat. Das ist alles.«

Sie nickte und ging.

Karl warf die Decken ab und zog sich schnell an. Zuerst kamen die hautenge, gestrickte Baumwollhose und ein dikkes Unterhemd. Dann schlüpfte er in die rauhe Lederhose und zog die Socken an, ehe er die Füße in die engen Stiefel mit den Metallbeschlägen über den Zehen zwängte.

Vibram, dachte er. *Was würde ich bloß für Vibram-Sohlen zahlen!* Bestimmt hundert Goldstücke, auf alle Fälle sein drittbestes Pferd. Würde er auch Karotte oder Stick für gute Sohlen eintauschen? Wahrscheinlich nicht. Aber er würde auch nicht in die Verlegenheit kommen. Auf Dieser Seite waren solche synthetischen Sachen noch hundert Jahre weit weg.

Er zog den Korken aus einem Krug und trank einen Schluck Wasser. Dann spritzte er sich noch etwas ins Gesicht und trocknete sich mit einem schmutzigen Handtuch ab. Nun zog er die Ledertunika über den Kopf und gürtete sein Schwert um. Instinktiv prüfte er, ob es auch lose in der Scheide steckte.

Dann ballte er die Hände zu Fäusten und streckte und reckte sich, um die ewigen Knoten im Genick und in den Schultern zu lösen.

Verdammt, dachte er, *leichter wird's auch nicht!*

Er bückte sich und holte zwei ungeladene Pistolen und einen kleinen Beutel aus den Satteltaschen. Die Pistolen steckte er über Kreuz in den Schwertgurt und band den

Beutel an einen kleinen Messingring, rechts am Gürtel. Dann kämmte er sich noch schnell mit den Fingern, blies die Laterne aus und trat in die Nacht hinaus.

Ihm funkelten vom kohlschwarzen Himmel Millionen von Sternen zu. Die Feenlichter waren heute in Betrieb. Wenn sie langsam wechselten, war es schwierig, sie von den Sternen zu unterscheiden; aber heute nacht nicht. Sie schwebten halb zwischen Wald und Himmel, flammten auf und erloschen und folgten dabei den Regenbogenfarben. Erst eine Reihe tiefen Rots, dann grelles Orange, ehe sie sich zu Gelb, Grün und einem Chor aus Blautönen wandelten. Sie wurden indigoblau und verschwanden, um wenige Augenblicke später als Tiefblau wieder aufzutauchen.

»Die Lichter sind heute nacht hell«, sagte Wellem. Er schliff einen Dolch und starrte zum Himmel empor. Ruhig und gleichmäßig zogen seine Hände den Wetzstein über die Klinge. »Scheußlich hell.«

»Das sind sie.«

»Ich fühle mich beinahe wie in Ehvenor.« Er seufzte. »Bin nicht gewohnt, sie so weit nördlich zu sehen.«

»Was sind diese Lichter deiner Meinung nach wirklich?« fragte Karl so nebenbei.

»Ich hab auch nichts Neues erfahren, Karl Cullinane.« Wellem zuckte mit den Achseln. »Ich kann dir nur die alte Feenantwort geben: ›Manchmal sind sie da, manchmal nicht.‹ Heute nacht sind sie da.« Dann strich er wieder mit dem Wetzstein über die Dolchklinge.

Es hatte eine Zeit gegeben, als ein jüngerer, weniger abgebrühter Karl Cullinane bewundernd zum Himmel aufgeschaut hätte, wo so viele Farben in die Nacht hinausstrahlten ...

Aber diese Zeit, die Jugend, war vorbei. Jetzt bedeutete ein klarer Himmel und eine helle Nacht nur, daß seine Leute und die Sklavenhändler wenig Deckung hatten. Schade – wäre es bewölkt und dunkler, hätten ihm seine sechs Zwergkrieger mit ihrer Fähigkeit, im Dunklen zu sehen, einen Vorteil gebracht. Karl setzte immer jeden möglichen Vorteil ein. Warum sollte er mehr riskieren, als unbedingt nötig war?

Sein Feldlager erstreckte sich auf einem Hochplateau. Seine hundert Krieger brachen auf. Einige bauten die Zelte ab und verstauten die Ausrüstung. Andere reinigten noch schnell ihre Armbrüste oder Steinschloßgewehre. Manche strichen über die Klingen ihrer Schwerter oder Nehara-Messer. Die winzigen Feuerstellen waren längst gelöscht, damit kein Fünkchen ihre Anwesenheit den Sklavenhändlern verraten konnte, die von Pandathaway in ihre Jagdgründe im Osten zogen.

Alle Vorbereitungen wurden ganz still getroffen. Nur selten hörte man ein Murmeln oder Brummen. Die Zeit vor einer Schlacht war immer still. Selbst wenn alles unten im Wald gut ausginge, würden einige sicher bei Tagesanbruch tot oder verletzt sein.

In den Büschen hinter Karl raschelte es. Er griff nach dem Schwert.

»›Ja, auch wenn ich durch das Tal des Todes schreite, werde ich mich nicht fürchten‹«, zitierte eine vertraute Stimme.

Karl ließ die Hand sinken. »... ›weil ich der größte Schweinehund des Tales bin‹«, beendete er den Satz. »Das ist für eine Losung zu lang, Walter. Außerdem hätte ich dich nach der Losung fragen müssen, nicht du mich! Laß den Scheiß und komm raus. Und sei nächstes Mal vorsichtiger – Gerrin hat dich längst entdeckt.«

»Der verdammte Zwerg hat scharfe Augen«, sagte Slowotski und schob sich durchs Gebüsch. Wie immer trug er nur seine Pluderhosen und Sandalen, an der rechten Hüfte seine Wurfmesser, ein Kurzschwert links. Den Oberkörper hatte er mit einer Mischung aus Fett und Asche geschwärzt. An Brust und Bauch hatte sich die Farbe an ein paar Stellen gelöst; aber im geschwärzten Gesicht stand sein Die-Welt-ist-in-Ordnung-weil-Walter-Slowotski-da-ist-Lächeln, wenn auch abgeschwächt.

»Willkommen daheim«, sagte Karl. »Du hast mir gefehlt.

Ich wurde schon etwas nervös. Es war doch eine lange Zeit.«

»Allerdings. Ich bin auch froh, wieder da zu sein.« Slowotski lächelte ihm verständnisvoll zu. Dann faßte er nach seinem Spinnenamulett und drehte es zwischen Daumen und Zeigefinger. »Schlechte Nachrichten, Karl. Die Sache hat mit einem roten Blitz angefangen – die Sklavenhändler haben einen Magier dabei.«

»Verdammt!« stieß Karl aus. Das war überraschend, wenn auch nicht das erste Mal. Üblicherweise gaben nur die größten Raubkarawanen der Sklavenhändlerzunft Geld für einen Magier aus. »Na ja, damit kommen wir schon zurecht – wir müssen eben den Zauberer zuerst ausschalten.« Schließlich konnte man einen Magier wie andere auch mit einem Überraschungsangriff überwältigen.

»Jetzt kommen die *wirklich* schlechten Nachrichten, Karl. Sie haben Gewehre.«

»*Was?*«

»Gewehre. Drei hab ich gesehen, wahrscheinlich gibt es mehr. Sehen wie unsere Steinschloßknarren aus; aber ich bin nicht zu nah rangegangen. Ich finde, daß ich ohne Löcher besser aussehe.«

Das war schlimm. Eigentlich konnte es nicht sein. Das Geheimnis der Schießpulverherstellung bewachten Karl, Walter, Ahira, Andy-Andy und Lou Riccetti sehr sorgfältig. Riccetti hatte zwar den Ingenieuren etwas sagen müssen; aber Ingenieure hielten den Mund.

Soweit Karl wußte, waren in den fünf Jahren, in denen sie auf Dieser Seite Gewehre benutzten, keine Gewehre oder Pulver in unbefugte Hände gefallen.

Sie waren sich klar, daß das nicht immer so bleiben würde; aber Lou Riccettis Schätzung nach würde es mindestens zehn Jahre dauern, bis das Geheimnis nach außen drang. Und Karl hatte Lous Schätzung für vorsichtig gehalten. Kleinere Abweichungen waren möglich; aber die Mischung mußte aus fünfzehn Teilen Salpeter, drei Teilen Schwefel und zwei Teilen pulverisierter Holzkohle bestehen, damit man brauchbares Schießpulver erhielt. Es würde lange dauern, bis die anderen Bewohner dieser Welt die Zutaten und Mengenverhältnissse austüfteln würden, da sie nur die Beschreibungen der Waffen hatten, die die Heim-Stoßtrupps neben Bogen, Armbrüsten und Klingen einsetzten. Auch die Konstruktion von Gewehren, die ihren Benutzern nicht ins Gesicht explodierten, sollte die Einheimischen längere Zeit beschäftigen.

Es *hätte* lange dauern müssen ...

»Verdammt!« wiederholte er. »Bist du sicher? Schon gut.« Er hob die Hände, um sich zu entschuldigen. Wenn Slowotski die wilde Behauptung aufstellte, daß die Sklavenhändler Gewehre hatten, dann hatten sie auch Gewehre. Karl winkte einem schlaksigen, jungen Krieger in der Nähe, den er öfter als Melder einsetzte.

»Ja, Karl?«

»Erek – Nachricht an Tennetty. Noch nicht angreifen. Sie soll den Pferden die Vorderbeine fesseln. Ich möchte sofort eine Besprechung mit den Gruppenführern abhalten. Sie sollen sich bei mir melden, und zwar schnell. Dann brauche ich noch die Laterne in meinem Zelt. Wiederhole!«

Erek schloß die Augen. »Angriff auf unbestimmt verschoben. Tennetty soll Pferden Vorderfüße binden lassen. Chak, Piell, Gwellin und Tennetty sofort bei dir antreten. Deine Laterne anzünden.«

Er öffnete die Augen und blickte Karl fragend an. Als dieser nickte, lächelte Erek und rannte weg.

»Ein lieber Junge«, sagte Slowotski. »Schade, daß er so ein miserabler Schütze ist.«

»Gewehre sind auch nicht alles«, entgegnete Karl. »Ich wünschte, du wärst so gut mit dem Schwert. Klein-Erek kann Chak fast eine Viertelstunde widerstehen.« Dann winkte er Slowotski in sein Zelt, als Wellem mit der Laterne kam.

»Jetzt?« fragte Slowotski und ließ sich im Schneidersitz auf dem Teppich nieder.

»Heb's dir noch auf. Die anderen müssen gleich da sein.«

Als Kommandant mußte man sich zu oft lächerliche Behauptungen anhören, dachte Karl. Es reichte nicht, Gehorsam zu verlangen – man mußte ihn sich verdienen, und nicht nur einmal, sondern immer wieder. Dazu mußte er seinen Kriegern auch hin und wieder die Gelegenheit geben, sich zu irren, zumindest wenn solche ein Irrtum nicht schadete.

»Was soll der ganze Wirbel?« fragte Gwellin. »Vielleicht ziehen sie am Morgen gar nicht weiter.«

»Sie werden«, warf Slowotski ein. »Warum sollten sie bleiben?«

»Morgen abend haben wir den Drachen da, um zu helfen. Ihm können Gewehrkugeln nichts anhaben.«

»Idiot!« fuhr ihn Tennetty an. »Was ist, wenn sie Drachenbann haben? Und wie sollen wir sie überraschend angreifen, wenn ein *Drache* am Himmel fliegt, ha?«

»Wer sagt denn, daß wir *überraschend* angreifen müssen? Ellegon kann doch alle rösten.«

»*Großartige* Idee! Das würde ich liebend gerne sehen.« Sie wandte sich an Walter. »Ist das nicht ein bißchen laut, wenn man Schießpulver röstet?«

»Allerdings. Ich möchte da nicht in der Nachbarschaft sein. Die Idee ist nicht besonders, wenn wir eine Probe zur Analyse haben wollen. Versuch's noch mal, Gwellin.«

Der Zwerg schlug mit der Faust auf den Boden. »Dann schlage ich vor, wir lassen diese Gruppe einfach abziehen.« Gwellin und seine sechs Zwerge dienten Karls Mannschaft nur vorübergehend. Sie sparten ihren Anteil an der Beute, um später schwer beladen mit erbeuteten Wertsachen und Wissen nach Endell zurückzukehren. Karl schätzte Gwellin. Es war gut, sich bei jemand Rat holen zu können, der das Umbringen und Ausrauben von Sklavenhändlern objektiv und geschäftsmäßig betrachtete.

»Sag schon«, forderte Karl ihn auf. »Warum meinst du, wir sollten sie gehen lassen?«

Der Zwerg kratzte sich in seinem runzligen Gesicht. »Sie haben keine Sklaven an der Kette. Wir können also höchstens ein bißchen Blut, das Geld, was sie bei sich haben, und dieses Schießpulver erbeuten. Ich glaube nicht, daß sie viel Gold mitführen, nicht so eine kleine Gruppe. Und ich will auch nicht Gewehren gegenüberstehen, wenn ich nicht muß.« Er hob seinen riesigen Streitkolben. »Den kann ich nicht schneller als eine Kugel bewegen.«

»Sei doch nicht blöde.« Ch'akresarkandyn schüttelte den Kopf. Er war für einen Menschen klein, nur einen Kopf größer als der Zwerg. Obwohl seine Kopf- und Handbewegungen langsam und träge waren, war Chak das keinesfalls. Der dunkle, kleine Mann war ein guter Schwertkämpfer und ein hervorragender Lehrer für Klinge und Gewehr. »Weißt du, wie man Schießpulver herstellt?«

»Nein, du etwa? Was soll das?«

»Es geht darum«, mischte sich Tennetty ein, »daß die es auch nicht wissen sollten.« Sie runzelte die Stirn und schaute zu Karl hinüber, als wunderte sie sich, daß er die Diskussion weiterlaufen ließ. In Tennettys Abteilung gab es keinerlei Widerspruch. Ihre Krieger konnten entweder genau das tun, was sie sagte und wann sie es sagte, oder sich für den nächsten Raubzug einen anderen Führer suchen. »Wir müssen herausfinden, wie sie es bekommen haben und – wenn möglich – die Quelle abstellen.«

Unbewußt steckte sie den rechten Zeigefinger unter die Augenklappe und kratzte sich. Karl machte geistig einen Vermerk, daß Thellaren sich, sobald sie wieder zu Hause waren, ihre Augenhöhle ansehen sollte. Vielleicht konnte er sie auch davon überzeugen, das Glasauge zu kaufen, das die Klerikerin ihr angeboten hatte.

Gwellin zuckte mit den Schultern. »Das ist euer Problem. Das Feuer brennt in eurem Bauch, nicht in meinem.«

»Da hast du allerdings recht«, stimmte ihm Tennetty grimmig zu.

»Aber wie haben sie das Schießpulver bekommen?« fragte Piell. Der Elf faltete die langen Finger vor dem Gesicht und dachte nach. »Das muß dieser Riccetti gewesen sein. Der ist uns in den Rücken gefallen.«

»Piell«, sagte Slowotski und schnaubte laut. »Es gibt da ein altes Sprichwort auf der Anderen Seite ...«

»Nicht schon wieder!« Chak warf die Hände hoch. »Es gibt *immer* ein altes Sprichwort auf der Anderen Seite. Und aus irgendeinem Grund heißen alle ›Slowotskis Gesetze‹. Welches ist es denn jetzt?«

»Ich habe da an eines denken müssen: ›Wenn du nicht weißt, wovon du redest, solltest du deinen Mund am besten zum Kauen einsetzen.‹ Abgesehen von der Tatsache, daß Lou überhaupt keine Gelegenheit hatte, würde er seine Freunde genauso leicht verraten, wie du dich in eine Zwergin verlieben würdest.« Er holte ein Stück Trockenfleisch aus seinem Beutel und warf es dem Elf zu. »Hier, versuch's mal damit.«

Piell schlug das Trockenfleisch beiseite und funkelte ihn wütend an. »Walter Slowotski ...«

»Genug!« Karl hob die Hand. Er hatte zwar nichts dagegen, wenn sich seine Truppführer zankten, solange es beim Kriegsrat blieb. Ein bißchen Dampfablassen verhinderte, daß die Nerven vor einer Schlacht zu sehr angespannt wurden. Aber genug war genug. »Das Problem ist doch folgendes: Wenn sie Gewehre haben ...«

»Ich hab sie gesehen.«

»Halt die Klappe, Walter. Wenn sie Gewehre haben, müssen wir herausfinden, woher und warum. Wahrscheinlich ist die Abwehr nicht so gut, wie Thellaren behauptet.«

Es gab noch eine Möglichkeit. Ihm lief es eiskalt über den Rücken: Heim hatte der Spinnensekte sehr viel Geld bezahlt, damit sie die Abwehr aufstellte und instand hielt, die als Alarmanlage gegen Einbrecher diente und das Tal davor schützte, in den Kristallkugeln in Pandathaway gesehen zu werden. Thellaren und Andy-Andy hatten erklärt, daß es eines Magiers von der gleichen Stärke wie Großmeister Lucius bedürfe, um den Bann zu brechen.

Was war, wenn sie es mit so einem zu tun hatten?

Er ließ den Gedanken fallen. Nein, es gab keinen Grund, sich darüber den Kopf zu zerbrechen. Hätten sie es mit einem Magier zu tun, der so mächtig wie Lucius oder Arta Myrdhyn war, wären sie alle längst tot.

»Auf alle Fälle«, fuhr Karl fort, »müssen wir uns den Angriff neu überlegen.«

Gwellin schüttelte den Kopf. »Auch wenn es stimmt, was du sagst, macht es nicht viel Unterschied. Wenn wir sie überraschen könnten, dann ...«

»... könnten wir sie alle umbringen«, beendete Karl den Satz. Er schüttelte den Kopf. »Und das ist nicht gut. Es nützt uns nichts, wenn wir nur tote Sklavenhändler haben. Nicht diesmal. Tote können nicht reden. Ich will wenigstens einen lebendig fangen, noch lieber zwei.«

»Drei wären noch besser.« Tennetty betrachtete die Schneide ihres Messers. »Ich habe ziemlichen Verschleiß.« Sie hob die Augenbraue. »Ich darf doch die Befragung durchführen, oder?«

»Vielleicht. Wir müssen außerdem eines ihrer Gewehre erbeuten ...«

»Das ist kein Problem, nicht einmal wenn ...«

»... *und* wenigstens einen Beutel mit Schießpulver für die Analyse. Der ursprüngliche Plan gilt also nicht mehr. Wir können sie nicht zu Pferd angreifen und vor unsere Gewehre locken. Wir müssen schon trickreicher vorgehen.«

Chak grinste. »Ich mag es, wenn du trickreich bist.«

»Tut mir leid, Chak. Nicht diesmal.«

Chaks Gesicht wurde lang. »Ich muß bei meinem Trupp bleiben?«

»Ja, Walter ...«

»Moment mal, Karl! *Ich* mag es überhaupt nicht, wenn du trickreich bist.«

»Es wird dir diesmal noch weniger als sonst gefallen, Walter. Wie gut bist du zur Zeit mit der Armbrust?«

Slowotski verzog das Gesicht. »Nicht besonders, wie du weißt.«

»Stimmt.« Karl konnte auf Slowotski als Kundschafter zählen. Er war schon an Stellen vorgedrungen, wo Karl geschworen hätte, daß kein Blatt hineinwehen könnte, ohne bemerkt zu werden. Walter war außerdem ein ausgezeichneter Messerwerfer und konnte auch mit dem Schwert gut umgehen. Er war einer der besseren Schützen des Heims. Nur mit der Armbrust war er nicht gut, und es würde sicher erforderlich sein, einen der Wachposten auszuschalten, ohne die Sklavenhändler zu alarmieren. Dazu waren wohl Reichweite und Lautlosigkeit einer Armbrust am besten geeignet.

Karl seufzte und versuchte, sich darüber klar zu werden, ob er als Angeber dastehen würde. *Aber damit kann ich keinen anderen beauftragen, verdammt noch mal. Es ist meine Verantwortung.* »Du hast soeben einen Assistenten bekommen.«

»Wen?«

»Mich.«

Karl hatte seine Brust schon mit der Fettfarbe eingerieben und hielt nun still, während sich Walter um sein Gesicht kümmerte.

Slowotski nickte. »Das müßte reichen. Und denk dran, daß du dein Maul geschlossen hältst – nicht die weißen Strahlezähnchen zeigen. Und wenn er in deine Richtung sieht, mach die Augen so weit wie möglich zu – das Weiße ist manchmal deutlich zu sehen.«

»Kapiert.« Karl wandte sich an die anderen. Es war nicht wirklich notwendig, die letzten Befehle selbst zu geben – Tennetty oder Chak hätten das tun können –, aber er wollte nicht zuviel Distanz schaffen. Das waren nicht nur seine Krieger, sondern auch seine Freunde. Vielleicht sah er sie jetzt zum letzten Mal. Da schuldete er ihnen so viel Rücksicht.

Moral schützte nicht vorm Sterben. Das klang beinahe wie ein Sprichwort, war aber zu deprimierend, um zu einem Slowotski-Gesetz zu werden.

Es war aber nicht nur richtig, sondern auch wichtig.

Auch in einem gerechten Krieg konnten Menschen auf der richtigen Seite sterben. Es war in Gettysburg passiert, an der Somme, in Anzio, in der Normandie und in Entebbe.

Es war auch in Ehvenor geschehen, als Fialts Tod Karl und den anderen ein paar Sekunden erkauft hatte. Und in Melawei, wo Rahff Furnaels Lebensblut in den Sand geflossen war.

Und vor Metreyll und Wehnest und ...

»Chak?« Er wandte sich an den kleinen Mann, der still neben ihm stand.

»Ja, Karl?« Chak war angespannt; sein Akzent machte sich bemerkbar. »Willst du mir erklären, warum du Erek meinem Trupp zugeteilt hast? Bestimmt nicht, weil er gut mit einer Schrotflinte oder einem Gewehr umgehen kann. Du willst, daß ich den Jungen im Auge behalte, was?«

»Hör auf, meine Gedanken lesen zu wollen. Das kann nur Ellegon.«

»Entschuldige. Was willst du denn?«

»Na ja ...« Karl lächelte. »Eigentlich wollte ich dich bitten, den Jungen im Auge zu behalten.«

Chak lächelte zurück. »Zu schade, daß ich nicht deine Gedanken lesen kann.«

Karl lachte.

Chak wurde wieder ernst. »Er erinnert mich auch ein bißchen an Rahff.« Dann legte er Karl die Hand auf die Schulter. »Aber ich will den Zwei-Gewehr-Trupp Wellem übergeben. Er kann das Abschlachten ebensogut wie ich besorgen – und ich habe ihm Erek schon ans Herz gelegt.«

»Und ...«

»Und ich will deinen Rücken im Auge behalten. Der neigt dazu, Löcher zu bekommen, wenn ich nicht in der Nähe bin.« Chak hob die Hand, um jeden Einwand abzuwehren. »Denk nach, bitte! Jason hat mir gesagt, ich soll auf dich aufpassen, und ich mißachte nicht gern Cullinane-Befehle.«

Karl zögerte kurz.

»Nur noch eins, dann bin ich still. Drei haben eine größere Chance, Schießpulver herauszuholen als zwei. Stimmt das nicht, Karl?«

»Stimmt.« Karl seufzte. »Zieh dich aus, du brauchst keine Tarnfarbe.« Dann blickte er zu Wellem hin, der in der Menge stand. »Wellem, willst du?« fragte er.

Als Wellem nickte, zeigte Karl mit dem Daumen nach oben. »Na schön. Der Zwei-Gewehre-Trupp ist für diesmal deiner.« Wellem nickte wieder und flüsterte dann mit den Leuten in seiner Gruppe.

»Hört mal zu, Leute«, sagte Karl. »Falls es noch nicht alle gehört haben: Die Sklavenhändler haben Gewehre. Mindestens drei; aber wir vermuten mehr. Wir wissen außerdem, daß ein Magier bei ihnen ist. Ehe da unten die Hölle losbricht, wollen Walter und ich den Magier töten, uns dann einen oder zwei Sklavenhändler greifen, ein Gewehr und Schießpulver besorgen. Es ist unsere Aufgabe, den Sklavenhändler auszusuchen und am Leben zu halten – ihr braucht euch keine Sorgen zu machen, daß ihr die falschen umbringt.

Aber es gibt zwei Sachen, über die ihr euch Sorgen machen sollt. Erstens, daß Walter, Chak und ich vorne sind. Paßt auf, wo ihr hinschießt. Ich möchte nicht noch einmal so ein Fiasko wie in Metreyll.« Er rieb sich den Rükken über der Niere. »Die Schmerzen machen mir nichts aus; aber Kugeln und Pulver sind zu kostbar, um sie an meine Haut zu verschwenden.«

Die Menge lachte laut. Gut, das würde sie etwas lockerer machen.

»Zweitens sollt ihr euch Gedanken über die Tatsache machen, daß da unten sehr bald etwa dreißig verängstigte Sklavenhändler sein werden, die alle wissen, daß sie von uns angegriffen werden und daß wir kein Interesse haben, sie gefangenzunehmen. Sie werden auch nicht überaus begeistert von Walter, Chak und mir sein.«

Er nickte Slowotski zu.

Walter Slowotski kniete sich im Schein der verhängten Laterne hin und glättete den Sandboden. »Hier ist ihr

Lagerfeuer, direkt in der Mitte der Wiese, östlich der Gabelung.« Er zeichnete ein X auf den Boden. »Drei Wagen – hier, hier und hier. Dieser ist am prächtigsten. Ich nehme an, daß er dem Magier gehört. Wir beide – wir drei, kommen hier parallel zur Hauptstraße von Südosten.

Damit bleiben noch zwei Wachposten übrig. Die waren – hm, hier und hier. Alle Wachposten haben Gewehre. Wir wissen nicht, ob noch weitere Gewehre in den Wagen sind.« Er zuckte mit den Schultern. »Da sie aus Pandathaway kommen, ist es nicht erstaunlich, daß sie keine Sklaven mitführen. Die Wagen sind also allein für ihre Vorräte. Es könnte nur Proviant sein, aber es wäre auch möglich, daß dort Gewehre und Pulver gelagert sind. Also paßt auf.«

»Habt ihr das gehört, Leute?« rief Karl. »Ein Pulverfaß kann eine hübsche Explosion verursachen. Sperrt die Augen auf. Wenn einer sieht, daß ein Wagen Feuer fängt, soll er ›Feuer‹ brüllen. Wenn ihr jemand ›Feuer‹ rufen hört, geht auf Abstand und in Deckung. Haben das alle kapiert? Gut. Gwellin – du bist dran.«

Der Zwerg stand auf. »Mein Trupp bleibt so nah wie möglich an euch dran. Wir passen auf, daß uns niemand hört oder sieht. Solltet ihr angegriffen werden, stecke ich meine Rakete an. Dann unterstützen wir euch mit einer Salve auf den Wagen des Magiers und gehen danach noch eine zweite, dritte und vierte Salve mit den Armbrüsten ab. Dann stoßen wir mit Äxten, Hämmern und Streitkolben vor. Wenn man euch nicht entdeckt, warten wir auf euer Zeichen und schlagen dann genauso los.«

»Gut, Piell.«

Der Elf nickte. »Mein Trupp bleibt hinter den Zwergen als zweite Angriffswelle. Unsere Aufgabe wird es sein, die Sklavenhändler in die Flucht zu treiben, in Chaks – Wellems Trupp. Wenn das nicht möglich ist, zünde ich eine zweite Rakete an. Ja?«

»Ja. Tennetty.«

»Ich bin das, was du immer ›freie Sicherung‹ nennst. Mein Trupp ist die Reserve. Wir warten mit den Pferden an der Straße außer Hörweite, bis der Angriff voll läuft. Dann steigen wir auf. Sollten sie wegrennen, helfen wir, sie dem Zwei-Gewehre-Trupp in die Arme zu treiben. Sollten sie zusammenkleben, versuchen wir sie auseinanderzujagen und einzufangen. Unsere Aufgabe ist es auch, die beiden Wachposten zu töten, wenn Gwellins oder Chaks Leute sie nicht vorher erwischen. Die Sache ist ganz einfach: Wenn sie rennen, jagen wir sie. Wenn sie nicht rennen, machen wir ihnen Beine und jagen sie *dann.*«

»Und?«

Sie seufzte. »Und wenn alles schiefläuft, retten wir so viele wie möglich und hauen ab. Wir sammeln auch unsere Verwundeten ein, tragen sie aus der Gefahrenzone und behandeln sie mit Heiltränken. Danach bringen wir unsere Ärsche wieder hier rauf und warten auf Ellegon. Allerdings wäre mir lieber ...«

»... wenn ich mitten im Getümmel wäre.« Karl unterdrückte einen Seufzer. Tennetty hatte zehn lange Jahre als Sklavin verbracht. Es gab nichts, was sie lieber tat, als im Blut der Sklavenhändler zu baden. *Lady, du bist 'ne Irre; aber zum Glück für uns beide eine teuflisch erfolgreiche Irre.*

Er schaute in die Gesichter. »Genug geredet, Leute. Packen wir's an.«

Das Lagerfeuer der Sklavenhändler warf einen orangefarbenen Schein in die Nacht. Chak bildete die Nachhut. Karl hielt sich knapp zwei Meter hinter Walter und imitierte dessen gebückten Gang, als er sich durch den Wald parallel zur Straße schlich. Vorsichtig setzte er die Füße auf den feuchten Waldboden, in der linken eine gespannte, aber nicht geladene Armbrust. Ab und zu faßte er mit der rechten Hand nach dem Köcher, den er am rechten Schenkel trug.

Ein Lederbeutel schlug geräuschlos gegen seinen linken Schenkel. Im Rücken spürte er zu seiner Beruhigung die Schwertscheide. Ein Manriki-Gusari, mit einem Stoffetzen durch die Ringe, damit er nicht klapperte, hing ihm über die Schulter. Zwei in Öltuch eingeschlagene Steinschloßpistolen steckten über Kreuz in seinem Gürtel.

Ein verdammtes wandelndes Arsenal bin ich, dachte er. *Aber ...*

»Runter«, zischte Slowotski leise.

Karl ließ sich hinter einen Baumstamm fallen. Knapp sechs Schritte hinter ihm ging Chak zu Boden und lag reglos wie eine Statue da.

Karl versuchte zu hören, was Slowotski alarmiert hatte.

Der Wind flüsterte in den Bäumen, die Flammen des Lagerfeuers knisterten irgendwo in der Nacht. Das war alles. Oder waren da Stimmen in der Ferne? Vielleicht.

Slowotski winkte Chak, nach vorn zu kommen. Er selbst kroch rückwärts. Als sein Mund keine Handbreit von ihren Ohren entfernt war, flüsterte er: »Irgendwas stimmt nicht. Bleibt hier. Ich sehe mich mal um.«

»Probleme?«

»Vielleicht. Bin sofort wieder da. Paßt auf meine Sachen auf.« Slowotski legte das Öltuch mit seinen Pistolen auf die Wurzeln und lehnte seinen Krummsäbel daneben. Dann schlich er weg.

Er blieb lange aus. Karl hatte seinen Puls bis dreihundert gezählt, dann aufgehört. Er lag still da und wartete.

Verdammt, Slowotski, beeil dich! dachte er.

Chak berührte ihn an der Schulter. »Du machst dir zu viel Sorgen, Kemosabe.«

»Das ist meine Aufgabe, verdammt noch mal«, flüsterte Karl zurück. Er konnte nicht ewig warten. Irgendwann würden Tennetty, Wellem oder Gwellin zu nervös werden und nicht mehr auf das Signal warten, sondern angreifen. Wenn Walter und Karl dann den Magier noch nicht ausgeschaltet hatten, würden die Sklavenhändler trotz des Überraschungsangriffs im Vorteil sein. »Und nenne mich nicht Kemosabe.«

»Wie du willst, Kemosabe.«

Karl konnte sich bei dem kleinen, dunklen Mann völlig

auf seine Treue verlassen, wenn es brenzlig wurde. Er schätzte an Chak auch sehr, daß er nichts ernst nahm, außer wenn es notwendig war.

Vor einem Kampf machte Chak gerne Witze, weil es seinen Verstand ruhig und sein Handgelenk geschmeidig machte, wie er sagte.

»Karl«, flüsterte Walters Stimme in der Dunkelheit. »Ich bin's.«

»Was ...«

»Bleib ruhig – wir haben zur Abwechslung mal Schwein. Der Magier war von den Wagen und dem Feuer weggegangen. Scheint, daß da 'ne Orgie stattfindet. Das muß wohl seine zarten Nerven beleidigt haben. Er ist mindestens hundert Meter in den Wald gegangen, um sich zu erleichtern. Na ...«

»Was hast du gemacht?«

»Die Kehle durchgeschnitten. Die Leiche habe ich in den Wurzeln einer alten Eiche versteckt. Ganz schön blutrünstig für mein Alter, was?«

»Schon gut – du hast was von einer Orgie gesagt?«

»Ja. Sie haben ein paar Frauen dabei und wechseln sich ab. Komisch, oder?«

»Allerdings.« Das *war* merkwürdig. Diese Sklavenhändler kamen aus Pandathaway. Sklavenhändler brachten Sklaven nach Pandathaway, holten aber keine dort.

»Was hältst du davon?« fragte Slowotski. »Es ergibt keinen Sinn.«

Chak schüttelte den Kopf. »Doch, es gibt einen Sinn – wenn sie nicht auf einem Raubzug sind. Wenn sie nicht vorhaben, Sklaven zurückzubringen, haben sie die Frauen zur Gesellschaft dabei. Oder es ist eine Art Kauf. Wenn sie eine große Zahl an Sklaven von irgendwo zurückbringen, spielen die Zusatzkosten für ein paar Frauen auch keine Rolle.«

Ein Kauf? Das hieß, daß die Sklavenhändler viel Geld dabeihätten. Es sei denn ...

Die Gewehre. Vielleicht brachten sie Gewehre irgendwohin, um sie zu verkaufen. Aber wohin? Warum? Sie brauchen *Gefangene,* und das dringender als je zuvor.

»Plan geändert«, sagte Karl. »Wir bringen den Wachposten nicht um – wir fangen ihn ein.«

Chak rollte die Augen zum Himmel empor. »Mußt du immer alles komplizieren?«

Walter schüttelte den Kopf. »Gefällt mir gar nicht. Der Wachposten ist immer noch da, wo er vorher war – etwa hundert Meter vor uns, aber auf der anderen Seite der Straße.«

»In welche Richtung schaut er?«

»So nach der Seite, die Straße runter.«

»Fein. Geh zurück und sag Gwellin, er soll mit seinen Leuten aufrücken, bis zur Wegbiegung. Er soll Daherrin mit dir zurückschicken.«

»Nicht gut – so viele Leute kannst du nicht ranbringen, Karl, ohne daß es der Wächter hört.«

»Bis dahin haben wir ihn schon gebunden und geknebelt. Nachdem Gwellin seinen Haufen hergebracht hat, kommst du mit Daherrin so schnell wie möglich dahin, wo jetzt der Wachposten steht. Da werden wir sein. Daherrin bringt den Wachposten weg, und wir drei arbeiten uns ans Feuer heran, ehe einer merkt, was los ist. Wir müssen versuchen, die Sklaven rauszuholen.«

»Wußt ich's doch!« Chak schaute Walter an. »Deshalb also die Änderung der Pläne.« Er zuckte mit den Schultern. »Schätze, ich brauche auch nicht viel älter zu werden – wie ist das bei dir?«

»Hör mit dem Scheiß auf!« zischte Karl ihn an. »Wenn der Angriff erst im Gang ist, dürfte es unmöglich sein, sie lebendig rauszuholen. Also, was meint ihr?«

Chak zuckte wieder mit den Schultern. »Eigentlich gar nicht übel.«

»Mir gefällt es ganz und gar nicht, Karl. Er hat hinter sich ein Brombeerdickicht. Du mußt direkt über die Straße, um ihn zu kriegen. Ich bin leiser als du und sollte den Wachposten nehmen, während ...«

»Nein.« Walter war vielleicht leiser als Karl; aber Karl war stärker. Das könnte wichtig werden. »Irgendwann werden sie nach dem Magier suchen. *Nun geh!*«

Slowotski schlug Karl auf die Schulter.

»Viel Glück ...«

»Danke.«

»... du wirst es brauchen.«

Karl hockte hinter einem Busch und spähte durch die Dunkelheit zum Wachposten hinüber, der auf der anderen Straßenseite auf einem Stein saß und vor sich hinstarrte.

Karl mußte direkt unter seinen Augen über die Straße. Und danach mußte er auch blitzschnell und ganz leise sein, damit er den Wachposten zum Schweigen brachte, ehe dieser die Sklavenhändler alarmieren konnte.

Die Chancen standen nicht gut. Die Lehmstraße mit den tiefen Rillen war nur etwa fünf Meter breit; aber das würden sehr lange fünf Meter werden.

Vielleicht zu lang.

Bei solchen Gelegenheiten konnte er Andy-Andys leicht spöttische Stimme beinahe hören. *Sieht so aus, als hätte dich dein großes Maul mal wieder in Schwierigkeiten gebracht. Na schön, Held, was würde Conan tun?*

Na ja ... Conan würde sich leise von hinten an den Wachposten anschleichen und ihm eins über die Rübe ziehen, daß er ohnmächtig wurde.

Und warum machst du es nicht genauso?

Weil ich Karl Cullinane bin und nicht Conan. Weil die Wirklichkeit anders war. Selbst wenn er sich nahe genug anschleichen könnte, würde ein solcher Schlag entweder dem Wachposten einen Schrei entlocken oder ihm den Schädel spalten.

Laß dir lieber was andres einfallen! Er tastete herum, bis er einen kleinen Stein fand. Dann legte er neben Chak Armbrust, Köcher und Pistolen ab, schlang sich die Manriki-Gusari um den Hals und griff nach hinten, um das Schwert in der Scheide zu lockern. Dann holte er noch einen Stoffetzen und Riemen aus seinem Beutel.

»Hier«, flüsterte Karl und gab Chak den Stein. »Gib mir Zeit, bis du langsam bis fünfzig gezählt hast, und schmeiß dann den Stein über seinen Kopf.«

Chak nickte. »Eins ... zwei ... drei ...«

Karl zählte im Kopf mit, als er auf die Straße zukroch und wartete ... *dreiundzwanzig ... vierundzwanzig ...*

Der Posten stand auf, streckte sich und kratzte sich im Schritt. Dann setzte er sich wieder.

... fünfunddreißig ... sechsunddreißig ...

Karl biß die Zähne zusammen, damit man sie nicht klappern hörte, als er die Manriki-Gusari in die Hand nahm.

... zweiundvierzig ... dreiundvierzig ...

Der Stein sauste durch die Luft und landete im Brombeerdickicht. Der Wachposten sprang auf, wirbelte herum und brachte sein Gewehr in Anschlag.

Karl richtete sich auf, schwang die Manriki-Gusari und schickte sie dann mit einer gleichmäßigen Bewegung los.

Die einen Meter lange Kette zischte durch die Nachtluft, wickelte sich um den Hals des Wachpostens und zog den Mann nach hinten, wobei ihm das Gewehr aus den Händen fiel. Karl war inzwischen hinübergespurtet. Jetzt zog er sein Schwert und schlug dem Posten mit der flachen Klinge auf die Finger, als dieser nach einem Messer im Gürtel greifen wollte.

Karl hielt ihm die Schwertspitze unters Kinn. »Ein Laut«, zischte er ihn an, »und du stirbst. Sei still, und du lebst. Ich gebe dir mein Wort.«

»Wer ...?«

»Cullinane, Karl Cullinane.«

Die Augen des Sklavenhändlers wurden groß. Karl stieß ihm die Fußspitze in die Magengrube und stopfte den Stoffknebel in den Mund des Mannes, als dieser nach Luft rang.

»Ich hab dir nicht versprochen, daß dir nichts weh tun wird – nur, daß du am Leben bleibst.«

Kapitel zwei

Schlachtfeld

Sage zuerst dir selbst, was du sein könntest;
dann tu, was du tun mußt.

Epiktet

Karl hatte mit zunehmendem Alter gelernt, mit der Angst umzugehen. Es war ihm keine andere Wahl geblieben.

Umgehen ja – aber nicht gut. Das wäre zuviel verlangt gewesen. Karl Cullinane hatte einundzwanzig seiner neunundzwanzig Lebensjahre als Durchschnittsamerikaner in der zweiten Hälfte des zwanzigsten Jahrhunderts in Sicherheit verbracht. Tief im Innern hatte er sich immer noch nicht daran gewöhnt, diese Sicherheit nicht mehr zu besitzen. Die einzige Möglichkeit für ihn war, die Angst wegzuschieben, wenn auch nur für eine gewisse Zeit.

Die stillen Minuten vor einem Kampf waren immer die schlimmsten. Zuviel Zeit zum Nachdenken, zuviel Gelegenheit, sich Angst einjagen zu lassen.

Mit pochendem Herzen überprüfte Karl die Fesseln und den Knebel des Sklavenhändlers, ehe er ihn Daherrin übergab.

»Nimm das auch noch«, sagte Karl und gab das Gewehr und den Beutel dem Zwerg. Das Gewehr sah merkwürdig aus: Wenn es ein Schloß hatte, dann mußte es im Schaft sein. Der Abzug wirkte beinahe wie ein Miniaturpumpenschwengel.

In dem Dämmerlicht konnte er das Gewehr nicht genau untersuchen. Das mußte er sich für später aufheben – wenn es ein Später gab.

Karl ballte die Fäuste. Walter, Chak oder Daherrin mußten ja nicht sehen, wie seine Hände zitterten.

Der Zwerg packte den Sklavenhändler vorn an der Tunika und schwang ihn mühelos über die rechte Schulter. Mit der linken Hand hielt er das Gewehr und den Pulverbeutel. Zwerge waren nicht nur kleiner und stämmiger als Menschen; sie hatten auch dickere Gelenke und bei weitem stärkere Muskeln.

»Und denk dran«, ermahnte ihn Slowotski, »wenn alles hier schiefläuft – das Zeug muß ...«

»... nach Hause«, ergänzte Daherrin. »Einschließlich dieses nutzlosen Fleischklumpens.« Er wiptte den Sklavenhändler auf der Schulter. »Wird gemacht.«

Dann ging der Zwerg weg.

Karl holte seine Pistolen heraus und machte sie schußfertig. Dann steckte er die Phiole mit dem Zündpulver wieder weg und die Pistolen in den Gürtel, wobei er darauf achtete, daß die Mündungen nicht auf seine Beine zeigten.

Chak hatte mit seinen Pistolen das gleiche gemacht. Er tätschelte ihre geschwungenen Kolben und lächelte Karl an.

»Gwellin hatte noch ein paar in Reserve«, sagte Walter und gab ihnen die Schrotflinten, die er und der Zwerg mitgebracht hatten. »Hoffentlich habt ihr nichts gegen die Verstärkung einzuwenden.«

»Ich bestimmt nicht«, sagte Chak und schulterte die Schrotflinte.

»Ich auch nicht«, meinte Karl und stellte sie auf den Boden, während er einen Bolzen in die Armbrust einlegte und sie spannte. »Ist die Flinte geladen?«

»Standardschrotladung. Alles bis auf die Zündpfanne. Gwellin hat es selbst gemacht. Ich habe zugesehen.«

»Gut.« Karl holte die Phiole mit dem Schießpulver heraus und tat etwas auf die Pfanne. Wenn der Hahn mit dem Zündstein auf diese Metallplatte schlug, erzeugte er den Funken.

Karl bildete sich auf die Schrotflinten etwas ein. Sie waren seine Erfindung hier. Da die Züge in den Läufen der Gewehre sich schnell abnutzten, mußten sie nachgebohrt werden, was aber das Kaliber veränderte. Karl ließ sie nun auf Daumendicke aufbohren und abschneiden, wodurch er eine kurze Schrotflinte mit glattem Lauf erhielt.

Walter legte Karl die Hand auf die Schulter. »Soll ich noch mal nachsehen?«

»Nein. Bringen wir's hinter uns.« Er blickte die Straße hinunter. Auf seiner Seite warteten fünf Kriegerzwerge in einiger Entfernung.

Er winkte ihnen, ihm zu folgen, und ging mit Chak und Walter die Straße hinauf. Das Lagerfeuer kam mit jedem Schritt näher.

Vor ihnen verzweigte sich die Straße. Drei Kastenwagen standen um das Lagerfeuer. Zehn grauhaarige Männer saßen ums Feuer. Sie tranken und unterhielten sich. Über ein Dutzend Gestalten schliefen in Decken gewickelt. Etwas dahinter umstanden mehrere Männer eine Decke, auf der zwei Frauen sich krümmten und stöhnten. Sie feuerten ihre Kameraden an, während sie warteten, bis sie an die Reihe kamen.

Bei dem Lärm würde man sie nicht hören. Walter winkte die Zwerge herbei. »Von mir aus kann's losgehen«, flüsterte er.

Chak legte die Schrotflinte an.

Karl faßte den Schaft der Armbrust fester, hob sie an die Schulter und zielte auf den nächsten Sklavenhändler am Feuer. Dann drückte er langsam ab.

Pfffft! Der Sklavenhändler stürzte nach vorn. Aus seiner Brust ragten die Federn des Bolzens kaum heraus.

Das Krachen von Chaks Schrotflinte hallte durch die Nacht. Drei Sklavenhändler schrien auf, ein vierter schlug die Hände vor das, was einmal ein Gesicht gewesen war.

Die anderen Männer waren aufgesprungen. Karl feuerte jetzt seine Flinte ab. Ein Mann wollte nach seinem Gewehr greifen; aber die Ladung aus Slowotskis Flinte zerfetzte ihn. Er fiel ins Gras. Ein Blutstrom quoll aus seinem Mund.

Jetzt rannten einige auf die Straße zu. Chak zielte mit der Pistole.

»Nein!« rief Karl. »Folge mir!« Er ließ seine leergeschossene Schrotflinte fallen, zog die beiden Pistolen aus dem Gürtel und rannte auf die Decken zu.

Die Sklavenhändler liefen zu den Kastenwagen, wurden aber von einer Gewehrsalve niedergemacht.

Piells Signalraktete zischte durch die Nacht.

»Runter!« Karl hielt den Arm vor die Augen, als sie über die Lichtung explodierte. Das grelle weiße Licht blendete Walter, Chak und die Sklavenhändler, die darauf nicht vorbereitet gewesen waren. Einige schrien auf.

Ein Sklavenhändler, der nur eine Ledertunika trug, kroch im Gras herum und suchte sein Schwert. Karl trat ihn ins Gesicht. Die Knochen knirschten unter seinem Stiefel. Er erschoß einen anderen, der auf Chak angelegt hatte. Mit der Linken erledigte er noch einen mit einem Bauchschuß. Dann griff er nach hinten und holte sein Schwert heraus. Ein stämmiger Mann stürzte sich auf ihn. Vor Wut zeigte er die Zähne, in der Hand hielt er einen langen Dolch.

Karls Schwert war kaum aus der Scheide, da legte sich von hinten ein haariger Arm um seinen Kehle.

Zum Nachdenken blieb keine Zeit. Sollte er sich mit dem Feind befassen, der ihm auf dem Rücken hing, oder mit dem, der von vorne angriff?

Der Instinkt siegte. Karl ignorierte den Sklavenhändler auf dem Rücken, wehrte mit dem Schwert den Dolchstoß von vorn ab und stieß dem Mann dann die Schwertspitze in die Kehle.

Peng! Karl spürte den Einschlag in dem Körper auf seinem Rücken. Der Arm um seine Kehle wurde schlaff. Karl packte das kräftige Handgelenk, wirbelte herum und stieß dem Mann das Knie gegen das Kinn.

Zwei Meter weiter lächelte ihm Chak kurz zu, während er den rauchenden Pistolenlauf senkte. Dann griff er zu seinem Krummschwert, um den Angriff eines anderen Sklavenhändlers abzuwehren.

Walters Säbel klirrte gegen die Klinge eines neunten Feindes. Es sah so aus, als hätte Walter keine Schwierigkeiten mit dem Mann; aber Karl dachte nicht daran, fair zu sein. Er stieß dem Mann das Schwert in die Niere.

Chaks Gegner hielt sich den verwundeten Arm. Der kleine Mann verschwendete keine Zeit. Er griff nach der Pistole und schoß dem Feind in die Brust.

Jetzt donnerte Tennetty mit ihren Reitern auf die Wiese und schlug die letzten noch nicht verwundeten Sklavenhändler in die Flucht. Therol sprang vom Pferd und brachte Heiltränke zu den beiden verletzten Zwergen, den einzigen Verwundeten auf Karls Seite. Bis jetzt.

Karl atmete tief durch. Für ihn war es vorbei. Piells und Gwellins Abteilungen hatten alle ihre Ziele getroffen. Jetzt stapften sie umher und verteilten Todesstöße unter den herumliegenden Sklavenhändlern.

Weiter unten wieherten Pferde auf der Straße, und Männer schrien.

»Karl!« rief Gwellin. Er stand mit erhobenener Streitaxt über einem Körper. »Sollen wir ...«

»Nein. Warte, bis die Schießerei vorbei ist.« Den Rest umzubringen war Sache von Tennettys Reitern, nicht von Gwellins Zwergen oder Piells Abteilung. Für sie war der Kampf auch vorbei.

Ein dumpfes Stöhnen erweckte Karls Aufmerksamkeit. Der Sklavenhändler, den Karl ins Gesicht getreten hatte, bewegte sich. Er hielt sein Kinn. Die Augen über den blutüberströhmten Händen wurden groß, als Karl auf ihn zuging.

»*Karl!*« rief Walter. »Wir wollen noch einen lebendig, denk dran!«

Karl drehte den Mann mit dem Fuß herum und fesselte seine Hände auf dem Rücken.

»Therol, such mal in den Wagen nach Heiltränken, und gib dem hier ein paar Tropfen aus jeder Flasche.« Es war notwendig, erbeutete Heiltränke an jemandem zu testen, den man entbehren konnte. Vor zwei Jahren hatte Karl einen Krieger verloren, weil der Trank, der aussah, als stamme er von der Gemeinschaft der Heilenden Hand, Gift gewesen war.

»Wird erledigt«, rief Therol zurück. »Und was ist mit dir?«

»Mit mir?«

»Halte keine langen Reden, Therol«, rief Chak. »Beweg deinen Arsch rüber. Karl ist verletzt.«

»Chak, bei mir ist alles in Ordnung.«

»Aber sicher«, sagte Walter und strich mit der Hand über Karls Rücken. Als er sie Karl vors Gesicht hielt, war sie blutig.

»Es ist nicht schlimm, Karl. Bloß 'ne Schramme, aber du solltest es lieber heilen lassen, ehe dein Adrenalinspiegel fällt und du Schmerzen bekommst.«

Wie ein Peitschenschlag traf ihn plötzlich der Schmerz im Rücken. Er rang nach Luft, zwang sich aber mit Willensstärke, den Schmerz zu ignorieren. *Es ist nicht gefährlich. Therol hat mich blitzschnell wieder heil.* Schmerz war nur eine biologisch programmierte Warnung vor Gefahr. Hier bestand aber keine Gefahr mehr – also müßte der Schmerz weggehen. Das war zwar logisch, half ihm aber nicht.

Am besten würde sein, wenn er sich ablenkte und so den Schmerz verdrängte. »Chak, du und Gwellins Leute durchsuchen die Wagen – bis auf den vom Zauberer. Stellt nur eine Wache davor und laßt die Hände weg.«

»Meinst du, daß jemand drin ist?«

»Ich weiß es nicht; aber ich muß davon ausgehen.«

Chak rief Gwellin.

Bei jeder Bewegung schmerzte die Wunde in seinem Rücken wie die Hölle. Mit schmerzverzerrtem Gesicht ging er auf die beiden Frauen zu, die sich in Decken gewickelt hatten. Eine war blond; aber ihre Mandelaugen und die hohen Backenknochen verrieten, daß ihre Vorfahren sowohl aus Kathard wie auch aus den Mittelländern stammten.

»Nein!« wimmerte sie. »Ihr seid *Karl Cullinane.* Tötet mich nicht! Bitte, ich tue alles, was ihr wollt. Bitte ...«

»Ta havath.« *Ruhig.* Karl versuchte zu lächeln. »T'rar ammalli.« *Ich bin ein Freund.*

Therol kam mit einer Flasche Heiltrank und goß etwas

auf Karls Rücken. Wie immer verschwand der Schmerz sofort, als hätte es ihn nie gegeben. Erleichtert streckte er die Arme aus.

Die Blonde flehte ihn immer noch an. »Bitte, bitte, tut mir nichts ...«

Verdammt.

»Diese *Schweine!*« Slowotski schüttelte den Kopf. »Wieder?«

»Jawohl.«

Slowotski streckte die Hand hin. Karl nahm die beiden Messer von ihm.

Die Frauen wichen zurück, als er sich ihnen mit den Messern näherte, obwohl er sie ihnen mit den Griffen anbot.

»Alles, was ihr gehört habt, ist Lüge«, sagte er. »Ich will euch nicht töten. Ihr seid ab jetzt frei.« Es war ein riskantes Spiel, das aber noch nie fehlgeschlagen hatte, obwohl er immer noch die Narbe von damals am Hals trug, als es einmal beinahe nicht geklappt hätte. Die Blonde nahm ein Messer und hielt es ungeschickt mit ausgestrecktem Arm. Die Brünette machte es ihr nach.

»Karl«, sagte Walter, »vielleicht bin ich schon zu lange von Kirah weg – aber diese Damen sind wunderbar.«

»Ta havath«, murmelte Karl. Die beiden sahen wirklich verdammt gut aus. Es war ihm peinlich. Erstens wollte er Andy-Andy treu bleiben, und zweitens hätte er nur Mitleid empfinden dürfen für diese armen geschundenen Wesen, anstatt lüstern ihre Rundungen zu betrachten.

Er sprach jetzt erenda. »Niemand wird euch etwas tun. Sobald es hier etwas ruhiger wird, besorgen wir euch Kleider.«

»Du, das ist erstklassiges Material«, sagte Walter auf englisch. »Ich hätte es verstanden, wenn die Sklavenhändler irgendwelchen Ramsch aus Pandathaway mitgenommen hätten; aber die beiden sind eine Menge Geld wert – überall.«

Slowotski hatte recht, wie meistens. Aber was bedeutete das?

Beim Klang der donnerden Hufe wirbelte Karl herum und hatte die Hand schon am Schwertknauf. Es war Tennetty. Sie schwang sich von Pirats Rücken und lächelte. »Alles bestens, Karl«, sagte sie. »Drei Ausfälle auf unserer Seite.«

»Wie schlimm?«

»Ich sagte, daß alles bestens sei. Wellem hatte es am schlimmsten erwischt. Er hat eine Salve in den Bauch abbekommen. Aber wir haben ihn rechtzeitig mit Heiltrank vollgepumpt.« Sie blickte auf den Sklavenhändler, um den Therol sich gerade bemühte. »Hm, ich habe auch einen gefangen. Damit wären es drei.«

»Gut. Würdest du dich zuerst um die Frauen kümmern? Später kannst du immer noch das Messer in diese Dreckskerle stecken und sie zum Reden bringen.«

»Einverstanden. Aber ich möchte mich um die Frauen auf meine Art kümmern, nachdem wir ja einen Reservesklavenhändler haben. Es sei denn, du willst es mir ernstlich verbieten?« Tennetty hielt die Hand vom Schwertgriff entfernt. »Ich bitte dich doch wirklich nett darum, oder?«

Karl zuckte mit den Schultern. »Meinetwegen.«

Sie nahm eine Laterne vom Sattel und zog den Sklavenhändler an den Haaren auf die Beine.

»Folgt mir!« sagte sie zu den Frauen und lächelte ihnen freundlich zu. »Nehmt die Messer mit. Keine Angst – das wird euch guttun.« Damit führte sie den Gefangenen in den Wald. Die beiden Frauen folgten ihr. Man hörte, wie sie sagte: »Ihr könnt euch Zeit lassen mit dem Schwein. Karl mag es nicht; ich würde gleich anfangen …«

Slowotski wollte protestieren; aber Karl schnitt ihm das Wort ab.

»Walter, *sie* war selbst mal in dieser Lage – wir nicht.«

»Deswegen muß es mir aber nicht gefallen. Nein, wirklich, Karl. Ich habe mich ans Töten gewöhnt, aber …«

»Nein, mögen mußt du es nicht.« Karl zuckte mit den Schultern. »Aber du darfst es auch nicht tragisch nehmen«, sagte er und schaute Walter ins Gesicht, wobei er Mühe hatte, nicht selbst zusammenzuzucken, als die Schreie aus dem Wald laut wurden.

»Wir wollen uns mal die Wagen ansehen, komm!«

»In Ordnung.«

»Na und?« fragte Walter und ließ sich von der Decke nieder, die Karl im Gras ausgebreitet hatte. »Was hältst du davon?«

»Ärger«, sagte Karl und streckte sich. Dann blinzelte er zur Mittagssonne hinauf, rieb sich den Nacken, seufzte und streckte die Hand nach dem Wassersack aus.

Walter warf ihn herüber. Karl trank mit tiefen Zügen und spritzte sich noch etwas Wasser ins Gesicht, ehe er den Sack zurückgab.

Walter nahm auch einen Schluck. »Wenn wir gerade von Ärger sprechen – wir haben nicht nur drei Flaschen Drachenbannextrakt in einem Wagen gefunden, sondern Daherrin hat die Bolzen ihrer Armbrüste geprüft. Viele sind mit dem Zeug dick beschmiert. Sieht aus, als wären die Sklavenhändler immer noch hinter Ellegon her.«

Das war keine Überraschung. Ellegon war ein nützlicher Verbündeter für die Heimtruppen.

»Habt ihr auch bestimmt alles verbrannt?« fragte Karl. War Drachenbann völlig verbrannt, schadete er Ellegon nicht mehr als verbrannter Blütenpollen einem Menschen mit Pollenallergie.

»Selbstverständlich. Wir haben alle Pullen ins Feuer gekippt und jeden verdächtigen Bolzen gleich hinterhergeworfen.«

Karl schaute zum Lagerfeuer der Sklavenhändler hin, das jetzt nur noch glimmte. »Daherrin soll das Feuer wieder anfachen, nur zur Sicherheit.«

»Gut.«

Karl schaute umher. Es war kein schöner Anblick. Das war es nie ein einer Schlacht; aber jetzt war es schon auf entsetzliche Weise zur Routine geworden.

Gleich hinter dem Feuer lagen die Leichen in zwei Haufen geschichtet und zogen die Fliegen an. Der kleinere Haufen bestand aus bekleideten Sklavenhändlern. Er wurde noch kleiner, weil Daherrin und zwei Gehilfen die Leichen fledderten und alle Wertsachen, sowie was an Kleidung nicht allzu blutverschmiert war, beiseite legten. Dann warfen sie die Leichen auf den anderen Haufen.

Den Wagen des Magiers hatte man in Ruhe gelassen, wie Karl es befohlen hatte. Darüber hatte sich niemand beschwert, weil man wußte, daß Magier oft verborgene Geheimzeichen anbrachten.

Die anderen beiden Wagen waren durchsucht worden. Ihren Inhalt hatte man notiert und wieder aufgeladen. Piell hatte die Zunftzeichen der Sklavenhändler von Pandathaway – Welle und Ketten in Messing geritzt – entfernt und an der Straße aufgestellt.

Das war Routine: Sklavenhändler wurden den Geiern zum Fraß überlassen, wobei man sie aber als Sklavenhändler kennzeichnete, damit alle, die vorbeikamen, wußten, daß nur Sklavenhändler von den Heimtruppen angegriffen wurden. Das hielt die Einheimischen von einer Verfolgung ab.

»Na?« fragte Walter und zog die Brauen hoch. »Was haben wir denn da?«

»Ein Rätsel. Ich mag keine Rätsel.« Die Gewehre waren keine Gewehre und das Pulver auch kein Schießpulver. Die Sklavenhändler hatten ein feines Pulver benutzt, das wie fein gemahlenes Glas aussah. Die Gewehre hatten etwas abgefeuert, das Wasser zu sein schien. Aber das Wasser mußte doch mit etwas vermischt sein, aber womit?

Was es auch war – es funktionierte. Wenn man eines der glattläufigen Gewehre der Sklavenhändler damit lud, versenkte es eine Bleikugel zwei Zoll in einen Pinienstamm, nur einen Viertelzoll weniger als die Heim-Gewehre, die mit Riccettis bestem Pulver geladen waren.

»Sieh dir das an.« Karl nahm das Amulett ab, das er um den Hals trug, und hielt es über die Glasphiole mit dem

Pulver. Der bernsteinfarbene Edelstein belebte sich und schien von innen heraus zu leuchten, zuerst dunkelrot, dann grünlich blau, dann rot und wieder blau. »Da ist ein Zauber im Spiel.«

»Deine Frau wird das schon herausbekommen. Mich stört, daß es nicht stinkt, wenn man damit schießt. Wie zum Teufel können die Kerle es abfeuern? Hast du schon mal daran geleckt?«

»Geleckt?« Karl zog eine Augenbraue hoch. »Für wie dämlich hältst du mich?«

Slowotski grinste. »Antworte du zuerst.« Dann wurde seine Miene wieder ernst. »Wir wissen, daß es funktioniert – irgendwie – und daß es verhext ist.«

»Oder daß der Behälter verhext ist«, sagte Karl. Er zog den Korken aus der Flasche und roch. Kein Geruch. »Könnte es Kordit sein? Oder nur Schießbaumwolle?«

»Kordit nicht. Ich habe rauchloses Pulver gesehen. Das ist dunkler und stinkt, wenn es gezündet wird. Ich habe nie reine Schießbaumwolle gesehen, glaube aber, daß sie *weiß* ist, wie das hier.«

Slowotski stand auf. »Es kann aber keine Schießbaumwolle sein, weil man die mit Feuer zündet – nicht mit Wasser.« Er deutete mit dem Daumen zum Wald hinüber, wo Tennetty mit den beiden überlebenden Sklavenhändlern verschwunden war. »Vielleicht weiß Tenn mehr. Sie läßt sich wirklich Zeit mit ihren Gefangenen.«

»Vielleicht haben die eine Menge zu erzählen.«

»Das glaube ich nicht. Wir haben den Meister umgebracht, und für gewöhnlich sagen Meistersklavenhändler ihren Gesellen nicht allzu viel.«

»Na und? Wohin gehen wir jetzt?«

Slowotski dachte nach. »Was sollte Daherrin machen, falls er mit dem einen Gewehr und dem Pulverbeutel entwischt wäre und wir alle tot dagelegen hätten?«

»Ins Tal zurückkehren und die Sachen von Riccetti analysieren lassen«, sagte Karl. »Das werden wir auch machen – aber wir beteiligen Andy-Andy und Thellaren daran.«

Tennettys schlanke Gestalt tauchte zwischen den Bäumen auf. Karl winkte ihr, zu ihm zu kommen.

»Wie geht's den Frauen?«

»Prima.« Sie nickte. »Chak und ich haben sie besoffen gemacht. Jetzt schlafen sie. Chak mag die Blonde – Jilla.«

»Ach, wirklich?«

»Es könnte ihr schlimmer gehen. Die beiden werden sich aber gewaltig umstellen müssen. Sie wurden als Zimmermädchen in der Samtschenke in Pandathaway ausgebildet. Sternius hat sie aus der Konkursmasse gekauft – zum Zeitvertreib auf der Reise.« Sie deutete mit dem Kopf nach hinten. »Ich hab ihnen dein Zelt gegeben. Ich hab gedacht, daß du nichts dagegen hast.«

»Da warst du ja ganz schön lange beschäftigt.«

Sie schüttelte den Kopf. »Halb so schlimm. Die meiste Zeit habe ich die Sklavenhändler ausgefragt.«

»Und was haben die ausgespuckt?«

Sie lächelte. »Alles, was sie wußten.« Das Lächeln verschwand. »Das war allerdings nicht viel. Du hattest recht. Das war keine Raubkarawane. Sie wollten zu der Schenke in Enkiar, um Gewehre und Pulver an irgendwelche Käufer zu liefern.«

»Irgendeine Idee, wieviel sie dafür bekommen sollten?«

»Das wußten die beiden nicht, nur daß sie Sklaven bekommen sollten. Aber wie viele? Keine Ahnung.« Sie zuckte mit den Schultern.

Dreißig Sklavenhändler konnten hundert bis tausend Sklaven, unter Umständen auch zweitausend Sklaven beaufsichtigen. Das hing davon ab, wie eng angekettet und wie zahm die menschliche Ware war. »Sonst noch was?«

»Nicht viel. Die beiden wußten nicht, wohin Gewehre und Pulver von Enkian aus gehen sollten. Sie wissen nicht mal, wer das Pulver herstellt. Sternius hatte alle Fässer schon geladen, als er seine Mannschaft zusammenstellte.«

»Und was ist mit den Gewehren?«

Sie zuckte mit den Achseln. »Die haben sie bei einem Schmied in Pandathaway abgeholt. Arriken der Salke – er hat einen mittelgroßen Laden in der Straße des Stahls.« Sie kaute auf der Lippe.

»Wir könnten nach Pandathaway reinreiten und ihn aufsuchen.«

Karl nickte. »Keine schlechte Idee. Allerdings werde ich etwas nervös bei dem Gedanken, in Pandathaway herumzulaufen.« Er strich sich durch den Bart. »Ich könnte aber meinen Bart und die Haare färben und mich als Matrose verkleiden ...«

»Kommt nicht in Frage«, sagte Slowotski. »Tausende haben in Pandathaway gesehen, wie du den Schwertkampfwettbewerb gewonnen hast. Viele leben noch dort.«

»Ich habe ja nicht gemeint, daß Karl hinreiten soll, sondern ich. Und ...«

»Großartig, Tennetty«, spottete Karl. »Es laufen ja *jede Menge* einäugige weibliche Krieger herum.«

»Da ist ja noch das Glasauge, das Thellaren mir dauernd verkaufen will. Es sieht vielleicht nicht ganz natürlich aus, aber ...« Sie zog sich eine Strähne über die Augenklappe. »Wenn ich mein Haar so trage ...«

»Hmmmmm.« Slowotski nickte. »Das könnte gehen. Aber warum fangen wir nicht am anderen Ende an. Pandathaway ist zu riskant – aber wie wär's mit Enkiar? Ich würde zu gern wissen, wer die Gewehre und das Pulver bekommen soll und warum – und vor allem, wieviel sie dafür zahlen. Es gibt einen Fachausdruck für die Lage, in der wir uns befinden, wenn das Zeug relativ billig ist.«

»Und der wäre?« fragte Karl.

»Wir sitzen tief in der Scheiße«, sagte Slowotski grinsend.

»Aber wie machen wir das?« Karl stand auf und streckte sich. »Wir wissen nicht, nach wem wir suchen. Der Anführer kannte ihn vielleicht, aber ...«

»Aber wenn der nun samt seinen Leuten von dem bösen Karl Cullinane überfallen und er selbst getötet wurde? Wenn er ein Viertel seiner Leute verlor, ehe sie den Schurken Cullinane wegjagen konnten?«

Karl nickte. »Nicht schlecht.« Dann fragte er Tennetty: »Wann sollten sie in Enkiar sein?«

Sie zuckte mit den Schultern. »Meiner Schätzung nach in drei Zehntagen. Sternius hat sich nicht übermäßig beeilt, aber auch nicht herumgetrödelt. Aber da ist noch ein Problem.«

»Was?«

»Wir brauchen die richtigen ... Requisiten. Mit den Gewehren der Sklavenhändler werden wir bis Enkiar schon zurechtkommen; aber das reicht nicht.«

»Was denn noch?«

»Der Zauberer! Die Käufer werden einen erwarten. Dieses Zeug ist viel zu wertvoll, als daß man es einer so kleinen Truppe ohne einen Magier anvertrauen würde. Aber selbst wenn wir einen von uns in Magierroben stecken, dürfte sie das kaum täuschen.«

»Das ist nicht schlimm«, sagte Walter. »Heute abend ist Ellegon fällig. Er soll zurückfliegen und Henrad holen. Es wird Zeit, daß der Junge sich nützlich macht.«

»Das reicht immer noch nicht.« Tennetty schüttelte den Kopf. »Was ist, wenn die Käufer erwarten, daß die Sklavenhändler auch ein paar Sklaven dabei haben? Jilla und Danni können wir auf keinen Fall zumuten, die zu spielen.«

»Nein«, sagte Walter. »Das geht nicht. Aber wie wär's damit? Eine Sklavin wurde beim Kampf getötet, die andere wollte weglaufen. Wir haben sie ausgepeitscht und dann geheilt, als sie durch eine Infektion zu sterben drohte. Ein paar Narben sind geblieben ...«

Jetzt hatte Tennetty kapiert. Sie rang nach Luft. »Das *kann* ich nicht. Nein – niemand legt mir einen Ring um den Hals!«

»Ruhig, Tenn.« Karl legte ihr die Hand auf den Arm. »Du mußt nicht. Vielleicht brauchen wir diese Maskerade gar nicht. Allerdings ...«

Er beendete den Satz nicht.

»Na was?«

»Wer könnte es sonst tun? Wer könnte eine Sklavin spielen – und sich den Weg freikämpfen, wenn die Hölle losbrechen sollte?«

Slowotski nickte. »Was auch meistens passiert. Mir fällt sonst nur Andy ein.«

»Nein«, sagte Karl. »*Nein,* nicht solange ich dabei bin, und auch sonst nicht, kapiert?«

Wenn Andy-Andy in Gefahr war, konnte Karl sich nur auf ihre Sicherheit konzentrieren – das wäre den anderen gegenüber unfair.

Tennetty blickte ihm in die Augen. »Also – ich bin entbehrlich, aber Andy nicht! Stimmt's?«

»Wenn du das so sehen willst – von mir aus.« Er ließ die Knöchel der Finger knacken. »Verdammt noch mal, ich denke nicht daran, mich vor dir oder irgendeinem anderen zu rechtfertigen. Hast du das kapiert?«

Sie brummte.

»Ich habe gefragt, ob du das kapiert hast?«

»Jawohl.«

»Ich kann dich nicht hören.«

»Jawohl, verdammt noch mal.«

»Dann ist's gut.« Er schloß die Augen. Irgend etwas war ihm noch entgangen.

Ach ja: Wenn sie sich als Sklavenhändler ausgeben wollten, durften die Leichen hier nicht so liegen bleiben.

Er winkte Erek zu sich. »Ich will Stick gesattelt haben. Ich werde zur Mesa hinaufreiten und auf Ellegon warten.«

»Befehle?«

»Zwei. Einen an Chak. Der lautete: Du und Slowotski suchen dreißig Männer aus, die Sklavenhändler spielen sollen. Ich will außerdem die Zunftzeichen wieder an den Wagen. Außerdem müssen sie gepackt werden, um morgen rollen zu können. Aber der Wagen des Zauberers bleibt zu, bis Henrad ihn überprüft hat. Ende. Befehl zwei: An Gwellin. Er lautet: Sofort bei Tennetty melden. Ende. Lauf!«

Erek nickte und lief los. Karl rief Daherrin zu sich. »Plan

geändert: ich will, daß die Sklavenhändler im Wald begraben werden.«

»Begraben? Warum?«

»Zur Übung.«

Daherrin brummte, lachte dann aber laut heraus. »Ich werde aber doch eine Erklärung bekommen, oder?«

»Wenn du bis zum Abend noch lebst. Und vergrabt sie tief. Ich will nicht, daß die Wölfe sie rausscharren. Kapiert?«

»Jawohl, Karl Cullinane!« Der Zwerg ging weg und rief nach seinen Gefährten.

Karl wandte sich an Slowotski. »Walter, such die Leute sorgfältig aus. Keine Zwerge, wenig Elfen.«

»Selbstverständlich.«

»Besprich dich mit Tennetty und Chak. Jeder, der irgendwie aus der Reihe getanzt ist oder nicht topfit ist, wird nach Hause geschickt.«

»Was ist mit Donidge? Ich habe gehört, daß er sich verdammt gut gehalten hat.«

»So?«

»Aber seine Frau bekommt in wenigen Zehntagen ihr Baby. Da wäre es doch schön, wenn er in ihrer Nähe wäre.«

»Da hast du recht, laß ihn aus. Das gilt auch für jeden anderen, der zu Hause dringende Geschäfte hat.« Er senkte die Stimme. »Die Leute sollen mit den Gewehren der Sklavenhändler üben; aber Vorsicht mit dem Pulver, bis wir mehr darüber wissen. Die eigenen Gewehre sollen bei Gwellin abgeliefert werden.«

»Soll Gwellin den Rest nach Hause führen?«

»Ja.«

»Kann ich ein paar Pistolen behalten?«

»Nein. Bis Enkiar spielen wir Sklavenhändler. Ich will keine Pleiten.« Karl wandte sich an Tennetty. »Du überwachst das Verstauen des Sklavenhändlerpulvers. Nimm aus jedem Faß ein bißchen heraus und fülle es in eine Flasche. Aber Vorsicht – das Zeug ist vielleicht giftig. Dann versiegele die Fässer und laß die Hände von ihnen.«

»Klar.« Sie nickte. »Wer bringt das Pulver nach Hause?«

»Du. Wenn Ellegon den Korb mitgebracht hat, kannst du Jilla und Danni gleich mitnehmen. Sonst gehen sie mit Gwellin. Bereite sie auf beide Möglichkeiten vor. Ja, nimm auch drei von den Sklavenhändlergewehren mit. Die gibst du zusammen mit dem Pulver Riccetti und Andy-Andy. Sie sollen alles analysieren. Ellegon soll uns irgendwo kurz vor Enkiar treffen. Das bespreche ich mit ihm, wenn er da ist. Außerdem soll er Henrad herfliegen.«

»Und ich?«

»Wenn du willst, kannst du mitmachen. Aber dann mußt du dich mit dem Glasauge ausstaffieren.«

»Ich glaube, ich passe diesmal«, sagte Tennetty. »Ich will keinen Halsring tragen. *Nie wieder!*«

Das war schade; aber Karl wollte Tennetty nicht zwingen. »Alles klar. Wir müssen uns eben ohne dich behelfen.«

Erek kam mit Karls Pferd. Karl schwang sich in den Sattel. »Gibt's noch was?«

»Ja«, sagte Tennetty. »Ich habe immer noch die beiden Sklavenhändler da hinten.«

Verdammt! Die hatte Karl im Augenblick vergessen – und vergessen war ein Luxus, den er sich nicht leisten konnte. »In welcher Verfassung sind sie?«

»Nicht schlimm. Ein paar blaue Flecken und Abschürfungen. Allerdings habe ich ihnen die Kniesehnen durchgeschnitten.«

»Das ist klar.«

»Aber sie sind dem Tod nicht nahe. Soll ich das ändern? Oder willst du das selbst erledigen?«

»Der Wachposten bleibt leben. Ich hab's ihm versprochen.«

»Na, *großartig!* Karl Cullinanes Wort ist so gut wie Gold, was?«

»Allerdings.«

»Nein!«

Stick tänzelte nach hinten. Karl hatte Mühe, den Hengst

zu beruhigen. »Ruhig, verdammt noch mal ... ja, Tennetty, mein Wort zählt.«

»Was willst du machen? Wenn wir uns als Sklavenhändler verkleiden, können wir ihn nicht herumlaufen und quatschen lassen. Soll ich ihn vielleicht *laufen lassen?«* rief sie aufgebracht.

»Nein, Tenn. Nimm eine von ihren Flaschen mit Heiltrank und bringe seine Beine und einen Arm in Ordnung. Wir nehmen ihn mit nach Hause. Da sperren wir ihn ein. Wenn wir aus Enkiar zurückkommen, lassen wir ihn laufen. Ich habe ihm versprochen, daß er leben wird.«

Tennetty holte tief Luft. »Und der andere? Du hast doch wohl nicht jedem dreckigen Sklavenhändler versprochen, ihn leben zu lassen, oder?«

»Nein, hab ich nicht. Töte ihn. Walter, geh mit und kümmere dich um den Gefangenen. Ich will kein ›auf der Flucht erschossen‹, kapiert?«

»Alles klar.«

Karl zog leicht an den Zügeln. Stick galoppierte an.

Kapitel drei

Ellegon

Ich bin den Drachen ein Bruder und Gefährte den Eulen.

Hiob

Die Nacht verging langsam. Zikaden zirpten. Der Wind flüsterte in den Bäumen, die Sterne funkelten, und hoch droben flackerten die Feenlichter. Sie wechselten heute langsamer die Farbe, als hätte das Blutvergießen in der Nacht zuvor in düstere Mattheit gestoßen.

Karl legte noch mehr Holz auf das Feuer. Dann breitete er die Decke am Rand der Mesa aus, setzte sich und beobachtete den Himmel, ohne das Feuer anzuzünden.

Komm heute, dachte er. *Bitte!*

Dann legte er sich hin und verschränkte die Hände im Genick. Es konnte eine lange Warterei werden.

Karl stand nicht auf der Wachliste – Rang hat auch Privilegien. Er hätte in seinem Zelt schlafen können, aber wenn er Ellegon nicht persönlich auf der Mesa erwartete, würde der Drache sich beschweren, bis er wieder nach Hause flog.

Ellegon war in gewissen Grenzen zuverlässig; aber diese Grenzen gab es. Normalerweise brauchte der Drache vom Heim zu diesem Treffpunkt drei Tage; aber alles mögliche konnte eine Verzögerung verursacht haben. Vielleicht hatte Riccetti ihn noch gebraucht, um Holzkohle zu brennen, ober Nehera mußte noch an einer Stahllegierung arbeiten.

Manchmal verspätete sich der Drache auch, weil er anderen Sklavenhändlerjägern aus der Klemme helfen mußte.

Mehr als einmal hatte Ellegons Eintreffen über Leben und Tod entschieden. Ein feuerspeiender Drache war eine nette Trumpfkarte. Wenn möglich, wurde ein Überfall immer dann geplant, wenn Ellegons Nachschubflug kurz bevorstand.

Karl lächelte und dachte an die Gesichter der Sklavenhändler, die seine Mannschaft dicht vor Lundeyll in die Enge getrieben hatten. Damals war alles schiefgegangen. Ein plötzlicher Regenguß hatte es ihm und seinen Leuten unmöglich gemacht, die Gewehre zu laden. Dann stellte sich heraus, daß die meisten der Leute hinter den Wagen keine Sklaven, sondern Sklavenhändler waren. Mit dem Rücken zum Zirrischen See hatte sich Karl schon damit abgefunden, bis zum bitteren Tode zu kämpfen, als eine vertraute Stimme sich in seinem Kopf meldete.

Da hatte er sich ergeben – in gewisser Weise.

Thermyn war mit seinem Fang sehr glücklich gewesen, bis Ellegons riesiges Haupt hinter einem Felsen auftauchte und ihm die Beine abbiß. Auf Thermyns Gesicht lag eher der Ausdruck des Überraschens als der des Schmerzes ...

Für gewöhnlich allerdings war der Grund für Ellegons Verspätungen, daß er versuchte, Menschen zu treffen. In der Eren-Gegend waren die Drachen kurz vor dem Aussterben. Menschen schienen vor ihnen beinahe instinktiv Angst zu haben.

Tagsüber flog Ellegon nie über besiedelte Gegenden. Der Drache war zwar gegen beinahe alle nichtmagischen Bedrohungen immun; aber ein in Drachenbann getauchter Bolzen schnitt durch seine Schuppen, als wären sie Butter. Obwohl er außer Reichweite einer Armbrust fliegen konnte, mußte er schließlich irgendwann doch landen. Am besten war es, wenn niemand wußte, daß er sich in einer Gegend aufhielt, sagte der Drache.

Karl vermutete aber, daß die Angst, angegriffen zu werden, nur teilweise der Grund war, warum Ellegon die Nähe von Fremden mied. Tatsächlich wollte der Drache nicht den Haß und die Angst in ihren Köpfen lesen.

Ellegons Nachschubflüge liefen inzwischen schon routinemäßig ab. Der Drache verließ nachmittags das Tal, flog dann die Nacht durch und erreichte seinen ersten Ruheplatz im Morgengrauen. Während des Tages rasteten er und sein menschlicher Assistent, um sich nachts wieder in die Lüfte zu schwingen. Er flog so hoch wie möglich und überquerte das Land im Nachtflug.

Karl war schon lange aufgefallen, daß Ellegon desto länger brauchte, je sympathischer ihm seine Begleitung war. Lange Gespräche mit Erwachsenen waren für den Drachen eine seltene Freude. Die wenigen Heimbürger, die Ellegon wirklich mochten und sich in seiner Nähe sicher fühlten, hatten meist zuviel zu tun, um sich lange mit ihm abzugeben.

Karl lag da und döste vor sich hin. Da berührte etwas leicht seinen Verstand und riß ihn aus seinem Schlaf.

Eine vertraute Stimme ertönte in seinem Kopf. *Na du? Ich habe das gemästete Kalb hergebracht – wann soll die Party steigen?*

»Ellegon!« Karl sprang auf und lächelte froh. *Wo bist du?*

*Noch außer Sicht. Bin in einer Sekunde bei dir. Halt dich *fest,* Schwachkopf.*

Das Rauschen der ledernen Schwingen erklang von unten. Gleich darauf schob sich Ellegons riesiger Körper über den Rand der Mesa. Der Drache faltete seine Flügel an den Seiten zusammen und landete auf dem flachen Hochplateau wie ein Spatz auf einem Dach.

Ein sehr massiver Spatz – die Erschütterung seiner Landung warf Karl zu Boden.

Hallo Trampel, sagte Ellegon. Von der zuckenden Schwanzspitze bis zur Saurierschnauze war er so groß wie ein Omnibus. Aus seinen Nüstern, von der Größe mittlerer Radkappen, drangen Rauch- und Dampfwolken zu Karl.

Hilfst du Henrad runter? Der Flug scheint ihm nicht bekommen zu sein.

»Das kann ich mir gar nicht vorstellen«, sagte Karl. *Zünde das Feuer an, wenn du von hier aus dran kommst.*

Kein Problem. Ellegon streckte seinen Kopf vor und

steckte das Lagerfeuer in Brand, während Karl zur Seite des Drachen ging und die Strickleiter hinaufstieg, um Henrad beim Abschnallen aus dem Gurtgeschirr und beim Herunterklettern zu helfen.

Selbst im flackernden Feuerschein sah das Gesicht des Zauberlehrlings grünlich aus. Karl führte Henrad zu seinen Decken. Der Junge winkte Karl dankbar ab und beugte sich weit vor.

Wir sind in ein paar Turbulenzen geraten – Regenwolken ziehen auf. Ich möchte möglichst schnell wieder los. Vielleicht kann ich ihnen davonfliegen.

Schon gut. Aber warum Henrad?

Was ist dagegen?

Nein, ganz und gar nicht. Wir können ihn gut gebrauchen. Der Junge konnte gleich morgen früh den Wagen des Magiers untersuchen und Zauberzeichen unschädlich machen. *Aber du hast meine Frage nicht beantwortet.*

*War die Idee deiner Frau. Er geht ihr mit seiner Schwärmerei furchtbar auf die Nerven – *laß das!**

Was denn?

Hör auf, gleich nach deinem Schwert zu greifen! Andrea kann ihn sich selbst vom Leib halten, und wenn nicht, hätte sie mir Bescheid gesagt. Sie wollte ihn bloß mal los sein, damit er nicht dauernd ›zufällig‹ mit ihr zusammenstößt.

Karl schaute Andy-Andys Lehrling wütend an. *Ich werde mal ein Wörtchen mit ihm reden.*

*Ich erinnere mich nicht, daß du tolerant warst, wenn Leute sich mit *deinen* Lehrlingen anlegten. Laß gut sein, Karl.*

So wie du?

Ich? Die mentale Stimme des Drachen klang völlig unschuldig. *Was hab ich denn gemacht?*

Du hast doch nicht etwa den Flug so turbulent wie möglich gemacht, oder bin ich zu mißtrauisch?

Du solltest mit deinen Unterstellungen aufpassen, Karl. Das ist nicht gerade eine deiner liebenswürdigsten Schwächen.

Inzwischen waren auch andere gekommen, um beim Abladen zu helfen. Sie nahmen die ledernen Satteltaschen ab und lösten die Stricke, die den großen Korb auf Ellegons Rücken festhielten. Dann luden sie die Jutesäcke darunter ab.

Tennetty führte die beiden ehemaligen Sklavinnen zum Drachen, wobei sie ihnen Mut zusprach. Daherrin brachte den gefesselten, geknebelten und mit einer Augenbinde versehenen Sklavenhändler herüber und warf ihn schlicht und einfach in den Korb.

»Daherrin«, rief ihm Karl zu. »Zurr den Korb ganz fest, und mach auch die Plane drauf. Es könnte etwas naß da oben werden.« *Was hast du mitgebracht?*

Lampenöl, Salz, getrocknetes Rindfleisch, Schaf, Gemüse, Brot – na wie üblich. Mach zuerst die Holzkiste auf. Lou schickt euch ein Dutzend Flaschen von ›Riccettis Hausmarke‹.

Oh? Und wie schmeckt das Zeug?

Was versteht ein Drache schon von Whiskey? Ich kann dir nur sagen, daß Ahira drauf schwört. Ich finde allerdings, daß er in letzter Zeit etwas viel davon benützt.

Karl ging zum Kopf des Drachen und kraulte die feinen Schuppen unter Ellegons Kinn. Es war, als streichle er eine Rauhputzmauer.

Mmmmh ... angenehm. Kräftiger. Der Gedanke allein zählte. Karl hatte schon eine Hacke nehmen müssen, damit der Drache etwas spürte.

Wie schön, dich zu sehen, dachte er. *Schade, daß du nicht lange bleiben kannst.*

In den nächsten Tagen wirst du viel von mir sehen. Chton und seine Anhänger haben eine Bürgerversammlung beantragt. Ahira hat mir aufgetragen, dir zu bestellen, daß er – wörtliches Zitat – ›vor dem Abgrund der Vertrauensfrage steht‹ und daß du – wieder wörtliches Zitat – ›deinen Arsch nach Hause bewegen sollst, und zwar im Eiltempo.‹ Er macht sich große Sorgen, Karl.

Und was meinst du?

Ich glaube, es wird knapp. Er könnte verlieren, weil zwei Jagdtrupps unterwegs sind. Schade, daß ihr bei der Verfassung nicht an eine Wahl in Vertretung gedacht habt.

Na, wenn Thomas Jefferson nicht daran gedacht hat, kann man das von mir auch nicht erwarten.

Karl winkte Chak. »Was wäre dir lieber: Einen Abstecher mit mir nach Hause zu machen oder den Haufen nach Enkiar zu führen?«

»Ich soll führen?« Chak fiel der Unterkiefer herunter. »Warum ich? Warum nicht Slowotski?«

»Ich dachte, du läßt dir nicht gern etwas befehlen.«

Tut er auch nicht; aber ich hätte nicht geglaubt, daß dir das aufgefallen ist.

Es ist nicht höflich, ohne Erlaubnis jemandes Gedanken anzuzapfen.

Stimmt. Aber Drachen sind nun mal nicht sehr höflich.

Das ist mir auch aufgefallen.

Dir entgeht auch gar nichts, was?

»Nun, Chak?«

Der kleine Mann zuckte mit den Schultern. »Eigentlich ist es mir egal. Ich fliege auch gern mit dir nach Hause.«

Warum nimmst du ihn mit?

Tennetty sagt, daß er für eine der neuen Frauen eine Schwäche hat. Ich will im unter die Arme greifen. Es wird Zeit, daß Chak auch eine Familie gründet. Kannst du Slowotski erreichen?

Mmmmm ... hab ihn. Er kommt rauf.

Gut. Dann übermittle ihm: Mach dir keine Sorgen, Walter; aber ich bin nach Hause gerufen worden.

Ellegons mentale Interpretation von Walters Stimme war noch lebendiger als sonst.

*»Ärger? *Bitte,* keinen Ärger!«*

Nein, kein Ärger. Rein politisch, wir müssen ein paar Leute in den Hintern treten –

Nur metaphorisch gesprochen, mischte Ellegon sich ein.

Natürlich. Wärst du bereit, die Truppe nach Enkiar zu führen?

*»Keine Einwände außer den üblichen ...« – er will nach

Hause, das will er dir sagen, Karl – »... aber warum nicht Chak?«*

Weil er nicht verheiratet ist, du schon, und ich ein paar mögliche Kandidatinnen mit Ellegon mitnehme.

»Gute Idee. Kein Problem. Ich schmeiße den Laden schon.«

Dann beeil dich und komm rauf. Wir starten gleich.

Willst du nichts über deine Familie wissen, Karl?

Bei meiner Familie ist alles in Ordnung.

Der Grund, warum Karl sich nicht nach seiner Familie erkundigt hatte, war nicht, daß er sie nicht liebte – ganz im Gegenteil. Der Drache wußte das und hätte ihm als allererstes gesagt, wenn mit Aeia, Jason oder Andy-Andy etwas nicht gestimmt hätte. Da er aber nichts gesagt hatte, gab es dort kein Problem.

Stimmt.

Karl fragte den Drachen. »Besteht die Möglichkeit, daß Walter zwischen hier und Enkiar auf einen unserer Trupps stößt?«

Nein. Das letzte von Davens Teams ist nach Hause zurückgekehrt, und Aveneer arbeitet am Rand von Kathard. Aber jetzt muß ich Briefträger spielen, Entschuldige.

»Klar.«

Ellegon hob seinen dicken Kopf. *Persönliche Botschaften*, verkündete er. *Für die folgenden Personen: Donidge, Ch'akresarkandyn, Erek, Jenree, Walter ...*

Karl liebte es, zuzuschauen, wenn die Leute ihre Post bekamen. Ellegon schaltete ihn zwar gewissenhaft aus; aber er sah, wie das Gesicht des Empfängers aufleuchtete, wenn ihm der Drache die Botschaft von zu Hause überbrachte.

Auf Chaks dunklem Gesicht breitete sich ein strahlendes Lächeln aus, als Ellegon ihm seine Botschaft überbrachte. Dann nickte er dreimal und blickte sehnsüchtig vor sich hin.

Karl wartete, bis Chaks Augen wieder klar waren. »Was gibt's denn?«

Der kleine Mann schüttelte, immer noch lächelnd, den Kopf. »Dein Sohn läßt mir sagen, ich soll aufpassen, daß ich meinen dämlichen Hintern heil zurückbringe. Ich glaube, er verbringt zuviel Zeit mit U'len.«

»Durchaus möglich.«

Walter kam, fast außer Atem.

Karl streckte ihm die Hand entgegen. »Wir brechen auf. Mach alles, wie du es für das Beste hältst.«

»Mach ich doch immer.«

»Ach ja ... Ellegon sagt, daß du von keinem unserer Trupps überfallen wirst; aber riskiere nichts. Vielleicht arbeiten ein paar auf eigene Faust zwischen hier und Enkiar. Denen solltest du lieber aus dem Weg gehen. Setz Späher ein. Dann mußt du Henrad alles erklären. Er soll den Wagen des Zauberers untersuchen und ...«

»Stop! Wenn du mir schon das Kommando anvertraust, könntest du mir auch so weit trauen, daß ich mich nicht selbst in den Fuß schneide, was?«

»Stimmt.« Er klopfte Walter auf die Schulter. »Paß gut auf.«

»Klar. Gib meiner Frau einen Kuß von mir – und deiner auch.«

Karl half Chak in den Korb, in dem Tennetty und die beiden Frauen schon Platz genommen hatten. »Sind die Gurte auch fest, Daherrin?«

»Alles bestens«, antwortete der Zwerg und befestigte noch die Plane, so daß nur die Köpfe herausschauten.

Bist du fertig?

Nach Hause, James!

Ich heiße Ellegon! Die Schwingen des Drachen erhoben sich. Er schwang sich in den Himmel.

TEIL 2
DAS HEIM

Kapitel vier
Karls freier Tag

Würde ein Mensch immer darauf bestehen,
ernst zu sein und sich nie etwas Spaß und Entspannung gönnen,
würde er wahnsinnig werden, ohne es selbst zu merken.

Herodot

Beinahe zu Hause. Macht die Augen zu.

Als sie durch die unsichtbaren Schutzvorrichtungen der Spinnensekte flogen, schimmerte die Luft um den Drachen hell. Sie reagierte auf Ellegons teilweise magischen Stoffwechsel.

Obwohl Karl die Augen fest geschlossen hatte, wurde er kurz geblendet. Diese momentane Unbehaglichkeit war aber sehr beruhigend. Der Kreis der Schutzvorrichtungen, der das Tal umgab, hielt nicht nur fremde Magier davon ab, einen Blick hinein zu riskieren, er machte es auch unmöglich, daß jemand irgend etwas Magisches mit hereinbringen konnte. Kurz nachdem Thellaren die Schutzvorrichtungen angebracht hatte, hatten dreimal Mordkommandos versucht, hineinzuschlüpfen. Obwohl sie als magische Gegenstände nur ihre Heiltränke hatten, wurden sie deswegen erwischt.

Das hatte sich herumgesprochen. Seit über drei Jahren war kein Eindringling mehr ins Tal gekommen.

Das Licht wurde schwächer. Karl machte die Augen auf. Ellegon ging in die Kurve.

Unter ihnen breitete sich das Tal aus – wie eine bunte Decke lagen die Mais- und Weizenfelder da. Straßen und Wege durchzogen das Tal wie ein Spinnennetz, die meisten schnitten sich in der Nähe der Ansiedlung im Süden oder vor dem Territorium der Ingenieure im Norden.

Ellegon verlor schnell an Höhe. Jetzt schwebte er über dem See und kreiste, ehe er auf die Gebäude zuflog, aus denen die erste Siedlung bestanden hatte. Da stand Karls und Andy-Andys erstes Blockhaus, die Getreidemühle und der Silo sowie die ehemalige Schmiede, die jetzt als Gästehaus für Neuankömmlinge diente.

Ellegon flog sehr tief. Beinahe hätte er den hohen Palisadenzaun um die Siedlung gestreift. Dann setzte er mit einem Plumps auf.

Karl schnallte sich los und kletterte schnell herunter. Chak, Tennetty und die beiden Frauen glitten an der Seite des Drachen herunter. Den Sklavenhändler ließen sie noch im Korb. Seinetwegen mußte man sich nicht beeilen.

»Fester Boden unter den Füßen«, stöhnte Tennetty wohlig und lächelte Karl an. »Was Schöneres gibt es nicht für mich.«

Chak streckte sich. »Ich weiß, was du meinst.«

»Na, hört mal«, sagte Karl. »Keine Klagen, sonst lassen Ellegon und ich euch das nächste Mal zu Fuß gehen.«

»Karls freier Tag! Ich sehe dich nicht«, sagte Tennetty. Dann zeigte sie mit dem Daumen auf die Alte Schmiede. »Ich bringe Jilla und Danni rüber ins Gästehaus. Dann werde ich mich darum kümmern, daß der Gefangene ordentlich bewacht wird – darauf habt ihr mein Wort.«

»Ich will nur noch schnell ...«

»Karls freier Tag«, sagte Chak und nickte. »Hau ab.«

»Aber das Pulver, ich muß ...«

»Die Ingenieure«, sagte Chak. »Und Riccetti – ist schon so gut wie erledigt, Kemo sabe. Es ist Karls freier Tag! Jetzt verschwinde endlich!«

Chak und Tennetty gingen weg, als würde Karl gar nicht existieren.

Du scheinst dich bei Leuten, die du magst, schlecht durchsetzen zu können, spottete Ellegon.

»Ach ja? Ist mir noch nie aufgefallen.«

Sarkasmus steht dir nicht. Aber die Schule ist gleich aus. Ich gehe schwimmen.

»Aber ich muß doch ... ich geb's auf.« Karl warf die Arme hoch. »Ihr habt gewonnen. Ich ziehe mich um und komme dann auch zum See.« Er lief zum Alten Haus hinüber, wobei er absichtlich die drei Arbeiter aus der Mühle übersah, die ihn ebenfalls absichtlich nicht sahen.

Ziemlich früh hatte Andy-Andy für Karl ein paar Extravergünstigungen durchgesetzt. Die wichtigste war Karls freier Tag.

Die Regel lautete: Was sich auch im Heim ereignet hatte, auch wenn fünf bis zehn Leute Karl unbedingt sprechen wollten, sobald er zurückkam, durfte ihn einen ganzen Tag nach seiner Rückkehr niemand belästigen.

Es war zu einem Ritual geworden. Man behandelte ihn, als wäre er unsichtbar.

Karl machte die Tür hinter sich zu, legte den Schwertgurt ab und hängte ihn an eine Holzzapfen. Dann nahm er auch das Amulett vom Hals und legte es in die oberste Schublade der Kommode hinter der Tür. Dort war es sicher, und im Heim brauchte er das Amulett nicht zum Schutz seiner Person. Das ganze Tal war durch die Schutzvorrichtungen gesichert.

Dann zog er sich aus. Nur mit einer kurzen Hose bekleidet, ein Handtuch, ein Hemd, eine leichte Hose und Sandalen unter dem Arm verließ er das Alte Haus und ging zum See hinunter.

Ellegon hatte sich gleich bei der Anlegestelle des Schulhauses im Wasser niedergelassen. Nur sein riesiges Haupt und ein Teil des Rückens ragten aus dem kalten, klaren Wasser heraus. Ein Schwarm Kinder tobte auf ihm herum.

Vermittle mir Andy, bitte.

Sie weiß, daß du da bist; aber sie hat zu tun. Laß sie in Ruhe und wasch dich lieber zuerst.

Gute Idee. Karl ließ sein Kleiderbündel in den heißen Sand fallen und rannte ins Wasser.

Wie immer war es viel kälter als in seiner Erinnerung. Der See wurde durch die eiskalten Gebirgsbäche gespeist. Beim Hineingehen überlegte Karl zum tausendstenmal, ob es möglich war, daß auf Dieser Seite Eis bei minus vierzig Grad schmelzen konnte.

Er gab sich einen Ruck und stieß sich ab. Dann schwamm er auf den Steg und den Drachen zu.

Wenn Gott je einen perfekten Schwimmgefährten für Erwachsene oder Kinder hätte erschaffen wollen, wäre das Ellegon gewesen. Solange der Drache dabei war, brauchte man sich keine Sorgen zu machen. Ellegon schickte jedes übermüdete Kind – oder Erwachsenen – aus dem Wasser, und *niemand* wagte es, ihm zu widersprechen.

Beinahe niemand: Jason war ein Spezialfall.

Aber Ellegon war nicht nur die Wasserwacht.

Wie wär's mit einem Sprung?

Karl schwamm zum Drachen und stellte sich auf Ellegons rechtes Vorderbein. Er ragte halb aus dem Wasser. Ellegon schüttelte vorsichtig ein paar Kinder von seinem Kopf, damit Karl hinaufsteigen konnte. Er stand auf den schlüpfrigen Schuppen direkt hinter Ellegons Augenwülsten. Mit einem Ruck streckte der Drache den Hals und schickte Karl zehn Meter hoch in die Luft. Er machte einen Salto, breitete die Arme aus, sauste mit dem Kopf zuerst nach unten. Dann zog er die Beine an, machte noch enen Salto und tauchte mit den Füßen zuerst ins Wasser. Sanft landete er auf dem sandigen Boden des Sees und stieß sich wieder nach oben.

Als sein Kopf auftauchte, schlang sich ein schlanker Arm um seinen Hals. Eine Hand drückte von hinten auf seinen Kopf, und feste Brüste preßten sich gegen seine Rücken, während kräftige Schenkel ihn umklammerten.

»Hallo!« sagte Aeia und versuchte, ihn wieder ins Wasser zu drücken. »Du bist wieder da.«

»Sieht so aus«, sagte er. *Sie wird dafür etwas zu alt,* dachte er und war sich ihres jungen Körpers bewußter, als ihm angenehm war. Er holte tief Luft und tauchte weg.

Willst du wissen, was wirklich in ihrem Kopf vor sich geht?

Nein. Zapfe nicht meine Familie für mich an.

Diesmal wehrte er beim Auftauchen ihren nächsten Überfall ab. Er schob sie in Richtung Steg. »Zieh sofort dein Oberteil an!«

»Zum *Schwimmen?* Sei doch nicht so ein ...«

Er zwang sich zu einem strengen Gesicht. »Los! Sofort!«

Sie zog eine Schnute und schwamm geschmeidig wie ein Seehund an Land. Dann stapfte sie wütend zum Schulhaus, wobei sie noch an ihrem Höschen zupfte.

Was mache ich bloß mit ihr?

Wenn ich mich nicht irre, ist so ein bißchen Sexualität zwischen Vater und Tochter normal, ganz gleich, ob die Tochter adoptiert ist oder nicht.

Wo hast du denn den Scheiß her?

Na, wie immer – Psychologiegrundkurs 101. Erinnerst du dich?

Oh.

Darf ich dir noch einen guten Rat geben?

Ja?

Es wäre besser für alle, wenn du das unterdrücken würdest. Adoptivtochter oder nicht – ein Mann sollte seine Frau nicht betrügen, vor allem, wenn sie ihn in eine Kröte verwandeln kann.

Na ja, Andy-Andy konnte ihn nicht wirklich in eine Kröte verzaubern, aber der Drache hatte nicht unrecht.

Ist sie immer noch beschäftigt? Wo ist Jason?

Sie hat ihn nachsitzen lassen. Wenn du mich fragst ...

Tue ich nicht; aber das wird mir wohl nichts nützen.

Stimmt. Ich finde, sie ist zu streng mit ihm, Karl. Er ist doch erst sechs und ...

Ellegon wurde durch laute Schritte auf dem Steg und ein Klatschen unterbrochen.

Nicht schon wieder! Der Drache steckte den Kopf unter

Wasser und kam mit dem zappelnden Jason Cullinane im Maul wieder hoch. Dann spuckte er den Jungen vorsichtig auf den Steg.

Jason versuchte krampfhaft, sein Husten zu unterdrükken.

Mit Ausnahme von Jane Michele Slowotski hatte Karl nicht allzu viel für Kinder übrig. Das angeblich so Besondere an ihnen war doch nur die Einbildung der Eltern.

Aber Jason war wirklich etwas Besonderes. Nicht nur, weil er Andy-Andys wissende braunen Augen und die weiche olive Haut hatte, oder daß sein glattes, braunes Haar feiner war, als es sein sollte. Schon mit sechs Jahren hatte Jason Cullinane seine eigenen, verdrehten Vorstellungen von Recht und Unrecht, die er gegen alle höheren Mächte verteidigte.

Er war vollkommen immun gegen jeden Versuch seines Vaters, ihm Vernunft beizubringen.

Seinem Vater gegenüber konnte er stur wie ein Maulesel sein; aber von Altersgenossen ließ er sich leicht beeinflussen – und Ellegon gehorchte er aufs Wort, was Karl besonders wütend machte.

Du bist noch nicht alt genug, um beim Springen das Wasser aus der Nase rauszuhalten, wenn du dir die Nase nicht zuhältst. Bis ich dir etwas anderes sage, hast du dir die Nase zuzuhalten. Kapiert? Sonst hole ich dich nicht mehr heraus, schimpfte der Drache.

Ich lüge durch alle meine Zähne, sagte er gedanklich zu Karl.

Weiß ich.

Jason wischte sich die Nase und schnüffelte. Seine brauen Augen wurden groß.

Rede gefälligst mit dem Mund. Ich will, daß dein Vater dein Versprechen hört.

»Es tut mir leid, Ellegon«, sagte Jason. »Ich werde es nicht mehr tun.«

Karl schwamm zum Steg und zog sich auf das warme Holz. »Hallo.«

»Hallo, Daddy.« Jason kam zu ihm und streckte ihm seine kleine Hand entgegen.

»Was soll denn das?«

»Händeschütteln.«

»Aber Jase ...«

»Zum Küssen bin ich zu alt. Das machen nur Babies.«

»Wer sagt das?«

»Mikyn.«

»Ach ja?«

»Nein!«

Karl zuckte mit den Schultern und nahm die Hand des Jungen. »Na schön, wenn du meinst, daß du zu alt bist, dann bist du's auch. Was gibt's Neues?«

»Kann ich spielen gehen?«

Karl hätte weinen können. Aber ihm hätte mit sechs auch ein Drache im See mehr Spaß gemacht als ein Gespräch mit dem Vater. »Na klar.«

Sofort sprang Jason ins Wasser, hielt sich aber diesmal die Nase fest zu.

Karl seufzte, drehte sich um und ging zum Schulhaus. Es war ein Haus, das nur aus einem Raum bestand. Das Klassenzimmer war ungefähr von der Größe wie die auf der Anderen Seite, seit die alten Sumerer Schulen erfunden hatten. Die Wände waren aus kräftigen Pinienstämmen gebaut, die Bänke und Tische stabil gezimmert, nur die Fenster waren aus rauchigem, kaum lichtdurchlässigem Glas. Die Glasherstellung im Heim stand noch nicht in Blüte. Karl trat durch die Tür. Auf der anderen Seite hockten Andy-Andy und Aeia vor einem Jungen, der vielleicht zwei Jahre älter als Jason war. Er saß auf Andy-Andys Stuhl und schüttelte heftig den Kopf.

Immer wenn er Andy-Andy sah, ging ihm das Herz auf. Ihr Lächeln konnte einen Raum erhellen. Jetzt aber hatte sie die Stirn gerunzelt und hörte zu, wie Aeia mit dem Jungen sprach.

Dann drehte sie den Kopf und warf ihr langes Haar nach hinten. Sogleich schenkte sie ihm ihr Lächeln.

Lady, du raubst mir immer noch den Atem.

Soll ich das übermitteln?

Laß nur. Wenn sie es nicht weiß ...

Er räusperte sich. Aeia, jetzt mit Oberteil, gebot ihm zu schweigen.

Karl hob eine Augenbraue. Noch nie hatte Aeia ihm das Wort verboten! Er ging hinüber und legte den Arm um Andy-Andys Schulter. Sie schaute zu ihm auf und gab ihm ein Küßchen auf die Wange. »Ist das alles?« fragte er.

Altes Sprichwort: Wenn du keine Ahnung hast, wovon du redest, solltest du deinen Mund lieber zum Kauen benutzen.

»Mikyn?« Andy-Andy schüttelte den Kopf. »Bitte, zieh dein Hemd aus.« Sie wandte sich an Karl. »Er hält sich schon den ganzen Tag die Seite. Er hätte fast nicht aufstehen können.«

»Vieleicht kann ich helfen.« *Ellegon, bitte übermittle. Vielleicht ist er scheu, vor euch beiden sein Hemd auszuziehen. Mikyn hat ja offensichtlich merkwürdige Ansichten – er hat Jason gesagt, daß nur Babies ihrem Vater einen Kuß geben.*

Sie sagt, Karl, daß es ernster ist.

Ellegon, kannst du ihn nicht anzapfen?

Sie hat mich auch schon darum gebeten; aber da ist ein Block – ein völliges Durcheinander von Gefühlen unter der Oberfläche. Das kann ich nicht lesen. Ich bin auch nicht vollkommen. Wenn du manchmal zu angespannt bist, kann ich nicht mal dich klar verstehen.

Okay. Versuchen wir's noch mal von vorne. Ich rede mit ihm. Was können wir schon verlieren? Übermittle ihr das.

Andy-Andy nickte, gab ihm noch ein Küßchen und ging mit Aeia aus dem Klassenzimmer.

»Na, mein Junge«, sagte Karl auf englisch. Als der Junge nicht antwortete, wechselte er zu erendra. »Was ist denn das Problem?«

Wieder keine Antwort.

»Weißt du, wer ich bin?«

»J ... j ... jasons Vater.«

»Richtig. Du kannst mich Karl nennen. Andrea sagt, daß dir die Seite weh tut. Darf ich mal nachsehen?«

Mikyn schüttelte den Kopf.

»Wie du willst«, sagte Karl. »Unterhalten wir uns ein bißchen.« Er zog sich einen Stuhl herüber und setzte sich rittlings darauf.

»Nein.«

»Ich kann mich gar nicht an dich erinnern. Bist du neu hier?«

»Ja.«

Also neu hier. Da Karl den Jungen nicht hergebracht hatte, mußte es jemand anderer getan haben. Jason war die ältere Person, die im Heim geboren worden war. Jane Michele Slowotski war die zweite. Sie war ein halbes Jahr jünger.

Übermittle: Erzähle mir mehr über den Jungen.

Sie sagt: Die Geschichte ist traurig, aber typisch. Davens Trupp hat ihn und seinen Vater vor einem Zehntag mitgebracht. Sie bebauen das Feld für die Ingenieure, bis sie sich selbst ein Stück Land leisten können. Sie sind aus Holtun – das hat mal irgendeinem Baron gehört, der von den Biemish verbrannt wurde. Offensichtlich wurden sie zu Beginn dieses Jahres aufgegriffen, nach einer Schlacht oder so. Die Mutter wurde verkauft. Mikyn ist nicht das erste Mal verletzt. Er bekommt leicht blaue Flecken. Vielleicht hat ihn einer der älteren Jungs verprügelt? Aber Ellegon kann nicht herausbringen, wer …

Ist auch verdammt noch mal nicht nötig.

Weißt du, was mit ihm los ist?

Ich habe einen bestimmten Verdacht. Dann fuhr er den Jungen mit seiner Kommandostimme an. »Zieh dein Hemd aus, *sofort!*«

Der Junge fing an, ihm zu gehorchen, zog es aber gleich wieder nach unten.

Trotzdem hatte Karl den blauen Striemen über seiner Brust gesehen. »Aeia, komm mal rein.« *Damit ist mein freier Tag wohl im Eimer.*

Er lächelte dem Jungen beruhigend zu. »Aeia bringt dich jetzt zu Thellaren. Du brauchst bei ihm dein Hemd nicht auszuziehen, der heilt dich auch so. Dann kannst du gleich nach Hause zurückgehen.«

Die letzten Worte trafen Mikyn wie Peitschenhiebe. Sein Gesicht wurde weiß.

Karl lächelte. »Nicht in dein Zuhause – zu Jason und mir. Du mußt nicht zu deinem Vater zurück, wenn du nicht willst. Auf alle Fälle wird er dir nichts mehr tun, das verspreche ich dir.«

Soll ich dein Schwert bringen lassen?

Nein. Hol Ahira und bring ihn ins Alte Haus. Dann suche den Vater des Jungen und bring ihn auch hin.

Er nickte Aeia zu. »Bring Mikyn zum Kleriker. Dann besorge ihm ein Bett im Neuen Haus. Er bleibt vorläufig bei uns.«

Mit geballten Fäusten ging Karl zum Alten Haus.

Flügelrauschen vor dem Alten Haus, dann ein dumpfer Plumps.

Etwas humpelnd riß Ahira die Tür auf und stampfte wütend herein.

Der Zwerg war kaum halb so groß wie Karl, aber doppelt so breit. Mit dem muskulösen Oberkörper und den buschigen Brauen sah er aus, als hätte die Natur ihn eigentlich zu einem Riesen machen wollen, aber mittendrin aufgegeben.

Karl mußte sich ein Grinsen verkneifen. In den handgewebten Hosen und dem blauen Arbeitshemd sah Ahira zu komisch aus. Der Zwerg gehörte einfach in ein Kettenhemd und Leder.

Karl bot ihm einen Stuhl an. »Guten Tag, Mister Bürgermeister.«

Der Zwerg blieb stehen. »Laß den Scheiß! Ich habe viel zu tun. Ich steckte bis zum Hals in Arbeit, als dein verdammter Drachte mich plötzlich abholte.«

»Was ist denn das Problem?«

»Gebietsansprüche! Riccetti beschwerte sich, daß Keremin unberechtigt ein Feld beansprucht, das den Ingenieuren gehört.«

»Na und? Lügt Lou?«

»Bestimmt nicht.«

»Dann ist doch alles klar.«

»Nein, Kerein ist einer meiner Anhänger, aber ein Leisetreter. Ich will ihn so kurz vor der Bürgerversammlung auch nicht vergrätzen.«

»Kannst du denn Lou keine andere Parzelle als Ersatz geben?«

Ahira zuckte mit den Schultern. »Es geht um das Grundstück westlich von der Höhle.« Er stöhnte und setzte sich. »Und es gehört ihm nun mal. Politik macht verdammt durstig – Wink mit dem Zaunpfahl!«

»Kapiere.« Karl holte zwei Tonbecher aus dem Regal und eine Flasche.

Dann zog er den Korken heraus und goß drei Fingerbreit von »Riccettis Hausmarke« ein. »Etwas ganz Wichtiges ist dir aber entgangen, Ahira.«

»Was denn?« Ahira trank einen Schluck Whiskey. »Nicht übel; aber hast du in letzter Zeit mal das Bier gekostet? Ich schwöre, es wird immer schlimmer.«

»Ahira, ich glaube, wir haben einen Fall von Kindesmißhandlung.«

»Scheiße! Wer?«

»Neue Leute. Das Kind heißt Mikyn. Den Namen des Vaters weiß ich nicht.«

Der Zwerg ballte die Fäuste. »Soll ich mich darum kümmern? Ich kann Kindesmißhandler auch nicht mehr leiden als du.«

»Das stimmt doch gar nicht! Du hast doch Mitleid mit diesen armen, mißverstandenen Schweinen. Du allein stehst zwischen dem großen, bösen Karl Cullinane und diesem ganz besonders mißverstandenen Dreckskerl.«

»Ach ja? Bist du dir da sicher?«

»Allerdings.«

Lautes Flügelrauschen draußen. *Wir sind da. Du hast mit Alezyn recht gehabt, Karl. Tut mir leid.*

Warum?

Verdammt noch mal, so was müßte ich mitbekommen und verhindern. Ich hasse es nur, Leute, die ich nicht kenne, anzuzapfen und ...

Sch. Wir können nicht alle vollkommen sein. Wir müssen nur unser Bestes geben.

Und wenn das nicht genügt?

Darauf gab es keine leichte Antwort. Karl hob den Kopf. »Alezyn, komm rein! *Sofort!*«

Die Tür wurde zögernd geöffnet. Ellegon schon Alezyn mit der Schnauze herein, so daß dieser aufs Gesicht fiel.

Alezyn sah wirklich nicht wie einer aus, der ein Kind mißhandelte. Er war ein rundlicher, kleiner Mann mit beginnder Glatze, einem runden Gesicht und großen Augen. Halb feindlich halb verängstigt schaute er Karl an. Er sah viel mehr wie einer aus, der selbst geschlagen wurde, als einer, der seine Frustrationen an einem Kind auslassen würde.

»Was ist eigentlich los?«

»Wir wollen mit dir reden«, sagte Ahira.

»Jawohl, Mister Bürgermeister.«

»Und entweder haben wir ein sehr ersprießliches Gespräch«, fuhr Ahira fort, »oder ...« Er beendete den Satz nicht.

»Oder?«

Ahira wandte sich an Karl. »Zeig's ihm.«

Karl stand auf, packte den kleineren Mann vorn an der Tunika und hob ihn mit einer Hand hoch.

»Wir sind uns noch nie begegnet. Mein Name ist Karl Cullinane. Und jetzt werde ich dir zeigen, warum ich *damit* anfange.« Er warf Alezyn gegen die Wand und trat einen Schritt zurück, als der andere nach Luft ringend auf dem Boden lag.

Ahira fiel ihm in die Arme. »Bring ihn nicht um!«

Ellegon versuchte, durch die Tür zu schauen. *Ich habe

eine bessere Idee. Überlaßt ihn mir zum Fraß. Ich wollte immer schon wissen, wie ein Mensch schmeckt, der Kinder schlägt.*

Karl hätte nie gedacht, daß die Augen des Mannes noch größer werden könnten. Aber er hatte sich geirrt.

»Lieber nicht, Ellegon«, sagte Karl. »Der würde dich vielleicht noch vergiften.«

Von Ahira: »Du willst ihm wohl Gottesfurcht beibringen?«

Nein – Angst vor mir. Manchmal spurt Gott nicht richtig.

»Zu riskant. Vielleicht läßt er seine Frustration an dem Kind aus, gerät in Panik und bringt den Jungen um?«

Meinst du?

»Laß mich mal machen, Karl.«

Der Zwerg half Alezyn beim Aufstehen und legte den Arm um seine Schulter. »Jetzt wollen wir uns mal unterhalten – du und ich.«

Alezyn machte einen sinnlosen Versuch, den Arm abzuschütteln. Er hätte ebensogut versuchen können, eine Stahlkammer zu verbiegen.

»Ich verstehe ja, was du alles mitgemacht hast«, fing Ahira freundlich an. »Gefangen, ein Sklave, deine Frau verkauft. Und jetzt bist du in einem neuen Land, wo wir es nicht so wie bei dir zu Hause machen. Frustrierend, was?« Er bot Alezyn einen Schluck Whiskey an. »Trink nur, wird dir guttun.«

Der kleine Mann nippte kurz. »J-ja, ab-ber kann ich offen r-reden, ohne daß *der* wieder zuschlägt?«

»Selbstverständlich. Du stehst unter meinem Schutz, solange du in diesem Raum bist.« Er schaute zu Karl. »Verstanden, Karl?«

»Jawohl.«

»Also, was willst du mir erzählen?« wandte sich Ahira wieder an Alezyn.

»Mikyn ist mein Sohn. Wenn er nicht gehorcht, habe ich das Recht, ihn zu bestrafen. Er ist *mein* Sohn.«

»Das stimmt. Du mußt aber lernen, daß hier bei uns

›mein Sohn‹ oder ›meine Frau‹, ja sogar ›mein Pferd‹ etwas anderes bedeutet als ›meine Schaufel‹; denn sonst ...«

»Was?«

»Sonst gebe ich dir einen Tritt, daß du durch die Tür fliegst. Dann kann Karl dich in Häppchen für Ellegon zerschneiden!« Der Zwerg brüllte, so laut er konnte. Sein Gesicht war wutverzerrt. »Wie ich dir schon sagte«, fuhr er mit sanfter Stimme fort, »du mußt noch viel lernen. Das wirst du aber kaum, wenn du für die Ingenieure schuftest. Ich glaube, ich habe das ideale Schulzimmer für dich, was, Karl?«

»Jawohl, Mister Bürgermeister.«

»Bring Alezyn hinüber zum Exezierplatz. Davens Truppe hält gerade ein paar Übungen ab. Karl wird sich um deinen Sohn kümmern, bis du deine Grundausbildung hinter dir hast.«

»Grundausbildung?«

»Ja, wir werden einen Krieger aus dir machen.«

»Einen Krieger?« Alezyn wurde kreidebleich.

»Ja, entweder das oder Verbannung. Du kannst sofort wegrennen, wenn du willst, denn sonst ...«

»Was sonst?«

Der Zwerg kicherte. »Wenn ich einen Satz mit ›denn sonst‹ aufhöre, solltest du deine Neugier im Zaun halten. Wir werden aus dir einen Krieger machen; denn sonst würden wir dich umbringen. Ganz einfach. Ich an deiner Stelle würde meinen Arsch durch diese Tür bewegen und auf Karl warten; denn sonst ...«

Mit einem Satz war Alezyn an der Tür und raus.

Karl lachte.

»Ahira, ich mag deine vornehme Art.« Dann wurde er wieder ernst. »Du, wir haben eine Menge zu besprechen. Warum bringst du nicht Kirah und Janie ins Neue Haus zum Abendessen?«

Ahira nahm seinen Becher, trank ihn aus und schaute hinein. »Mir scheint, ich habe keinen Whiskey mehr.« Karl schob ihm die Flasche hinüber. Der Zwerg zog den Korken heraus, ignorierte den Becher und setzte die Flasche an den

Mund. »Mmmm ... Abendessen klingt gut – soll Riccetti auch kommen?«

»Aber klar. Kann er bei dir übernachten? Ich habe doch Mikyn schon im Gästezimmer, will aber Lou nicht verletzen.«

»Verdammt noch mal, nein. Natürlich kann er mein Zimmer haben. Ich bin in letzter Zeit sowieso nicht viel drin.«

»Ach wirklich? Ich wußte gar nicht, daß dich dein gesellschaftliches Leben so beansprucht.«

»Ha, ha. Wirklich komisch! Janie hat wieder ihre Alpträume. Ich muß die meisten Nächte bei ihr schlafen.« Der Zwerg schnaubte verächtlich. »Jedenfalls behauptet sie, daß sie böse Träume hat. Ich glaube, sie will bloß mehr Aufmerksamkeit.«

»Du verwöhnst das Kind.«

»Findest du?« Ahira ließ seine Fingerknöchel knacken. »Und – willst du mich vielleicht daran hindern?«

»Ich?« Karl hob die Hände, als wolle er sich erheben. »Das würde ich niemals wagen – aber geh lieber rüber zum Haus.

U'len bringt mich um, wenn ich sie nicht vorwarne. Wir bitten auch noch Thellaren dazu. Dann können wir einiges heute abend schon klären.«

»Was ist mit Karls freiem Tag?«

»Den kann ich mir in die Haare schmieren.« Damit ging Karl hinaus, wo Alezyn auf ihn wartete.

Kapitel fünf

Dinnerparty

Es gibt keine Medizin für ein Leben, das bereits entflohen ist.

Ibykus

Karl schwankte, ob er das letzte Stück Blaubeerkuchen noch essen sollte. Dann fand er, daß es ihm an seinem freien Tag eigentlich zustand, und schob es auf seinen Teller.

Verdammt, schmeckte das gut. Frische Backwaren vermißte er auf seinen Fahrten am meisten.

Am anderen Ende des Tisches lächelte Andy-Andy ihm zu.

Nun, vielleicht vermißte er Backwaren doch nicht am meisten.

Manchmal ist das Leben beinahe lebenswert! Er faltete die Hände über dem Bauch und ließ sich zurücksinken.

Ahira griff nach einem Stück Maisbrot und stieß dabei ein Messer vom Tisch.

Es klirrte zu Boden.

Karl sprang auf und hatte die Hand schon am Griff des Schwertes, das nicht da war.

»Karl!«

Er kam sich idiotisch vor. Eine Entschuldigung murmelnd nahm er wieder Platz. »Tut mir leid. Es dauert eine Zeitlang … wenn man so lange draußen war. Ich muß erst mal … dekomprimieren.«

»Du bist nicht der einzige«, sagte Chak von der Türschwelle aus und steckte verlegen lachend sein Krummschwert zurück in die Scheide. Er kam zum Tisch und nahm sich ein Stück Maisbrot. »Als ich das Klirren hörte, war ich mit meinem Krummschwert schon halb die Treppe herunter, ehe mir einfiel, daß es wahrscheinlich nur Besteck war.«

»Was ist mit den Kindern?« fragte Andy-Andy.

Chak lächelte. »Jason und Janie schnarchen, und Mikyn habe ich schließlich auch zum Einschlafen gebracht.«

»Du hättest wirklich nicht Babysitter spielen müssen«, sagte Karl. »Warum hast du nicht mit uns gegessen?«

»Ich sehe nie genug von Jason und Janie«, antwortete Chak. »Dich habe ich mehr als einmal essen sehen, Karl. Das raubt einem wirklich nicht die Sinne.«

»Danke!« Karl zeigte auf einen Stuhl. »Willst du dich zu uns setzen oder den Kindern beim Schlafen zuschauen?«

Der kleine Mann stellte sein Krummschwert in den Schwertständer in der Ecke und ließ sich neben Aeia nieder. »U'len, ich nehme Rindfleisch«, rief er in Richtung Küche.

Die Antwort kam prompt. »Dann geh und beiß in 'ne Kuh!«

Die Tischrunde lachte.

Als Karl sich umschaute, schienen bis auf Chak alle zufrieden zu sein.

Auf dem Ehrenplatz zu Karls Linken saß Lou Riccetti. Er hatte seinen Stuhl zurückgeschoben und die Schnur, die seine Hosen festhielt, gelockert. Er ließ sich von dem jungen Mädchen, seinem Lehrling, ein heißes Handtuch reichen. Sie stand immer hinter ihm, eine Hand ständig am Pistolengriff.

Riccetti hatte schon oft angeboten, auf seine Leibwache zu verzichten, wenn er zu Besuch kam; aber Karl war strikt dagegen. Lou Riccetti war für die nächsten Jahre die wertvollste Person im ganzen Tal. Aber Lous Gewicht gefiel ihm gar nicht. Eigentlich hatte Karl immer erwartet, daß Riccetti, der vor ihrer Überführung auf Diese Seite eher pummelig gewesen war, mit zunehmendem Alter Speck ansetzen würde; aber ganz im Gegenteil. Er war beinahe ein wandelndes Skelett. Er behauptete, zuviel Arbeit zu haben, um viel zu essen, und die jungen Ingenieure, die für ihn kochten, hätten es nie gewagt, ihm zu sagen, er solle langsamer treten und mehr essen.

»Ich sollte dir U'luk rüberschicken, damit sie dich bekocht und du etwas mehr Fleisch auf die Rippen bekommst«, sagte Karl.

»Mir geht es prima.«

»Ich sage dir, wenn es dir prima geht, du Arschloch! Iß regelmäßig und setze etwas Fett an oder ich bringe U'len rüber mit Eintopf und werde dich zwangsernähren.«

Das Lehrmädchen – Ranella hieß sie – konnte nur mit Mühe ihr pickeliges Gesicht im Zaum halten. Im Territorium der Ingenieure im Norden des Tales sprach niemand so mit dem Ingenieur.

»Da hab ich aber auch noch ein Wörtchen mitzureden«, sagte U'len und schob sich durch den Vorhang am Rundbogen, der zur Küche führte. Sie brachte zwei frischgebakkene Kuchen auf einem Holzbrett, außerdem noch einen Berg Roastbeef. Sie war eine mehr als rundliche Frau von fünfzig, mit ständig rotem Gesicht vom Herdfeuer.

»Du glaubst wohl, daß ich nicht genug zu tun habe? Da willst du mich zwingen, für diese dreckigen Ingenieure zu kochen? Du solltest mal weniger mit dem Schwert üben und statt dessen dein Hirn trainieren – wenn du überhaupt eins hast.« Sie gab Chak die Platte mit dem Fleisch. Dann stellte sie einen Kuchen vor Andy-Andy auf den Tisch. Den anderen knallte sie Karl hin. »Ewig machst du Probleme: mir, deiner Frau, eigentlich allen.«

»In deinem Fall kann ich die leicht lösen«, sagte Karl. »Du bist gefeuert!«

»Das bin ich *nicht!* Du hirnloser Sohn ein...«

»Das reicht!«

»Ich sage, wenn es reicht«, rief sie über die Schulter zurück, als sie wieder in der Küche verschwand. »Verdammter Narr, Schwertkämpfer ...«

U'len war die beste Köchin des ganzen Tales, wenn auch ihre Zunge so scharf war wie ihre Küchenmesser. Insgeheim freute sich Karl über ihre Streitlust. U'len hatte sich prima herausgemacht, seit er sie wimmernd auf dem Sklavenmarkt in Metreyll aufgelesen hatte.

Links von Riccetti saß Thellaren. Er wischte sich ein paar Krümel von seiner schwarzen Robe und griff lächelnd nach dem Kuchen. Seine Hand schien offensichtlich immun gegen die kochend heiße Blaubeerfüllung.

»Du scheinst Leute um dich zu scharen, die dich reizen, Karl Cullinane.« Der fette Spinnenpriester schüttelte den Kopf. »Man könnte meinen, du magst es so.« Thellaren brach einen Kuchenkrümel ab und fütterte damit die Spinne, die so groß wie eine Tarantel war und auf seiner Schulter saß. Das Tier nahm den Krümel zwischen die Kinnbacken und huschte davon, um sich irgendwo in den Falten seines Gewandes zu verkriechen.

»Das stimmt«, lachte Ahira. »Seht doch, wen er geheiratet hat.«

Andy-Andy hatte gerade den Pokal angesetzt, um zu trinken. Jetzt schoß ihr Wasser aus dem Mund und auf den Teller.

Riccetti grinste. »Zwei Punkte, Ahira.«

Andy-Andy funkelte den Ingenieur und den Zwerg an. Dann brach sie in herzliches Lachen aus.

Karl seufzte froh. Schon lange hatte er sie nicht mehr so lachen gehört.

Selbst Kirah stimmte ins allgemeine Gelächter ein. Walters Frau war immer noch scheu, wenn Karl dabei war; aber seit Ahira bei ihr, Walter und Janie lebte, schien sie gelöster.

Karl schob seinen Stuhl zurück und fragte: »Also – wie steht's?«

»Womit?« fragte Riccetti zurück und trank sein Wasser aus. »Politik oder Pulver?«

»Geber kann entscheiden.«

Ahira biß sich auf die Lippe. »Mir macht die Politik Sorge. Auch wenn die Einheimischen ...«

»Die Sklavenhändler.«

... selbst, wenn die Sklavenhändler auch Schießpulver

herstellen können, haben wir doch immer noch ein paar Tricks im Ärmel. Nitrozellulose, wenn nötig.«

Riccetti schnaubte wütend. »Na, prima. Dann halte *du* das Zeug stabil!«

Karl zog eine Augenbraue hoch. »Wie kommst du voran?«

»Nicht besonders gut. Das Zeug explodiert immer noch im Durchschnitt nach neunzig bis fünfundneunzig Tagen von selbst.« Er hob die Hände. »Vielleicht müßte ich eine bessere Wäsche erfinden – oder die Zähne zusammenbeißen und zugeben, daß ich es mit dem unreinen Schwefel nicht schaffe. Oder vielleicht sollte ich dir einfach sagen, daß du dir einen anderen Trottel als Chemiker suchen solltest.«

»Aber Lou ...«

»Gar nicht ›aber Lou‹ – verdammt noch mal. Wenn ich Chemiker statt Bauingenieur hätte werden wollen, hätte ich das studiert. Weißt du, wie man mir beigebracht hat, Sprengstoff herzustellen?«

»Na?«

»Ich habe ihn *bestellt*, aus einem *Katalog*. Man füllt einen *Bestellschein* aus, wenn man die Erlaubnis dazu hat. Man schreibt einen *Scheck* aus ... und bekommt wirklich *reine* Chemikalien.«

»Moment mal!« Ahira hob die Hand. »Lou, bei allem Respekt, müssen wir das alles wieder durchkauen? Wir wissen alle, daß du an Schießbaumwolle weiterarbeiten wirst. Wir sind auch alle überzeugt, daß du das Problem der Selbstexplosion lösen wirst.«

»Na *selbstverständlich* werde ich das. Je das Buch von Verne über die Fahrt zum Mond gelesen?«

»Das, wo sie die Leute mit so 'ner Kanone hochschießen? Nein, warum?«

Riccetti spreizte seine Hände auf die Tischplatte. »Alle mal hersehen: noch sind alle Finger dran. Das gefällt mir auch so.« Er trommelte jetzt. »Das meiste im Buch vom alten Jules war Blödsinn; aber den Personen, die sich mit

Sprengstoff befaßten, fehlten ein paar Körperteile. Wenn ich jetzt größere Mengen Sprengstoff herstellen müßte – Gott allein weiß, was dann passiert.«

»Dann mach eben vorläufig keine größeren Mengen.«

»Da gibt es auch noch eine ... häßlichere Möglichkeit.« Andy-Andys Gesicht war sehr ernst. »Ich könnte mich reinhängen und die Transmutation von Metallen lernen. Wie viele Pfund Uran würde man brauchen ...«

»Vergiß es!« Riccetti schüttelte den Kopf. »Drei Probleme: Erstens ist es ohne guten Sprengstoff für die Linsen nicht einfach, eine Kernspaltungsbombe auszulösen. Zweiten brauchst du nicht nur Uran, sondern U-235. Drittens kannst du so lange gar nicht leben, um die Transmutation, zu lernen. Das ist nicht wie Regenmachen. Aristobulus war bei weitem nicht gut genug für Transmutationen und du bist noch lange nicht der Magier, der er war.«

»Äußerst zartfühlend bemerkt«, sagte Ahira und verdrehte die Augen. »Aber Lou hat recht, allerdings aus falschen Gründen. Diesen Weg werden wir nie einschlagen.«

Thellaren wechselte das Thema. »Mister Bürgermeister, was sollen wir Ihrer Meinung nach mit Lord Khorals neuestem Angebot machen?«

»Neues Angebot?« fragte Karl. »Davon weiß ich gar nichts.«

»Ja.« Der Zwerg schnaubte verächtlich. »Zwischen heute und der Bürgerversammlung wird ein Unterhändler von Khoral kommen. Ich erwarte, daß er noch mehr zum früheren Status neigt: Mehr Sklaven, jede Menge Titel – wie würde es dir gefallen, Karl, Baron Cullinane zu sein?«

Karl schnaubte ebenfalls verächtlich.

»Er will nur deine Lehenstreue, Karl, und vielleicht noch von Lou das Geheimnis des Schießpulvers.«

»Ahira, er will Lou und einen Trumph, um die Sklavenhändlerzunft in die Knie zu zwingen.«

»Das würde dich doch nicht stören. Du hast bloß Angst, daß er die Sklavenhändler *nicht* niederknüppelt. Und mal ehrlich, Karl, bis jetzt hat es noch keinen menschlichen

Baron in Therranji gegeben – willst du nicht doch der erste sein?« zog ihn der Zwerg auf.

»Nein, danke!« Es war teilweise eine Sache des Egos, teilweise der Würde; aber vor allem eine Sache der Unabhängigkeit.

Karl verabscheute die Idee, daß ihm jemand sagte, was er zu tun habe; aber noch mehr die Vorstellung, in Therranji ein Bürger zweiter Klasse zu werden. Schon immer hatten Elfen in Therranji geherrscht. Obwohl viele Menschen ebenso dort geboren waren wie die Elfen und von Immigranten aus den Eren-Gebieten abstammten, war es Menschen verboten, Land zu besitzen, Pferde zu reiten oder ein halbes Dutzend Berufe auszuüben.

Khoral hatte zwar allen Bewohnern des Tales die vollwertige Staatsbürgerschaft in Therranji angeboten, Menschen, Zwergen, Elfen, dennoch war Karl sicher, daß er das nie halten würde. Die rassischen Vorurteile waren hier zwar andere, aber ebenso tief verwurzelt wie die auf der Anderen Seite.

Vielleicht sogar noch schlimmer auf Dieser Seite, weil es für einige handfeste Gründe gab. Obwohl Karl nichts gegen Zwerge oder Elfen hatte, würde er nicht wollen, daß Aeia einen heiratete. Ihre Kinder würden steril wie Mulis sein.

Außerdem war da noch die Sache mit der Sklavenhändlerzunft. Der Westen Therranjis war ihr bevorzugter Jagdbezirk. Im Augenblick hatten Therranji und das Heim dieselben Interessen, aber das konnte sich auch schnell ändern. Es bestand kein Zweifel, daß Khoral den Sklavenhändlern mit Karl Cullinane Angst einjagte und ihnen versprach, ihn an die Leine zu legen, wenn die Zunft keine Überfälle auf Therranji durchführen würde.

Dieser Gedanke lag Karl sehr vor dem Magen. Der sich in den Mittelländern ausbreitende Krieg vergrößerte den Nachschub an Sklaven. Es wurde für die Zunft immer leichter, in Bieme und Holtun Handel zu treiben, als in Therranji einzufallen.

Da war noch eine Schattenseite. Was war, wenn Khoral es tatsächlich ernst meinte und Karl zu einer Art Baron machte?

Das war eine Falle für Herrscher und Beherrschte. Karls Autorität über seine Krieger stammte aus Respekt und freier Wahl – sowohl von seiner wie auch von ihrer Seite. Vielleicht kam einmal der Zeitpunkt, wo er diese Autorität und alles, was dazugehörte, aufgeben würde, wenn er sagen könnte, daß er nie wieder die Eingeweide seiner Freunde im Gras sehen wollte.

Das konnte er aber nur, solange er frei war und nicht durch einen Titel gebunden war.

»Das Problem ist die Bürgerversammlung«, erklärte Karl. »Durchaus möglich, daß sie etwas unschön verläuft ...«

»Karl!« unterbrach ihn Andy-Andy.

»... *politisch*«, fuhr er fort. »Kein Blutvergießen. Wir müssen nur dafür sorgen, daß der Unterhändler bis zur Versammlung abgelenkt ist. Führt ihn überall herum – bis auf die Verbotenen Höhlen. Teufel auch, Nehera kann ihm doch stundenlang etwas über Legierungen erzählen. Hmmm ... ich finde es unnötig, daß der Kerl mit den Anhängern quatscht – da müßt ihr aufpassen.« Er wandte sich an Lou. »Gibt es noch irgendwas außer den Höhlen, was er nicht sehen darf?«

»Eigentlich nichts; aber Moment mal«, sagte Riccetti und verzog das Gesicht. »Da raucht noch ein Holzkohlenmeiler – das ist kein Problem. Aber wir haben noch ein paar Töpfe über dem Feuer. Ich werde Ellegon bitten, sich zu beeilen; aber sie reinzuholen, ehe der Inhalt kalt geworden ist – das ist ein Problem. Andrea, vielleicht könntest du sie für mich frei schweben lassen?«

»Nach deiner Bemerkung über das Regenmachen sollte ich dir eigentlich nicht helfen; aber ich tu's.« Sie runzelte die Stirn.

»Hoffentlich sind Deckel drauf. Du hast doch gewußt, daß ich heute nacht Regen mache?«

»Das wußte ich«, antwortete Riccetti. »Die Pötte sind

dicht. Wenn du mir morgen nach der Schule helfen könntest, wären sie außer Sicht.«

»Natürlich.«

Er verriet nicht, was in den Töpfen war; aber Karl vermutete, daß es sich um Fledermausguano aus den Höhlen handelte, aus dem er Salpeterr für das Schießpulver herauskristallisierte.

Karl nickte. »Das wär's dann wohl. Was den Unterhändler angeht – der kann sagen, was er will. Ich will nur das letzte Wort haben, mit dem Elfen und vor der Abstimmung.«

»Karl, du nimmst das zu sehr auf die leichte Schulter«, entgegnete der Zwerg. »Du solltest meiner Meinung nach herumgehen und mit den Leuten sprechen.«

»Viel zu auffällig. Die Anhänger warten doch nur darauf, daß ich mich für dich stark mache.«

»Zum Teufel, ich erwarte auch, daß du dich für mich stark machst.«

»Du denkst wie ein Politiker, das wäre falsch.«

»Na, du bist jedenfalls keiner.«

»Genau. Wir lebende Legenden machen das anders.« Karl blies auf seine Fingernägel und polierte sie an der Hemdbrust. »Inzwischen weiß doch jedes Kind, daß ich zurückgekommen bin, weil du nach mir geschickt hast. Da ist es immer gehaßt habe, das zu tun, was man von mir erwartete, werde ich nichts Politisches tun oder sagen – bis zur Bürgerversammlung.«

»Und dann?«

»Und dann ... werde ich mich in einen Politiker verwandeln.«

Ahira kicherte. »Das letzte Mal, als du den Politiker gespielt hast, hast du Seigar Wohtansen halb tot geprügelt. Ich hoffe nur, daß du dich hier nicht so unbeliebt machst wie in Melawei.«

»Erwähne Melawei nicht!« Karl schlug mit der Faust auf den Tisch, daß Geschirr und Besteck nur so klirrten. *»Niemals!«* Es war nicht nur, weil Rahff in Melawei gestorben

war. In Melawei lag auch das Schwert Arta Myrdhyns in einer Höhle unter einer Insel und wartete.

Es wartete nicht auf meinen Sohn, du Bastard. Du hältst deine blutigen Finger von Jason fern. Er rieb sich die Augen, bis er Funken sah. »Entschuldige, Ahira – ihr alle.« Er machte die Augen wieder auf und sah, wie Lou Riccetti dastand und das Handgelenk seiner Leibwächterin umklammerte. Chak stand hinter ihr. Mit einer Hand hielt er sie an den Haaren, mit der anderen hatte er ihr eine Messerspitze an den Hals gesetzt.

»Laß sie, Chak«, sagte Karl.

Zögernd ließ Chak das Mädchen los und setzte sich wieder.

»Ranella«, sagte Riccetti ruhig und ließ ihren Arm los. »Wir haben doch bereits schon darüber gesprochen. Eher richtest du eine Waffe auf *mich* als auf Karl Cullinane. Verstanden?«

»Aber ich wollte doch nur ...«

»Versuchst du dich etwa zu *entschuldigen*?«

»Nein, Ingenieur.«

»Haben wir uns verstanden?«

»Ja, Ingenieur.«

Das Mädchen legte ihre Pistole in Riccettis ausgestreckte Hand. »Melde dich sofort beim Offizier der Wache. Er soll mir sofort eine *anständige* Leibwache schicken. Bis sie kommt, bleibe ich hier. Dein Pferd brauchst du nicht. Laufen wird dir guttun. Wegtreten.«

»Jawohl, Ingenieur.« Das Mädchen machte auf dem Absatz kehrt und lief aus dem Raum.

Riccetti wandte sich an Karl. »Ich ... verstehe, daß dich manche Sachen in Wut bringen; aber zwinge mich nicht mehr, so was noch mal zu tun. Ranella ist ein braves Mädchen. Ich bestrafe sie nicht gern.«

Riccetti hatte recht. Karl hatte selbst darauf bestanden, daß die angehenden Ingenieure unter allen Umständen auf Riccettis Sicherheit zu achten hatten. Da waren solche Zwischenfälle wirklich unnötig.

Karl hob die Hände. »Bitte, entschuldigt, Lou und Ahira. Es tut mir wirklich leid. Ich war zu lange unterwegs.«

Thellaren räusperte sich. »Wenn ich mich nicht irre, haben wir über Politik gesprochen?«

»Stimmt.« Karl lächelte dem Kleriker dankbar zu. »Die beiden kritischen Punkte sind folgende: Erstens die Anhänger und zweitens Khorals Unterhändler. Wir müssen den ersten so viele Stimmen entreißen, daß du im Amt bleibst, und dem zweiten klarmachen, daß es für Therranji besser ist, uns als freundliche Nachbarn zu haben, als wenn es irgendwelche üblen Tricks versucht ...«

»Na und?« fragte Ahira.

»Vertrau mir.«

Der Zwerg schwieg einen Augenblick. »In Ordnung.«

Karl nahm die kleine Glocke vom Tisch und klingelte. Schritte wurden auf der Treppe laut. Ihryk trat ins Zimmer.

»Was, zum Teufel – ich wußte nicht, daß du heute da bist.« Ihryk arbeitete gelegentlich für Karl und Andy-Andy. Damit verdiente er sich etwas zu seinem Verdienst aus eigenen Äckern hinzu. Er hätte das nicht gebraucht, um sich und seine Familie gut zu ernähren. Ihm schien die Abwechslung ebensoviel Freude zu machen wie die Bezahlung.

»Wir sind vor zwei Tagen mit der Weizenaussaat fertig geworden. Ich fange heute abend meinen Zehntag hier an.«

»Ich freue mich, dich zu sehen. Wie sieht's oben aus?«

»Die Kinder schlafen tief.«

»Gut. Aeia, warum sagst du nicht ›Gute Nacht‹ und läßt dich von Ihryk ins Bett bringen?«

Sie verzog das Gesicht. »Aber Karl ...«

»Das reicht«, sagte Karl. »Wenn du nicht genug Schlaf bekommst, machen dich die Kinder morgen mürbe.«

»Moment, Karl«, schaltete Andy-Andy sich ein. »Während du weg warst, haben Aeia und ich uns geeinigt, daß sie alt genug ist, um selbst zu entscheiden, wann sie ins Bett geht.«

»Alles klar. Tut mir leid, Aeia.« Er fügte noch einen Punkt zu der langen Liste von Dingen, die er erledigen mußte. Aeia mußte bald heiraten. Zwingen konnte er sie nicht. Woher sie nur diese sture Ader hatte?

Er könnte aber einen geeigneten Mann aussuchen und Aeia verbieten, ihn zu sehen. Aber wen? Einem Ex-Sklaven wollte er sie nicht geben; aber als Kriegerwitwe wollte er Aeia auch nicht sehen. Vielleicht ein Ingenieur? Er mußte mit Riccetti reden. Der sollte mal die Augen nach einem geeigneten Kandidaten offen halten.

Aber das Problem werde ich heute abend nicht mehr lösen. Er wandte sich an Kirah. »Warum willst du Janie wecken? Laß sie doch hier schlafen.«

Es war nicht nur, weil er Janie wirklich gern hatte. Er dachte auch an den Morgen. Jason betrachtete Janie als eine Art jüngerer Schwester, der er ein gutes Beispiel geben mußte. Das wirkte sich auf sein Benehmen sehr gut aus.

Kirah nickte.

»Gut«, sagte er und streckte sich. »Leute, ich will die Party nicht abbrechen; aber ich hatte einen verdammt langen Tag und muß mich hinhauen.«

Andy-Andy stand auf. »Ahira, Lou, Thellaren, ich gebe euch genug Zeit, nach Hause zu kommen, ehe ich mit dem Regen anfange.«

Riccetti fragte: »Muß das heute sein?«

»Ich hab's versprochen. Ihryk ist nicht der einzige, der in den letzten Tagen gesät hat. Die Felder brauchen Wasser.« Sie lächelte Karl zu. »Ich bring sie raus. Geh du schon rauf und leg dich hin.«

Karl öffnete langsam die Tür zu Jasons Zimmer. Leise wie ein Dieb schlich er sich hinein.

Im Sternenlicht, das durchs offene Fenster fiel, konnte man die drei kaum sehen. Mykins und Janies Betten waren leer.

Alle drei schliefen zusammen in Jasons Bett.

Janie schnarchte wie immer. Mikyn lag in Embryohaltung und atmete schnell und unregelmäßig, als traute er sich auch im Schlaf nicht zu entspannen.

Vielleicht habe ich Alezyn nicht hart genug bestraft, dachte Karl. Aber das konnte man ja leicht ändern. Andererseits war es auch keine gute Lösung, jemanden umzubringen, bloß weil er ein Schwein war – die Welt war voll von verdammten Schweinen.

Er mußte leise lachen, als er Jason so betrachtete, wie er auf dem Rücken lag und die Arme beschützend um seine Bettgenossen hielt.

Karl setzte sich im Schneidersitz neben das Bett. Dann strich er Jason zart über das feine, seidige Haar.

Mein Kleiner, dachte er, *ich sehe dich viel zu selten.* Das war eine der Schwierigkeiten bei seinem verdammten Beruf. Er hielt Karl viel zu lange von zu Hause fern und zehrte so an seinen Nerven, daß er dann daheim auch unausstehlich war. So schlimm wie heute abend war es allerdings selten. Sonst konnte er auf dem Heimweg langsam dekomprimieren; aber der Flug mit Ellegon hatte ihm dazu keine Zeit gelassen.

Liebevoll beugte sich Karl noch mal über Jason und küßte ihn leicht auf die Stirn. *Arty Myrdhyn,* dachte er, *du bekommst Jason nicht in die Finger. Meinen Sohn nicht!*

Er hörte Andy-Andys Schritte auf der Treppe. Sie kam sofort zu Jasons Zimmer und blieb auf der Schwelle stehen. Das Licht der Laterne im Gang ließ ihr Gesicht im Schatten. Ein Luftzug erfaßte den Saum ihres Gewandes und wirbelte ihn um ihre Knöchel.

»Alles in Ordnung?« flüsterte sie.

»Alles bestens«, sagte er. »Komm doch her.«

»Nein. Komm du lieber zu mir.« Dann löschte sie das Licht im Gang und führte ihn ins Schlafzimmer.

Der Wind blähte die Vorhänge. Andy-Andy deckte das Bett auf.

»Aber, aber«, sagte er und zog die Augenbraue hoch. »Andy ...«

»Sch.« Sie schüttelte den Kopf. »Sag nicht's. »Dann zog sie ihre Gewänder aus und stand nackt vor ihm.

Bewundernd lächelte er sie an, zog sein Hemd aus und beugte sich nach unten, um die Sandalen zu lösen.

Da erscholl Ellegons Rufen durch die Nacht. *... Mörder ... Armbrust und Drachenbann.*

Karl konnte den Drachen nur mühsam verstehen. *Wo?* dachte er und versuchte in Gedanken zu schreien.

Werthams Farm. Sie sind im Haus, wollen aber nicht drin bleiben. Ich muß näher ran, dann kann ich ihre Gedanken besser lesen.

»Hast du gesagt ›Drachenbann‹? Mach, daß du höher hinauf kommst! Ich will dich oben als Wachposten. Wie viele sind es?« Was, zum Teufel, war mit den Schutzvorrichtungen? Die hätten doch wenigstens die Heiltränke der Mörder melden müssen.

Sie haben keine Heiltränke – und Drachenbann ist kein magisches Zeug. Es stört nur die magischen Teile meines Stoffwechsels.

Schon gut. Also wie viele sind es?

Drei. Viel konnte ich nicht mitkriegen; aber sie kommen in diese Richtung.

»Ihryk!« brüllte er. »Schließ den Gewehrschrank auf und hole mir zwei Pistolen. Schnell.« Andy-Andy hatte sich schon wieder angezogen. »Chak, komm zu mir!«

Dann wandte er sich an seine Frau. »Wir ziehen das wie eine Übung durch, Liebes«, sagte er, wobei er sich zwang, ruhig zu sprechen. »Bring die Kinder in den Keller.«

Andy-Andy konnte zwar manchmal widerspenstig sein; aber nicht in solch einer Situation. Sie rannte zu Jasons Zimmer.

Dann rief Karl nach unten: »U'len, hol die Dienstmädchen, ich schicke dir den Stallburschen und Pendrill.«

Karl war fast ganz sicher, daß die Mörder es auf ihn – und nur auf ihn – abgesehen hatten; aber seine erste Sorge galt der Sicherheit seiner Familie und der Dienstboten.

Chak wartete schon unten an der Treppe mit Karls

Schwert und seinem Krummschwert. Es wurde an die Haustür gehämmert.

»Karl, Ahira hier. Ich habe Lou und Kirah bei mir.«

Karl riß die Tür auf. Die drei standen halbnackt vor ihm. Trotzdem hielt Ahira seine Streitaxt in der Hand.

»Rein hier – *schnell!* Kirah, hilf Andy, die Kinder in den Keller zu bringen. Ahira und Lou – ihr geht mit runter. Chak, du auch. Ich nehme Tennetty mit, wenn möglich, sonst gehe ich allein.«

»Aber ...«

»Die Familie kommt zuerst. Ich rechne mit euch beiden.«

Chak wollte protestieren, sagte dann aber: »Ist gut, Karl. An mir kommt keiner vorbei.«

Ahira nickte grimmig, gab Chak seine Streitaxt und half, die drei verschlafenen Kinder nach unten zu tragen.

Karl mußte kurz nachdenken. Er brauchte Verstärkung; aber das neue Haus lag zwischen dem Punkt, wo Ellegon die Mörder gesehen hatte und dem Lager von Davens Leuten. Mist.

Ellegon, wo ist Tennetty?

Sie wird gleich da sein. Sie läßt Karotte für dich satteln.

»Gut. Ich will, daß Davens Truppe dieses Haus hier ringsum bewacht. Macht große Feuer an. Nichts und *niemand* kommt rein, ehe du Entwarnung gibst.«

Bin schon unterwegs. Die mentale Stimme des Drachen wurde schwächer.

»*Warte* – vielleicht ist es eine Finte. Fliege, nachdem du Daven alarmiert hast, mit mehreren Schleifen über das Tal und sieh dich um.«

Aber das dauert doch ...

»Tu es! Dann beobachte wieder die Mörder.«

Ich glaube, die drei sind allein.

Ellegon ...

Ich höre und gehorche. Viel Glück!

Ihryk brachte die beiden Pistolen aus der Waffenkiste im Keller, außerdem Kugeln und Pulver.

Karl nickte ihm einen Dank zu, gürtete sein Schwert um

und steckte die Pistolen in den Gurt. Dann blickte er an sich hinunter. Nackte Brust, Arbeitshosen und Sandalen. Nein, so nicht. Er rannte nach oben und zog sich schwarze Wollhosen, ein schwarzes Hemd mit Kapuze und seine Stiefel mit den Stahlkappen an. Dann gürtete er sein Schwert wieder um und rannte hinunter.

Stall und Scheune waren keine hundert Meter vom neuen Haus entfernt. Pirat, Tennettys Pferd, stand im leichten Sprühregen da.

Trotz allem mußte Karl beinahe lachen. Pirat war eine schneeweiße Stute. Nur über dem rechten Auge hatte sie einen schwarzen Fleck – der genau Tennettys Augenklappe entsprach.

Im Stall war Tennetty gerade dabei, mit Unterstützung des verschlafenen Stallburschen und Pendrills die Fuchsstute Karotte aufzuzäumen und zu satteln.

Karl schickte die beiden in den Keller. »Sagt Ahira, daß er die Tür verriegeln soll. *Los!*«

Dann zog er noch den Sattelgurt fest und steckte sein Schwert mit Scheide in das Futteral daneben.

Er fühlte sich sehr allein. Die anderen waren zu dritt – und hier waren nur er und Tennetty, falls er nicht auf Verstärkung warten wollte. Schade, daß Walter nicht da war. Das wäre so ein Unternehmen nach seinem Geschmack.

»Was ist mit Chak?« fragte Tennetty.

»Bei der Familie.«

»Gut.« Sie nickte. »Ich wünschte, Slowotski wäre hier«, sgte sie, als hätte sie seine Gedanken gelesen. »Warten wir auf Daven und nehmen ein paar seiner Leute mit?«

Im ersten Augenblick wollte er nein sagen, aber dann fragte er: »Was meinst du?«

Sie schüttelte nur den Kopf und führte Karotte aus dem Stall. »Ich arbeite nicht gern mit neuen Leuten. Daven mag gut sein, aber wir sind nicht an ihn gewöhnt. Und dann in der Dunkelheit? Vielleicht schießen sie uns ab statt der

Mörder. Nein.« Sie tätschelte ihre Satteltaschen. »Außerdem – falls von Werthans Familie noch einer lebt, braucht er Heiltrank, und zwar schnell. Ich bin dafür, daß wir losreiten.«

»Dann los!« Er grub Karotte die Fersen in die Flanken und galoppierte an. Tennetty hinterher.

Seite an Seite ritten sie auf der Lehmstraße nach Osten, die zu Werthans Farm führte. Der Nieselregen drang bis auf die Haut vor. Der Wind sang in den Maisfeldern.

Nein, dachte Karl. Das war doch Blödsinn. Schließlich hatten er und seine Leute nicht das Patent auf einen Überfall aus dem Hinterhalt. Müßte er sich in den Hinterhalt legen, würde er das an der Straße tun. Es gab keine Garantie, daß die drei Meuchelmörder nicht auch über minimale Intelligenz verfügten.

»Warte«, rief er Tennetty zu und hielt an. Tennetty brachte Pirat zehn Meter vor ihm zum Stehen.

»Wir dürfen nicht auf der Straße bleiben – da sind wir zu leicht anzugreifen. Hier entlang.« Er trieb Karaotte in das Feld. Tennetty folgte ihm. Sie würden zwar mehr Zeit brauchen, weil die Pferde in dem weichen Boden zwischen den Maisstauden nicht so schnell vorwärtskamen; aber mit vollem Galopp in eine Armbrustsalve zu reiten, würde sie noch mehr Zeit kosten.

Keine fünfzehn Minuten später kam Werthans Farmhaus in Sicht.

Es bestand nur aus einem einzigen Raum. Hinter dem Ölpapier in den Fenstern sah man Licht brennen; aber es herrschte tödliche Stille. Nicht einmal die üblichen Nachtgeräusche waren zu hören. Karl vernahm nichts außer dem Schnauben der Pferde und dem Klopfen seines Herzens.

Er sprang ab, Tennetty ebenfalls. »Meinst du, daß sie noch drin sind?« fragte sie ihn leise. »Das wäre eine verdammt idiotische Art, einen Mordanschlag zu machen.«

»Nicht, wenn wir so idiotisch sind und einfach reinmarschieren. Nehmen wir an, daß sie drin sind – einer vielleicht als Wachposten vor der Tür versteckt.«

»Und wenn es nicht so ist?«

»Dann wird uns schon was einfallen.«

Er zog sein Schwert samt Scheide aus dem Futteral, nahm es in die linke Hand und in die rechte eine Pistole. Wenn nötig, konnte er die Pistole abschießen, sie fallen lassen und in weniger als einer Sekunde das Schwert aus der Scheide ziehen. Das ging schneller, als wenn er es seitlich aus der Scheide zog. »Nimm dein Schwert; aber laß es auch in der Scheide. Paß auf Lichtreflexe auf.«

Tennetty warf sich noch die Satteltaschen über und sicherte sie mit Lederriemen. Dann traten sie auf die langen Zügel der Pferde. »Bleib schön da«, flüsterte Karl seiner Stute zu.

Gebückt schlich er durch das Maisfeld aufs Blockhaus zu. Tennetty dicht hinter ihm. Als das Feld aufhörte, ließ er sich auf den Bauch nieder und lauschte.

Werthan hatte keine richtige Scheune, nur einen kleinen Schuppen, wo er Hühner hielt und das Werkzeug abstellte. Von den Hühnern kam kein Laut.

»Ich schleiche mich hinten ans Fenster des Blockhauses«, flüsterte Karl Tennetty ins Ohr. »Geh du vorne rum; aber behalte den Schuppen im Auge. Wenn du vorn bist, mach ein Geräusch. Dann schlage ich zu. Wenn ich Hilfe brauche, rufe ich – ansonsten bleibst du draußen. Sollte ich jemand durch die Vordertür oder durchs Fenster werfen, gehört er allein dir.«

Sie nickte und erhob sich. Er packte sie an der Schulter. »Und achte auf deinen Rücken – vielleicht sind sie gar nicht im Haus.«

Tennetty schüttelte seine Hand ab. »Mach du deine Arbeit, ich tue meine!«

Karl stand am hinteren Fenster und wartete. Er hatte nur das blanke Schwert mitgenommen, da im Haus nicht viel Platz war. Tennetty würden die Pistolen mehr nützen.

Tennetty ließ sich aber wirklich Zeit! Sie sollte –

Knacks!

Das Knicken des Zweiges brachte ihn in Bewegung. Mit einem Satz warf er sich gegen das Fenster, dann auf die Seite. Nichts. Jetzt sprang er durchs Fenster und rollte sich innen auf dem gestampften Lehmboden ab. Sofort war er auf den Beinen, das Schwert in der Hand. Diese Vorsichtsmaßnahmen waren jedoch unnötig. In der Blockhütte rührte sich nichts. Es roch nach Tod.

Karl zwang sich, die drei Körper genauer zu betrachten. Werthan lag auf dem Rücken und starrte mit leeren Augen zur Decke hinauf. Aus der linken Brustseite ragte ein Bolzen hervor. Seine Frau und seine kleine Tochter lagen daneben. Ihre Kleider waren in Unordnung. Die Blutlachen aus ihren aufgeschlitzten Kehlen geronnen schon auf dem Fußboden.

Es war nicht schwierig, zu rekonstruieren, was passiert war. Werthan hatte wohl draußen Lärm gehört und gedacht, ein Wiesel habe sich zu den Hühnern geschlichen. Die Mörder hatten ihn getötet und hereingeschleift, wie man an den Fersen sah. Dann hatten sie seine Frau und seine Tochter ermordet.

Karl konnte den Anblick des kleinen Mädchens nicht ertragen. Es war höchstens drei Jahre alt.

Ich darf nicht in Wut geraten, dachte er und versuchte, sich durch Willensanstrengung zu beherrschen, was ihm aber nicht gelang. *Wut führt zu Fehlreaktionen, nicht zu klarem Denken. Meine Wut ist ihr Verbündeter, nicht meiner. Ich werde nicht wütend.*

»Tennetty, ich komme raus«, sagte er ganz ruhig, ging zur Tür und vors Haus. Der Regen hatte aufgehört.

»Und?«

»Tot. Werthan, seine Frau und die Tochter.«

Ich habe sie im Visier, Karl.

Er legte den Kopf nach hinten. Hoch oben schwebte Ellegons dunkler Körper. »Wo sind die Schweine?«

Neben der Straße, etwa eine Viertelmeile von hier, gleich hinter der alten Eiche.

Karl nickte. Er konnte den Baum in der Dunkelheit kaum sehen.

*Sie haben die Feuerstöße ums Neue Haus entdeckt und überlegen nun, was sie tun sollen. Der Anführer vermutet, daß jemand Alarm gegeben hat; aber er ist nicht sicher. Und sie sind hinter *dir* her, falls es dich interessiert. Du solltest ...*

»Waffen?«

Zwei Armbrüste, außerdem Schwerter und Messer. Karl, ich könnte eine von Davens Abteilungen holen und ...

»Nein.« Karl steckte zwei Finger in den Mund und pfiff. »Die gehören mir.«

»Was soll das Pfeifen?« Tennetty sah ihn an. »Sie werden dich hören.«

»Das sollen sie ja auch!« Er zog das Hemd aus. »Und sehen sollen sie mich auch!« Er hob die Stimme. *»Habt ihr das gehört?«*

Keine Antwort.

»Du bist verrückt, Karl, wir können doch nicht ...«

»Nein! Sie gehören allein mir!« sagte er ruhig. »Jeder einzelne.«

»Dann nimmt wenigstens deine Pistolen ...«

»Nein.« Er schüttelte den Kopf. »ich will spüren, wie sie sterben. Ich will ...« Er sprach nicht weiter. *Heb dir deine Gefühle für später auf, wenn sie tot sind.*

Er hob das Schwert und ließ es über dem Kopf kreisen, als er auf die Eiche zurannte und brüllte: »Ich bin Karl Cullinane. Ich warte auf euch, ihr Schwein! Kommt doch her, wenn ihr mich wollt!«

Kurz vor der Eiche sah er einen dunklen Schatten zwischen den Maisstauden. Sofort ließ er sich fallen. Der Bolzen zischte über ihn hinweg.

Karl rannte auf den Mann zu. Aber der Mörder wartete nicht auf ihn. Er lief zurück ins Maisfeld. Karl konnte ihn hören. Es schnitt ihm den Weg ab. Beim Zusammenstoß flogen die Armbrust des Mörders und Karls Schwert weit weg zwischen die Maisstauden.

Das war ihm egal. Der Kerl war höchstens halb so groß wie Karl. Er packte ihn, trat ihm mit aller Kraft zwischen die Beine und versetzte ihm dann einen Handkantenschlag gegen die Luftröhre. Der Mann wurde schlaff und starb mit grauenvollem Röcheln.

Einer weniger!

Karl rollte etwas beiseite und lauschte angestrengt in die Nacht.

Nichts. Kein Ton. Die anderen waren nicht so blöd, in Panik durchs Maisfeld zu stolpern.

Und jetzt war Karl unbewaffnet. Sein Schwert lag irgendwo in der Dunkelheit.

Ungünstig. Er bedauerte, daß er so idiotisch blind ins Feld hineingerannt war und Tennetty befohlen hatte, wegzubleiben; aber das ließ sich jetzt nicht ändern. Wenn er laut um Hilfe rief, hatten ihn beide Mörder im Nu festgenagelt. Einer hatte noch die Armbrust.

Na, brauchst du mich?

Allerdings. Zwei fehlen mir — wo ist der nächste?

Karl hatte das Gefühl, als berührten weit entfernte Finger seinen Verstand.

Ich kann nicht tief genug in sie eindringen, ohne näher zu kommen. Ich weiß auch nicht, in welche Richtung du schaust. Wo befinden sich die Feuer, von dir aus?

Karl streckte kurz den Kopf aus dem Feld heraus. Ein Feuerschein weiter die Straße hinunter verriet ihm, daß die Holzstöße um das Neue Haus noch loderten.

Jetzt hab ich dich. Der mit der Armbrust ist zwei Reihen hinter dir in Richtung Straße. Er schaut in deine Richtung, da wirst du dich nicht anschleichen können.

Und der andere?

*Das wird dir gar nicht gefallen. Er rennt neben der

Straße, halbwegs zwischen dir und dem Neuen Haus. Keine Armbrust, aber mehr Wurfmesser als Walter hat. Ich glaube, davon ist auch das eine oder andere in Drachenbann getaucht.*

Der gehört Tennetty. Weise sie ein. Ich kümmere mich um den hier.

Der Drache zog im Tiefflug über die Maisfelder auf das Haus zu.

Karl verfluchte sich im stillen. Sein Jähzorn könnte einmal sein Tod sein! Wenn die Wut statt des Verstandes seine Handlungen bestimmte – eigentlich hätte er sich das schon abgewöhnen müssen.

Als erstes mußte er sein Schwert finden.

Er kroch auf dem weichen, nassen Boden zwischen den Maisstauden herum und tastete umher. Nichts. Bei Tageslicht würde es kein Problem sein; aber bis dahin waren es noch einige Stunden.

Ich will mal die Nerven dieses Schweins testen. Karl nahm einen Erdklumpen und warf ihn in die Richtung, wo der Mörder laut Ellegons Beschreibung sein mußte.

Der Klumpen landete raschelnd im Maisfeld und …

Stille. Nichts, verdammt noch mal. Der Kerl verstand sein Handwerk. Hätte er blind geschossen, hätte Karl ihn angreifen können, ehe er die Armbrust wieder laden konnte.

Karl ging zurück zu dem toten Mörder und holte sich dessen Gürtelmesser. Keine üble Waffe, ein ausgewachsener Dolch.

Dann lud er sich die Leiche auf die Schultern und stampfte durch die Maisstauden auf den anderen Mörder zu. Dann warf er die Leiche, so weit er konnte.

Die Armbrustsehne surrte.

Karl lief mit gezücktem Dolch vor.

Der Sklavenhändler wollte gerade die Armbrust neu spannen.

»Sei gegrüßt«, sagte Karl.

Kapitel sechs

Gedankenlesen

Wer tausend Freunde hat, kann keinen einzigen Freund entbehren, und wer einen einzigen Freund hat, wird ihm überall begegnen.

Ali ibn-Abi-Talib

Als Karl den Gewehrschuß weiter unten auf der Straße hörte, galoppierte er los.

Alles ist unter Kontrolle, sagte Ellegon. *Bei dir auch, wie ich sehe.*

Sicher. Alles bestens. Drei unschuldige Menschen waren tot. Hervorragend.

Er ließ Karotte die Zügel länger. Die Stute fiel in Schritt.

Du nimmst einiges auf dich, Karl Cullinane.

Darauf gab es keine Antwort.

Er ritt um die Biegung. In dem Dämmerlicht der weit entfernten Feenlichter sah er Ellegon bei Tennetty stehen. Daneben die ausgestreckte Leiche des dritten und letzten Meuchelmörders.

Nein – nicht die Leiche. Tennettys Schuß hatte zwar den Bauch des Bastards hübsch aufgebrochen; aber seine Brust bewegte sich noch rhythmisch auf und nieder.

Der Drache senkte seinen Kopf.

»Was ist los, Tenn?«

»Sei ruhig – Ellegon ist beschäftigt.« Tennetty hielt den Mörder fest an den Handgelenken. »Es wäre doch nicht schlecht, herauszufinden, was der hier weiß – wenn er etwas weiß.«

Zuviel Schmerz. Ich komme nicht durch.

»Verdammt!« fluchte Tennetty, als sie die Flasche mit dem Heiltrank aus ihrer Satteltasche holte. Sie ließ ein paar

Tropfen auf die Wunden des Mörders fallen und flößte ihm noch einen kleinen Schluck ein. »Ich hasse es, das Zeug so zu verschwenden.

Sie hatte ihm bereits Messer und Lederbeutel abgenommen. Jetzt hielten Karl und sie gemeinsam den Kerl nieder.

Besser – nein, ich komme nicht weiter als bis zu seinem Bewußtsein.

Sie zuckte mit den Schultern. »Kein Problem.« Dann setzte sie dem Gefangenen die Messerspitze direkt über den Trigeminusnerv im Gesicht. »Wer hat dich geschickt? Wenn du uns das sagst, lassen wir dich leben.«

Der Mann biß die Zähne zusammen. »Ich werde euch *nichts* sagen.«

Tennetty ritzte ganz leicht die Haut an seiner Wange.

Hör auf, Tennetty. Das war nicht nötig. Versuch es mit einer anderen Frage; aber lenke ihn nicht wieder ab. Er muß die Antwort denken, damit ich sie lesen kann.

Karl versuchte sein Glück. Da war schließlich immer die logische Frage: »Was versuchst du vor uns zu verheimlichen?«

Ahrmin.

Ahrmin? Karl zuckte zusammen.

Ahrmin war tot, in Melawei an Bord der *Warzenschwein* verbrannt.

Doch Ahrmin. Er hat die drei vor nicht ganz hundert Tagen in Enkiar angeheuert. Sie sind keine Sklavenhändler, sondern Söldner ... ich bin durchgebrochen, Karl. Ich habe alles: Ahrmin, die Heilende Hand, alles.

Die Hand?

Ahrmin benötigt anscheinend größere Schönheitsreparaturen. Ich werde dir sein Gesicht später schildern. Aber jetzt ... laßt ihn. Geht weg von ihm.

»Nein!« Tennetty hob das Messer. »Er gehört mir, ich werde ihn töten.«

Du wirst beiseite gehen, Tennetty!

»Warum?«

Ellegons mentale Stimme war ruhig und sachlich. *Du

wirst beiseite treten, Tennetty, weil das kleine Mädchen Anna hieß. Sie nannten es Anna Minor, weil Werthans Frau Anna Major war. Du wirst beiseite treten, weil ich dem kleinen Mädchen versprochen hatte, ihm schwimmen beizubringen. Du wirst beiseite treten, weil dieser Mann ihm zugelächelt hat, um es zu beruhigen, ehe er ihm die Kehle durchschnitt. Und wenn du mir nicht sofort Platz machst, werde ich dich verbrennen.*

Tennetty trat beiseite.

Ellegon nahm den zappelnden Mörder vorsichtig in seine Schnauze und schwang sich in den Himmel. Seine Verstandesstimme wurde schwächer, je höher und weiter er flog. *Es gibt vielleicht keine ausgleichende Gerechtigkeit auf dieser Welt; aber ein paar von uns bemühen sich darum. Wie ich sehe, hast du große Angst vorm Fallen …*

»Karl, wo ist dein Schwert?«

»Ich habe es irgendwo verloren. Ich werde es gleich suchen.«

»Das erledige ich schon. Geh du nach Hause.« Tennettys Gesicht war naß. »Nun geh schon.«

Karl lag in dem großen Bett und hatte den Kopf auf die im Nacken verschränkten Hände gestützt. Heimkommen sollte eigentlich eine Zeit der Freude sein, der Leidenschaft für ihn und Andy-Andy – ganz gleich, was unterwegs alles geschehen war.

Aber heute nacht nicht. Er konnte nicht.

»Du schläfst ja noch gar nicht«, flüsterte Andy-Andy.

»Ich kann nicht.« Seine Augen waren trocken und brannten. *Man sollte meinen, daß es nach allem, was ich schon gesehen und getan habe, leichter würde.* Er streichelte ihre Schulter und stand auf. »Du hast morgen Schule und mußt dich um die Ernte kümmern – du brauchst deinen Schlaf. Warte nicht auf mich.«

»Karl …«

»Bitte.«

Ahira saß in vollem Kampfgewand mit blanker Streitaxt auf einem Stuhl vor Jasons Tür.

»Probleme?« fragte Karl leise und zog eine Augenbraue hoch.

»Überhaupt nicht«, antwortete der Zwerg und schüttelte den Kopf. In der Armbeuge hielt er eine Flasche. »Alles ruhig. Chak und Ellegon suchen die Ebene ab; aber ich glaube nicht, daß sie etwas finden werden. Es ist nur ...« Er rieb sich vorn über das Kettenhemd und schnippte mit dem Daumennagel gegen die Klinge der Streitaxt. »Manchmal vergesse ich, warum wir eigentlich hier sind. Ich vergrabe mich zu sehr in die Politik. Manchmal ...« Er beendete den Satz nicht, lächelte nur traurig. »Morgen früh werde ich ein paar Leute zusammentrommeln und zu Werthan hinausgehen, damit wir ihn und seine beiden Annas ordentlich beerdigen – und das tut mir weh.«

Ahira entkorkte die Flasche. »Aber das ist morgen.« Er trank einen Schluck und bot Karl die Flasche an. »Heute werde ich mir einen oder zwei Schluck von Riccettis Hausmarke genehmigen.

Aber vor allem werde ich hier in meinem Panzerhemd sitzen, die Streitaxt in der Hand und daran denken, daß da drinnen drei Kinder sicher schlafen, von denen ich zwei auch nicht mehr lieben könnte, wenn sie mein eigenes Fleisch und Blut wären; und niemand wird an mir vorbeikommen und ihnen etwas antun.«

»Das ist verdammt albern«, sagte Karl mit Tränen in den Augen.

»Nicht wahr? Mmmm ... soll ich dir auch einen Stuhl holen?«

»Ich hol mir selbst einen.«

Kapitel sieben

Die Fledermaushöhle

Es ist immer gut, wenn man zwei Eisen im Feuer hat.

Francis Beaumont und John Fletcher

Der beste Weg, vielleicht der einzige Weg, mit dem Schmerz fertig zu werden, war, sich in die Arbeit zu stürzen, ganz gleich, ob sie angenehm oder unangenehm war. Ein Ritt ins Territorium der Ingenieure im Norden des Tales war eine Mischung aus beidem. Einerseits genoß es Karl, andererseits lag ihm die Aussicht, bei Nehera vorbeischauen zu müssen, schwer auf dem Magen.

Das verwitterte Schild mit der Aufschrift in erendra hing immer noch am Lattenzaun. Die Aufschrift besagte: »Durchgang nur mit ausdrücklicher Erlaubnis.« Es war reichlichst mit Geheimzeichen zur Abwehr verziert.

Dann mußte Karl lachen. Riccetti hatte wieder einmal die englische Aufschrift geändert.

TERRITORIUM DER INGENIEURE
Inh.: Louis Riccetti
Scheiß auf den Rest –
wir machen ECHTEN Zauber hier.

Die lange Zaunlinie wurde von der Schmiede unterbrochen. Zu beiden Seiten standen riesige Tore, wie die einer Scheune. Auf der Seite der Ingenieure wurde in acht großen Schuppen Holz, Holzkohle und Roheisen gelagert.

Nehera war nur ein halber Ingenieur. Alle Leute im Tal brauchten seine Dienste und die seiner Gehilfen und Lehrlinge. Immer mußten Ochsen oder Pferde beschlagen werden, eine Pflugschar ausgebessert oder geschärft werden. Man brauchte Nägel und Werkzeug.

Nicht alle diese Arbeiten waren geheim. Nehera fertigte zwar beinahe sämtliche Gewehrläufe; aber die anderen Arbeiten wurden in den beiden Waffenschmieden ausgeführt, die tiefer im Territorium der Ingenieure lagen.

Bringen wir's hinter uns, stöhnte Karl, als er von Karotte abstieg und auf ihre Zügel trat, damit sie nicht weglief. *Wenn Nehera hört, daß jemand anders für mich gearbeitet hat, muß ich noch mehr Gewimmer ertragen als sonst.*

Verdammt noch mal, warum konnte der Zwerg nicht mehr wie U'len sein und Karl nur ein einziges Mal übers Maul fahren oder ihn zum Teufel schicken? – Wenn er nur einmal eine Spur von Rückgrat zeigen würde!

Das Tor für Zivilisten war geschlossen. Ein Zeichen, daß an einem geheimen Projekt gearbeitet wurde. Karl ging zu dem jungen Ingenieur hin, der vor der Wachstube neben dem anderen Tor stand.

Der Junge war auf dem Posten. »Vhas!« rief er und legte das Gewehr auf Karl an. »*Halt!* Wer da?«

Karl blieb gehorsam stehen. »Ich bin Karl Cullinane, Ingenieurslehrling«, sagte er lächelnd.

Der Junge nickte und lächelte zurück. »Ihr seid bekannt, Geselle Karl Cullinane und willkommen im Territorium der Ingenieure. Ich habe eine Nachricht für Euch vom Ingenieur: Ihr sollt in die Höhle kommen – wann immer es Euch paßt.«

»Danke.« *Eigentlich könnte ich mir den Spaß erlauben,* dachte Karl. »Euer Name und die Befehle, Lehrling?«

»Geselle!« Der Junge nahm Haltung an. »Ich bin Lehrling Bast. Meine Befehle lauten: Erster Befehl: Ich habe auf meinem Posten zu bleiben, bis ich ordnungsgemäß abgelöst werde. Zweiter Befehl: Ich habe jeden anzuhalten, der sich dem Zaun oder dem Tor nähert, indem ich die Person auffordere, stehenzubleiben. Dritter Befehl: Ich darf keine Person durch das Tor oder über den Zaun in das Territorium der Ingenieure vorlassen, es sei denn, diese Person hätte sich zu meiner Zufriedenheit darüber ausgewiesen, daß sie dazu befugt ist. Vierter Befehl: Sollte eine Situation entstehen, die von den ersten drei Befehlen nicht erfaßt ist, muß ich meinen Stellvertreter zum Oberlehrling der Wache entsenden und ihn holen lassen.«

»Und was hättest du getan, wenn ich nach dem Anruf einfach weitergegangen wäre?«

Der Junge blieb ernst. »Ich hätte durch meinen Stellvertreter den Oberlehrling der Wache holen lassen.« Er deutete mit dem Kinn zur Wachstube.

»Wozu, Bast?«

Es gab nur zwei Antworten. Der Junge wählte die richtige.

»Um Eure Leiche zu beseitigen, Geselle.«

»Ausgezeichnet.« Zum Glück hatte noch nie jemand versucht, in das Territorium unbefugt einzudringen, nachdem er angehalten worden war. Dabei nahmen viele Bürger von Heim den Ingenieuren ihre Arroganz übel.

Karl ging in die Schmiede.

Nehera arbeitete am Schmiedefeuer. Zwei Lehrlinge betätigten die Blasebälge, während der Schmied die lange Zange ins Feuer hielt.

Soweit Karl sehen konnte, war er sicher, daß Nehera an einem Schwert arbeitete. Die Heim-Klingen waren nicht nur bei den einheimischen Kriegern beliebt. Sie waren auch eine begehrte Handelsware. Nehera hatte zu dem Wenigen, was Lou Riccetti und Karl über die Herstellung japanischer Schwerter wußten, sein beträchtliches Wissen über Stahlverarbeitung hinzugefügt. Das Ergebnis waren bessere Klingen – leichter, stärker und nicht so anfällig für Scharten.

Als der Zwerg das hellrote Metall aus dem Feuer holte und sich auf seinem Holzbein dem Amboß zuwandte, sah Karl, daß er recht gehabt hatte: Nehera streute etwa einen Löffel Kohlestaub auf den Stahl und hämmerte drauflos. Der Amboß klang wie eine Glocke.

Dann steckte er den mattroten Stab zurück ins Feuer und spritzte sich Wasser ins Gesicht.

Als er den Kopf schüttelte, um seine Augen zu klären, sah er Karl erst.

Jetzt geht's los!

»Ich erflehe Verzeihung, Meister.« Nehera fiel auf die Knie. Sein Holzbein spreizte er merkwürdig auf die Seite. »Ich habe Euch nicht gesehen.«

Es hatte überhaupt keinen Zweck, wenn Karl dem Zwerg jedesmal sagte, daß er sich das Theater sparen könne. Nehera kapierte es nicht. Irgendwann, irgendwo war Neheras Geist gebrochen worden, und zwar so endgültig, daß auch Karl ihn nicht reparieren konnte.

Es war wirklich tragisch: Nehera konnte nicht begreifen, daß er nicht mehr das Eigentum von irgend jemandem war. Die tiefen Narben, kreuz und quer über sein Gesicht, Arme, Rücken und Brust bewiesen, daß er nicht leicht zu brechen gewesen war. Der Holzstumpf anstelle des rechten Beins bestätigte, daß er einmal zu oft versucht hatte, in die Freiheit zu entkommen.

»Steh auf, Nehera«, sagte Karl. »Natürlich verzeihe ich dir.«

»Ich danke Euch, Meister.« Beim Anblick der Hundeaugen hätte Karl sich am liebsten übergeben.

Verdammt noch mal, du brauchst nicht vor mir zu knien, du brauchst mich nicht um Verzeihung zu bitten, und du brauchst mich auch nicht so um Vergebung bittend anzuschauen, nur weil du dich nicht schneller vor mir im Staub gewälzt hast!

Aber es nützte nichts! Nehera fühlte sich als Karls Sklave, und so hatte ein Sklave sich seiner Meinung nach zu verhalten. Er weigerte sich, sein Verhalten zu ändern. Seltsam war nur, daß es tatsächlich Leute auf der Welt gab, die so etwas mochten, die Freude spürten, wenn sich andere Menschen vor ihnen krümmten, weil sie es für ihr Recht hielten.

Bei diesem Gedanken ballte Karl unwillkürlich die Fäuste. Nehera wurde kreidebleich.

»Nein, nein«, sagte Karl und zwang sich zu einem

Lächeln. »Das hat nichts mit dir zu tun. Ich habe an etwas anderes gedacht. Wie läuft's denn so mit der Arbeit?«

»Ich arbeite hart, Meister. Das schwöre ich.« Verstohlen blickte der Zwerg hinüber zum Feuer und zuckte so unmerklich mit den Schultern, wie Karl es noch nie gesehen hatte.

»Ich bitte dich, laß dich von mir nicht abhalten«, sagte Karl. »Wir können uns auch unterhalten, wenn du arbeitest. Ich möchte nichts ruinieren.«

»Ich gehorche.« Sofort holte Nehera den Stahl aus dem Feuer, prüfte ihn und bedeutete den Lehrlingen, kräftiger die Blasebälge zu treten. Sie behandelte er ganz leicht von oben herab. Obwohl sie Freie waren, hatte doch Nehera über sie zu bestimmen, weil sein Besitzer und Meister es so wollte. »Das dauert eine Zeitlang, Meister. Kann ich irgend etwas für Euch tun?«

»Drei Sachen.« Karl zog sein Schwert aus der Scheide. »Der Schneide würde eine Behandlung guttun. Meinst du, daß du das irgendwann heute machen kannst?«

»Sofort, Meister.«

»So eilig ist es nicht, Nehera. Ich muß mit dem Ingenieur reden, da brauche ich mein Schwert ja nicht.«

»Darf ich sprechen?«

»Natürlich.«

»Ich bitte vielmals um Verzeihung, Meister; aber Ihr solltet immer ein Schwert tragen.« Er humpelte schnell zur Wand und nahm ein Schwert in einer Scheide herunter. Dann zog er die Klinge ein paar Zoll heraus und hielt sie Karl hin. »Falls es Euch beliebt, könnt Ihr die Klinge testen.« Nehera streckte seinen bloßen Arm aus.

»Nein. Sie ist bestimmt hervorragend.«

»Aber Meister …«

»*Nein*, Nehera«, sagte Karl und verfluchte sich sogleich, weil er die Stimme erhoben hatte; denn der Zwerg war schon wieder auf die Knie gefallen.

»Ich habe Euch erzürnt, Meister. Verzeiht mir.«

Karl seufzte. »Schon gut, Nehera. Steh auf.«

Der Zwerg war erstaunlich schnell wieder oben. »Ihr habt von drei Sachen gesprochen, Meister.«

Du machst mich noch wahnsinnig, Nehera! »Ja. Punkt zwei: Ich weiß, daß du lieber mit Stahl arbeitest; aber ich brauche ein goldenes Halsband – menschliche Halsweite. Du kannst ein paar Münzen aus Metreyll einschmelzen.«

Der Zwerg neigte den Kopf. »Jawohl, Meister. Ich werde es tun, ehe ich wieder schlafe.«

»Nein! Laß dir Zeit. Aber ich brauche es vor der Bürgerversammlung. Ach ja, Nehera – ich habe gehört, daß du zu hart arbeitest. Das muß aufhören. Wenn du müde bist, mußt du dich ausruhen.«

»Wie Ihr befehlt, Meister.«

Verdammt, jetzt reicht's mir. Ich gehe zu Lou.

Karl setzte die Flasche an und nahm einen kleinen Schluck. Dann spülte er den feurigen Schnaps mit Wasser nach. »Danke, Lou. Das habe ich gebraucht.«

Trotzdem beseitigte der Whiskey nicht den schlechten Geschmack in Karls Mund. Na und? Das Leben schmeckte meistens scheußlich.

Dann lehnte er sich auf dem Stuhl zurück und genoß die Kühle der Höhle.

Dieser Teil der unterirdischen Gänge war eigentlich keine richtige Höhle, sondern ein Stollen, den die Zwergenbewohner des Tales – die laut Sage von den Therranji-Elfen vertrieben worden waren – zurückgelassen hatten.

Höhlen waren meist feuchte und modrige Orte; aber Riccettis war anders, beinahe anheimelnd.

Lous Lehrlinge hatten den ganzen Fledermausdreck weggekehrt. Dann hatten sie vier Holzwände gezogen und eine massive Eichentür eingesetzt, um Riccettis Wohnraum vom Rest des Stollens abzuschließen. Schließlich hatten sie noch durch den Fels Löcher nach außen gebohrt, damit Luft hereinkam und sein Eisenöfchen einen Abzug hatte.

Leuchtstahl hing an Seilen von der Decke, den Andy-

Andy immer wieder mit einem Zauberspruch aufladen konnte.

Der Raum war typisch für Riccetti: An zwei der vier Wände standen hölzerne Arbeitstische mit Unmengen von Flaschen, Reagenzgläsern und Töpfen mit sonderbarem Inhalt, Stahlfedern, Tintenfässern und Notizblättern, die die Lehrlinge abschreiben mußten.

Aber Lou hatte auch eine gemütliche Ecke, wo sein Bett und zwei Armsessel standen, in denen er und Karl saßen.

»Versuch mal das Bier«, forderte Riccetti Karl auf. »Ich glaube, daß es mir noch nie so gut gelungen ist.«

Karl stellte die Whiskeyflasche hin und trank Bier aus einem Krug. Er zwang sich, das Gesicht nicht zu sehr zu verziehen. Ahira hatte recht: Riccettis Whiskey war meist hervorragend, aber sein Bier war einfach ein Verbrechen.

»Trink aus.« Riccetti lachte. »Du bist wirklich nachsichtig. So kenne ich dich gar nicht.«

»Heute bin ich nicht ich.« Es gab Dinge, an die sich ein Mensch einfach nicht gewöhnen konnte, nicht wenn er Mensch bleiben wollte.

Riccetti sah ihn an. »Eigentlich sollte ich dich zum Teufel schicken. Du sagst doch immer, daß man sich nicht unnütz aufregen, sondern etwas dagegen tun soll, wenn man etwas nicht ausstehen kann.«

Ach ja, Lou? Und wie soll ich ein ermordetes Kind wieder zum Leben erwecken? Aber Karl sprach es nicht aus. »Bist du mit dem Schießpulver der Sklavenhändler schon weiter? Ich weiß, daß Andy und Thellaren dir helfen sollten, aber ...«

»Rate mal!« Riccetti grinste. »Alles erledigt! Ich bin gestern nacht aufgeblieben und habe ein paar simple Experimente gemacht. Heute morgen ist mir klar geworden, wie sie es machen. Ich lasse Andrea meine Resultate noch überprüfen, aber ...«

»Was? Und wir sitzen hier rum und quatschen?«

»Ruhig, Karl. Tut mir leid. Es ist nur ...« Riccetti führte den Satz nicht zu Ende.

Karl nickte verstehend. Man wurde schon einsam, wenn

man dauernd mit Leuten zu tun hatte, die weit unter einem standen, selbst wenn es Freunde waren. Riccetti hatte auch nur selten Zeit, Andy-Andy oder Ahira am Südende zu besuchen. Gestern abend war eine Ausnahme gewesen. »Entschuldige, Lou. Aber, was ist es? Eine Art Sprengstoff?«

»Nein.« Riccetti stellte seinen Krug ab und stand auf. »Ich werde es dir zeigen.«

Er ging zu einem Arbeitstisch und holte eine kleine Glasphiole und eine Steinschüssel. »Das ist das Pulver der Sklavenhändler«, sagte er und kippte ungefähr einen Vierteelöffel in die Schüssel. Dann nahm er eine andere Phiole. »Und das ist destilliertes Wasser – so ungefähr die einzige reine Substanz, die ich herstellen kann. Und jetzt paß auf!« Er hielt die Schüssel mit der Rundung gegen die Wand und tropfte ganz behutsam einen Tropfen Wasser auf den Rand. »Es dauert einen Moment, bis er runterläuft ...«

Peng!! Hitze schlug Karl ins Gesicht.

»Und das hat bloß das Wasser bewirkt. Was für eine teuflische Verbindung ist das?«

»Idiot, keine Verbindung, sondern eine Mischung.« Riccetti kippte etwas Pulver auf eine Marmorplatte und forderte Karl auf, näherzukommen. »Sieh dir das gut an – aber bloß nicht atmen. Es hat jetzt schon aus der Luft Feuchtigkeit aufgesaugt.«

Karl sah genau hin. In dem weißen Pulver waren winzige blaue Pünktchen zu sehen. »Kupfersulfat?«

»Jawohl. Erhitze es, und du bekommst Kupfervitriol – rein weiß. Wasser dazu – entzieht es auch der Luft –, und es wird blau.«

»Aber warte mal, Kupfersulfat ist doch nicht explosiv. Das verwendet man zum ...«

... Bläuen von Gewehren. Genau. Aber dabei ist es ein Stabilisatior. Es ist da, um Wasser zu absorbieren und zu verhindern, daß das Material zu sehr der Umwelt ausgesetzt wird. Jetzt stell dir mal vor«, Riccetti formte mit den

Händen eine Kugel, »du hast eine hohle Kugel, gefüllt mit Wasser. Kapiert?«

»Ja.«

»Okay, die erhitzt du über einem verdammt heißen Feuer. Was passiert?«

»Das Wasser fängt an zu kochen.«

»Genau. Da es aber nicht entweichen kann?«

Karl zuckte mit den Schultern. »Wenn es zu heiß wird, platzt die Kugel wie ein Druckkochtopf, bei dem das Ventil nicht funktioniert.«

»Stimmt. Aber was ist, wenn du mit einem Zauberspruch die Eisenkugel so zusammenhältst, daß sie nicht platzen kann?«

»Was?«

Riccetti wurde ganz aufgeregt. »Stell dir mal vor, daß die Kugel absolut unzerbrechlich ist – nicht platzt, sich nicht verbiegt, nichts. Wozu wird dann das Wasser?«

»Zu überhitztem Dampf.«

»Stimmt. Und jetzt stell dir vor, daß jemand irgendeinen Zauberspruch über den Inhalt verhängt, das diesen zwingt, so zu bleiben. Jetzt kühlst du die Kugel wieder ab, entfernst den Schutzzauber, damit du sie aufmachen kannst – was hast du dann innen drin?«

»Etwas, das extrem heiß ist, aber es nicht ist.« Karl runzelte die Stirn. »Das ergibt doch keinen Sinn. Wie würde das aussehen?«

»So!« Riccetti spitzte die Lippen. »Genau das haben sie gemacht, glaube ich. Irgendeinen Konservierungszauber mit einem eingebauten Loch: Wenn das Zeug mit einer bestimmten Menge Wasser in Kontakt kommt, versagt der Zauber. Dann hast du supererhitzten Dampf – leicht mit Kupfervitriol versetzt – der sich ausdehnen will, und das schnell.«

»Und wenn die einzige Möglichkeit zum Ausdehnen durch einen Gewehrlauf führt ...«

»... preßt er mit Leichtigkeit eine Kugel vor sich her. Du hast es kapiert! Dazu brauchen sie bloß einfaches Wasser.«

Karl vergrub das Gesicht in den Händen. »Dann sind wir geliefert. Wenn die das können ...«

»Jetzt bleib auf dem Teppich, Karl! Du denkst es nicht durch. Diese Zaubersprüche sind nicht einfach. Sie sind verdammt viel komplizierter als alles, was deine Frau kann – und sie ist wirklich nicht schlecht. Sie sind noch viel, viel besser als das, was ich früher mal konnte.«

»Und was heißt das?«

»Daß man dazu schon einen Hochleistungsmagier braucht. Davon gibt es aber nicht viele, außerdem sind sie nicht billig. Ich vermute, daß dieses Pulver deine Sklavenhändler eine Menge Münzen gekostet hat.«

»Mag sein.«

»Geh noch einen Schritt weiter. Selbst in Pandathaway gibt es keine Handvoll, die so etwas können.«

»Aber wenn nur fünf das als Vollzeitbeschäftigung betreiben ...«

»Geht nicht. Das kann ich dir aus eigener Erfahrung sagen.« Riccetti schüttelte den Kopf. »Magie ist wie Kokain, Karl. Ab und zu schadet es nicht viel; aber wenn du es übertreibst, bist du süchtig. Dann bist du nur noch an einem interessiert: Noch mehr Zaubersprüche in deinen Kopf zu pressen. Es treibt dich zum Wahnsinn.«

Das klang bekannt. So war Riccetti, als er Aristobulus war – damals, als die sieben auf Diese Seite überführt worden waren. Damals war Aristobulus einzig und allein an seinen Zauberbüchern und seiner Magie interessiert.

Karl mußte an die Wahnsinnigen denken, die sich an den Docks von Ehvenor herumtrieben. *Wenn man zu lange mit einer Fee zu tun hat, wird man leicht wahnsinnig,* hatte Avair Ganness gesagt. Vielleicht war es nicht nur die Fee – vielleicht war es die Magie selbst?

»Jetzt betrachte die Sache mal vom Standpunkt dessen aus«, fuhr Riccetti fort, »der die Zauberer aus Pandathaway dazu gebracht hat, dies Zeug zu machen. Es ist nicht leicht, solche Magier von ihren Studien loszueisen – oft werden sie es nicht tun. Das Pulver der Sklavenhändler wird eine

Rarität bleiben, es sei denn, sie fangen an, es im Feenland zu produzieren.«

Karl nickte. »Das wäre das Ende.«

»Hundertprozentig. Wenn die Feen sich gegen uns zusammenrotten ...« Er zuckte mit den Achseln. »Aber genausogut kannst du dir Sorgen machen, daß Großmeister Lucius sich entscheidet, uns zu bekämpfen, oder daß jemand eine H-Bombe von der Anderen Seite rüberbringt.« Er zeigte auf die Tür. »Vergleiche doch mal ihre Produktion mit unserer Pulverherstellung. Haben wir Engpässe?«

»Nein.«

»Genau.«

Aber irgend etwas hatte Lou nicht bedacht. Dieser Gedanke ging Karl nicht aus dem Kopf.

Andy-Andy! »Aber Andy, sie ist Magierin. Sie könnte ...«

Riccetti warf die Arme hoch. »Na klar, Idiot! Willst du noch Bier oder lieber Whiskey?«

»Aber ...«

»Ruhig!« Riccetti schenkte ihnen beiden noch etwas Whiskey ein. »Trink aus! Und hab um Gottes willen ein bißchen Vertrauen zu deiner Frau!«

Karl nahm einen Schluck. »Du hast 'ne Menge Respekt vor ihr, stimmt's?«

»Allerdings, Mann! Da hast du wirklich Glück gehabt, Karl Cullinane.« Riccetti nickte. »Aber, falls du es bemerkst, verbringt sie die meiste Zeit mit dem Unterricht in der Schule, und das meiste, was sie an Zauberei betreibt, hat mit der Landwirtschaft zu tun: Ungeziefer vernichten, Glühstahl, ab und zu mal ein bißchen frei schweben lassen, wenn jemand einen Findling vom Acker haben will. Kinderkram! Sie hat fast keine Zeit, sich weiterzubilden.«

Er trank noch einen Schluck. »Zum Teufel, sie hat erst in diesem Jahr den Blitzzauber gelernt. Sie hatte nie Gelegenheit, sich so weit vorzuarbeiten wie damals Aristobulus. Dabei ist sie – meiner Meinung nach – tief im Innern viel stärker als er ... war.« Er schüttelte den Kopf. »Mach dir keine Sorgen! Damit bei ihr die Zauberei zur Sucht wird, müßte sie schon jahrelang nichts anderes tun – wie die Magier in Pandathaway.«

Oder Arta Myrdhyn. Er war ein so mächtiger Magier, daß er die Wälder von Elrood in eine Wüste verwandeln konnte, ein Schwert so verzaubern konnte, daß es seinen Träger gegen Magie schützte, und dann noch einen Wächterzauber für den richtigen Benutzer einbaute.

Nicht mein Sohn, du Bastard! Karl schüttelte sich, um wieder klar zu denken. Jetzt, da Riccetti herausgefunden hatte, was das Pulver der Sklavenhändler war, durfte man keine Zeit mehr verschwenden.

Jetzt war die Frage, was in Enkiar passieren würde und in welcher Verbindung Ahrmin und die Zunft der Sklavenhändler mit dem Pulver standen.

Riccetti räusperte sich. »Wenn es dir nichts ausmacht, würde ich gern wieder an meine Arbeit gehen, ehe meine Lehrlinge zuviel Scheiß bauen.« Er stand auf. »Ach ja, beinahe hätte ich vergessen, daß ich ein Geschenk für dich habe.«

Er ging zu einem Tisch und holte ein einfaches Holzkästchen. Er brachte es stolz herüber.

Dann öffnete er es vorsichtig. Innen lagen sechs Eier aus Eisen, mit einer Naht um die Mitte. Aus jedem hing ein kurzer Zünder.

»Granaten?«

»Ja. Platzen bildschön – lauter kleine Stücke, etwa so groß wie ein Zehncentstück. Bei Gußeisen ist das so.« Riccetti nahm ein Ei heraus und zeigte auf den drei Zoll langen Zünder. »Verzögerungszünder, brennt etwa fünf Sekunden. Dann – *Peng!* Sei vorsichtig mit den Dingern, ja? Jedes dieser Eier enthält soviel Pulver wie eine Signalrakete.« Riccetti schloß das Kästchen wieder.

Jemand klopfte an die Tür.

»Herein«, rief Riccetti.

Ein junger Lehrling öffnete die Tür und trat ein. »Nachricht vom Bürgermeister, Ingenieur. Der Unterhändler von Khoral ist eingetroffen und ersucht um ein Gespräch mit dem Gesellen Karl Cullinane. Die Therranji lagern dicht bei unserer Zollstation.«

Karl seufzte. »Die Arbeit ruft uns beide.«

»Seh ich dich noch vor der Bürgerversammlung morgen?«

»Wahrscheinlich nicht. Kann ich trotzdem auf dich zählen?«

»Immer, Karl, immer.«

Kapitel acht

Alte Bekannte

Sklaven können nicht atmen in England;
sobald ihre Lungen unsere Luft aufnehmen, sind sie sofort frei!
Sobald sie unser Land berühren, fallen ihre Ketten ab.

William Cowper

»Das gefällt mir nicht, überhaupt nicht.« Daven schüttelte den Kopf. Sein kahler Schädel glänzte im Sonnenschein. Er war wohl der kaputteste Mensch, den Karl je gesehen hatte. Sein linkes Auge wurde von einer Augenklappe verdeckt. Es fehlte ihm die Hälfte des linken Ohres sowie drei Finger der rechten Hand. Über Gesicht und Hals liefen tiefe Narben, die in seiner Tunika verschwanden.

»Keiner hat dich um deine Meinung gebeten, Daven«, sagte Chak.

»Sei still, Chak!« Karl schüttelte den Kopf und wechselte zu Englisch. »Reize ihn nicht, kapiert?«

»Jawohl, Karl.« Chak musterte von seinem grauen Wallach herunter Daven. Vielleicht mochte er von sich aus Daven nicht leiden; aber wahrscheinlicher hatte er sich von Karls Abneigung anstecken lassen.

Karl hatte für den früheren Nyph-Söldner nicht viel übrig, wogegen er Aveneer, den dritten Anführer der Raubtrupps, gern um sich hatte.

Allerdings mußte auch Karl zugeben, daß Daven nicht ohne Qualitäten war. Als vor etwa einem Jahr einer von Davens Männern auf die glänzende Idee kam, die Sklaven, die ihnen nach einem Überfall auf eine Sklavenhändlerkarawane in die Hände gefallen waren, nicht freizulassen, sondern zu verkaufen, war Daven nicht nach Hause geritten, um sich Rat oder Befehle zu holen, sondern hatte das

Schwein selbst gejagt und nur seine verkohlten Gebeine zurückgebracht.

»Der Bürgermeister ist mit einem Unterhändler einverstanden«, sagte Daven, als wäre Chak gar nicht da. »Aber die haben über zweihundert geschickt – und ich würde nicht mein Leben drauf setzen, daß nur die fünfzig, die eine Rüstung tragen, Soldaten sind.«

»Das kann man ihnen nicht verdenken«, sagte Karl und bestieg Karotte. »In Therranji hat es so viele Sklavenhändlerüberfälle gegeben, daß es leichtsinnig wäre, ohne militärischen Schutz zu reisen.«

Daven lächelte. »Und warum sind wir alle hier?« fragte er. Sie waren bei dem Blockhaus angekommen, das offiziell die Zollstation für Heim war. Auf dem grasigen Abhang davor warteten fünfzig Krieger seiner Abteilung mit geladenen Gewehren und gesattelten Pferden.

»Weil ich auch nicht leichtsinnig bin.«

»Nein, du bestimmt nicht«, meinte Daven etwas sarkastisch. »Wie viele Männer willst du mitnehmen?«

»Keinen. Ihr seid hier zum Angeben. Das ist alles. Ich gehe nur zu einem kurzen Gespräch rüber. Ihr bleibt hier, außer ich schicke nach euch.« Karl deutete mit dem Daumen nach oben. »Ellegon deckt mich.« Dann ritt er davon. Chak folgte ihm.

Daven zuckte mit den Schultern. »Viel Spaß!« rief er Karl und Chak hinterher.

Die Therranji hatten ihr Lager auf der Ebene aufgeschlagen, beinahe eine Meile von dem Bergzug entfernt, von dem aus man das ganze Tal überblicken konnte. Khorals Gesandtschaft gab sich nicht gerade ärmlich. Ihr Lager erinnerte Karl an einen großen Zirkus. Mehrere Dutzend Zelte standen da, von kleinen Ein-Mann-Modellen bis zu einer großen, rot-weißen Kuppel, über die sich auch P. T. Barnum gefreut hätte.

Neben dem Eingang zum Großzelt waren Köche damit

beschäftigt, einen Ochsen am Spieß zu drehen. Der Duft war einfach verführerisch.

Elf Soldaten in Uniform mit Helmen patrouillierten zu Pferd. Drei näherten sich Karl und Chak.

Mach dir nicht unnötig Feinde.

Karl schaute zum Himmel. Hoch droben zog Ellegon seine Kreise.

»Seit wann mache ich mir Feinde, wenn es nicht nötig ist?«

Chak lachte. »Wie war das damals, als du gegen Baron Furnael dein Schwert zogst? Das hätte blutig ausgehen können. Oder als du Ohlmin geschlagen hast ...«

»Das reicht! Es war nötig, sonst hätte ich es nicht getan.«

Das sagen alle.

Karl ignorierte die spitze Bemerkung. *Sag mir, Kreskin, was haben die Elfen vor?*

Ich heiße Ellegon. Sie sind alle abgeschirmt. Tut mir leid. Deine Frau ist schon drinnen ...

Was?

... sie hat Tennetty als Begleitung dabei. War nicht meine Idee, Karl. Ich hab ihr gleich gesagt, daß dir das mißfallen wird.

Karl unterdrückte das Verlangen, Karotte die Sporen zu geben und zum Zelt zu preschen. Er zwang sich zur Ruhe. Dies war eine Zeit zum Verhandeln, nicht eine der Gewalttätigkeiten.

Bleib so! Ich kann mich an eine Zeit erinnern, als du ...

Hör auf! Kannst du denn nichts vergessen?

Nein! Sieh in mir ein vieltonniges Gewissen.

Chak schüttelte den Kopf. »Mir gefällt das gar nicht.«

»Mir auch nicht.« Karl biß sich auf die Lippe. »Wenn wir absteigen, dann gib dem am nächsten stehenden Elfen dein Krummschwert. Warte nicht, bis er dich dazu auffordert. Dann geh ruhig hinein. Wenn ich nach dir rufe, bring Tennetty und Andy-Andy raus. Beweg dich ruhig. Setz sie auf ein Pferd und dann ab nach Hause.«

»Und was machst du?«

»Das hängt alles von denen ab. Ich will aber nicht, daß potentielle Geiseln die Verhandlungen erschweren.« Karl wickelte die Zügel um den Sattelknauf und verschränkte die Arme über der Brust. Er hatte nicht einmal eine Pistole dabei. Die Sicherheitsbestimmungen lauteten: Wenn möglich keinen Fremden die Feuerwaffen sehen lassen.

»Seid gegrüßt«, sagte der erste der Soldaten mit arroganter Stimme. Mit seiner Rüstung sah er beinahe wie ein Mensch aus, wenn auch wie ein sehr hochgewachsener. Elfen sahen wie normale Menschen in einem Spiegel aus, der vertikal sehr verzerrte. Aber man durfte sich von ihrem Klappergestell nicht täuschen lassen. Elfen waren Pfund für Pfund stärker als Menschen. »Seid Ihr der Mensch, den man Karl Cullinane nennt?«

Ich werde Karl Cullinane genannt, weil ich so heiße – und überhaupt, sehe ich vielleicht wie ein Zwerg aus?

Halt dich zurück!

»Ja, ich bin Karl Cullinane.«

»Ihr werdet erwartet. Folgt mir mit Eurem Diener.«

Dir werde ich beibringen, bitte zu sagen: aber jetzt ist nicht der richtige Zeitpunkt dafür. Karl nahm die Zügel wieder auf und ritt im Schritt an. Der, der mit ihm gesprochen hatte, übernahm die Führung, die anderen ritten neben Karl und Chak.

Kann ich dir trauen, daß du für kurze Zeit keinen Ärger machst? Ich muß Patrouille fliegen und nachsehen, ob Aveneers Vorräte gepackt sind.

Nur zu.

Ich komme wieder. Der Drache machte eine Schleife und flog davon.

Die Soldaten geleiteten sie zu dem großen Zelt. Dort warteten sie, bis Karl und Chak abgestiegen waren, ehe sie selbst die Sättel verließen.

Karl holte aus einer Satteltasche eine Karotte, die er seiner Karotte gab. Dann trat er auf die Zügel und raunte der Stute zu: »Braves Mädchen.«

Ein Soldat räusperte sich. »Hier entlang.«

Karl wollte ihm ins Zelt folgen; aber da packte ihn ein anderer Soldat am Arm.

»Dein Schwert, Menschlein.«

Karl antwortete nicht. *Vielleicht ist jetzt doch der richtige Zeitpunkt, euch Manieren beizubringen.*

Er blickte auf seinen Arm, dann zum Elf und lächelte. Dieses Lächeln hatte er jahrelang geübt. Es sollte dem anderen Angst einjagen und den Eindruck vermitteln, daß die entblößten Zähne sich gleich in seine Kehle graben würden.

»Wie war das?« Karl ging langsam zurück zu Karotte, wickelte die Zügel um den Sattelknauf und schlug ihr leicht aufs Hinterteil. »Nach Hause, Karotte, lauf!«

Inzwischen hatten sich noch mehr berittene Soldaten um ihn geschart.

Gut.

»Warum habt Ihr das getan?«

»Ich will nicht, daß meinem Pferd etwas passiert«, sagte Karl. »Chak!«

»Ja, Karl.«

»Hol Andrea heraus.«

»Verstanden.«

Jetzt darf ich keinen Fehler begehen, dachte er. Er wandte sich wieder an den Elf, der sein Schwert verlangt hatte. »Also, du hast versucht, mir mein Schwert wegzunehmen.« Er pfiff schrill auf den Fingern, um die Aufmerksamkeit aller Soldaten im Lager zu erregen.

Dann richtete er sich hoch auf, die rechte Hand ruhte auf dem Schwertgriff. »Hört alle zu. Diese Person ... wie heißt du?«

Keine Antwort!

»Wie du heißt, will ich wissen!«

»Jherant ip Therranji, persönlicher Adjutant ...«

»Dein Rang ist mir scheißegal.« Karl sprach zu versammelter Mannschaft: »Also: Jherant will mein Schwert. Er hat aber nicht etwa höflich gefragt, sondern es gefordert.«

Karl lächelte. »Ich glaube aber nicht, daß er gut genug ist, es sich zu holen. Klein-Jherant sieht nicht so stabil aus.« Er warf einen Blick in die Runde. »Wer möchte ihm gerne helfen?«

Ein Elf stieg ab und warf seinen Helm beiseite. »Ich will es, Mensch«, sagte er und sprach das Wort wie einen Fluch aus. Die Elfen nickten einander zu und bildeten einen Kreis um Karl. Der Elf zog seinen Dolch aus der Lederscheide.

»Gut«, sagte Karl und zeigte auf einen zweiten Elf. »Du auch. Und jetzt du noch und du. Wir wollen ein kleines Spiel machen. Wir wollen sehen, wie viele von euch sterben müssen, weil Jherant nicht die Grundbegriffe der Höflichkeit gelernt hat. Ich wette, daß es euch alle trifft.« Er schaute Jherant an. »Nicht weggehen, Freundchen. Du kommst als erster dran. Auch wenn dein Freund hinter mir ...«

Karl trat nach hinten, wo einer von Jherants Kameraden heimlich den Dolch gezogen hatte, und traf den Elf direkt in den Solarplexus. Als die Luft aus dem Brustkorb des Elfen zischte, wirbelte Karl herum und nahm ihm den Dolch weg.

Dann hob er den nach Luft ringenden Elf auf und schleuderte ihn in die Menge. »Der Nächste bitte.«

Jherant war blaß geworden. Das war doch lächerlich – ein Mensch gegen über ein Dutzend Elf-Soldaten.

Langsam hob Karl sein Schwert zum Salut. Drei der Elfen taten es ihm nach, während die anderen zurückwichen.

Er stand da und wartete.

Die Luft war zum Zerreißen gespannt. Mit dem Schwert in der rechten Hand winkte Karl mit der linken Jherant, näherzukommen.

»Komm doch. Du wolltest doch mein Schwert – hier ist es.«

Ein Elf lachte boshaft und gab Jherant einen Schubs. Kreidebleich zog Jherant sein Schwert.

»Was geht hier vor?« rief eine tiefe Altstimme. Der Eingang zum Zelt wurde zurückgeschlagen, und eine Frau trat heraus.

Sie war ein Traum: Hochgewachsen, schlank, mit zartem Knochenbau, und ihr langes, blondes Haar war so fein, das es durchsichtig wirkte. Neben ihrem Gesicht hätte auch die schönste Menschenfrau plump und roh ausgesehen.

Sie runzelte die Stirn und fragte den neben ihr stehenden Soldaten: »Also, was ist los?«

Der Elf zog den Kopf ein. »Verzeiht, Lady. Dieser ... Mensch will mit uns kämpfen.«

Mit hochgezogenen Brauen blickte sie Karl an. »Stimmt das?«

»Wie man's nimmt. Ich wollte nur die umbringen, die keine Manieren haben. Wollte Euch die Arbeit ersparen. Ich hätte diesem Idioten vielleicht mein Schwert gegeben, wenn er höflich gefragt hätte.«

»Ihr seid Karl Cullinane, nehme ich an.« Um ihre Mundwinkel zuckte es. »Ich sehe, daß die Geschichten über Euch wahr sind. In der Hoffnung, daß Eure Verstärkung bald eintrifft, wolltet Ihr es mit allen meinen Soldaten aufnehmen?«

»Ihr kennt meinen Mann nicht, Lady Dhara«, sagte Andy-Andy und trat neben die Elfenfrau; Tennetty und Chak waren dicht hinter ihr. »Ich glaube nicht, daß er auf seine Leute wartet.«

»Chak, bringt Andy weg«, sagte Karl. »Nein, keine Verstärkung. Sag das Daven.«

Chak nickte und nahm Andy-Andy am Arm.

Einer der Soldaten streckte zögernd den Arm vor, um ihnen den Weg zu sperren. Chak packte sein Handgelenk, drehte es und gab dem Elf einen Tritt, daß er aufs Gesicht fiel. Gleichzeitig riß er ihm das Schwert aus der Scheide.

Tennetty lächelte, denn sie hatte inzwischen einen zweiten Elf an der Kehle. Dann nahm sie ihm auch das Schwert weg.

»Tut mir leid, Karl; aber ich hatte mein Schwert abgegeben, weil Andrea meinte, es gäbe keinen Ärger.«

Dhara sah Karl an. »Ich nehme an, daß Ihr das anders seht.«

»Vielleicht, Lady. Das hängt allein von Euch ab. Man hat mir gesagt, daß Ihr hergekommen seid, um zu verhandeln. Wollt Ihr das mit Worten oder mit Waffen tun?«

»Mit Worten«, antwortete sie. »Ganz sicher mit Worten.« Sie gab Jherant ein Zeichen. »Du bist aus meinem Dienst entlassen.« Dann wandte sie sich an einen anderen Elf. »Hauptmann, nehmt diesem Idioten die Waffen ab und jagt ihn weg. Karl Cullinane mag sein Schwert behalten. Sollte sich jemand unhöflich gegen ihn betragen, muß er sich vor mir verantworten – falls er dann noch lebt.« Sie deutete auf den Zelteingang. »Karl Cullinane, würdet Ihr, Eure Gemahlin und Eure beiden Freunde bei mir eintreten?«

Karl steckte sein Schwert in die Scheide. »Mit dem größten Vergnügen, Lady Dhara.«

Du bist ein großes Risiko eingegangen.

Karl trank einen Schluck Wein. *Es nicht zu tun, wäre ein noch größeres Risiko gewesen.*

Das kannst du mir später erklären.

»Eure Augen scheinen ... in die Ferne zu blicken, Karl Cullinane«, sagte Dhara und lehnte sich auf der gegenüberliegenden Couch zurück. Dann hielt sie ihr Weinglas zum Nachschenken hin.

»Ich habe nur mit dem Drachen geredet.« Er deutete zum Himmel. »Ich wollte Euch nicht beleidigen.«

Dhara lachte leise. »In Eurer Welt muß Höflichkeit viel wichtiger sein als bei uns.« Sie benetzte einen der schlanken Finger und rieb den Rand des Weinglases. Sie schien den klaren, singenden Ton zu genießen. »Obwohl ich mir nicht sicher bin, wie ernst Ihr das vorhin gemeint habt ... ›Ich wollte Euch nicht beleidigen‹ – ist das die korrekte Redensart?«

»Wenn Ihr es wagt, könnt Ihr jederzeit herausfinden, wie ernst ich es gemeint habe, Lady.«

»Meint Ihr, daß Ihr mit fünfzig Soldaten fertig werdet? Selbst, wenn Eure Freunde Euch helfen?«

»Ich dachte, es ginge um etwas anderes, Lady«, mischte sich Tennetty ein. »Ihr seid als Unterhändlerin von Lord Khoral geschickt worden, und einer Eurer Männer hat Karl herausgefordert. Geht es jetzt nicht um die Frage, ob Karl Therranji den Krieg erklären wird oder nicht?«

Dhara wurde blaß. »Seid Ihr ...« Sie beendete den Satz nicht. »Ich muß sagen, daß ich in einer peinlichen Lage bin. Lord Khoral schickte mich, um über Eure Eingliederung in Therranji zu verhandeln; aber jetzt muß ich anscheinend wegen eines Friedens mit Euch, Karl Cullinane, verhandeln.«

»Offengestanden möchte ich keinen Krieg mit Therranji«, sagte Karl, als würde ihn eine solche Kleinigkeit nur langweilen.

Langsam kapiere ich, was du bezweckst, Karl. Wenn sie dir glaubt, daß du ganz allein die Therranji hier erledigen kannst, nimmt sie dir auch ab, daß es sehr viel besser für die Therranji wäre, Heim in Ruhe zu lassen – wenn sie dich nicht überreden kann, bei den Therranji mitzumachen.

Genau das war der springende Punkt. Die Drohung war blanker Unsinn.

Einfach genial.

Genau. »Legende« ist gleichbedeutend mit »Unsinn«. Sie ist nicht sicher, daß sie mir glaubt; aber es wurden zu viele Geschichten über mich verbreitet, die beim Erzählen immer phantastischer werden. Als ich das letzte Mal hörte, wie ich Ohlmin erledigte, war Slowotski schon gar nicht mehr dabei – und Ohlmin hatte hundert Mann bei sich, keine acht.

Und wenn sie dich aufgefordert hätte, die Karten auf den Tisch zu legen?

Karl antwortete nicht. Es gab eigentlich keine Antwort. Schon vor Jahren war deutlich geworden, daß er wahrscheinlich nicht an Altersschwäche sterben würde. Er war auch kein Soldat, wie einer auf der Anderen Seite, der sich in einer Art normalem Krieg befand. Karl hatte sich bis Kriegsende verpflichtet; aber der Krieg würde länger als seine Lebensspanne dauern.

Wenn er hier hätte sterben sollen, hätte man auch nichts machen können. Chak und Tennetty hätten Andy-Andy in Sicherheit bringen können – das allein zählte.

Na ja, solange du den Scheiß glaubst, den du dir vormachst ...

Bist du sicher, daß es Scheiß ist?

Jawohl. Und du auch. Jetzt hör auf, herumzudrucksen, und fang mit dem Verhandeln an.

Die Elfdame winkte einem Diener, die Gläser wieder zu füllen.

»Wo sind wir denn jetzt?«

Karl lächelte ihr zu. »Wir hatten gerade über den Frieden zwischen Therranj und Heim gesprochen. Ich halte das für eine gute Idee, Ihr doch sicher auch?«

»Ich dachte, daß es um die Eingliederung des Tales von Varnath in Therranji ginge.«

»Eigentlich nicht.« Karl zuckte mit den Schultern. »Schaut, wir haben eine Bürgerversammlung über die Frage, Therranj beizutreten. Die Mehrheit wird entscheiden.«

Tennetty unterbrach ihn. Sie lachte boshaft. »Karl denkt immer, daß es was bringe, Nasen zu zählen.«

Dhara zog eine Augenbraue hoch. »Ach, und Ihr nicht?«

Tennetty lachte schallend. »Natürlich nicht. Aber meine Meinung zählt nicht, nur meine Loyalität.«

»Es reicht«, sagte Karl. »Übrigens werde ich dagegen stimmen. Ich glaube, Ahira wird im Amt und Heim unabhängig bleiben. Aber das heißt nicht, daß wir nicht weiterhin miteinander Handel treiben können. Wir haben Sachen, die Ihr wollt: Riccettis Pferdegeschirre, bessere Pflüge, als es sie bei Euch gibt, feinere Klingen ...«

»Gewehre und Schießpulver. Wir wollen, daß Euer Riccetti das für uns produziert.«

»... wir haben außerdem jedes Jahr einen Ernteüberschuß, der ständig wächst. Was die Flinten angeht«, fuhr er achselzuckend fort, »die sind unser Geheimnis und werden das auch auf absehbare Zeit bleiben.«

»Ach wirklich?« Sie hob wieder die Braue. »Das habe ich aber anders gehört.«

Karl, das gefällt mir nicht.

Mir auch nicht. Hat irgend jemand über die Gewehre und das Schießpulver der Sklavenhändler gequatscht?

Negativ. Ellegon war sich ganz sicher.

»Tatsache ist«, sagte Dhara, »daß im Krieg zwischen Bieme und Holtun Gewehre eingesetzt wurden. Ich weiß aus sicherer Quelle, daß die Niederlagen der Biemischen darauf beruhen, daß die Holts welche hatten.«

Ich habe davon nichts gehört. Versuch, mehr zu erfahren.

»Das bezweifle ich, Lady. Ihre Quellen müssen sich irren. Wir haben in diesem Krieg niemanden beliefert.«

»Und trotzdem haben sie Gewehre. Möchtet Ihr Zeugen hören?«

Als Karl nickte, schnippte Dhara mit den Fingern. »Bring sie herein.«

Drei Menschen wurden unter strenger Bewachung durch Elfensoldaten hereingeführt.

»Da ich mir dachte, daß Ihr zuverlässige Zeugen verlangen würdet, konnte ich nicht widerstehen, diese hier auf dem Markt in Metreyll zu kaufen. Ironie des Schicksals – sie wollten ursprünglich nach Metreyll, allerdings nicht, um Sklaven zu werden. Unterwegs wurden sie von Söldnern im Dienst von Holtun gefangen – Söldner, die Gewehre benutzten, um ihre Leibwächter zu töten.«

Karl wollte etwas sagen; aber beim Anblick der drei blieb ihm das Wort im Halse stecken. Den Mann kannte er nicht, wohl aber die Frau und den Jungen.

»Rahff!« Karl sprang auf. »Wie? Ich sah dich doch sterben!«

»Karl!« Chak packte ihn am Arm. »Das ist er nicht.«

Nein, es war nicht Rhaff. Rahff war in Melawei gestorben, als er Aeia schützte. Wäre Rahff noch am Leben, müßte er älter sein.

Die Frau war die weibliche Ausgabe von Rahff. Weiße

Strähnen hatten sich in ihr rabenschwarzes Haar geschlichen; aber die hohen Backenknochen und die Augen hatten sich nicht verändert.

Es waren Thomen Furnael und seine Mutter Beralyn, die Baronesse.

Vor vielen Jahren hatte Karl vermutet, daß Zherr Furnael einen Plan hatte, wie er seine Familie aus dem bevorstehenden Krieg heraushalten könnte. Aus diesem Grund hatte er auch seinen Sohn Rahff zu Karl in die Lehre gegeben, damit dieser aus ihm einen solchen Krieger mache, daß der Junge die Baronie durch den Krieg bringen könne.

Aber das war schiefgegangen. Rahff war in Melawei gestorben. Jetzt sah es so aus, als wäre der Plan Furnaels, den Rest seiner Familie in Sicherheit zu bringen, ebenfalls fehlgeschlagen.

Ellegon, hol den Zwerg. Ich will, daß er Davens Abteilung übernimmt. Nur für alle Fälle. »Thomen, Baronesse«, sagte er und neigte den Kopf. »Es ist schon lange her.«

Dhara schnippte mit den Fingern. »Beralyn, erzähl ihm von den Gewehren!«

»Ihr versteht nicht, Lady Dhara«, sagte Karl mit der Hand am Schwertgriff. »Die Baronesse und der Junge – alle drei – stehen von jetzt an unter meinem Schutz, da sie hier sind. Sie sind frei. Sie gehören niemandem.«

»Noch ein Bluff, Karl Cullinane?«

Tennetty bewegte sich als erste. Sie warf einen Tisch auf einen Leibwächter und sprang Dhara an. Dann zerrte sie die Elfin von der Couch, preßte einen Arm von hinten um ihren Hals und hielt mit der rechten Hand die Spitze ihres Schwertes gegen die Kehle der Frau.

Einer der Soldaten zog sein Schwert und wollte sich von hinten auf sie stürzen; aber da hatte Chak den Schlag schon pariert und dabei den Ellenbogen des Elfen erwischt, so daß diesem die Klinge aus den tauben Fingern glitt. Chak stand da und grinste.

In der Ferne hörte man Schüsse.

*Bis jetzt ist noch keiner verletzt. Ich habe den Zwerg

holen lassen, statt ihn selbst zu holen. Daven war nicht so leicht zu überreden, daß er nichts unternehmen sollte. Wir haben uns auf ein paar Warnschüsse geeinigt.*

»Es ist niemand ernstlich verletzt. Das waren nur Warnschüsse.«

Andy-Andy hob die Hand. »Lady Dhara, dies sind die Mutter und der Bruder von Karls erstem Lehrjungen. Ich an Eurer Stelle würde lieber nachgeben.«

Obwohl Tennettys Klinge ihr an der weißen Kehle saß, brachte Dhara es fertig, zu lächeln. »Lord Dhoral hatte sowieso die Absicht, Euch diese drei als Pfand seiner Aufrichtigkeit zu schenken. Wenn Ihr sie freilassen wollt, ist das Eure Sache, nicht meine.«

Vorsichtig versuchte sie, Tennettys Klinge wegzuschieben. Auf Karls Nicken hin ließ Tennetty sie los.

»Wir müssen unser Gespräch zu einem späteren Zeitpunkt fortsetzen, Lady Dhara«, sagte Karl. »Baronesse, Thomen und Ihr, wer Ihr auch sein mögt, folgt mir. Wir werden uns um euch kümmern.«

Die drei sprachen kein Wort, folgten ihm nur mit verdrossenen Mienen.

Kapitel neun

Verpflichtungen

Pflichtgefühl läßt uns niemals los … Sei es, daß wir uns auf die Schwingen des Morgens oder auf die Weiten der Meere begeben, so wird doch immer unser Glück oder unser Unglück davon abhängen, ob wir unsere Pflicht getan oder sie verletzt haben. Auch wenn wir sagen, daß die Dunkelheit uns zudeckt, bleiben unsere Verpflichtungen bei uns, im Dunklen, wie im Licht.

Daniel Webster

»Erwartet Ihr etwa Dank von mir, Karl Cullinane?« fragte ihn Beralyn bissig. »Ihr, der ihr am Tode meines Sohnes schuld habt?« Sie lehnte sich zurück. »Na los, bringt mich doch auch um! Das wird nichts ändern.«

Die Hütte war klein, aber sauber. Ursprünglich war sie Ahiras Haus gewesen.

Jetzt aber diente das kleine Blockhaus zusammen mit zwei anderen als Gästeunterkunft, wo Neuankömmlinge schlafen, essen und sich an das Leben im Heim gewöhnen konnten.

Karl biß sich auf die Lippe, machte den Mund auf, schloß ihn aber gleich wieder. Dann wandte er sich an den Jungen.

»Thomen, ich muß etwas wissen.« Karl zeigte auf die beiden Gewehre auf dem Tisch vor ihm. »Eines davon ist ein Heimgewehr, das andere haben wir vor etwa einem Zehntag von Sklavenhändlern erbeutet. Die Männer, die eure Leibwächter getötet haben – welchen Typ hatten die?«

Karl war sicher, wie die Antwort lauten würde, aber was war, wenn er sich irrte? Wenn jemand in seiner oder Davens oder Aveneers Truppe angefangen hatte, sich auf Sklavenhandel zu verlegen?

Verschüchtert wollte der Junge nach dem Gewehr der Sklavenhändler greifen; aber seine Mutter hielt ihn zurück.

»Antworte nicht«, fuhr sie ihn an. »Wir werden doch dem Mörder deines Bruders nicht helfen!«

Kann ich dir helfen?

Nein. Verzieh dich. Karl hatte nicht die Kraft, Beralyn einen Vorwurf zu machen. Sie war von Anfang an dagegen gewesen, daß Rahff mit Karl auszog, weil sie gewußt hatte, daß es für den Jungen gefährlich sein würde.

Es war aber nicht nur gefährlich gewesen – es hatte ihn das Leben gekostet.

Jemand klopfte an die Tür. Ohne auf Antwort zu warten, trat Aeia ein. »Seid gegrüßt«, sagte sie mit traurigem Gesicht. »Andrea hat mir gesagt, daß Rahffs Mutter hier sei. Seid Ihr das?«

Beralyn antwortete nicht.

»Wir sind uns nicht begegnet, als ich in Bieme war. Ich habe Rahff gut gekannt. Ihr solltet wissen, wie Euer Sohn gestorben ist.«

»Ich weiß, wie mein Sohn gestorben ist.«

Aeia schüttelte den Kopf. »Ihr wart nicht dabei; ich schon. Wenn Rahff nicht gewesen wäre ...« Sie konnte nicht weitersprechen.

Thomen schaute auf.

»Was wäre gewesen?«

Aeia lächelte ihm zu. »Dann wäre ich an seiner Stelle gestorben. Die Sklavenhändler spielten verrückt und töteten jeden, den sie erwischten. Rahff stand zwischen einem von ihnen und mir.«

Karl schlug mit der Faust auf den Tisch. *Wenn ich nur etwas klüger gewesen wäre. Wenn ich nur schneller reagiert hätte!* Ein paar Sekunden schneller, und er hätte den Sklavenhändler erwischt, ehe der Bastard Rahff den Bauch aufschlitzte. Wenn er doch nur gemerkt hätte, daß Seigar Wohtansen seine eigenen Leute zuerst behandelte, hätte er den Heiltrunk noch rechtzeitig in Rahffs Wunden gießen können.

Aeia setzte sich neben Thomen. »Rahff hat mich einmal geschlagen, wußtest du das?«

»Warum?«

Sie zuckte mit den Schultern. »Ich habe laut an Karl gezweifelt. Da hat Rahff mich in die Rippen gestoßen. Was hast du da zu ihm gesagt, Karl?«

»Aeia ...« Karl schüttelte den Kopf. »Ich weiß es nicht mehr.«

»Rahff hätte es sicher gewußt. Du hast gesagt: ›Ein Mann, dessen Beruf die Gewalttätigkeit ist, darf bei seiner Familie oder seinen Freunden nicht gewalttätig sein. Du und ich müssen doch auf Aeia aufpassen, sie schützen, sie aber nicht herumschubsen.‹«

So hätte ich auch Rahff schützen müssen. Ihn unterrichten, ihn schützen; aber nicht zusehen, wie er starb.

Das ist über fünf Jahre her, Karl. Wäre es nicht an der Zeit, daß du aufhörst, dich wegen Rahff zu martern?

»Das kannst du von mir nicht verlangen!« Karl sprang auf. »Frag sie doch, verdammt, frag Beraly! Sag ihr doch, daß jetzt alles wieder gut ist.«

Er schlug die Hände vors Gesicht. »Nicht ein Tag ist vergangen, an dem ich nicht daran gedacht habe. Er hat mir vertraut. Der Junge hat mich praktisch angebetet.« Er wandte sich an Beralyn und versuchte, Worte zu finden, die ihre steinerne Miene erweichen könnten. »Baronesse ...« Es gab keine solchen Worte.

Es war zuviel. Karl ging hinaus in den Hof. Dort lehnte er sich gegen die Wand der alten Schmiede.

Hoch droben schwebte Ellegons dunkler Körper vor den Sternen. *Kann ich dir irgendwie helfen?*

»Nein, laß mich in Ruhe.« Karl vergrub das Gesicht in den Händen. »Ich muß eine Zeitlang allein sein.«

Die Zeit hatte ihre Bedeutung verloren. Er wußte nicht, wie lange er dort stand.

Ein Finger berührte seine Schulter. Er drehte sich um

und sah Beralyn mit tränenüberströmtem Gesicht vor sich stehen. »Ihr habt ihn geliebt, nicht wahr?«

Karl antwortete nicht.

»Jahrelang habe ich Euch gehaßt. Seit mir ein Händler Euren Brief überbrachte, in dem Ihr uns seinen Tod mitteiltet.«

»Ich … verstehe.«

»Ich danke Euch für Euer Verständnis. Wie soll es jetzt weitergehen, Karl Cullinane? Sollen wir uns weiter hassen?«

»Ich hasse Euch nicht, Baronesse. Dazu habt Ihr mir nie Anlaß gegeben.«

»Aber Ihr mögt mich auch nicht besonders. Ihr findet, daß ich Euch dankbar sein müßte, weil Ihr Thomen befreit habt und mich und Rhuss.«

Sie nickte langsam. »Mein Gemahl schickte Thomen und mich weg, sobald die Holt diese Gewehre einsetzten und sich das Kriegsglück gegen uns wendete. Er dachte, wir wären dann sicher. Aber die Gewehre scheinen in diesen Tagen aus Enkiar nur so herauszufliegen – alle nach Holtun.«

Wieder Enkiar. Das war auch das Ziel der Sklavenhändlerkarawane gewesen. Dort hatte Ahrmin die Meuchelmörder gedungen. Was bedeutete das alles?

Nun, er würde es bald herausfinden.

»Aeia sagte uns, daß Ihr nach Enkiar geht. Sie sagte aber nicht, wohin Ihr danach reiten wollt.«

Er zuckte mit den Schultern. »Das hängt davon ab, was dort passiert. Vielleicht hierher zurück, vielleicht auf eine andere Strafexpedition.« Und vielleicht zur Quelle der Gewehre der Sklavenhändler. Da stand nicht nur eine alte Rechnung offen, nein, auch der unbedeutendste Handel mit diesen Gewehren und dem Schießpulver mußte unterbunden werden.

»Ihr seid mir für den Tod meines Sohnes etwas schuldig, Karl Cullinane. Jetzt möchte ich diese Schuld einklagen.«

Erstaunt schaute er sie an. »Wie?«

»Ihr kennt meinen Gemahl. Zherr wird diesen Krieg nicht überleben. Wahrscheinlich werde ich ihn niemals wiedersehen. Es sei denn ...«

»Es sei denn?« Verdammt noch mal, konnte denn kein Mensch klar sagen, was er wollte!

»Es sei denn, Ihr bringt mich zurück nach Bieme. Ich will nach Hause, Karl Cullinane. Ich will Euer Wort darauf.« Sie ergriff seine Hand. »Ich will Euer Wort, daß Ihr mich nach Hause bringt, sobald Ihr aus Enkiar zurück seid, wenn es irgendwie möglich ist. Das ist doch nicht zuviel verlangt für das Leben meines Sohnes.«

»Aber Baronesse ...«

»Ist es doch nicht, oder?«

»Nein, aber ...«

»Habe ich Euer Wort? Dieses ... Wort von Karl Cullinane, das Ihr so hoch einschätzt?«

»Ihr habt es.«

»Da ist noch etwas.«

»Ja?«

»Thomen. Er soll hierbleiben und später mit einer anderen Gruppe nachkommen. Ich möchte ihn nicht in Eurer Nähe haben.«

Kapitel zehn

Training

Selbst wenn du mich überredest, wirst du mich nicht überreden.

Aristophanes

Karl stopfte die Rühreier in sich hinein und nahm noch einen Bissen von der Scheibe Schinken, ehe er seinen Stuhl zurückschob.

»Wohin willst du deinen hirnlosen Körper jetzt schon schleppen, Karl Cullinane?« fragte U'len mit den Fäusten auf den Hüften.

Plötzlich kam er sich wie ein Achtjähriger vor. Zu seiner Überraschung gefiel ihm das Gefühl.

»Muß los, U'len. Ich muß mit Tennetty und ein paar von Davens Männern trainieren. Danach muß ich mich für die Bürgerversammlung fertig machen.«

»Eins nach dem anderen. Zuerst wird aufgegessen!«

»Nein.«

»Doch!« Andy-Andy schüttelte den Kopf. »U'len hat recht. Setz dich wieder hin und beende zuerst dein Frühstück.«

Jason hielt sich die kleine Hand vor, damit man nicht sehen sollte, wie er grinste. »Daddy ist nicht artig«, gab er im Bühnenflüsterton von sich.

»Da hast du recht«, sagte Aeia. »Er führt sich auf, als hätte er hier was zu sagen oder so.«

Karl warf ihr einen bösen Blick zu.

»Setz dich, mein Held«, beschwichtigte Andy-Andy. »Da *draußen* bist du vielleicht der legendäre Karl Cullinane; aber *hier* bist du nur ein viel zu oft abwesender Ehemann und Vater, der glaubt, er kann sein Essen runterschlingen und dann abhauen.«

Ellegon übermittle: Gestern nacht fandest du nicht, daß ich so verdammt abwesend war.

Keine Antwort. *Frage: Warum ist ein Drache wie ein Polizist? Nie da, wenn man ihn braucht.*

»Laßt Milde walten«, sagte er und beschloß, den kleinen Streit nicht so ernst zu nehmen. »Ich muß wirklich einen Haufen Sachen erledigen.«

»Stimmt ganz genau! Deshalb wird deine erste Heldentat heute sein, daß du deinen Schinken aufißt.«

»Ja«, stimmte Jason mit ein. »Die Kinder von Salket verhungern, und du willst das gute Essen nicht.« Er klang genau wie seine Mutter, wenn sie wütend war.

»Und was ist mit der zweiten?«

»Karl ...«

»Ich esse ja schon.« Er schob den Stuhl wieder an den Tisch. Irgendwie schien die Schinkenscheibe in den letzten Sekunden größer geworden zu sein.

Wenn Karl trainierte, kamen immer eine Menge Zuschauer. Selbst an einem Vormittag, wo die meisten Leute sich beeilten, mit ihrer Arbeit fertig zu werden, um nachmittags zur Bürgerversammlung zu gehen, hatten sich über fünfzig am Exerzierplatz eingefunden, der sonst als Korral diente.

Pendrill und der Stalljunge jagten drei Pferde hinaus. Dann beseitigten Wraveth und Taren noch den frischen Mist, ehe sie die wattierten Hosen und Jacken und die Drahtmasken anzogen.

Karl nahm nur die Gesichtsmaske. Die Klingen der Trainingsschwerter waren nicht scharf, außerdem waren an den Spitzen Stahlkugeln angebracht. Die Maske schützte die Augen, und durch die Kugel bekam man nicht mehr als ein paar blaue Flecke ab. Karl fand die wattierte Trainingskleidung beengend. Sein übervoller Bauch behinderte ihn ohnedies schon genug.

Tennetty kam zu spät. Karl unterhielt sich noch etwas

mit Wraveth und Taren. Dann stürmte sie heran, schwang sich von Pirats Rücken und winkte ab, als Taren ihr Maske und Trainingsschwert anbot.

Ihre Handgelenke waren bandagiert. Karl ging zu ihr. »Probleme?«

Sie schüttelte den Kopf. »Willst du mich immer noch bei der Enkiar-Operation dabei haben? Ich brauche frische Narben an meinen Handgelenken. Die habe ich aber lieber von Thellarens Skalpellen als von Handschellen. Die trage ich keine Sekunde länger als nötig.« Sie deutete auf ihre Augenklappe und kräuselte wütend die Lippen. »Thellaren arbeitet an dem dämlichen Glasauge. Ich habe auch Chak gebeten, zu Nehera rauszureiten und ihn um Trickketten zu bitten. Na, zufrieden?«

»Es ist notwendig, Tennetty.« Aber wieso der plötzliche Meinungswechsel? Karl zuckte mit den Schultern. Auch egal.

Sie lächelte ihn an. »Ich habe eine Überraschung für dich. Erinnerst du dich an Jilla und Danni?«

»Ja.«

»Sie wollen auch mitmachen. Scheint, als hätten sie beschlossen, Kriegerinnen zu werden. Rachedurst.«

Na großartig! Karl hatte zwar einer Frau erlaubt, in seiner Truppe mitzureiten, weil sie eine Schwäche für Sklavenhändlerblut hatte. Das war Tennetty. Mit ihr hatte er Glück gehabt.

Aber er wollte sein Glück nicht überstrapazieren. Nicht alle waren wie Tennetty so geschickt mit dem Schwert und so nervenstark. »Wie hast du's ihnen ausgeredet?«

»Na ja ...«

»Du *hast* es ihnen doch ausgeredet?«

»Nein.« Sie schnaubte. »Die beiden finden, daß es nicht so schwierig ist.« Sie stemmte eine Hand in die Hüfte. »Es sieht *sooooo* leicht aus. Man drückt ab, schlägt mit dem Schwert zu ...«

»Du machst Witze, gib's zu.«

»Keineswegs. Sie werden bald herkommen. Ich habe mit

ihnen ein Abkommen geschlossen: Wer bei dir einen Treffer landet, die nehmen wir. Wen du schlägst, muß sich einen Mann suchen und einen Hausstand gründen – wir dürfen aber den Mann aussuchen.«

»Wir?« Er zog eine Augenbraue hoch. »Hast du da schon einen im Auge?«

»Na klar: Chak für die Blonde, Riccetti für die Brünette. Beide sind übrigens gute Köchinnen. Für ihre anderen ... Talente kann ich nicht bürgen. Vielleicht solltest du sie mal ausprobieren.«

»Tennetty!«

»Überleg's dir. Dadurch hätte Chak jemand, zu dem er heimkommen kann, und Lou würde etwas Speck auf die Rippen bekommen. Vielleicht würde das beide Gesichter zum Lächeln bringen?«

Eigentlich gar keine schlechte Idee, falls Chak und Lou einverstanden wären. Wirklich nicht übel. Soweit Karl wußte, schlief Lou mit keinem seiner weiblichen Lehrlinge. Riccetti war bei Frauen schon immer etwas scheu gewesen. Und Chak – Karl vertraute ihm jederzeit sein Leben an; aber mit ihm über seine Beziehung zu Frauen sprechen? Nein, das wäre ihm peinlich.

»Und? Haben sie angebissen?«

Tennetty nickte. »Allerdings. Denk dran, die meiste Zeit ihres Lebens waren sie Besitz eines Schankwirts in Pandathaway, wo sie nur in der Küche oder im Bett eingesetzt wurden. Wenn du mir ein bißchen hilfst, könnten wir Lou dazu bringen, daß er es für seine eigene Idee hält. Für Chak kann ich die Hand nicht ins Feuer legen. Der kann ganz schön gerissen sein.«

»Das habe ich nicht gemeint. Sind sie wirklich einverstanden, Sparringspartner für mich zu spielen?«

»Na ja, ich mußte ein paar Einschränkungen zugestehen, damit sie sich dem großen Karl Cullinane auch stellten.«

»Und welche?«

»Erstens: sie dürfen richtige Schwerter benutzen.«

»Großartig. Vielen Dank.« Das ging doch etwas zu weit.

Selbst der blutigste Anfänger konnte mit Glück einen Hieb anbringen. »Dann will ich mir meine Rüstung bringen lassen.«

»Hmm. Das war die zweite Bedingung. Du darfst keine Rüstung tragen. Keine Maske. Nur deine Hosen.«

»Dank sei dem Himmel für diese Kleinigkeit.«

»Ach ja?« Tennetty kicherte. »Als drittes Handicap darfst du nur ein Trainingsschwert benutzen.«

Karl schnaubte. »Noch was? Soll ich vielleicht mit einer Hand auf den Rücken gebunden kämpfen?«

Tennetty holte einen Lederriemen heraus. »Nummer vier.«

Sieh mal, wollte Karl sagen, *das ist wirklich kein schönes Geschäft. Fang es nicht an, wenn du nicht mußt.*

Aber sagte nichts. Es hätte auch nichts geholfen. Für manche Menschen war Blut eine Droge. Tennetty war so. Das Töten machte ihr nie etwas aus.

Aber woher weiß ich das? Karl verbarg seine Gefühle auch, so weit wie möglich, selbst vor Andy-Andy.

Gewisse Dinge mußte er tun, grauenvolle, entsetzliche Dinge. Die einzige Rechtfertigung war, daß es schlimmer gewesen wäre, sie nicht zu tun. Selbstanklagen waren ein Luxus für späte Stunden. Er konnte nicht wertvolle Sekunden im Kampf darauf verwenden, sich daran zu erinnern, daß sein Feind einmal ein niedliches Baby gewesen war.

Aber deshalb mußte er das Töten nicht mögen. Er empfand nicht das Vergnügen zu töten, wie Tennetty, und was Jilla und Danni unter ihren Händen gelernt zu haben schienen.

Er probierte die Lederschlinge, mit der seine linke Hand nach hinten gebunden war. Es wäre nicht schwierig, die Hand herauszuziehen, aber das hätten die anderen als Betrug angesehen.

Er hatte nichts gegen Betrug, wenn das entschied, ob man blutete oder nicht, aber …

Verdammt. Einer der Zuschauer war ein ihm unbekannter Elf. Zweifellos einer von Dharas Leuten. Das hieß, daß Karl nicht nur gewinnen mußte, er mußte dabei auch noch den Elf beeindrucken. Den Therranji saß noch der Schock von der Szene, die Karl gestern aufgeführt hatte, in den Knochen. Am besten ließ er sie in dem Glauben.

Wie, zum Teufel, gerate ich immer in solche Situationen?

Willst du wirklich eine Antwort? Mit lautem Flügelschlag landete Ellegon neben dem Korral. *Das kommt daher, weil du ein egoistischer, selbstzufriedener, dämlicher ...*

Ellegon.

... und das sind deine guten Seiten.

»Danke.«

Jilla und Danni kamen mit den blanken Schwertern in den Händen. Sie flüsterten miteinander. Jede trug ein tief ausgeschnittenes Oberteil und einen Sarong, der bis über den halben Oberschenkel geschlitzt war. Eigentlich bildschöne Schenkel.

Aber pfui! Und wenn du denkst, daß das Zufall ist, dann denk mal nach. Jilla meinte, daß du, wenn du andere Teile ihre Anatomie beäugst, dich weniger auf die Hände mit den Schwertern kümmerst. Übrigens sind die Oberteile nur lose zusammengebunden. Bei der geringsten Anstrengung rutschen sie. So 'ne Art zweite Verteidigungslinie.

Na, wenigstens ist Andy-Andy nicht ...

»Hallo, Held«, sagte Andy-Andy und klopfte ihm auf die Schulter. »Was ist denn hier los?«

»Großartig. Einfach super.« Er stützte sich mit der freien Hand auf den Zaun und schwang sich drüber. Dann nahm er von Tennetty das Trainigsschwert in Empfang.

»Dann wollen wir mal!«

Blanke Klingen machten Karl zwar nicht nervös, aber immer vorsichtig. Er musterte die beiden Frauen, als sie ihn umkreisten, und wartete auf ihren ersten Schlag.

Wäre es ernst gewesen, hätte er sofort versucht, eine möglichst schnell zu verwunden – am liebsten an den Beinen. Danach hätte er sich die andere vorgenommen, um die Verwundete später in Ruhe zu erledigen.

Aber das ging hier nicht. Hier ging es um Prestige, nicht nur um Verwundungen.

Warum machst du dir wegen deines Prestiges Sorgen, wenn du es mit zwei Schwertern zu tun hast? Das kapiere ich nicht.

Er machte einen Ausfall auf Danni und ließ sie zurückweichen, wobei sie das Schwert sehr ungeschickt vors Gesicht hielt. *Weil ich mir nicht leisten kann, mein Gesicht vor der Bürgerversammlung zu verlieren.*

Wie du meinst. Denk nach. So gut siehst du nun auch nicht aus.

Er zwang sich, lässig auszusehen.

Mr. Katsuwahara hatte recht gehabt – damals, vor langer Zeit.

Man muß das *kumite,* das Training, wie den Ernstfall betrachten, hatte er gesagt. Nur beim allerletzten Zoll des Schlags nicht. Blocke ab, als würden die Schläger wirklich deine Luftröhre zerquetschen. Deine Schläge sollten immer knapp vor dem Tötungspunkt sein – Nabel, statt Solarplexus, Oberschenkel statt Leiste. Peile immer den Punkt einen Zoll vor dem Körper an.

Er mußte also jetzt die Schwerter wie echte betrachten und dann mit einem Angriff kommen, der kein echter Angriff war.

Danni schlug gegen sein Bein.

Er parierte den Schlag mit Leichtigkeit, aber mit so viel Wucht, daß der Stahl klirrte.

Er wirbelte herum, um Jillas Stoß auf seine linke Schulter abzufangen. Verdammt, die beiden hatten ihn zwischen sich und waren zu nah gekommen.

Aber eigentlich war das gar nicht schlecht. Im Kampf wollte man, daß sich die Gegner mit ihren Klingen gegenseitig gefährdeten.

Jetzt konnte er auch diesen Vorteil ausnutzen und Füße und Ellenbogen ins Spiel bringen.

Nein, geht nicht, weil es kein echter Kampf ist, verdammt noch mal. Es soll doch keiner sein.

Danni stach mit ihrem Schwert auf seine Schulter –

Jetzt trat der Reflex an Stelle der Überlegung.

Er hatte keine Zeit, zu überlegen, daß sein Ausweichen zur Seite Dannis Schwert direkt auf Jillas Gesicht zielte.

Es war nicht Denken, was seine rechte Hand öffnete, so daß sie das Trainingsschwert fallen ließ, während seine linke sich anspannte und den Lederriemen zerriß.

Es war auch nicht Denken, das die beiden Handflächen zusammenführte, sie gegen Dannis Klinge preßte und dadurch knapp einen Zoll vor Jillas linkem Auge auffing.

»*O nein!*« stöhnte Danni. »Beinahe hätte ich ...«

»Stimmt.« Er nahm Danni das Schwert ab, drehte sich um und entrang auch Jillas Waffe ihren tauben Fingern.

Jilla rieb sich das linke Auge, obwohl es nicht berührt worden war. Sie keuchte, ihr Gesicht war aschgrau.

Karl zwang sich zu einem kleinen Lachen. »Jetzt hattet ihr einen Geschmack, wie's wirklich ist. Nur eine winzige Kostprobe.« Er warf eines der Schwerter mit dem Griff zuerst in die Luft und fing es geschickt am Griff mit einer Hand wieder auf. »Wißt ihr, was unser eigentliches Geschäft ist? Wir sind Händler von Einzelteilen – Teilen von uns selbst. Tennettys Auge, Chaks Zehen – seht euch mal Slowotskis Narben an, wenn es sich ergeben sollte oder die von Daven.

Hier – meine Brust. Die Narbe habe ich vor Lundescarne erworben. Ein Sklavenhändler konnte gerade noch mit seinem abgebrochenen Schwert an mir herumschnitzen, während ich ihm die Seele aus dem Leib würgte. Und dann ist da noch ...« Er hörte auf. »Und wir haben Glück gehabt.«

Wut stieg in ihm auf und nahm ihm fast die Luft. »Idioten seid ihr! Ihr müßt nicht die Eingeweide eurer Freunde im Gras verstreut liegen sehen. Nein, ihr könnt seelenruhig nachts schlafen, weil auch ein ganz leises Geräusch nichts für euch bedeutet. Ihr müßt nicht durch ein Fenster springen und drei Menschen tot, mit durchgeschnittener Kehle in ihrem Blut liegen sehen, nur weil sie jemandem im Wege waren, der es auf euch abgesehen hatte. Und ihr müßt auch nicht immer wieder töten und töten, Jahr für Jahr. Aber ihr wollt doch mitmachen?« Er bot beiden Frauen die Schwerter mit dem Griff zuerst an. »Herzlichen Glückwunsch. Ihr habt es geschafft.«

Danni schaute voll Entsetzen auf das Schwert und ging leicht schwankend davon.

»Ganz recht, Karl Cullinane.« Jilla griff gierig nach ihrem Schwert. »Ja, ich will mitmachen. Ich habe verstanden, was du uns gesagt hast. Ich habe den letzten Zehntag Tennetty zugehört. Ich weiß auch, daß ich noch viel lernen muß und hart trainieren, aber ...«

»Du willst mitmachen?« Er zuckte mit den Schulterrn. »Tennetty, ich übergebe sie deiner Führung. Du mußt sie trainieren. Ich will, daß du sie als erstes rennen läßt, bis sie halbtot umfällt.«

Dann wandte er sich ab und ging davon.

Kapitel elf

Bürgerversammlung

Der tödlichste Feind der Nationen ist nicht der ausländische Feind, sondern der, der innerhalb der eigenen Grenzen weilt. Die Zivilisation muß ständig vor diesen inneren Feinden gerettet werden. Die glücklichste aller Nationen ist die, in der der Bürgersinn diese Rettung Tag für Tag vollbringt – durch Taten, die nicht an die große Glocke gehängt werden, durch vernünftiges Sprechen, Schreiben und Wählen, durch schnelles Ersticken der Korruption, durch gutes Einvernehmen zwischen Parteien und dadurch, daß die Bürger aufrechte Männer erkennen, wenn sie sie sehen, und sie als Führer Fanatikern und Maulhelden vorziehen.

William Jones

Ahira lachte boshaft. »Wär's dir jetzt nicht auch lieber, du hättest Chton nicht befreit? Lieber so durchrutschen lassen?«

»Nein.« Karl schürzte die Lippen. »Bloß, weil er schmutzige Füße hat, wie jeder andere auch?« *Ich eingeschlossen.*

Er biß in sein Sandwich, lehnte aber einen Schluck aus einem Weinschlauch, den ihm einer anbot, dankend ab.

Bürgerversammlungen waren nur zur Hälfte eine politische Angelegenheit; sie waren auch ein großes Fest für das ganze Tal. Da alle sich wenigstens den Nachmittag freinahmen, hätte es sicher mehr Versammlungen gegeben, wenn nicht ein Viertel aller Stimmen nötig gewesen wären, um sie zu beantragen.

Hinter dem Rednerpult und einer brusthohen Wahlurne drehten sich sechs Schafe langsam am Spieß. Freiwillige drehten oder bepinselten das Fleisch mit Wein und Öl, schnitten Scheiben ab, die sie in frisch gebackenes Fladenbrot wickelten und diese Sandwiches verteilten.

Jemand hatte auch schon Whiskey und Bier angezapft. Mit Genugtuung sah Karl, daß keiner der Ingenieure oder Krieger bei dem Haufen war, der sich schon früh die Becher mit dem hinterlistigen Feuerwasser füllte.

Gut. Sollten die Anhänger sich ruhig besaufen. Jeder, der hinüber war, konnte nicht mehr abstimmen.

Wie die meisten demokratischen Einrichtungen waren auch die Bürgerversammlungen ein Zoo. Man konnte vieles für die Demokratie anführen, aber Ordnung bestimmt nicht. Mit Ausnahme der abwesenden Krieger und einiger Farmer waren alle Stimmberechtigten und die meisten der anderen Bürger gekommen.

Die Bürgerversammlung war gesetzlich klar geregelt: Keiner wurde zur Anwesenheit gezwungen. Es war wichtig, daß auch nicht stimmberechtigte Bürger Demokratie erlebten. Hatte jemand erst einmal Geschmack daran gefunden, sein Schicksal selbst zu bestimmen, erschien ihm die Arbeit als kleiner Pächter nicht so erstrebenswert. Auf der Anderen Seite war ja die Idee gewesen, daß jemand für seine Arbeitskraft ein Dach über dem Kopf und einen Teil der Ernte bekam. Allerdings hatte das oft zu einer Art Versklavung durch Schulden geführt.

Für eine gewisse Zeit konnte das verhindert werden, indem man sicherstellte, daß es mehr gute Felder als Hände zum Bestellen gab. Die Grundbesitzer mußten dann den Arbeitern Angebote machen, nicht die Arbeiter sich gegenseitig unterbieten.

»Müßte eigentlich glattgehen«, sagte Ahira. »Bei einer Stimme dürfte es aber Stunk geben.«

»Wieso?«

»Siehst du den Jungen da drüben beim Grill?«

Karl folgte Ahiras ausgestrecktem Finger. Da stand ein Junge, etwa zwölf, dreckig und in Lumpen. Er verschlang heißhungrig ein Sandwich nach dem anderen.

»Neu angekommen? Was, zum Teufel, ist mit der Versorgung los?«

»Kein Neuer. Er ist ein Wähler, ob du's glaubst oder

nicht. Er ist schon ein Vierteljahr hier. Aveneer hat ihn mitgebracht. Hmmm, Peters? Nein, Petros – ja Petros heißt er. Ein stures Kind. Er wollte nicht für einen Farmer arbeiten. Er hat Stanish altes, rostiges Werkzeug abgeschwatzt und dann ein Stück Land urbar gemacht, oben über dem Territorium der Ingenieure, gerade noch innerhalb der Schutzvorrichtungen. Ich habe keine Ahnung, wovon er lebt oder wie er die Bäume ohne Holzmesser roden konnte. Er behauptet, er habe Saatgut von der Straße aufgesammelt. Wahrscheinlich hat er ein paar Pfund geklaut – aber beweise ihm das mal!«

»Was soll's!« Der Diebstahl von etwas Saatgut störte Karl nicht sehr. Aber daß ein zwölfjähriges Kind wie das Opfer einer Hungerkatastrophe aussah, mißfiel ihm. »Bearbeitet er ein richtiges Feld ganz allein?«

»Ja, allerdings sieht das Feld selten armselig aus. Pro Quadratmeter kaum eine Maisstaude, der Rest Unkraut. Er schläft in einer Laubhütte. Bei meiner letzten Inspektion sah ich, was er hatte – nicht viel: einen selbstgemachten Bogen und ein paar Pfeile, einen im Feuer gehärteten Speer – wahrscheinlich ernährt er sich von Unkraut und Hasen. Da oben gibt es aber mindestens einen Berglöwen. Eines Tages wird er mit aufgerissenem Bauch aufwachen. Es ist ein Elend.«

»Verdammt.« Karl schüttelte den Kopf. »Meinst du wirklich, daß jemand seine Stimme anfechten wird?«

Ahira nickte. »Er behauptet, fünfzehn zu sein; aber das glaubt ihm niemand. Ich finde, er sollte zur Schule gehen; aber willst du ihm das vielleicht sagen?«

»Mal sehen, was ich tun kann.« Karl bahnte sich einen Weg durch die Menge, bis er neben dem Jungen stand. Dort war Platz, denn niemand wollte windabwärts von ihm stehen. »Sei gegrüßt«, sagte er.

Die Augen des Jungen wurden groß. »Seid Ihr, wer ich denke, der Ihr seid?«

Karl streckte ihm die Hand hin. »Karl Cullinane.«

Petros Augen flackerten hin und her.

»T'rar ammalli.« Karl lächelte. »Ich möchte dir nur die Hand schütteln, sonst nichts.«

Der Junge streckte ihm die Hand entgegen. Karl schüttelte sie kurz und ließ wieder los. Er widerstand der Versuchung, seine Hand an der Tunika abzuwischen. »Ich möchte dir einen Vorschlag machen.«

Petros schüttelte den Kopf. »Ich will nicht für einen anderen arbeiten. Mein Feld gehört mir, auch meine Stimme. Ich brauche keine Hilfe.«

Und warum siehst du wie eine Reklame für die Welthungerhilfe aus, Kind? Und hat dir schon mal jemand erklärt, was ein Bad ist? Aber Karl sagte das nicht laut. Ein zwölfjähriger ehemaliger Sklave mit solchem Stolz und solcher Sturheit war ein wahrer Schatz. Man mußte nur dafür sorgen, daß dieser Stolz erhalten blieb. »Du vielleicht nicht; aber ich könnte deine Hilfe brauchen – aber nicht auf dem Feld. Kennst du Nehera?«

»Den Schmied? Na klar, und?«

»Gehen wir ein paar Schritte«, sagte Karl und nahm noch ein paar Sandwiches mit.

Der Junge folgte ihm.

»Ich habe mit Nehera ein Problem«, sagte Karl und gab dem Jungen ein Sandwich. Er biß auch in eines. »Er hat noch nicht begriffen, daß er frei ist. Er glaubt, daß er jemandem gehört und daß dieser Jemand ich bin.«

»Da tut Ihr mir leid.«

Karl ließ etwas Härte anklingen. »Glaubst du, daß ich Leute besitze, Junge?«

»Nein, bestimmt nicht. Ich habe von Euch gehört.«

»Na schön. Also, wie gesagt, ich kann ihm diese fixe Idee nicht austreiben.«

»Die verdammten Sklaven sind alle miserable Sklaven, hat mein Meis ..., jemand, dem ich mal gehört habe, immer gesagt.«

Karl zuckte mit den Achseln. »Das ist Gerede. Bei Nehera ist der Geist gebrochen. Und ich habe keine Zeit und auch keine Lust, ihn zu reparieren. Das ist deine Aufgabe, wenn du willst.«

»Geist gebrochen?« fragte Petros. »Und wie soll ich den reparieren?«

»Wenn ich das wüßte, würde ich dich ja nicht brauchen: das ist dein Problem. Ich möchte, daß du jeden dritten Tag bei ihm den Lehrling machst. Das kläre ich mit den Ingenieuren. Während er dir etwas über das Schmieden beibringt, könntest du ihm beibringen, wie man frei ist. Interessiert?«

»Wieviel Lohn?«

»Nicht viel. Du kannst dir dein eigenes Werkzeug dort schmieden und bei Nehera mitessen. Vielleicht schnappst du noch andere Fertigkeiten dort auf.«

Petros schüttelte den Kopf. »Keine Zeit. Meine Felder …«

»Blödsinn! Bis zur Ernte mußt du bloß noch etwas Unkraut rausreißen. Wenn du nicht so viel Zeit aufwenden müßtest, dir was zum Essen zu beschaffen, hättest du jede Menge Zeit.«

Der Junge dachte nach. »Vielleicht. Ist das Euer bestes Angebot?«

»Was willst du denn noch?«

»Bei der nächsten Aussaat Pflug und Pferd benutzen.«

War das ernst gemeint, oder versuchte der Bengel, ihn auf die Probe zu stellen?

Karl schüttelte den Kopf. »Nur ein Pferd. Pferde habe ich jede Menge. Aber den Pflug mußt du selbst mieten.«

»Einverstanden.« Der Junge streckte ihm die Hand entgegen. »Schlagt ein!«

»Da ist noch ein Punkt.«

»Ja?« Mißtrauisch schaute Petros ihn an.

»Du stinkst wie ein Scheißhaus!« Karl deutete zum See. »Geh ins Schulhaus und hol dir Seife. Sag Aeia, daß ich dich schicke. Und dann *badest* du.«

»Einverstanden. Aber ich bin zum Abstimmen zurück. Keiner nimmt mir die Stimme weg.«

Der Junge ging weg und hatte Mühen, sein Grinsen zu unterdrücken.

Karl machte sich diese Mühe nicht. *Geh nur, Petros, und halte mich für einen Trottel.*

Ahira stand am Rednerpult und schlug mit der Faust gegen den Metallgong. »Ich bitte um eure Aufmerksamkeit«, rief er mit einer Stimme, die lauter war als der Gong. »Ich eröffne hiermit die dreiundzwanzigste Heim-Bürgerversammlung. Nehmt das Fleisch vom Feuer und macht die Fässer zu«, rief er den Köchen zu. »Wir müssen eine Entscheidung fällen.«

»... das Angebot ist *wirklich gut*«, sagte Chton zum achtzehntenmal. Karl war sicher, daß es das achtzehnte war. Er lag im Gras neben Andy-Andy und hatte nichts Besseres zu tun gehabt, als mitzuzählen.

Ach ja – ehe ich's vergesse. Ahira sagt, daß sich bei Petros' Farm ein Berglöwe herumtreibt.«

Stimmt.

Es wäre doch praktisch, wenn dieser Löwe sich auffressen lassen würde.

Betrachte ihn als gefressen.

»... was sind wir hier? Wenige Tausende, die nur mühsam dem Boden das abringen, was sie zum Leben brauchen. Und dafür sollen wir unser Blut geben, ja sogar sterben?«

Jetzt war's genug! *Mir reicht der Scheiß! Komm zum Punkt!*

Wer, ich?

Hör auf, Miß Piggy zu spielen. Dazu fehlt dir die richtige Stimme.

Die hab ich aus Andy-Andys Kopf, und die hat ein sehr viel besseres aurales Gedächtnis als du.

»Zwischenfrage zur Sache«, rief Chak und sprang auf.

Chton versuchte, weiterzureden; aber Ahira unterbrach ihn. »Zwischenfrage!«

»Ich kann mich nicht entsinnen, Chton, daß du auch nur

einen Tropfen Blut vergossen hast. Ich kenne dich zwar nicht so gut; aber ich dachte, du wärst nur ein Farmer.«

Mann, verbessere dich, schnell!

Chak räusperte sich. »Ich bitte um Entschuldigung, ich wollte wirklich nichts gegen die Farmer sagen. Ich wehre mich nur dagegen, daß Chton Anspruch erhebt auf das Blut, das die Krieger und Ingenieure vergießen – nicht er.«

Ahira nickte. »Du kannst fortfahren, Chton, aber erhebe nicht wieder Anspruch auf etwas, das dir nicht zusteht.«

Einen Moment lang dachte Karl, Chton würde eine Ader platzen. »*Kein Anspruch!* Wie ist das mit Werthan, seiner Frau und seinem Kind? Waren sie keine Farmer? Ist das Blut eines Farmers weniger rot als das eines Kriegers? Würden sie nicht heute noch leben, wenn wir unter dem Schutz Lord Khorals stünden?«

Gemurmel stieg aus der Menge auf.

Darauf mußt du antworten, Karl. Das war direkt gegen dich gerichtet.

Nein. Es gab keine Antwort, keine Entschuldigung.

Ihryk stand auf. »Darauf will ich antworten, Mister Bürgermeister.«

»Du?« sagte Chton höhnisch. »Einer von Karl Cullinanes Mietlingen?«

»Ich erinnere mich nicht, daß deine Stimme so höhnisch klang, als Karl dich und mich aus dem Wagen der Sklavenhändler holte, Chton. Ich kann mich an dich nicht mal bei Werthans Richtfest erinnern.« Ihryk hob die Faust. »Aber eines kann ich dir sagen – Werthan und Anna hätten ihr ganzes Leben mit einem Ring um den Hals verbringen müssen, wenn es nicht Leute wie Karl Cullinane gäbe. Und dir und mir ginge es ebenso.«

»Aber sicher«, schoß Chton zurück. »Der *noble* Karl Cullinane, der *große* Mann, der zufällig auch der Reichste im ganzen Tal ist. Wenn wir uns mit Therranji verbinden, werden wir alle so reich wie er sein und auch so viele Diener haben wie er. Macht dir das Sorgen, Karl Cullinane? Bist du deshalb gegen Lord Khorals Angebot?«

Karl, es wird höchste Zeit. Wenn er jetzt auf einer Abstimmung besteht ...

Ich weiß. Karl stand auf. »Darf ich antworten, da ich direkt angesprochen wurde, Mister Bürgermeister?«

Ahira nickte. »Du darfst.«

Karl ging langsam und gelassen zum Rednerpult, um zu zeigen, daß Chtons Anschuldigungen ihn kalt ließen.

Dann trat er auf die Holzplattform und blickte auf die Menge vor ihm.

»Höchste Zeit, Karl«, flüsterte Ahira. »Jetzt geht's ums Ganze.«

»Keine Angst.« Dann hob er die Stimme. »Chton hat einen wirklich guten Punkt angeschnitten. Ich ... nehme an, ich sollte mich schämen. Ja, selbstverständlich ist der Grund, warum ich dagegen bin, daß Heim ein Teil von Therranaji wird, meine Angst um meinen Status. Das ist doch logisch, oder? Wenn es dann allen viel besser geht, muß es mir dann logischerweise schlechter gehen ...«

Er runzelte die Stirn. »Moment mal! Das ergibt keinen Sinn! Würde es mir dann nicht auch viel besser gehen?« Er nickte.

»Aber ich weiß schon, was Chton meint.« Dann suchte er sich ein bekanntes Gesicht in der Menge. »Harwen, ich habe doch neulich noch mit dir geredet, erinnerst du dich? Ich habe mich beschwert, weil du herumgeritten bist. *Ich* wollte gerne *beide* Pferde reiten, Karotte und deins«, sagte er und spreizte die Beine weit auseinander.

Einige lachten leise.

»Und Ternuis, du hast mich doch drüben beim Grill gesehen. Da habe ich doch alle, die aßen, wütend angestarrt. Schließlich kann *ich* ja viel mehr essen, als mein Bauch hält, oder?«

Er schaute zu den noch verbliebenen Schafen am Spieß hinüber. »Versuchen werde ich es; aber ich glaube nicht, daß es mir gefällt.

Weißt du, Chton, ich kann es einfach nicht. Ich kann nicht mehr als ein Pferd zugleich reiten; ich kann auch nicht mehr essen, als in meinem Bauch reingeht, oder mit zwei Frauen zugleich schlafen ...«

Jetzt.

»Das würde dir auch verdammt schlecht bekommen, Karl Cullinane!« Andy-Andy sprang auf. »Ich bitte ums Wort, Mister Bürgermeister.«

»Erteilt.«

»Ich will nur einen wichtigen Punkt klären. Wenn du mich betrügst, Karl Cullinane, wird dir etwas fehlen, das dir sehr teuer ist, soviel ich weiß.« Sie holte aus den Falten ihres Gewandes ein Messer und prüfte die Schneide.

Die Menge johlte vor Vergnügen.

Jetzt hast du sie zum Lachen gebracht. Was machst du nun?

Das war nur zum Aufwärmen. Paß auf.

Karl hob die Hände, als würde er sich ergeben. »Siehst du jetzt, was ich meine, Chton?«

»Hör mal ...«

»Du hattest deine Redezeit schon. Jetzt bin ich dran.« Karl hob den großen Lederbeutel, den er am Gürtel trug. »Khoral will nicht viel von uns, das ist eine Tatsache. Er will lediglich unsere Lehenstreue, und er gibt uns sehr viel dafür. Sehr viel sogar. Er macht aus mir einen Baron und gibt mir das gesamte Tal als Lehen. Falls ich das ablehne – und ihr könnt sicher sein, *daß* ich es ablehne –, gibt er es vielleicht Chton.

Er schickt uns Leibeigene. Ihr alle, die ihr Farmen habt, werdet dann Leute haben, die für euch die Felder bearbeiten – oder verhungern müssen. Klingt das nicht herrlich? Klingt das nicht bekannt? Khoral wird das Land für uns aufteilen, und dann können wir es mit ihnen bebauen. Wir brauchen nicht einmal Ringe um ihre Hälse zu legen. Entweder schuften sie für uns oder verhungern.

Und was will er als Gegengabe? Steht auf, Lady Dhara, und sagt uns, was er dafür will.«

Sie stand auf; aber Karl gab ihr keine Gelegenheit, etwas zu sagen. »Er will nur unsere Lehenstreue, jeden einzelnen von uns will er. Das ist alles. Er wird uns Gold geben, sagt er, und er verspricht uns, daß unsere Steuern niedrig sein werden. Er will nur, daß wir sagen, daß es für uns besser ist, wenn Lord Khoral über unser Leben bestimmen kann. Gefällt dir diese Vorstellung, Tivar?« Er zeigte auf den Farmer, von dem er wußte, daß dieser sich noch nicht entschieden hatte. »Wie gefällt es dir, dein Schicksal diesem Elfen zu übergeben?«

»N-nein.«

»Moment!« ergriff Chton das Wort. »Was ist denn der Unterschied, ob Khoral hier herrscht oder ob du und Ahira im Tal befehlen, als wäre es euer Lehen? Erklär mir *das* mal!«

Karl ging zur Wahlurne und schlug mit der Faust drauf. »Das ist der Unterschied, du Narr. Der Unterschied ist die *Wahl*. Khoral will, daß ihr das eintauscht, und wißt ihr, was er euch dafür geben will?«

»Ja, Gold.«

Jetzt.

Belehre deinen Großvater nicht! »Gold. Ja, Chton, darauf läuft es hinaus. Du und der Rest der Anhänger wollen Gold; und Khoral bietet Gold.« Karl griff in den Lederbeutel. »Ich habe etwas von diesem Gold schon hier.«

Er zog die Hand heraus. Der goldene Halsring glänzte im Sonnenlicht. »Wollt ihr das um eure Hälse tragen?«

»Nein«, riefen mehrere, hauptsächlich die Ingenieure.

»Nun«, sagte Karl und senkte absichtlich die Stimme etwas. »Ihr habt die Wahl. Ihr könnt euer Vertrauen dem Bürgermeister aussprechen oder ihn rauswerfen. Selbst, wenn Ahira Bürgermeister bleibt, könnt ihr später eure Meinung ändern. Aber damit?« Er hielt den goldenen Reif hoch über dem Kopf. »Wenn diese goldene Klammer erst einmal eure Kehle einschnürt – könnt ihr sie dann auch später abmachen? Was ist, wenn sie dir nicht paßt, Chton?«

Er warf den Halsring auf die Plattform. »Wenn dieser Ring dich nun erstickt?«

»Warte, das ist nicht fair ...«

»Fair? Ich zeige dir, was fair ist. Lady Dhara – fangt.« Er stieß den Ring zu Dhara hinüber. Automatisch fing sie ihn auf, ließ ihn aber sogleich fallen, als wäre er glühend heiß. »Den könnt Ihr Lord Khoral bringen und ihm sagen, daß Heim bestimmt ein guter Verbündeter für Therranji wäre; aber wenn er versucht, uns zu schlucken, dann wird er daran ersticken.«

Dann ging er zur Wahlurne, einer Holzkiste, und blieb neben den beiden Fässern, die dort standen, stehen. »Ihr könnt alle geheim wählen, wenn ihr wollt«, sagte er und nahm einen Stein aus dem Faß mit den weißen Kieseln. »Aber ich wähle so. Mir macht es nichts aus, wenn alle es sehen.« Er hielt den weißen Stein hoch. »Ich stimme für Ahira und die Unabhängigkeit.« Dann warf er den Stein in die Wahlurne und verließ die Plattform.

Daven, Andy-Andy, Tennetty und noch ein halbes Dutzend andere wollen wissen, ob sie es auch so machen sollen.

Nein, noch nicht. Laßt erst andere hingehen.

Petros sprang auf die Plattform. »Ich stimme mit Karl Cullinane«, verkündete er laut und nahm einen weißen Stein, warf ihn in die Wahlurne und stellte sich neben Karl.

Ehe Chton den Mund aufmachen konnte, war Ranella, Riccettis Lehrmädchen, vorgerannt. »Alle Ingenieure stimmen für Ahira«, rief sie. »Wir alle.«

»Ich auch«, sagte Ternius. »Und ich sehe nicht ein, warum ich warten soll.«

»Und ich!«

»Ich auch.«

Aus dem Rinnsal wurde ein Strom und dann eine Flutwelle.

»Na, du Überpolitiker?« sagte Ahira und lächelte zu Karl hinauf, als sie im Sternenlicht auf der Straße dahingingen. »Du warst kein schlechter Politiker, finde ich – Lügen eingerechnet.«

»Lügen? Ich?« Karl hob einen Kiesel auf und warf ihn in die Nacht hinaus.

»Der goldene Halsring war eine Eingebung.«

Karl blies gegen seine Fingernägel und polierte sie an der Brust. »Danke. Ich fand, das Ding war eine hübsche Metapher.«

»Stimmt. Ich wußte noch gar nicht, daß da deine Stärke liegt.«

»Habe ich auch nie behauptet, oder?«

»Nein, hast du nicht.« Sie gingen schweigend weiter zu dem Haus, das Ahira mit Walter und seiner Familie teilte. »Wir sind ein prima Team – du und ich«, sagte Ahira schließlich. »Ich kann den täglichen Kleinkram bewältigen, aber dein Charisma habe ich nicht.« Er zuckte mit den Schultern. »Ich hab's nun mal nicht in mir.«

»Nun mach dich nicht kleiner, als du bist.«

»Tu ich nicht. Aber wenn du nicht dagewesen wärst, hätten wir vielleicht verloren, und Chton wäre dir als Bürgermeister entgegengetreten, wenn du wieder nach Hause gekommen wärst.«

»Jetzt hör auf, um den heißen Brei herumzureden, Ahira. Worüber willst du mit mir sprechen?«

»Du mußt mehr Zeit hier verbringen, Karl, nicht dauernd unterwegs sein.«

»Kann ich nicht. Zuviel zu tun. Da steht diese Enkiaroperation an, außerdem habe ich Beralyn versprochen, sie nach Hause zu bringen.«

Der Zwerg nickte ernst. »Dann werde ich es doch tun. Ist bestimmt besser. Ich habe mit Gwellin gesprochen. Er hat vor, wieder nach Endell zurückzugehen.«

»Das weiß ich – was hat das mit dir zu tun?«

»Siehst du die Unmengen von weiblichen Zwergen hier?«

Karl nickte. Er hatte verstanden. »Alles klar. Gwellin und seine Leute wollten immer nur auf Zeit hier bleiben, und ihr Wort ist ...«

»... ebensogut wie das von Karl Cullinane.« Ahira

kicherte. »Karl, die sagen bestimmt kein Wort über die Gewehre.«

Ahira seufzte. »Weißt du, Karl, jetzt verbringe ich schon sieben Jahre als Kreuzung zwischen Zwerg und Mensch, und wenn sie mich heute abgesetzt hätten ...«

»Ja, wolltest du etwa heute verlieren?«

Ahira schlug mit der Faust in die andere Handfläche. »Ich weiß es nicht, wirklich nicht. Für mich ist das anders als für dich. Du hast Barak deinen Bedürfnissen schon vor Jahren untergeordnet. Ich bin immer noch hin- und hergerissen. Ich weiß, daß ich mein Leben Walter, Riccetti, Andy und vor allem dir verdanke, aber ...« Er schaute nach oben. »Verdammt, Karl, warum kann ich die Dinge nicht klarer sehen? Du scheinst immer zu wissen, was du tust.«

»Jetzt hör aber auf! Nicht du, bitte!« Karl hob die Hände. »Fang bloß nicht an, auch an diese Legende zu glauben. Ich bin immer noch ich – der einfache, alte Karl Cullinane, der sich allein mit Improvisieren durchs Leben schlägt.« *Manche Improvisationen haben Leben gekostet, Jimmy.* Er schlug Ahira auf die Schulter. »Sobald ich die Enkiar-Sache hinter mir habe, bleibe ich eine Weile zu Hause. Würde dir das helfen?«

»Wir können's versuchen.« Der Zwerg nickte. »Schlecht wär's nicht. Du könntest an der Schule unterrichten und mehr Zeit mit deiner Frau und deinem Sohn verbringen.«

»Okay. Gib mir nur noch etwas Zeit, das zu beenden, was ich angefangen habe. Würdest du mir auch einen Gefallen tun?«

»Was denn?«

»Wenn wir beide allein sind – darf ich dich dann James Michael nennen? Das ist so ein bißchen wie zu Hause.«

»Und soll mich daran erinnern, wer ich in Wirklichkeit bin, was?«

»Nein.«

Sie gingen schweigend weiter. Als sie beim Haus ankamen, brannte noch das Licht auf der Veranda. Der Zwerg kletterte die Stufen hinauf, blieb oben stehen und schaute zu Karl herunter. »Tu, was du tun mußt, Karl. Ich halte hier die Stellung, solange ich kann. Wer weiß? Vielleicht hört der ganze Blödsinn mit den Anhängern des Zusammenschlusses mal auf.«

Aber deine Probleme nicht. »Vielleicht.«

»Wegen des Gefallens ...«

»Ja?«

»Ich glaube, daß du mich lieber Ahira nennen solltest. Schließlich bin ich doch er. Gute Nacht.«

Kapitel zwölf

Abschied

Die Stimme der Turteltaube erklingt und spricht:
Der Tag bricht an, wohin des Wegs?
Laß gut sein, kleiner Vogel, und schelt mich nicht.

Liebeslieder des Neuen Königreichs

Karl prüfte schon zum zwanzigstenmal den Sattelgurt des dritten Packpferds. Als er zum Haus hinübersah, machte er sich Gedanken, ob er es je wiedersehen würde. *Jeder Abschied muß so sein, als wäre er für immer,* dachte er.

Du schindest Zeit. Das ist wirklich sehr vernünftig von dir. Du solltest mich ...

Nein. Thema beendet.

Beralyn und Tennetty saßen auf ihren Pferden und gaben sich größte Mühe, geduldig auszusehen. Chak hatte es sich im Sattel seines grauen Wallachs bequem gemacht. Ihm war es gleich, ob sie sofort losritten oder erst in ein paar Minuten.

Andy-Andy stand auf der Veranda und wartete schweigend.

Es gab nichts mehr zu sagen. Alles war schon letzte Nacht gesagt worden.

Nun war nur noch eins zu tun. Er ging zurück ins Haus und hinauf in Jasons Zimmer.

Mikyn und Jason lagen schlafend unter ihren Decken.

Karl kniete sich hin und küßte Jason liebevoll auf die Stirn. Er wollte ihn nicht wecken. *Wache über ihn, bitte.* Dann riß er sich von dem Jungen los.

Wie immer, Karl.

U'len erwischte ihn unten an der Treppe. »Hör mal, sei vorsichtig!« ermahnte sie ihn mit ihrer Gießkannenstimme.

»Ich habe ein ungutes Gefühl diesmal.« Sie schüttelte den Kopf.

»Du hast doch immer ein ungutes Gefühl.«

»Stimmt!« Sie holte hinter dem Rücken einen Musselinsack hervor. »Hier, für die Fahrt.«

»Aber wir haben doch jede Menge ...« Er brach ab. »Ich danke dir, U'len. Bis bald.«

Sie nickte. »Vielleicht. Vielleicht diesmal. Aber irgendwann wirst du nicht heimkehren, Karl Cullinane. Dann wird dich dummes Schwein jemand umgebracht haben.«

»Vielleicht.« Er zwang sich zu einem Lächeln. »Wie wär's mit einer Wette? Wenn ich nicht in – sagen wir – zweihundert Tagen zurück bin, bekommst du diese Zeit doppelt bezahlt – sonst arbeitest du umsonst, solange ich weg bin.«

»Mit dir wette ich nicht! Mach, daß du rauskommst.« Sie schob ihn zur Tür.

Andy-Andy wartete immer noch auf der Veranda. »Ich denke immer noch, du hättest dich von Ellegon hinfliegen lassen sollen.«

Er schüttelte den Kopf. »Ich will nicht, daß er von Heim weg ist. Nicht, solange Gwellin mit seinen Leuten nicht wieder da ist. Er müßte in etwa zwei Wochen eintreffen. Dann kann Ellegon wieder Nachschubflüge machen. Aber bis dahin möchte ich mir wirklich keine Sorgen machen müssen, ob ihr auch sicher schlafen könnt.«

»Aber ich ...« Sie sprach nicht weiter, sondern senkte den Kopf. »Du hast doch neulich Ahira gesagt, daß du nach diesem Ausritt mehr Zeit zu Hause verbringen wirst – meinst du das ernst?«

Er nickte. »Ich glaube, ein paar Jahre in Halbrente würden mir guttun. Chak kann eine Weile meine Abteilung übernehmen. Und wenn die Sklavenhändlerzunft weiterhin Therranji überfällt, kann ich mit ein paar Männern ab und zu für einen Zehntag hin, um sie in Trab zu halten.«

Die ganze Welt ruhte auf Karls Schultern, nicht mehr.

Davens und Aveneers Trupps waren prima, außerdem griffen angeblich auch andere Gruppen die Sklavenhändler an und raubten sie aus. Die Zunft war auf der Flucht.

Auch wenn er wußte, daß er das Ende seines Lebenswerks niemals würde erleben können – es hatte gut begonnen. Ihm fiel eine Stelle bei Edmund Burke ein: »Sklaverei kann es überall geben. Sie ist ein Unkraut, das in jedem Boden wächst.«

Aber nicht auf einem Boden in meiner Nähe, Eddie. Ich bin der Unkrautvertilger.

Nein. Lou Riccetti war der Unkrautvertilger, auch wenn irgendwann das Geheimnis des Schießpulvers nach außen dringen würde. Vielleicht wäre das gar nicht so schlecht. Ob man sie nun mochte oder nicht: Gewehre waren Gleichmacher, sehr demokratisierend auf lange Sicht. »Alle Menschen sind gleichwertig geschaffen«, würden die Leute sagen. »Lou Riccetti hat das vollbracht.«

Er schloß Andy-Andy in seine Arme und vergrub sein Gesicht in ihrem Haar. »Bleib gesund«, flüsterte er.

»Paß verdammt noch mal auf dich auf, du Held«, sagte sie und küßte ihn lang und innig.

Er ließ sie los und ging die Stufen hinunter. Drüben wartete schon sein Pferd. Diesmal hatte er nicht Karotte genommen. Sie wurde zu alt, um noch an Schlachten teilzunehmen. Diese Stute mußte ihm genügen, bis er sich Stick bei Slowotski abholen konnte.

Er schwang sich in den Sattel.

Tennetty warf ihm ein quadratisches Stück Stoff herüber. »Wisch dir die Augen trocken, Karl.«

Er warf es zurück. »Halt die Klappe, Tenn. Und jetzt – nichts wie ab!«

TEIL 3

ENKIAR

Kapitel dreizehn

Nach Enkiar

Hör auf, zu fragen, was das Morgen bringen wird.
Verzeichne lieber als Gewinn jeden Tag,
den das Schicksal dir gewährt

Quintus Horatius Flaccus

Der Wachposten stellte sie etwa eine Meile vor dem Lager.

»Einen Viertelpfünder«, rief eine heisere Stimme plötzlich aus den Bäumen heraus. »Spezialsoße, Zwiebeln, Käse ...«

Die Stimme schwieg.

»... Salat, saure Gurken und viel Ketchup«, rief Karl zurück. Er mußte mit Walter Slowotski wegen der Losungen sprechen, die er immer aussuchte.

Im Prinzip war die Idee gut – und Karl war auch dafür gewesen, als Walter sie vor einigen Jahren vorgeschlagen hatte: Die Losungen sollten aus dem Alltag der Anderen Seite genommen werden. Dadurch konnten Karl, Walter oder Ahira immer richtig antworten und mußten nicht vorher über die Parole informiert werden. Aber das ging zu weit. Seit Jahren träumte Karl von Big Macs und ähnlichen Delikatessen. Ihm lief das Wasser im Mund zusammen.

Dann ließ er die Zügel hängen und wandte sich an Beralyn. »Nehmt die Hände hoch, Baronesse.«

»Warum?«

»Jemand hat ein Gewehr auf Euch gerichtet, weil er Euch

nicht kennt und nicht weiß, ob Ihr nicht mit einer Pistole auf meinen Rücken zielt. Also, bitte, Hände hoch!«

Langsam gehorchte sie.

Piell trat auf die Straße. Die Mündung seiner Sklavenjägerflinte zielt nur knapp neben Beralyns Brust. »Sei gegrüßt, Karl«, sagte er. »Ich kenne deine ... Begleitung nicht.«

»Ta havath, Piell. Beraly, Baronesse Furnael, darf ich Euch Piell ip Yratha vorstellen?«

»Kann ich jetzt die Hände wieder senken?«

»Selbstverständlich«, sagte Tennetty, und Karl nickte.

Der Elf ließ die Flinte sinken. Dann gab er jemandem im Wald ein Zeichen.

Piell verbeugte sich tief. »Bitte, nehmt die Arme herunter und vergebt mir, Baronesse – *Furnael?*« Er zog eine Augenbraue hoch. »Rahffs Mutter?«

»Stimmt.« Karl nickte. »Ich will auf dem Weg ins Lager nicht unbedingt erschossen werden. Wieviel Vorsprung sollen wir deinem Melder geben?«

»Er ist sehr schnell, Karl Cullinane. Wenn Ihr ein paar Augenblicke Euren Pferden Wasser geben wollt, reicht es. Dann könnt Ihr unbesorgt hineinreiten.« Piell schaute in die Spätnachmittagssonne. »Wir lagern auf einer Lichtung. Ihr werdet erwartet. Wenn Ihr mich jetzt entschuldigen wollt, ich muß auf einen neuen Wachposten.« Er verneigte sich nochmals tief vor Beralyn und verschwand in den Büschen.

Karl stieg ab, nahm einen Wasserschlauch und eine Holzschüssel vom Sattel und fing an, die Pferde zu tränken. »Ich bitte wegen der Unhöflichkeit um Entschuldigung«, sagte er. »Aber es kann uns eine Menge Ärger ersparen. *Wenn* Ihr uns vor dem Lauf gehabt hättet, hätten wir alles tun können, was Ihr von uns verlangtet, weil Piell vom anderen Ende her die Sache in Ordnung gebracht hätte.«

»Anscheinend gibt es viele ... seltsame Rituale in Eurem Geschäft.«

Der Wagen des Magiers war innen sehr elegant. Tiefe Teppiche, die Holzwände mit Gobelins bedeckt. Karl, Chak, Walter und Henrad, Andy-Andys Zauberlehrling, saßen um eine Schüssel mit Fleischsuppe und aßen zu Abend. Piell war damit beschäftigt, die Baronesse für die Nacht unterzubringen, und Tennetty arbeitete irgendwo an ihrer Verkleidung.

Karl legte den Löffel auf den Tisch und griff zu einem Buch mit Ledereinband, das auf dem Schreibtisch des Magiers lag. Ohne auf Henrads schmerzliches Stöhnen zu achten, blätterte er darin herum.

Die Seiten mit den Zaubersprüchen waren für ihn ganz verschwommen; aber jemand mit den Genen, die ihn zur Zauberei befähigten, konnte alles klar schwarz auf weiß lesen.

Karl wollte die Seiten nicht beschmieren, deshalb legte er das Buch wieder weg und aß weiter.

»Das war schon etwas knapp«, sagte Slowotski und faltete die Hände unter dem Nacken. Dann streckte er sich auf einem Bodenkissen aus. »Ich habe mir langsam Sorgen gemacht. Piell, Henrad und ich haben schon überlegt, die Sache in Enkiar ohne dich zu machen. Warum hast du dich nicht von Ellegon rüberfliegen lassen? Und warum hast du den Bart nicht abgenommen, wie wir besprochen hatten?«

Karl schluckte noch einen Löffel Suppe herunter, ehe er antwortete. »Ich bin nicht mit Ellegon geflogen, weil ich nach der Sache mit den Mördern die Familie nicht allein lassen wollte, bis Gwellin, Daherrin und die anderen wieder zu Hause sind. Es gibt noch einen anderen Grund, warum ich das Tal jetzt nicht gern ohne Ellegons Schutz lasse.«

»So?« Slowotski zog eine Augenbraue hoch. »Traust du mir nicht mehr?«

Karl zwang sich zu einem Lachen. Er wollte nicht vor allen über Ahira reden. Das ging nur Walter allein etwas an.

»Nein! Das ist es nicht ... aber findet ihr nicht auch, daß die Sache mit der Baronesse stinkt? Na schön, selbst wenn sie, Thomen und Rhuss nur Zeugen waren, daß im Bieme-Holtun-Krieg Gewehre benutzt wurden, warum hat Khoral gerade *sie* ausgesucht? Warum hat er sich die Mühe gemacht, Leute zu nehmen, von denen er wußte, daß ich mich ihnen gegenüber verpflichtet fühlen würde?«

»Um dich so lange wie möglich aus dem Tal fernzuhalten«, sagte Slowotski. »Damit inzwischen eine andere Bürgerversammlung stattfindet. Warum hast du mitgemacht?«

Karl zuckte mit den Schultern. »Ich glaube, daß Khoral unsere Leute unterschätzt, besonders die Ingenieure. Ich glaube, ich habe Dhara überzeugt, daß die nie Khoral als Lehensherren annehmen würden. Aber Khoral will Riccettis Ingenieure, nicht das Land.«

Henrad meldete sich. »Aber wenn Ihr Euch irrt?«

»Wenn wir das Problem mit dem Pulver nicht lösen, ist es auch egal«, sagte Chak. »Ich glaube, dieses Sklavenhändlerpulver ist gefährlicher als alle Elfen in ganz Therranji.«

Slowotski runzelte die Stirn. »Warum?«

»Da geht es um eine Legende ... wir sind die gefürchteten Heim-Reiter. Wir tragen Donner und Blitz mit uns. Wenn andere aber auch Gewehre haben, verschiebt sich das Gleichgewicht.«

»Vielleicht«, sagte Karl.

»Wie dem auch sei«, meinte Walter. »Du hattest recht, daß Ellegon sicher am besten ein Auge auf die Dinge hat – auch auf die Politik. Wenn auch die Elfen abgeschirmt sind, gilt das nicht für Chton und die Anhänger.«

»Stimmt. Aber die Person, die sie total unterschätzen, ist Ahira. Der sorgt für Ruhe in Heim.« *Solange sein Herz bei seiner Arbeit ist,* fügte Karl in Gedanken hinzu. Dann erzählte er ihnen noch von Petros und seinem unbändigen Freiheitsdrang.

»Noch hundert solcher Leute, und ich muß mir nie Sorgen machen, daß Heim von jemandem aufgekauft wird«, sagte Karl. »Aber vergessen wir das jetzt. Wir müssen uns mit Enkiar befassen und mit Ahrmin.«

»Ahrmin.« Walter schüttelte den Kopf. »Ich hoffe, Ellegon hat sich geirrt. Vor seinem Vater hatte ich eine Heidenangst, und der Sohn ist bestimmt noch schlimmer.«

»Er ist übel verbrannt und entstellt; aber er lebt und hat in Enkiar diese Mörder gedungen.«

Slowotski schürzte die Lippen. »Wenn ich mich recht entsinne, hat er doch Fialt umgebracht. Tennetty wird ihn in Stücke reißen. Deshalb ist sie auch mitgekommen.«

Verdammt! Natürlich. Deshalb hatte Tennetty ihre Meinung geändert und sich bereit erklärt, eine Sklavin zu spielen. *Manchmal glaube ich, daß U'len recht hat – ich bin hirnlos.*

Slowotski lächelte. »Meinst du, daß wir Ahrmin vor die Flinte kriegen?«

»Vielleicht. *Falls* er noch in Enkiar ist. *Falls* er sein Gesicht zeigt. *Falls* das Ganze eine Falle für meine Wenigkeit ist.« Karl biß sich auf die Lippe. »Deshalb machen wir es auch etwas anders als geplant. Ich glaube nicht, daß Lord ... wie heißt der Lord von Enkiar?«

»Gyren«, sagte Chak. »Auch als Gyren der Neutrale bekannt. Er will aus Enkiar *das* Handelszentrum der Mittelländer machen und hält sich deshalb aus allem raus.«

»Genau. Ich glaube nicht, daß die Einheimischen an irgendeiner Schweinerei der Zünfte beteiligt sind; aber wir müssen mit der Möglichkeit rechnen, daß Ahrmin bei der Waffenschiebung die Hände im Spiel hat.«

Karl rieb sich das Gesicht. »Deshalb habe ich mich auch nicht rasiert. Er hat Tennetty und Chak gesehen; aber nur kurz und im Dunkeln. Sie dürfte er kaum wiedererkennen. Ich bin das Problem. Ganz gleich, was ich mache, sobald Ahrmin mich sieht, erkennt er mich.«

»Und was willst du machen? Dich diesmal raushalten?«

»Nein, Walter. Ich möchte, daß du Beralyn im Auge behältst.«

»Willst du hier bleiben?«

»Nein. Ich reite voraus. Ich bin der Köder – na ja, die Hälfte des Köders.«

Chak grinste. »Wenn ich deine schwarzen Gedanken richtig lese, bin ich die andere Hälfte.«

»Was dagegen?«

»Nun ... mir hat es immer Spaß gemacht, wenn du mit deinen Tricks gekommen bist. Außerdem habe ich Fialt sehr gemocht, Karl ... und Rahff.« Er nickte finster. »Und erinnere dich, daß ich es war, der Anna Majors Ketten aufgeschlagen hat.«

»Also?«

»Versprich mir, daß du mir ein Stück von ihm aufhebst, wenn du kannst.«

»Wenn ich kann! Aber ich werde mir nicht allzu viel Mühe geben.«

Chak lachte. »Wenigstens bist du ehrlich.«

»Einer muß es ja sein.« Er wandte sich an Walter. »Wir haben ein halbes Dutzend Gewehre und vier Pistolen mitgebracht. Ich kann aber unter meinem Umhang schlecht Gewehre verbergen. Gib mir alle Pistolen, die du hast.«

»Na hör mal. Du hast doch angeordnet, daß ich alle Waffen mit Gwellin nach Hause schicken soll. Komm jetzt nicht und ...«

Karl streckte ihm die Hand entgegen. »Ich liebe dich wie einen Bruder, Walter; aber das heißt nicht, daß ich dich nicht kenne. Du hast doch als Rückversicherung ein paar Waffen behalten, oder?«

»Was soll's ...« Slowotski hob die Hände. »Probieren wird man's wohl noch dürfen.«

Kapitel vierzehn

Valeran

Was wir erhoffen, trifft selten ein;
was wir am wenigsten erwarten, geschieht meistens.

Benjamin Disraeli

»Allmählich stinkt es mir«, sagte Karl leise, als sie Seite an Seite die Straße auf Enkiars Schenke zu ritten. »Keiner scheint mich erkannt zu haben.«

»Du tust mir leid!« Chak lachte. »Also – Karl Cullinane soll wohl der Nabel der Welt sein, was? Hast du heimlich bei Walter Slowotski Unterricht genommen? Wir haben auf Dieser Seite kein ... *Teban.*«

»Teevanh!«

»Was?«

»Das heißt TV, Abkürzung für Television.«

»Na ja, jedenfalls haben wir das nicht. Deine Visage ist also nicht so bekannt, was vielleicht ganz gut ist.«

»Stimmt.« Wenn Ahrmin sich noch in oder um Enkiar herumtrieb, hatte er mit Sicherheit jemand beauftragt, nach Karl Ausschau zu halten. Karl hatte seinen Vater Ohlmin getötet; daher liebte Ahrmin ihn auch nicht gerade.

Eines der wenigen Male, wo mir das Töten Spaß gemacht hat, erinnerte sich Karl.

Was war eigentlich aus Ohlmins Kopf geworden? Sie hatten ihn im Wagen vor Bremon und dem Tor zwischen den Welten zurückgelassen. Wahrscheinlich lag der Schädel noch da.

Sechs Soldaten kamen ihnen entgegen.

»Seid gegrüßt«, sagte ihr Anführer. Er war ein hochgewachsener Mann, etwa Mitte Vierzig, mit pechschwarzem, kurzgeschnittenem Haar und Bart. Seine strengen blauen

Augen musterten sie genau. »Euer Name und der Zweck des Aufenthalts in Enkiar?«

Chak sprach zuerst. »Ich bin Ch'akresarkandyn ip Katharhdn.«

»Das sehe ich selbst, daß Ihr Katharhde seid.« Seine verächtlich heruntergezogenen Mundwinkel zeigten, daß der Anblick eines Katharhden ihm nicht die Sinne raubte. »Euer Geschäft?«

»Ich passe auf seinen Rücken auf«, antwortete Chak und zeigte auf Karl, »damit da keine Messer herauswachsen.«

»Verstehe. Und Ihr?«

»Ich bin Karl Cullinane.«

Karl lächelte freundlich und hob die rechte Hand. Die linke hielt er an der Seite, wo zwei Pistolen unter dem Umhang steckten. »Ich bin nur auf der Durchreise. Irgendwelche Einwände?«

»Nein, solange Ihr nicht Eure Fehde nach Enkiar hereintragt.« Er wandte sich an den Soldaten neben ihm. »Ich glaube nicht, daß im Augenblick irgendwelche Zunftmitglieder aus Pandathaway hier sind, oder?«

»Nein, Hauptmann. Seit mehreren Zehntagen nicht. Nur ...«

»Schon gut.« Er wandte sich wieder an Karl. »Haltet Euren Krieg aus Enkiar heraus. Ihr und Euer Gold seid willkommen, es sei denn, Ihr habt vor, unsere Sklaven zu befreien.«

»Jetzt nicht.«

Der Soldat zupfte den Hauptmann am Ärmel und flüsterte ihm etwas zu.

»Das würde ich nicht tun«, sagte Karl.

»Was würdet Ihr nicht tun?«

»Ich würde nicht ernsthaft daran denken, das Kopfgeld zu kassieren, das die Sklavenhändlerzunft auf meinen Kopf ausgesetzt hat, ganz gleich wie hoch es inzwischen ist. Ihr könntet mich zwar festnehmen; aber ich habe Freunde. Das würde ich zuerst mit Eurem Lord besprechen.«

Der Hauptmann lächelte ihn beinahe liebevoll an. »Das

werde ich. Angenommen, daß er Euch nicht vergiften lassen will, würdet Ihr mit mir zu Abend essen?«

»Und wenn er mich vergiften lassen will?«

»Würdet Ihr trotzdem mit mir essen?« Er lächelte immer noch.

»Mit Vergnügen, Hauptmann«, sagte Karl lachend.

»Ta herat va ky ›der letzte Ansturm‹, ka Haptoe Valeran«, sagte Karl. *Es wird ›der letzte Ansturm‹ genannt, Hauptmann Valeran.* »Damit soll ausgedrückt werden, daß unsere Leben sehr teuer sind.«

Ein Diener brachte noch eine Flasche Wein. Valeran streifte die Ärmel zurück, ehe er sie entkorkte, goß etwas Wein zuerst in sein Glas, dann in Karls und in Chaks.

Valeran trank zuerst. »Nicht übel. Er wird Euch schmekken. Ja, von Eurem letzten Ansturm habe ich gehört. Erinnert an alte Zeiten, was, Halvin?« Er lächelte dem schweigenden Soldaten an der Tür zu. »Da macht es keinen Spaß mehr, Euch und Eure Leute als Gesetzlose zu behandeln, nehme ich an.« Er nickte nachdenklich und seufzte. »Nicht meine Art Leben, nicht mehr; aber es ist bestimmt interessant.«

Karl lachte kurz. »In meiner Heimat gibt es einen alten Fluch: ›Mögest du in interessanten Zeiten leben.‹ Wenn ich die Wahl hätte, würde ich mir allerdings etwas anderes aussuchen. Ihr kommt ursprünglich aus Nyphien?«

»Auch alle meine Männer. Zuerst wurden wir in den Bergkriegen gegen die Katharhds eingesetzt.« Er blickte zu Chak hinüber. Es lag eine Spur von Feindseligkeit in Valerans Stimme, obwohl diese Bergkriege zwischen Nyphs und Katharhds schon seit fünfzehn Jahren beendet waren. »Ich bin immer lieber Kommandant einer Garnison gewesen, als im Feld.«

»Meine Familie war während der Bergkriege im Norden, Hauptmann Valeran«, sagte Chak. »Mein Vater ist im Kampf gegen die Therranji und ihre Zwerg-Söldner gefallen. Verdammt blutige Sache, Hauptmann, genauso blutig wie die Bergkriege.«

»Ja«, gab Valeran ihm recht. »Es war blutig ... Ich muß zugeben, daß ich es ab und zu vermisse. Es lag ein gewisser Kitzel darin.«

Karl schüttelte den Kopf. »Nein, wenn ich es mir so überlege, dann wäre ich lieber in Phil ... ich würde mich lieber langweilen.«

»Darf ich mir erlauben, Euch einen Vorschlag zui machen? Warum übernehmt Ihr nicht ein ganz langweiliges Kommando irgendwo im Erengebiet? Lord Mehlèn aus Metreyll käme vielleicht nicht in Frage, und Enkiars Neutralität macht es meinem Lord schwer, Euch anzustellen, aber ich könnte gern mit Lord Gyren reden?«

»Ich möchte kein Lehensmann werden.«

Chak lachte, schwieg aber sofort, als Karl ihn tadelnd ansah. »Das sollte keine Beleidigung sein; aber in meinem Vaterland würde Eure Position hier nicht als soldatisch betrachtet werden.«

»Nein?« Valeran zog die Brauen hoch und trank einen Schluck Wein. »Wie würde man mich bezeichnen – männliche Nutte?«

»Aber keineswegs«, widersprach Karl. »Eher ›Polizist‹ – da Ihr ja hauptsächlich für die innere Ordnung zu sorgen habt und Enkiar nicht gegen Feinde von außen schützt.«

Karl gefiel der Hauptmann. Er hatte etwas an sich, das Karl davon überzeugte: für diesen Mann war Ehre nicht nur ein Wort.

»Ihr habt recht; aber das muß ein seltsames Land sein, aus dem Ihr stammt, Karl Cullinane, wo man solche Unterschiede für wichtig hält.«

Karl lachte. »Wir hatten dort viele merkwürdige Unterscheidungen. Zum Beispiel die Hautfarbe. Meine Freundschaft mit Ch'akresarkandyn würde als unmöglich angesehen werden ...«

»... wie hier! Wir mögen die Katharhds auch nicht. Das soll aber keine Beleidigung sein«, fügte er hinzu und neigte kurz den Kopf in Chaks Richtung. »Seid Ihr sicher, daß Ihr nicht doch etwas essen wollt?«

»Ich kann einheimische Speisen nicht vertragen«, sagte Chak und warf Karl einen wütenden Blick zu, der sagte: *Könntest du nicht ein einziges Mal der mit der empfindlichen Verdauung sein?*

»Ihr sprecht gerade von Eurem Land und warum man dort Eure Freundschaft seltsam finden würde.«

»Wegen Chaks Hautfarbe oder wegen meiner. Je nach Standpunkt wäre er zu dunkel oder ich zu hell. Das war unsere Version des Rassenvorurteils.«

»Rassen? Aber er ist doch ebenso ein Mensch wie Ihr oder ich? Er ist schließlich kein Zwerg oder Elf.«

»In meiner Welt gibt es keine Zwerge, auch keine Elfen. Wir müssen uns mit ... anderen Unterschieden begnügen.«

»Hautfarbe. *Haut*farbe. Haut*farbe!*« Valeran probierte das Wort, als schmeckte er es ab. *»Hautfarbe!«* Er schüttelte den Kopf. »Wäre meine Hautfarbe auch störend, wenn wir beide Freunde wären?« Er streckte seinen sonnengebräunten Arm aus.

»Nein, weil diese Farbe erworben ist und nicht von Natur so.«

»Wären die Augenfalten der Mel wichtig?«

»Ja, sicher.«

Valeran lachte. »Ein seltsames Land, muß ich sagen. Könnt Ihr mir sagen, in welcher Richtung es liegt?«

»Nein. Aber wenn Ihr interessiert seid – es gibt einen Weg dorthin. Ihr müßt nur auf Zehenspitzen am Vater der Drachen vorbeischleichen, das ist alles.«

»Nein, danke!«

Sie tranken und schwiegen eine Zeitlang.

»Eure Arbeit hier ist aber doch auch interessant«, sagte Karl. »Nur wenige sehen so viele Ausländer wie Ihr.«

»Stimmt. Und viele sind sehr merkwürdig.« Er schnaubte verächtlich. »In letzter Zeit sind viele Biemish und Holts durchgekommen – einige waren Deserteure, die meisten Sklaven. Ein grausamer Krieg – und weswegen?«

Valeran hatte die Frage rhetorisch gemeint; aber Karl griff sie auf.

»Das kommt darauf an, wie man es sieht. Ich habe gehört, daß der Krieg anfing, weil Stoßtrupps aus Aershtyn in Hiltun eingefallen sind. Die Holt hielten Bieme für verantwortlich – und schon ging's los.«

»Ein schmutziger Krieg! Das sieht man an den Aasfressern, die mit ihren langen Sklavenkarawanen durchkommen. Die letzte kam erst vor ein paar Zehntagen.«

»Wirklich? Die Zunft arbeitet regelmäßig von Enkiar aus?«

»Kein Zunftangehöriger, nein – wir hatten keinen mehr hier seit Ahrmin.«

Karls Weinglas brach in seiner Hand.

Valeran lachte laut. »Also darum geht's! Ihr wolltet über Ahrmin Informationen, was?« Er schüttelte den Kopf. »Hier findet Ihr ihn nicht mehr. Er ging weg ... vor einiger Zeit schon, um irgendwo einen neuen Zug Sklaven abzuholen. Eigentlich ein recht netter Kerl, sieht aber grauenvoll aus. Habt Ihr damit etwas zu tun gehabt?«

»Warum fragt Ihr?«

»Weil er auch ganz begierig war, etwas über Euch in Erfahrung zu bringen.«

»Verständlich«, sagte Karl. »Ich ... habe ihn ein bißchen versengt.«

»Für so töricht hätte ich Euch nicht gehalten. Ihr hättet ihn töten sollen oder ihn in Ruhe lassen.«

»Da hat er nicht unrecht, Karl«, meinte Chak.

»Ich *dachte,* ich hätte ihn getötet. Das hatte ich jedenfalls beabsichtigt. Nach Bieme ist er – sagtet Ihr?«

»Ich habe nichts gesagt und werde auch nichts sagen. Irgendwann kommt er hierher zurück; aber bis dahin seid Ihr längst nicht mehr da.«

»Ach ja?«

»Ich fürchte, ich muß darauf bestehen.« Valeran blickte ihm in die Augen. »Das befürchte ich.«

Ein Soldat kam zur Tür und schlug sich mit der Hand auf

die Brustplatte. »Eine Nachricht, Hauptmann.« Dann trat er ein und gab Valeran einen Zettel.

Valeran las die Nachricht zweimal. Dann legte er den Kopf schief und schaute Karl an. »Ich glaube nicht an Zufälle, Karl Cullinane. Eine Gruppe Sklavenhändler der Zunft sind gerade in die Stadt gekommen und in der Schenke abgestiegen. Jetzt würde mich interessieren, was Ihr zu tun gedenkt.«

Karl lehnte sich nach hinten und tat so, als würde er nachdenken. »Wie viele sind es?«

»Etwa dreißig. Sie sind mit Gewehren bewaffnet, wie Ihr Euch wohl schon gedacht habt. Ich würde Euch nicht raten, sie in Enkiar anzugreifen.«

»Einverstanden.«

Valeran hob die Augenbrauen. »Das überrascht mich. Ihr seid damit einverstanden, sie nicht anzugreifen?«

»Ich gebe Euch mein Wort, Hauptmann. Wir werden diese Sklavenhändler nicht angreifen, wenn sie mich und Chak in Ruhe lassen, solange sie sich in Enkiar aufhalten.« Er runzelte die Stirn. »Sagen wir lieber bis zu einem Zehntag. Ich möchte nicht, daß sie glauben, sie könnten sich auf Dauer sicher niederlassen.«

»Und darauf habe ich Euer Wort?«

»Das habt Ihr. Ich schwöre auf mein Schwert, wenn Ihr wollt.« Langsam zog Karl sein Schwert und balancierte es auf den flachen Händen. »Ich werde halten, was ich versprochen habe.« Dann wischte er die Klinge mit einem Tuch ab und steckte das Schwert wieder in die Scheide.

»Na gut. Ihr habt doch nichts dagegen, wenn ich vor Eure Zimmer eine Wache stelle, oder?«

»Kann ich ablehnen?«

»Aber gewiß. Ihr könnt ablehnen oder nicht.« Valeran zuckte mit den Schultern. »Ich werde in jedem Fall Wachen aufstellen.«

Die Schenke in Enkiar bestand aus sieben zweistöckigen Gebäuden verschiedener Größe, die einen Innenhof umschlossen. Karls und Chaks Zimmer lagen im oberen Stock in einem der kleineren Häuser. Die Balkone und Fenster gingen nach außen, nicht in den Hof. Die Schenke, eigentlich eine Karawanserei, war am Stadtrand; gleich dahinter wogte ein Meer von Weizenfeldern im Sternenlicht.

Karl konnte die drei Wachen unten sehen, drei weitere waren in der Nähe und noch mal drei vor der Tür postiert.

Ohne mit den Wachen zu kämpfen, gab es keine Möglichkeit, das Zimmer oder das Haus zu verlassen.

»Da wir sowieso nicht viel machen können«, sagte Chak, »würde ich vorschlagen, daß wir schlafen. Morgen früh werden wir ja sehen, ob Slowotski herausbekommen hat, wer die Käufer für die Gewehre und das Pulver sind, vielleicht hat er auch etwas über Ahrmins Mittelsmänner erfahren.«

»Du hast recht. Wir müssen es Walter überlassen. Gute Nacht.«

Nackte Sohlen huschten über den Balkon. Die Vorhänge wurden auseinandergeschoben. Ein dunkler Schemen trat an das Bett vor dem Fenster und beugte sich darüber.

Karl erhob sich still von der Decke in einer Ecke und packte den Eindringling blitzschnell am Handgelenk. Dann drehte er den Arm nach hinten.

»Ich bin's! *Verdammt!*« keuchte Slowotski. »Laß mich los.«

»Tut mir leid!« Karl ließ ihn los. »Aber sag nächstes Mal vorher Bescheid.«

»Bestimmt. Aber da unten stehen Posten, die hätten mich gehört.« Slowotski ließ sich auf dem Bett nieder. »Tu mir den Gefallen, Chak, und leg das Ding weg.« Er zeigte auf die Pistole, mit der der kleine Mann auf Walter zielte.

Chak legte die Pistole weg. »Wir sollten uns doch erst

morgen früh treffen. Wie bist du an den Wachen vorbeigekommen?«

»Ich bin über's Dach gekommen – für so was bin ich Spezialist. Wir sitzen in der Tinte. Die haben zu schnell Verbindung mit uns aufgenommen. Der Handel ist schon abgeschlossen.«

»Verdammt, warum ...«

»Weil ich keine Wahl hatte!« Slowotskis Flüstern klang wütend. »Unmöglich, sie hinzuhalten, ohne daß es komisch ausgesehen hätte. Die Holts haben ihre Gewehre und ihr Pulver genommen und die Stadt verlassen. Mir haben sie die eingesperrten Sklaven dafür dagelassen.« Er hob die Hände. »Ich konnte nichts machen!«

»Holts?«

Slowotski nickte. »Das sind die Käufer. Prinz Uldren hat seinen Neffen, Baron Keranahan, geschickt. Wir haben über dreihundert Sklaven, alle aus Bieme. Sie scheinen alles zu sein, was von der Baronie Krathael noch übrig ist. Dort wurde blutig gekämpft. Ich habe versucht, Zeit zu schinden – ehrlich –, indem ich ihnen von dir erzählt habe. Aber da wollten sie nur noch schneller weg. Er wollte lieber die Gewehre und das Pulver den Holts bringen und dort sagen, wo du dich aufhältst, als selbst zu versuchen, das Kopfgeld zu bekommen.«

»Hat er gesagt, wem er Bescheid sagen will?«

»Nein, aber ich schätze Ahrmin. Ganz genau weiß ich es nicht, aber es scheint, daß der Dreckskerl mit Holtun Hand in Hand arbeitet – und mit den Aershtyn-Stoßtrupps.«

»Halt mal einen Augenblick die Klappe.«

Karl begann, klarer zu sehen. Bieme und Holtun hatten zwei Generationen lang in Frieden gelebt, bis die Stoßtrupps aus Aershtyn die alte Feindschaft wieder aufflakkern ließen. Wahrscheinlich wurden diese Stoßtrupps von der Sklavenhändlerzunft angestiftet, wenn sie nicht sogar zur Zunft gehörten.

Cui bono? Wer profitierte davon?

Das war die Frage.

Die Antwort war einfach: Der Krieg verschaffte der Zunft und ihren Verbündeten leichte Beute.

Karl nickte. Die Unterstützung durch die Zunft erklärte, warum Holtum den Krieg noch weiterführen konnte – trotz ihres unfähigen Generals Prinz Ulden. Da die Zunft Holtun mit Gewehren und Pulver versorgte, konnte der Krieg ewig weitergehen, oder die Holts würden sogar gewinnen.

Die einzigen Nutznießer waren die Zunft und die Geier.

»Es kommt noch dicker«, sagte Walter. »Das wird dir gar nicht gefallen: Tennetty ist mit ihnen gegangen.«

»Was?«

»War ihre Idee – sie will verhindern, daß das Pulver nach Holtun kommt. Na, und Keranahan schien an ihr auch interessiert zu sein. Da habe ich sie ... ihm sozusagen gegeben. Sie trägt aber immer noch die Trickketten. Sie müßte also ...«

»... höchstwahrscheinlich draufgehen. Walter, du hast doch den wahren Grund erkannt, warum sie Sklavin spielen wollte. Wie konntest du so ein *Idiot* sein?« Tennetty würde wegen des Pulvers nichts unternehmen, bis sie in Ahrmins Reichweite vorgedrungen war. Sie haßte Ahrmin ebensosehr wie Karl. Das Schwein hatte Fialt einen Speer durch die Brust gestoßen und ihn getötet.

Nein! Nicht auch noch Tennetty!

Karl setzte sich aufs Bett und rieb sich die Augen.

»Karl«, sagte Chak. »Heute nacht können wir nichts mehr unternehmen. Wir müssen ihr vertrauen, daß sie weiß, was sie tun.«

»Nein, zum Teufel!« Er stand auf. »Walter, mach dich auf die Socken. Du ziehst heute nacht noch ab. Erzähl einfach, daß du nervös geworden bist, weil ich angeblich in der Stadt sein soll. Laß aber ein Messer neben dem First im Dach stecken.«

»Warum?«

»Schnauze! Piell soll mit zwei Extrapferden, Heiltrank, seinem Langbogen, allen Gewehren und allem Pulver, das du zusammenkratzen kannst, im Osten vor der Stadt auf uns warten. Ich versuche, heute nacht noch zu kommen, sonst morgen früh.«

»Und was mache ich?«

Karl schloß die Augen und konzentrierte sich. »Erstens – Spiel Sklavenhändler und bring die Sklaven aus Bieme zum Treffpunkt. Warte auf Ellegon. Erkläre den Biemischen, wer du bist und daß sie wählen können, nach Bieme zurückzugehen oder nach Heim zu ziehen. Verdammt, wir müssen die Abteilung noch mehr aufsplittern.

Zweitens: schick die, die ins Tal wollen, mit möglichst kleiner Begleitung hin.

Drittens: hör mit der Maskerade auf ...«

»Herrlich!« Slowotski jubelte. »Dann muß ich nicht mehr Sklavenhändler spielen.«

»Sei ruhig und hör zu! Du wartest am Treffpunkt auf Ellegon. Er müßte jeden Tag eintreffen. Wahrscheinlich hat er ein paar Gewehre und Pulver dabei. Sag ihm, daß ich außerhalb von Biemestren – wir nehmen die Baronie Furnael als Stützpunkt – eine Riesenladung brauche: Jedes Gewehr, das Heim entbehren kann, Pulver, Granaten: den gesamten Scheiß. Sag ihm, daß er Nehera und auch ein paar Ingenieurslehrlinge mitbringen soll.

Viertens: Gleich, nachdem du mit dem Drachen gesprochen hast, reitest du hinter uns her. Mit etwas Glück könntest du uns noch vor Bieme einholen. Paß aber ja auf Beralyn auf – sie ist unser Paß.« Karl öffnete die Augen. »Hab ich was vergessen?«

»Mir gefällt das ganz und gar nicht«, sagte Chak und schüttelte den Kopf. »Ich dachte, du wolltest in diesem Krieg keine Partei ergreifen?«

»Ich wollte nicht, aber Ahrmin hat das für mich getan. Die Zunft unterstützt die Holts. Wir schlagen uns auf die Seite von Bieme – jedenfalls so lange, bis die Allianz zwischen Holtun und der Zunft auseinanderbricht.«

»Und was machen wir wegen Tennetty?«

Karl biß sich auf die Lippe. »Walter, wie viele sind es?«

»Ungefähr fünfzig, alle bis an die Zähne bewaffnet.« Slowotski hob die Hände. »Tut mir leid, Karl, aber du kennst doch Tennettys Sturheit ...«

»Nun hau schon ab.«

Slowotski drehte sich um. Da nahm ihn Karl am Ärmel. »Walter ...«

»Ja?«

»Es tut mir leid. Ich hätte damit rechnen müssen. Dich trifft keine Schuld. Mach's gut.«

Chak zog die Brauen hoch und schaute Karl an. »Piell, du und ich gegen fünfzig?«

»Vergiß Tennetty nicht.«

»Hab ich nicht. Aber ich weiß nicht, wie einsatzfähig sie sein wird.«

»Dir mißfällt die Kräfteverteilung?«

»Allerdings. Gibt es noch eine andere Möglichkeit?«

»Vielleicht.« Karl schlug gegen die Tür und riß sie auf. *»Heda!* Ich will Hauptmann Valeran sprechen, und zwar sofort!«

»Ich dachte, Enkiar wollte sich im Krieg zwischen Hiltun und Bieme neutral verhalten, Hauptmann.« Karl bot Valeran einen Stuhl an und goß beiden einen Becher Wasser ein.

»Ja, Enkiar ist neutral, Karl Cullinane. Jeder kann hier Handel treiben.« Valeran rieb sich den Schlaf aus den Augen. »Habt Ihr mich wecken lassen, um mit mir über unsere Neutralität zu sprechen?« erkundigte er sich zynisch.

»Nein, ich ließ Euch wecken, um mit Euch darüber zu sprechen, daß Enkiar in diesem Krieg für Holtun Partei ergriffen hat – eine Tatsache, die in kürzester Zeit *überall* bekannt sein dürfte, von Sciforth bis Ehvenor.«

»Unsinn! Lord Gyren ist *nicht* parteiisch. Holtun und

Bieme können beide ungestört in Enkiar Handel treiben.«

»Auch mit *Schießpulver?* Ihr findet, daß Ihr neutral seid, wenn Ihr den Holts und der Sklavenhändlerzunft erlaubt, hier Geschäfte mit Gewehren und Pulver abzuwickeln?«

»Was soll diese dumme Behauptung?«

»Hoch Baron Keranahan brachte einen Zug Sklaven her, um sie der Zunft zu verkaufen ...«

»Ja, für Gold.«

»Nein, dafür!« Karl zog eine kleine Flasche mit Sklavenhändlerpulver aus seinem Beutel. »Eine Art Schießpulver, hergestellt in Pandathaway. Und in Enkiar fand der Tausch statt.« Er schüttete einen Löffel voll auf den Boden. – »Bitte, tretet zurück!« – und nahm den Wasserkrug. Aus sicherer Entfernung goß er etwas in die hohle Hand und warf sie auf das Pulver.

Wumm!

»Denkt genau nach, Hauptmann. Bieme wird sehr bald wissen, daß die Holts in Erkian Gewehre und Pulver erwerben konnten, die Biemischen aber nicht. Wird man Euch dort dann noch für neutral halten?« Karl legte den Kopf schief. »Würdet Ihr das tun? Würde *irgend jemand* Enkiar für neutral halten?«

»N-nein, nicht, wenn das stimmt, was Ihr behauptet«, sagte Valeran langsam und musterte Karl mißtrauisch. »Woher wißt Ihr das alles?«

Karl lächelte. »Das ist die erste gute Frage, die Ihr bis jetzt gestellt habt, Hauptmann. Machen Sie es sich gemütlich; denn das ist eine lange Geschichte. Wir waren in der Nähe von Wehnest, als mir gemeldet wurde, daß sich auf der Wiese unter uns Sklavenhändler mit Gewehren niedergelassen ...«

»... wenn Ihr also Keranahans Wagen durchsuchen würdet, würdet Ihr fast hundert Gewehre finden und acht Fässer mit Schießpulver, so wie dieses.« Damit beendete Karl seine Geschichte.

»Alles von *Ihrem* Mann verkauft, Karl Cullinane, nicht von der Sklavenhändlerzunft.«

»Hauptmann, Ihr wollt immer noch nicht wahr haben, daß die Holts Enkiar zu einem unfreiwilligen Partner bei ihrem ... Arrangement mit der Zunft gemacht haben. Das war doch nicht das erste Mal, daß hier Sklaven gegen Schießpulver getauscht wurden!« sagte Karl.

»Na ja«, sagte Valeran und schüttelte den Kopf. »Aber was erwartet Ihr jetzt von mir?«

»Das kommt darauf an, ob Ihr nur Lord Gyrens Marionette seid, oder selbst für Euch denken könnt. Ihr und Eure Männer seid doch darauf vereidigt, Enkiars Neutralität zu bewahren?«

»Mein Eid gilt Enkiar, meine Männer haben mir den Treueeid geschworen.« Valeran schlug sich mit der Faust in die Handfläche. »Aber ich kann nicht meinem Eid treu bleiben *und* Baron Keranahan zur Rede stellen. Das würde Enkiars Neutralität genauso zerstören. Wenn aber Enkiars Neutralität einmal zerstört ist, kann sie nie wieder hergestellt werden, Karl Cullinane.«

Er dachte nach und musterte Karl scharf. »Es gäbe da noch eine Möglichkeit ... wenn niemand je erfährt, daß Enkiars Neutralität verletzt wurde ... Man könnte doch die Holts leise überreden, ihren Waffenhandel woanders zu treiben ...«

»Dafür ist es zu spät«, sagte Karl. »Mein Freund Walter Slowotski hat die Stadt bereits verlassen.«

»Das sagt *Ihr.*«

»Schickt jemand aufs Dach. Am First steckt ein Messer. Slowotski hat das als Beweis zurückgelassen, daß er hier bei mir war.« Er stand auf. »Oder glaubt Ihr, daß ich so leise durchs Fenster aufs Dach klettern kann, ohne daß mich einer Eurer Wachen sehen würde?«

»Nein. Ich werde sofort nachsehen lassen.«

Valeran ging zur Tür und gab dem Posten davor den Befehl.

»Aber ich frage noch einmal«, sagte Valeran. »Angenommen, daß Ihr mir die Wahrheit gesagt habt: was soll ich tun?«

»Das hängt allein von Euch ab, Hauptmann Valeran. Von Euch und Euren zwanzig Männern. *Ich* frage Euch noch mal: Wie loyal seid Ihr Lord Gyren gegenüber?«

»Was soll das heißen?« Valeran fuhr hoch. »Bezweifelt Ihr ...«

»Nein, Hauptmann. Ich bezweifle nicht Eure Ehre. Ich frage nur, ob Ihr so loyal Lord Gyren gegenüber seid, daß er einen Preis auf Euren Kopf aussetzt, wenn es nötig wäre. Na?«

Valeran schwieg eine Zeitlang. »Ich begreife, was Ihr meint. Die Antwort ist ja, Karl Cullinane. Aber wenn Ihr mich belogen habt ...«

»Ich weiß; aber ich habe nicht gelogen.«

Valeran seufzte. »Dann muß ich zu Lord Gyren gehen und die Situation erklären und ... aus seinem Dienst ausscheiden. Er wird es verstehen, Karl Cullinane. Ich nehme an, Ihr wollt meine Männer und mich anheuern, um die Holts zu stellen?«

»So ist es. Habt Ihr und Eure Männer Familie?«

»Ich nicht, die meisten der anderen ja.«

»Chak, wie steht's mit Geld?«

Der kleine Mann nickte. »Ziemlich gut. Ich habe etwa sechs Goldstücke aus Pandathaway dabei, außerdem ...«

»Gut. Gib her.« Karl nahm den Beutel von Chak und gab ihn Valeran. »Das ist für die Frauen und Kinder. Davon können sie leben, bis ein Trupp vom Heim kommt, um sie zu führen. Laßt einen Mann zurück. Der soll sich um sie kümmern.«

Valeran wog den Lederbeutel in der Hand. »Vielleicht werde ich es bereuen, aber ...« Er nickte. Ein leises Lächeln spielte um seine Mundwinkel. »Verdammt noch mal. Eigentlich ist es doch ein herrliches Gefühl, wieder lebendig zu sein. *Halvin!*«

Der Wachposten an der Tür kam herein. »Ja, Hauptmann?«

»Ich dachte, ich würde das nie wieder sagen, aber ... wir reiten heute nacht.«

Halvin grinste. »Jawohl, Hauptmann. Das ist schon lange her.«

»Wisch das dämliche Grinsen aus deinem Gesicht, du Schwachkopf. Deine Erinnerung täuscht.«

Valeran wandte sich an Karl. »Ich wiederhole: Sollte ich herausfinden, daß Ihr mich belogen habt, Karl Cullinane, wird einer von uns sterben.«

»Verstanden. Und bis dahin?«

»Bis dahin ...« Valeran nahm Haltung an. »Wie lauten Eure Befehle, Herr?«

Kapitel fünfzehn

Feuergefecht

Geh kalkulierte Risiken ein. Diese unterscheiden sich sehr von übereilten Handlungen … Die wichtigste Eigenschaft eines Soldaten ist ein Selbstbewußtsein, das vollendet, vollständig und anmaßend ist.

George Patton

Vor ihnen schlängelte sich die Straße im beginnenden Morgengrauen dahin. Stick galoppierte. Karl tätschelte den Hals des Hengstes. »Schneller, Stick, schneller«, sagte er und grub die Fersen in die Flanken des Tieres. Gleichzeitig griff seine Hand zum Futteral, um zu prüfen, ob das Gewehr sicher war.

Valeran spornte seinen großen, schwarzen Wallach an, um mit Stick mitzuhalten und rief Karl zu: »Ich würde gern Euren Plan hören, Karl Cullinane, wenn es gestattet ist. Ihr *habt* doch einen Plan, oder?«

»So ungefähr. Aber still jetzt, und bleibt zurück, wenn Ihr nicht erschossen werden wollt.«

Hinter der nächsten Biegung wartete Piell.

Karl brachte den Hengst zum Stehen und schwang sich aus dem Sattel.

Der Elf war äußerst schlechter Laune. »Ch'akresarkandyn hat mir erzählt, was du vorhast – was du *versuchen* willst. Mir gefällt das überhaupt nicht.«

»Ich erinnere mich nicht, dich um deine Meinung gefragt zu haben.«

Piell schnaufte. »Du wirst sie trotzdem hören.«

»Halt's Maul!« Karl packte den Elf vorn an der Tunika. »Wenn du gehen willst, kannst du gehen. Laß aber den Bogen und die Gewehre da.«

»Ta havath.« Piell hob beide Hände. »Ta havath, Karl.«

Als die anderen um die Biegung kamen, ließ Karl den Elf los. »Wie viele Gewehre hast du?«

»Fünf, und zwei Schrotflinten. Eine habe ich Chak gegeben. Ich habe auch noch meinen Bogen und etwas mehr als vierzig Pfeile.«

»Kannst du ein paar Pfeile als Brandpfeile präparieren?« fragte Karl und winkte Valeran näher.

»Jawohl. Willst du die Wagen in Brand stecken?«

Karl nickte. »Überleg mal, was passiert, wenn sie den mit dem Sklavenhändlerpulver löschen wollen?«

»Kapiert.« Der Elf lächelte. »Meinst du, daß wir Tennetty heil rausholen können?«

»Aha, du weißt auch Bescheid.«

»Schon von Anfang an.«

Karl holte seine Laterne vom Sattel und hängte sie in einen Baum. Dann wandte er sich an Valeran. »Normalerweise dauert es zwischen zwei und zehn Tagen, jemandem beizubringen, mit einem Gewehr umzugehen. Soviel Zeit haben wir nicht. Ich werde nur Euch und vier Eurer Männer das Schießen beibringen. Sucht Euch vier aus, Valeran.«

Valeran zeigte auf vier Männer. »Komm her, bitte.«

Karl rief den anderen fünfzehn zu: »Ihr könnt zuhören. Wer eine Armbrust hat, soll sie spannen.«

Karl nahm ein Gewehr und prüfte, ob es ungeladen war. »Also ... mit einem Gewehr zu schießen ist ein Kinderspiel. Es gibt fünf Schritte: Erstens, den Hahn zurückziehen – das ist das Ding hier – bis er einschnappt.« Er zog ihn zurück, bis man ein Klicken hörte. »Zweitens, das Gewehr an die Schulter heben und ein Ziel aussuchen.«

Er zielte mit dem ungeladenen Gewehr auf einen Baum in der Nähe. »Drittens, Kimme und Korn genau mit der Mitte des Zieles auf eine Linie bringen. Bei unserer Schußentfernung braucht man die Schwerkraft nicht zu berücksichtigen, wie bei einer Armbrust. Viertens, Luft anhalten und den Abzug drücken ...«

Klick! Funken kamen aus dem Schloß.

Halvin fragte: »Ihr habt doch von fünf Schritten gesprochen.«

»Ja. Fünf. Gewehr fallen lassen und zum Schwert greifen, weil sofort jede Menge wütende Holts auf euch einstürmen, selbst wenn ihr euer Ziel getroffen habt.«

Er warf Halvin das Gewehr zu. »Probier's mal.«

Hufschlag wurde laut. Es war Chak. Sein Pferd keuchte, die Tücher, die er um die Hufe gewickelt hatte, hingen in Fetzen. Der kleine Mann stieg ab. »Sie sind nicht sehr schnell. Wir müßten ihnen den Weg abschneiden können, wenn wir uns nördlich halten.«

»Haben sie dich gesehen?«

»Na hör mal, Kemo sabe! Deine Nerven lassen aber komische Sachen aus deinem Mund kommen.«

»Entschuldige.« Karl zeigte mit dem Kopf zur Straße. »Greif dir noch eine Schrotflinte und eine Armbrust. Ich möchte, daß du mit Piell die Nordroute nimmst und eine Art Straßensperre errichtest. Wir bleiben zurück, bis wir Schüsse hören. Wenn sie in der Nähe der Straßensperre sind, soll Piell das Führungspferd des ersten Wagens erledigen und dann den Wagen in Brand schießen.«

Chak nickte.

»Dann los.«

Valeran öffnete den Mund, als wollte er etwas sagen, schloß ihn aber wieder.

Mein Gott, ich wünschte, daß Ellegon da wäre! War Valeran so vertrauenswürdig, wie er schien? Der Drache hätte das in Sekundenschnelle herausgefunden.

Er nahm eine Pistole und hielt sie Valeran hin. »Die funktioniert genauso wie ein Gewehr. Ihr haltet sie auf Armeslänge, spannt den Hahn, zielt mit dem ganzen Arm und drückt sanft auf den Abzug, nicht reißen. Ihr könnt aber auch die Pistole gegen meinen Rücken pressen.«

»Euren Rücken?«

»Ihr habt doch überlegt, ob ich Euch an der Nase herumführe. Wenn ja, könnt Ihr Euch auf diese Weise schnell rächen. Aber bis dahin in die Sättel.«

Man hörte einen einzelnen Schuß. Karl ließ Stick galoppieren, Valeran trieb die anderen an.

Vor ihnen waren die Holts abgestiegen. Sie hatten drei Wagen. Der erste Wagen stand quer. Das Führungspferd lag auf der Seite und wieherte vor Schmerzen. Ein Bolzen steckte in seiner Brust.

Verdammt. »Alles in Deckung. Valeran, jemand soll sich um die Pferde kümmern und auf keinen Fall die Zügel loslassen.«

Piell hätte keinen schlechteren Platz für einen Hinterhalt aussuchen können. Die Holts verschanzten sich bereits hinter den Wagen und im Straßengraben. Ein Sturmangriff wäre Selbstmord gewesen. Am schlimmsten war, daß der Tag schon anbrach. Karls Männer waren sowieso schon in der Minderzahl und dadurch noch verletzlicher.

Noch ein Schuß. Die Kugel sauste über ihre Köpfe durchs Laub.

»Noch nicht schießen«, rief Karl. »Piell, kannst du mich hören?« rief er auf englisch, damit Tennetty seine Stimme erkennen sollte. »Brandpfeile auf die Wagen – jetzt.« Er spannte sein Gewehr und schaute zur Straße. Da die Holts nicht an Gewehre gewöhnt waren, hatte er eine reiche Auswahl an Zielen.

Der Kolben schlug ihm gegen die Schulter. Ein Holtkopf explodierte in einer blutigen Fontäne. Karl lud sofort wieder. »Karl Cullinane«, rief Valeran. »Eine Gruppe kommt auf uns zu.«

»Auf meinen Befehl hin werdet ihr mit den Gewehren aufstehen, die Gewehre an die Schulter legen, ein Ziel wählen und abdrücken – und dann sofort wieder runtergehen.«

»Sie kommen näher.«

»Jetzt!«

Schüsse donnerten. Karl schaute auf die Straße. Alle Holts waren in Deckung gegangen, bis auf einen, der auf der Straße lag und sich den Bauch hielt. Ein Treffer bei vier Schüssen war unter diesen Umständen gar nicht übel.

Ein Holt richtete sich auf, sank aber sofort schreiend zurück. Aus seiner Seite ragte ein Pfeil.

Danke, Piell.

»Armbrustschützen! Schießt, was das Zeug hält. Valeran, hol mir die Laterne.« Karl holte aus der Satteltasche, die neben ihm lag, die gepolsterte Schachtel mit den Granaten und nahm ein Ei heraus.

Valeran kam mit der Laterne. »Mir gefällt das nicht. Die Holts haben alle schon mal mit Gewehren geschossen – wir nicht. Meine Männer sind nicht gewohnt, diesen ... Gewehren gegenüberzustehen.«

»Ich weiß.« Karl machte an der Blendlaterne nur einen kleinen Schlitz auf und entzündete dort die Zündschnur der Granate.

Dann richtete er sich auf und schleuderte die Granate in hohem Bogen zu der Stelle, wo er die Holts vermutete.

»Runter!« brüllte er dann und befolgte auch selbst diesen Rat. Die Granate flog in den Graben. *Peng!* Schreie.

Karl schaute nach. Der erste Wagen brannte hervorragend. Pielłs Brandpfeil mußte bis nach innen durchgedrungen sein und Brennbares gefunden haben. Dann sah er Tennettys schlanke Gestalt im Feuerschein. Sie schlich sich hinter einen Holt, legte ihm eine Schlinge um den Hals und zog ihn daran nach hinten außer Sicht.

Gut! Sie bahnte sich einen Weg in die Freiheit. Die Holts hatten keine Ahnung, daß sie es nicht nur mit Feinden von außen zu tun hatte, sondern einen Tiger im Lager hatten.

Wieder Gewehrfeuer. Einer von Valerans Männer griff sich an die Kehle und stürzte vornüber. Sein Kamerad entkorkte eine Flasche mit Heiltrank, beugte sich über ihn, schüttelte aber den Kopf und machte die Flasche wieder zu.

So klappte es nicht. *Die Holts sind so in Überzahl, und Valerans Leute sind an diese Art zu kämpfen nicht gewöhnt.*

Es mißfiel Karl zwar sehr; aber er mußte sich damit begnügen, Tennetty rauszuholen und das Sklavenhändlerpulver zu vergessen.

»Zurückziehen!« rief er. »Alles zurück – ich meine *alle!*

Er schrie so laut er konnte, damit Tennetty ihn hörte. Da sah er, daß ein Holt sie entdeckt hatte und auf sie anlegte.

Karl nahm sein Gewehr und schoß. Er traf die Brustplatte des Holt. Der fiel nach hinten. Sein Schuß ging in den Himmel hinauf. Tennetty sprang sofort in Deckung.

»Zurückziehen!« rief Karl nochmals. »Chak, Piell – bestätigt, verdammt noch mal!«

Ein Ruf gab Piells Standort an; aber wo, zum Teufel, war Chak? Na ja, wenn Karl ihn nicht entdecken konnte, konnten es die Holts vielleicht auch nicht.

Da tauchte Chak neben dem zweiten Wagen auf. Er erledigte mit der Schrotflinte einen Soldaten, der ihn aufhalten wollte, und verschwand mit einem Wasserschlauch im Wagen.

Was, zum Teufel, hat er jetzt wieder vor? Karl hatte den Befehl zum Rückzug gegeben.

Drei Holt-Soldaten folgten Chak in den Wagen. Das war ihr Fehler. In dem engen Wagen würden sie sich nur behindern. *Aber was will er mit dem Wasserschlauch?*

»Nein!«

Der Wagen explodierte. In der Rauch- und Dampffontäne wirbelten Teile des Wagens, der Soldaten und Pferde durch die Luft. Das war für die unverletzten Holts zuviel. Manche bestiegen ihre Pferde, andere rannten einfach so los.

Valeran packte Karls Arm. »Was ist passiert?«

»Chak. Er ... hat ihr Pulver vernichtet. Lord Gyren wird zufrieden sein«, sagte er. Seine Stimme klang selbst für seine eigenen Ohren merkwürdig teilnahmslos. »Wir haben Enkiars Neutralität bewahrt.«

»Einige Holts leben noch.«

Karl ließ sein Gewehr fallen, zog mit der rechten Hand sein Schwert und nahm in die linke eine Pistole. »Nicht mehr lange. Folgt mir!«

Nichts ist so häßlich wie ein Schlachtfeld bei Tageslicht. Nachts kann man die verstreuten Stücke von Fleisch, Knochen und Blut ignorieren, die alle einmal zu menschlichen Wesen gehörten.

Karl stand da und schaute auf das blutige Ergebnis des Morgens.

Valeran räusperte sich. Als Karl sich umdrehte, stand Tennetty neben dem Hauptmann.

»Karl ...« Dann versagte ihr die Stimme. »Wir haben ... keine Spur von ... Chak gefunden. Könnte er ...«

»Nein.« Karl schüttelte den Kopf. »Der Wagen hatte nur eine Tür. Er muß den Wasserschlauch auf ein Pulverfaß gelegt und dann mit der Pistole reingeschossen haben.«

Er konnte es direkt vor sich sehen: Die drei Holts, froh, Chak erwischt zu haben, Chak boshaft grinsend, ehe er feuerte. Die Kugel drang durch den Schlauch ins Faß, das Wasser gelang zum Pulver und dann ...

Er schaute Tennetty ins Gesicht. Wenn sie sich nur an seine Befehle gehalten hätte, wäre das alles nicht geschehen. Karl hätte lieber die Ladung durchgelassen, als bei so ungünstiger Ausgangsposition anzugreifen.

Und Tennetty wußte das. Soll sie mit der Schuld leben.

Warum, Chak? Verdammt, warum?

»Tennetty!«

»Ja, Karl.« Sie stand mit gesenktem Kopf vor ihm und machte keine Bewegung zum Schwertgriff, um sich zu verteidigen.

»Wir ziehen ab.« Er sprach sehr leise. Er wußte, wenn er anfing zu brüllen, würde er völlig die Kontrolle verlieren. »Ich möchte, daß du heute abend mit Valeran und seinen Leuten Schießen trainierst, sobald wir lagern. Wenn wir Bieme erreichen, müssen sie mit den Gewehren umgehen können. Sobald Slowotski mit seinen Leuten zu uns stößt, überläßt du ihm die Ausbildung.«

»Jawohl, Karl. Ich weiß zwar nicht, was wir mit so wenig Leuten ausrichten können gegen ...«

Er packte sie an der Kehle. Seine Finger hatten die Luftröhre fest im Griff. Er brauchte nur zuzudrücken.

Aber würde das Chak zurückbringen? »Halt dein Maul!«

sagte er und zog die Hand zurück. »Wenn ich deine Meinung hören will; werde ich fragen.«

Sie wollte weggehen.

»Noch eins, Tennetty.« Er griff sie am Arm und zog sie zurück. »Ich will nicht, daß du umkommst. Du sollst lange leben, hörst du mich? Und jeden Tag sollst du daran denken, daß du Chak getötet hast. Ebensogut hättest du ihm ein Messer zwischen die Rippen stoßen können. Wenn du nicht deinen eigenen Kopf hättest durchsetzen wollen, wäre das alles nicht geschehen.«

»Wenn *du* mich gelassen hättest; Ahrmin ...«

Er schlug sie mit dem Handrücken, daß sie zu Boden fiel. Als sie sich aufrichten wollte, trat er ihr mit dem Stiefel in die Schulter. »Wage es ja nicht, mich noch mal anzusprechen, ohne daß ich dich dazu aufgefordert habe. Verstanden?«

Sie griff nach ihrem Schwert.

»Nur zu, Tennetty! *Bitte!*«

Sie schüttelte den Kopf und zog die Hand zurück. Es war nicht die Angst um ihr Leben, sondern das Schuldgefühl.

Und was mache ich mit meinen Schuldgefühlen?

Darauf gab es keine Antwort.

»Mach, daß du mir aus den Augen kommst!« Karl wandte sich Valeran zu. »Habt Ihr Eure Männer beerdigt?«

Valeran schüttelte den Kopf. »Noch nicht.«

Es bestand eigentlich kein Grund zur Eile. *Wahrscheinlich sollte ich hier auf Walter, Beralyn und den Rest warten statt weiter unten auf der Straße.*

Das wäre am vernünftigsten.

»Beerdigt sie, Valeran. Wir hauen dann so schnell wie möglich von hier ab.«

An diesem Abend schlugen sie ihr Lager an einem Bach auf. Dort wollte er auf Walter Slowotski und den Rest warten.

Am nächsten Morgen waren Tennetty und zwei Pferde verschwunden.

TEIL 4

BIEME

Kapitel sechzehn

Prinz Pirondael

Unsere Väter und wir selbst säten die Drachenzähne.
Unsere Kinder kennen die Bewaffneten und leiden unter ihnen.

Stephen Vincent Benét

Biemestren war die Hauptstadt Biemes. Die lange Friedenszeit war jetzt vorbei. Die Burg wurde von zwei im Zickzack verlaufenden Mauern umgeben, die beide etwa zehn Meter hoch waren. Die innere Mauer wurde von acht Türmchen gekrönt. Innen stand ein Wohnturm auf einem fast zwanzig Meter hohen kreisrunden Hügel.

Auf der Wohnfläche zwischen Turm, Hügel und Mauer standen nur wenige Gebäude, in denen der Prinz, sein Gefolge und seine Garde wohnten. Der Rest der Einwohner lebte in neueren Häusern außerhalb der Burgmauern. Dahinter kam noch das Zeltlager mehrerer tausend Flüchtlinge aus dem Westen.

Die Brise brachte fauligen Gestank mit. Karl dachte, wenn die Kleriker hier nicht auf Draht waren, würden die Krankheiten, die durch Ungeziefer übertragen wurden, bald mehr Schaden anrichten als der Krieg.

»Hübsche Lage für eine Burg«, sagte Walter Slowotski. »Der Hügel ist der höchste Punkt im Umkreis von zwanzig Meilen.«

»Er ist zu rund, um ein natürlicher Hügel zu sein. Das ist eine Motte«, meinte Karl.

Walter zog die Brauen hoch. »Motten kenn ich; aber so eine habe ich noch nie gesehen.«

»Es ist im Grunde nur ein aufgeschütteter Erdhügel. Aus einem kreisförmigen Graben wird die Erde nach innen geschippt. Auf den Hügel kommt der breite Wohnturm, außen Burgmauer. Französisch heißt dieser Burgtypus *motte*, englisch *moated mound*. Keine Ahnung, was er auf erendra heißen könnte. Schon die alten Römer haben am Limes ihren *burgus* auf Hügel gebaut. Die Normannen bauten solche Turmhügel in Frankreich und England. Belagerungsmaschinen können Breschen in die Burgmauer schlagen; aber die Motte ist praktisch uneinnehmbar. Die Angreifer müßten sich den steilen Hügel hinaufkämpfen und *dann* noch die inneren Verteidigungen überwinden.«

»Inzwischen können die Verteidiger Däumchen drehen«, sagte Walter. »Prima Idee. Warum hast du nicht zu Hause an so was gedacht, als wir die Palisaden gebaut haben?«

»Wenn du dich recht erinnerst«, erwiderte Karl, »war das Lou Riccettis Show. Außerdem hatten wir nicht genügend Leute, um viel Erde zu bewegen, nicht einmal mit Ellegons Hilfe. Auch ihm sind Grenzen gesetzt.«

»Und außerdem hast du nicht dran gedacht.«

»Stimmt.«

»Das Ding ist wirklich fast uneinnehmbar«, meinte Walter. »Selbst wenn die Holts bis hierher nach Bieme vordringen, können die Biemischen einfach dasitzen. Sie brauchen nicht zurückzuschießen, während die anderen versuchen, die Mauern zu durchbrechen. Ein einziger Magier könnte ab und zu mal einen Feuerzauber losschicken ...«

»Das würde nicht klappen, wenn ich die Belagerung machte«, sagte Karl. »Und ich bin überzeugt, daß die Holts sehr viel mehr von Belagerungen verstehen als ich. Zehn oder zwölf Steinschleudermaschinen gleichzeitig – und es heißt ›Guck-mal-wie-die-Mauern-fallen‹, mit oder ohne Magier.«

»Aber du hast doch gesagt, die Burg wäre praktisch uneinnehmbar?«

»Nicht auf die schnelle. Bei einer Belagerung kannst du aber an ein paar Stellen Breschen in die Mauer schlagen und die Belagerten damit beschäftigen, die Löcher zu stopfen. Außerdem kannst du sie aushungern. Wenn die Verteidigung gut ist, kann das allerdings Jahre dauern. Aber wer sollte hier Bieme helfen? Die Nyphs? Die versuchen doch eher, sich ein Stück Land unter den Nagel zu reißen, wenn sie sicher sein können, daß Khar oder irgendwelche Katharhd-Banden nicht bei ihnen einfallen.«

»Motte, ha?« sagte Slowotski. »Das muß ich mir merken. Bestimmt nennen die es hier nur Hügel.«

»Dann müssen wir ihnen das richtige Wort beibringen.«

Slowotski lachte. »Dein Gehirn ist eine Müllhalde, Karl. Ich weiß doch ganz genau, daß du dich nie mit Weltgeschichte beschäftigt hast.«

»Mein Gott, Walter! Dazu bin ich eben nie gekommen. Mir lagen mehr die Geisteswissenschaften, wo du, wenn du völlig bescheuert warst, die Scheine praktisch geschenkt bekommen hast.«

»Und wie war das mit Maschinenbau? Das hast du doch studiert, als wir uns kennenlernten.«

»Aber nur ein Semester. Ich war jung und ehrgeizig. Das war mir zuviel Arbeit. Dann bin ich auf politische Wissenschaften umgestiegen.«

Das äußere Fallgatter wurde quietschend hochgezogen.

Etwa fünfzig Bewaffnete ritten heraus und trabten auf Karl und seine Leute zu.

»Aufgepaßt, Leute, wir bekommen Besuch«, sagte Karl. »Hoffentlich sind Baron Tyrnaels Läufer mit der Meldung durchgekommen. Ich möchte nicht gern für einen Feind gehalten werden.«

Eigentlich wartete er auf eine boshafte Bemerkung von Chak. *Verdammt, Chak,* dachte er, *Wer hat dir erlaubt, mir wegzusterben?*

»Karl, soll ich Beralyn holen?«

»Nein, bring sie erst nach vorne, wenn ich rufe.«

»In Ordnung. Nur noch einen Tip: Ab und zu verlierst

du die Beherrschung. Diesmal bitte nicht. Beralyn sagt, daß Prinz Pirondael das nicht ausstehen kann.«

Karl konnte Prinz Pirondael schon auf den ersten Blick nicht leiden, obwohl er nicht genau wußte, warum.

Es war nicht deshalb, weil der Prinz ihn ohne ersichtlichen Grund eine Stunde warten ließ, auch nicht, weil seine Wachen höflich aber bestimmt forderten, daß Karl und Walter ihre Schwerter ablegten, ehe sie zur Audienz vorgelassen wurden.

Das erste war einfach lächerliche Wichtigtuerei und das zweite eine verständliche Vorsichtsmaßnahme. Es war nicht so wie damals bei Dhara.

Das war es also nicht. Karl runzelte die Stirn. Aber was war es dann? Der Prinz mißfiel ihm nicht, weil er ihn in dem großen, kahlen Raum im Wohnturm empfangen hatte, wo nur ein Stuhl stand, den Pirondael mit seiner Leibesfülle ganz beanspruchte – das war auch nur so ein prinzlicher Scherz.

Es machte Karl auch nichts aus, daß ihn zwei Gardisten mit gespannten Armbrüsten aus sicherer Distanz beäugten. Ganz im Gegenteil: Karl hatte für Pirondaels Garde tiefsten Respekt. Zu Hause, auf der Anderen Seite, gab es Leute, die über den Begriff der Ehre spotteten. Aber das war offensichtlich das einzige, was Pirandaels Garde bei der Stange hielt. Noch waren sie nicht eingeschlossen. Jeder, der wollte, konnte sich nach Westen absetzen.

Die, die hierbleiben, konnten wirklich nicht erwarten, daß Bieme den Krieg gewinnen würde, nicht gegen eine Armee, die mit den Gewehren der Sklavenhändlerzunft ausgerüstet war.

Warum warteten sie auf die Armee der Holts?

Weil sie Prinz Pirondael Treue geschworen hatten.

Vielleicht war es das! Pirondel sah nicht aus wie jemand, der diese Loyalität verdiente: dieser Fettsack in purpurroten und goldenen Prachtklamotten, mit der silbernen

Krone auf den glänzend schwarzen Locken, bei denen nicht ein Härchen abstand.

Vielleicht mißfiel Karl auch, daß er die mit Juwelen besetzte Krone trug statt einer einfachen Kopfbedeckung.

Ganz klar mißfiel ihm die Art, wie Beralyn neben ihrem Prinz gethront hatte und ihm ab und zu etwas ins Ohr geflüstert hatte. Nein, es war kein Verrat. Beralyn schuldete Karl nichts. Es war nicht so wie bei Tennetty, als sie ihn verließ.

Er zuckte mit den Schultern. Es spielte doch keine Rolle, ob er den Prinz mochte oder nicht. Schließlich ging es nicht um persönliche Vorlieben.

»Ich habe Euch einen Vorschlag zu machen, Majestät«, sagte Karl.

»Und der wäre?« erkundigte sich der Prinz.

»Wir sind bereit, die Sklavenhändler und ihr Pulver zu vernichten – anfangen werden wir, indem wir die Belagerung Furnaels beenden.«

Er verschränkte die Arme über der Brust. »Wir müssen zwei oder drei Sklavenhändler oder Holtische Offiziere fangen, damit wir sie darüber verhören können, wo das Zentrum ihrer Operationen ist. Dazu brauche ich lediglich ein paar Söldner, Proviant und für kurze Zeit etwas Land, um meine Leute richtig auszubilden. Den Rest erledigen wir.«

»Aber als unabhängige Streitmacht, nicht unter dem Kommando meiner Barone«, meinte Pirondael und strich sich durch den Bart. »Ihr begreift doch, welche Probleme das hervorrufen würde?«

»Nein. Und ehrlich gesagt ist es mir auch egal. Ehe die Sklavenhändler Gewehre und Pulver in den Krieg hereinbrachten, habt Ihr wie viele Baronien den Holtun abgenommen? Zwei?«

»Drei.« Pirondael lächelte. »Die Holts hätten den Krieg nicht anfangen sollen. Prinz Ulden ist kein besonders guter General. Ich bin das zwar auch nicht, aber ich tue auch nicht so und überlasse die Planung denen, die mehr davon verstehen.«

»Und wie viele Baronien habt Ihr noch in Eurem Besitz?«

Das Lächeln verschwand. »Keine. Seit diese verfluchten Waffen im Spiel sind, haben wir sie verloren, dazu noch Arondael, Krathael und das meiste von Furnael. Diese Baronien sind jetzt fast menschenleer, weil man die Bewohner als Sklaven weggebracht hat. Furnaels Bergfried wird belagert.« Pirondael zuckte mit den Achseln. »Vielleicht ist er auch schon gefallen, was weiß ich ...«

»Majestät«, unterbrach Beralyn ihn; aber er bedeutete ihr zu schweigen.

»... auch wenn ich wollte, könnte ich die Truppen, die in Hivael versuchen, die Front zu halten, nicht entbehren, um die Belagerung zu beenden. Und mit wie vielen Männern könnt Ihr das tun? Was habt Ihr gesagt?«

»Nur mit hundert – meinen vierzig und sechzig von Euren Söldnern, mir unterstellt. Dazu noch ein paar ... Überraschungen.«

»Man hat mir gesagt, daß über tausend Holts bei der Belagerung mitmachen.«

Karl lächelte. »Ihr Pech.«

»Oder meines, wenn Ihr nicht aufrichtig seid.« Pirondael schüttelte den Kopf. »Meine Männer sagen mir, daß Ihr ... nicht gerade üppig mit Gewehren ausgestattet seid.« Er hob die Hand. »Nein, Karl Cullinane, meine Soldaten haben nicht versucht, welche zu erbeuten. Man meinte, daß sich das nicht auszahlen würde. Und was würdet Ihr noch brauchen?«

»Um die Belagerung zu beenden und die Sklavenhändler aus dem Krieg zu drängen? Nichts. Nur ...«

»Nur? Ich *dachte* mir doch, daß da noch was käme.«

»Ihr müßt den ganzen Drachenbann in Biemestren und Umgebung vernichten. Bis morgen früh muß alles verbrannt sein.«

Der Prinz breitete die Hände aus. »Das dürfte kein Problem sein. Wir haben seit Jahrhunderten keinen Drachenbann mehr angebaut. Ich wüßte gar nicht, wo ich ihn finden sollte. Warum ist das so wichtig für Euch?«

»In einem Zehntag wird ein Freund von mir eintreffen. Er mag Drachenbann nicht.«

»Ein Freund?« Der Prinz wurde blaß.

»Allerdings. Und falls Ihr immer noch vorhabt, durch die Folter das Geheimnis des Schießpulvers aus Walter oder mir herauszuholen, würde ich Euch abraten. Keiner von uns beiden kennt es nämlich«, log er. »Und mein Freund würde es auch nicht mögen. Verärgert Ellegon ja nicht, Majestät. Drachenbann oder nicht, Ihr würdet es nicht lustig finden, wenn er wütend ist. Sind wir uns jetzt einig oder nicht?«

»Möglicherweise ja. Was habt Ihr vor, falls es Euch gelingt, die Belagerung zu beenden? Wollt Ihr dann noch mehr Söldner von mir, um das Hauptlager der Zunft in Aershtyn anzugreifen?«

»Möglicherweise. Darüber unterhalten wir uns später, Majestät. Sind wir uns einig?«

Der Prinz nickte.

Karl wandte sich an Walter. »Walter ...«

»Ich weiß, ich weiß.« Slowotski hob die Hände. »Du willst, daß ich den Bergfried von Furnael ausspähe und dir möglichst gestern Meldung mache. Ich werde etwas über eine Woche brauchen. Meinst du, du kannst so lange ohne mich leben?«

»Allerdings.« Karl wandte sich wieder Pirondael zu. »Majestät, können Eure Soldaten uns jetzt zum Durchgangslager und zum Exerzierplatz führen. Wir haben noch viele Vorbereitungen zu treffen.«

Der Prinz nickte. Karl und Walter verließen den Raum und holten sich ihre Schwerter an der Tür wieder ab. In Begleitung von drei Wachen gingen sie die Steintreppe im Turm hinunter und hinaus ins helle Sonnenlicht.

»Es gefällt mir nicht, Karl, überhaupt nicht. Angenommen, wir schaffen es in Furnael und können die Sklavenhändler in Aershtyn rausschmeißen, und Pirondael findet dann, daß das reicht, sobald wir Gewehre und Pulver ausgeschaltet haben? Dann könnte es Holtun dreckig gehen.

Schließlich konnte die Zunft früher auch in Bieme fröhlich Handel treiben. Wäre das dann besser?«

»Nein. Ich glaube aber nicht, daß er darauf scharf ist.«

»Und wenn doch?«

Karl blickte ihm in die Augen. »Dreimal darfst du raten. Die ersten beiden Male zählen nicht.«

»Genau das habe ich mir gedacht. Und wen würdest du an seine Stelle setzen? Der Thron geht auf seine Söhne über ...«

»Beide sind tot.« Vielleicht war es das. Der Tod seiner Söhne mußte Pirondael eigentlich quälen. Welcher Mann tat so etwas achselzuckend ab?

»Und danach wahrscheinlich an einen nahen Verwandten, oder?«

»Wenn ich richtig verstanden habe, könnten die Barone alle mehr oder weniger als legale Erben in Betracht kommen – da müßte doch wenigstens ein Ehrenmann dabei sein, einer, der sich an das Abkommen hält, das wir mit ihm treffen. Und er wird belagert. Noch.«

»Deshalb willst du erst die Belagerung beenden, statt sofort nach Aershtyn zu gehen. Ich mag es gar nicht, wenn du deine Tricks auspackst.« Da fiel auch Slowotski Chak ein. »Entschuldige bitte.«

»Mach dich lieber auf die Socken.«

»Jawohl.«

»Noch eins, Walter.«

»Ja?«

»Laß dich nicht umbringen.«

Slowotski lächelte. »Mit Vergnügen.«

Kapitel siebzehn

Eins nach dem anderen

Schau nie zu weit voraus.

Pindar

Karl breitete seine Decken auf den Boden, legte sich hin und schaute zum Nachthimmel empor.

Er war bewölkt. Keine Feenlichter tanzten. Auf der anderen Seite des Feldes brannten fünf Signalfeuer. Slowotski und Ellegon würden das Signal erkennen. Beide sollten bald kommen.

Er schloß die Augen, konnte aber nicht schlafen.

Vielleicht habe ich diesmal mehr abgebissen, als ich kauen kann, dachte er. Selbst wenn Ellegon genug Gewehre und Pulver mitbrachte, war die Gegenseite noch zu mächtig. Auf die sechzig Söldner, die Pirondael freigestellt hatte, würde man aufpassen müssen. In einem Feuergefecht waren die bestimmt nichts wert. Valerens Männer machten sich recht ordentlich. Ihre Treffsicherheit hatte zugenommen, aber mit dem Laden haperte es entsetzlich. Das zeigte sich im Training und würde im Kampf noch schlimmer sein.

Da blieben nur Karl, Walter, Piell und ihre zehn Krieger, plus Henrad. Vielleicht konnte Ellegon noch mehr Krieger bringen, zusätzlich zu Nehera und den Ingenieuren.

Aber das würde immer noch nicht reichen, nicht einmal mit Ellegon. Den Drachen konnte man nicht im Nahkampf einsetzen. Das war zu riskant. Die Sklavenhändler hatten mit Sicherheit etwas Drachenbann dabei, in den sie ihre Bolzen tauchten.

Er fing an, Tennetty zu verfluchen, weil sie ihn verlassen hatte. Aber eine Person mehr hätte auch nichts ausgemacht.

Verdammt noch mal, warum muß ich alles allein machen!

Aber dieser Krieg mußte gestoppt werden, ganz gleich wie. Man konnte nicht zulassen, daß die Zunft ungestraft Kriege auslöste. Das war sogar noch gefährlicher als ihre Raubzüge, um Sklaven einzufangen. Denn im Schlepp der Kriege konnte sie menschliche Beute leicht und billig bekommen und Pandathaway und den größten Teil der Eren-Gebiete mit Sklaven versorgen.

So hatten Karl und die anderen es nicht geplant. Ihr Plan, den Sklavenhandel zu unterbinden, war dreizinkig: Erstens: das Geschäft für die Sklavenhändler tödlich zu machen. Zweitens: den Preis der Sklaven hochzutreiben und dadurch die Einheimischen zu zwingen, sich andere Möglichkeiten auszudenken, die Arbeit zu erledigen. Drittens: Riccetti und seine Ingenieure hinauszuschicken, damit sie den Leuten zeigen konnten, daß die neue Technologie ein Werkzeug der Freiheit, nicht der Unterdrükkung war.

Vor dem letzten Punkt hatte er immer Angst gehabt. Schließlich hatte die Entkörnungsmaschine für Baumwolle die Sklaverei in den Vereinigten Staaten von Amerika neu belebt.

Also ... die Sklavenhändler mußten gestoppt werden, und zwar hier.

Aber wie?

Wir haben einfach nicht genug Männer und auch nicht genug Zeit.

Es war denkbar, daß sie den Bergfried in Furnael entsetzen konnten, vielleicht auch das Lager der Sklavenhändler verwüsten; aber es war zuviel verlangt, daß sie den Krieg beendeten. Zuviel alter Haß, zuviel alte Wut war erwacht. Wie konnte man sie stillen?

Denn wenn man den Krieg nicht beendete, profitierten davon nur die Sklavenhändler. Die Holts und die Biemischen waren bereit, sich gegenseitig zu verkaufen. Der Krieg mußte gestoppt werden!

Aber ich weiß doch nicht, wie man einen Krieg stoppt!

Er schüttelte den Kopf. Jetzt wäre es schön, mit Chak zu sprechen.

»Heil, Caesar! Die dem Tod Geweihten grüßen dich ...« Walters Stimme klang wie aus weiter Ferne.

Karl stand auf. »... und werden verdammt viele von den Dreckskerlen mitnehmen«, rief er zurück.

»Das ist nicht die richtige Antwort.«

»Es muß genügen. Wann bist du zurückgekommen?«

»Vor ein paar Minuten. Valeran sagte, daß ich mich sofort bei dir melden sollte. Nun, hier stehe ich.«

»Wie sieht's aus?«

Slowotski rieb sich die Augen. »Hör mal, Karl, ich hatte einen strammen Viertageritt bis Furnael, dann eine Nacht Auskundschaften und einen noch anstrengenderen Heimritt. Kannes nicht bis morgen warten? Ich muß etwas schlafen. Eins nach dem anderen, ja?«

»Was hast du gesagt?«

»Ich habe gefragt, ob es nicht bis morgen warten kann?«

»Nein, das meine ich nicht – das hinterher.«

Slowotski runzelte die Stirn. »Eins nach dem anderen?«

»Ja, eins nach dem anderen.« Karl nickte. »Walter, manchmal bist du ein Genie!«

Eins nach dem anderen! Zuerst werden wir Furnael entsetzen, dann Ahrmin und seine Leute umbringen und dann den Krieg stoppen – verdammt, irgendwie. »Geh jetzt schlafen.«

Karl legte sich wieder hin. »Eins nach dem anderen«, sagte er nochmals vor sich hin. Dann war er eingeschlafen.

Kapitel achtzehn

Aveneer

Zum Essen und Trinken findet man viele Gefährten; aber in einer schwierigen Situation nur sehr wenige.

Theognis

»Karl«, rief Walter von einer kleinen Anhöhe herunter. »Komm doch mal rauf.«

»Ärger?«

»Nein, aber mach schnell.«

Karl gab Henrad das Gewehr. »Arbeite mit ihnen weiter – nur Schießen ohne Munition.« Der Junge nickte mißmutig. Henrad war Andy-Andys Lehrling und sollte Magie lernen, nicht eine Grundausbildung im Schießen leiten.

Sein Pech. Karl blieb noch bei Erek stehen, der mit Valeran und seinen Männern das Laden übte. »Wie läuft's?«

Erek lächelte. »Gut. Valeran ist schon fast so schnell wie ich. Halvin eine Spur schneller.«

»Großartig. Weiter so!« Karl fiel in leichten Trab.

Walter strahlte ihm entgegen. »Ein Silberstreif am Horizont«, sagte er. »Sieh dir das an!« In der Ferne ritt eine Kette von über zweihundert Soldaten auf sie zu. Keine Biemischen. Karl konnte erkennen, daß sie mit Gewehren bewaffnet waren. Der Mann an der Spitze war ein Rotschopf.

»Aveneer!« Er wandte sich an Slowotski. »Wie …?«

»Weiß nicht«, antwortete Walter achselzuckend. »Ich war's jedenfalls nicht.«

»Vielleicht Ellegon? Du hast ihn doch westlich von Enkiar getroffen und …«

»Ich habe nur deine Befehle weitergegeben. Ich weiß nur, daß der Drache nach Hause fliegen wollte, um noch Nachschub zu holen. Dann sollte er uns hier treffen.«

»Na, ich schätze, wir werden bald mehr wissen.«

Aveneer hatte Karl auch entdeckt und winkte. Dann gab er Frandred, seinem Adjutanten, Befehl, die Leute absitzen zu lassen. Er selbst ritt in vollem Galopp zu Karl.

Schwerfällig stieg er ab und stemmte seine übergroßen Hände in die Hüften. Die Natur hatte Aveneer zu einem Riesen machen wollen, aber irgend etwas war schiefgegangen. Obwohl seine Hände, Füße und sein Kopf größer als Karls waren, reichte ihm der Nyph nur knapp ans Kinn. Aveneer war auch der einzige Mensch, der nach Karls Wissen eine Streitaxt, die typische Zwergenwaffe, dem Schwert vorzog.

»Ich hörte«, sagte Aveneer mit seiner Baßstimme, »daß du ein bißchen Hilfe gebrauchen könntest.« Er fuhr sich mit den schmutzigen Fingern durchs rostrote Haar. »Und ... für uns lag das sowieso auf der Strecke.«

Sein Aussehen und das seiner Männer straften diese Worte Lügen. Sie waren so schmutzig und erschöpft, wie man es nur nach einem Gewaltritt ist.

»Sei mir willkommen!« Karl nahm Aveneers Hand. »Sehr willkommen.«

Karl schaute Aveneer in die Augen. »Aber – woher?«

Aveneer nickte langsam. »Ich habe ihr gesagt, daß du das sofort fragen würdest.« Er hob den Arm. Ein einzelner Reiter löste sich aus der Gruppe. »Sie hat uns in Khar eingeholt.«

Es war Tennetty. Das Glasauge war verschwunden. Sie trug wieder die Augenklappe, die ihr irgendwie besser stand. Karl wußte nicht, ob er sie umarmen oder erschießen sollte, als sie ihr Pferd vor ihm zum Stehen brachte und ihn mit ausdruckslosem Gesicht anblickte.

»Tennetty ...« Mehr konnte er nicht sagen. Karl war sicher gewesen, daß sie desertiert war. Jetzt aber war klar, daß sie Verstärkung holen wollte. Sühnte das ihre Verantwortung für Chaks Tod? Nein, aber ...

»Ich grüße dich, Tennetty ...« Seine Stimme klang wärmer, als er beabsichtigt hatte.

Sie nickte verbissen, sagte aber nichts.

»Wir haben eine Menge Pulver und ein paar überzählige Gewehre«, sagte Aveneer. »Die Ausbeute war mager. Wir haben nach Sklavenhändlern in Kathard gesucht, aber … nichts.«

»Schon gut. Wie müde seid ihr alle?«

Aveneer rieb sich die blutunterlaufenen Augen. »Hundemüde, Karl, und unsere Pferde auch.«

»Walter, man soll sich um die Tiere kümmern.«

Karl fragte Aveneer. »Ich wollte nur wissen, ob du und deine Männer nach nur anderthalb Tagen Ruhe wieder reiten könnt?«

»Natürlich. Und was steht uns am Ende dieses Ritts bevor?«

»Slowotski sagt, daß tausend Mann den Bergfried in Furnael belagern. Er vermutet, daß zwischen hundert und zweihundert Krieger dort eingeschlossen sind.«

»Können wir mit denen rechnen? Wissen sie, daß wir kommen?«

»Nein, wenn Walter versucht hätte, sich hineinzuschleichen …«

»… hätten die Holts es auch getan. Hmm … Die haben diese komischen Sklavenhändlergewehre?«

»Ja, aber nicht viele. Nach Walters Schätzung weniger als zweihundert, ein Gewehr auf fünf Mann.«

»Hab ich dich recht verstanden? Du willst mit weniger als dreihundert von uns gegen tausend Holtische Soldaten vorgehen, verläßt dich auf Baron Furnaels Unterstützung, obwohl wir uns mit ihm nicht absprechen können, richtig?«

»Richtig.«

»Na ja«, meinte Aveneer strahlend. »Dann sieht's so aus, als müßte ich doch nicht im Bett sterben. Und wo kann ein alter Krieger sein müdes Haupt hinbetten?«

»Nimm mein Zelt«, sagte Karl. »Wir sehen uns dann morgen früh.«

Walter räusperte sich.

»Du solltest dich doch um die Pferde kümmern.«

»Den Auftrag habe ich delegiert. Mir gefällt die Idee nicht, daß wir hinreiten. Sollten wir nicht auf Ellegon warten?«

»Er müßte längst hier sein. Ich kann nicht ewig warten. Wir rücken übermorgen aus. Er wird uns wahrscheinlich unterwegs einholen.«

Das hoffe ich doch! vollendete er den Gedanken.

»Das wäre zu wünschen.« Walter nickte grimmig. »Was ist mit Aveneers Abteilung? Teilst du sie auf?«

»Nein. Er und Frandrd kennen ihre Leute am besten. Das überlassen wir lieber ihm. Ich werde nur das Oberkommando führen und Valeran mit seiner Abteilung bei mir behalten; die Söldner verteilen wir unter Aveneers Leute.«

»Klingt gut.«

»Noch was – ich will so nahe wie möglich an den Bergfried ran, ehe man uns entdeckt. Ich schätze, das heißt, daß wir nachts reiten müssen, was?«

»Das reicht nicht. Du brauchst jemand mit außergewöhnlichen Fähigkeiten – ahem! –, der vorausreiten und die Wachtposten auf der Strecke aus dem Weg räumt.«

»Wird das klappen?«

»Vielleicht.« Slowotski dachte nach. »Sie haben Posten an der Prinzenstraße – die fällt damit flach. Aber ich bin sicher, daß sie auch in den Wäldern welche versteckt haben. Aber da können wir uns leichter vorbeischleichen. Wenn du willst, erkläre ich dir den Weg. Ich würde einen halben Tag vorausreiten. Aber das schaffe ich nicht allein.«

Er schloß die Augen und dachte noch mal kurz nach. »Zehn. Gib mir Piell und noch neun, die alle schleichen können, dazu die schnellsten Pferde, die wir haben. Dazu Armbrüste und Langbogen – Gewehre würden uns sofort verraten. Dann könnten wir einpacken.«

»Wie stehen die Chancen, daß du es schaffst?«

»Fünfzig zu fünfzig. *Wenn* Aveneers Männer gut sind. Darf ich sie mir aussuchen?«

»Rede mit Frandred; aber der wird es mit Aveneer klären wollen.«

»Prima.« Karl schüttelte den Kopf. »Sie ist mein Stellvertreter.«

»Du traust ihr so sehr?«

»Sieht so aus, oder?«

Kapitel neunzehn

Die Belagerung

Das Schicksal fürchtet er zu sehr?
Der Lohn ist ihm zu klein?
Dann trifft ihn beides nimmer mehr:
Ganz Herr – ganz Knecht zu sein.

James Graham, Marquess of Montrose

In Friedenszeiten wäre eine Reise von Biemestren nach Furnael ein langsamer, geruhsamer Ritt von fünf Tagen gewesen, die Prinzenstraße entlang, wo man die Nächte in den Herbergen verbringen konnte, die in Abständen von kaum einem Tagesritt an de Straße standen. Man hätte in weichen Betten in luftigen, trockenen Zimmern schlafen können und mit den Händlern und anderen Reisenden den Tisch teilen können.

Aber jetzt waren die Zeiten nicht normal. Nicht eine Herberge war offen, der Handel an der Prinzenstraße für die Dauer des Kriegs unterbunden.

Sie mußten sich auch vor Entdeckung hüten. Sie ritten nachts, aßen kalt, wenn sie im Morgengrauen ihr Lager aufschlugen. Walter ritt voraus, kümmerte sich um die Wachtposten und band weiße Stoffetzen in Augenhöhe an die richtige Seite der Kreuzwege, um ihnen den Weg in der Nacht kenntlich zu machen.

Sie brauchten volle zehn Tage, bis die Wälder sich lichteten und sie die Felder der Baronie Furnael erreichten. Zehn Tage, in denen sie tagsüber schlecht geschlafen hatten und nachts scharf geritten waren.

In der Ferne erhob sich die belagerte Burg im Morgendunst. Von seinem Versteck am Waldrand konnte Karl die verkohlten Reste eines Belagerungsturmes vor der Südmauer sehen. Die Burgmauer war an dieser Stelle auch geschwärzt, einige Mauerzacken zwischen den Schießscharten waren abgebrochen und hinuntergestürzt.

Die Burg war leicht beschädigt; aber die ganze Anlage war nicht gefallen. Mehrere von Furnaels Soldaten hielten auf der Mauer Wache.

Slowotski hatte richtig gesehen: Die Holts gruben Tunnel. Das hieß Ärger.

Karl fluchte leise vor sich hin. Aber es hätte schlimmer sein können. Im Prinzip gab es vier Möglichkeiten der Belagerung für die Holts. Erstens: Sie konnten die Bewohner aushungern. Das wäre ein langwieriges Verfahren, das die Holts offensichtlich sofort ausgeschieden hatten.

Gott sei Dank für kleine Wunder. Das wäre für Karl und seine Leute am gefährlichsten gewesen. Die Holts hätten dann in Ruhe alle Angreifer zurückschlagen können.

Die zweite Möglichkeit war, die Mauern mit Hilfe von Leitern oder Seilen zu überwinden. Die verkohlten Reste eines Belagerungsturmes zeigten, daß die Holts das probiert, aber wieder aufgegeben hatten.

Als drittes blieb ihnen, die Mauer oder das Tor mit Gewalt zu durchbrechen. Dazu brauchten sie Rammböcke, Katapulte oder ähnliche Maschinen.

Karl hatte gehofft, daß die Holts sich für diese Möglichkeit entschieden hätten, weil er dann mit einem schnellen Angriff die Belagerungsmaschinen hätte ausschalten können.

Aber die Holts hatten eine vierte Methode gewählt. Sie unterminierten die Mauern, um entweder so in den Hof zu gelangen oder die Mauer zum Einsturz zu bringen.

Die Arbeiter, die in Ketten dort schufteten, waren wahrscheinlich gefangene Furnael-Leibeigene oder freie Bauern, die jetzt für die Holts arbeiten mußten. Deshalb schossen auch die Wachen nicht von oben mit Pfeilen auf die Arbeiter, die mit Schubkarren die Erde und die Steine aus den Tunneln schafften.

Sieht gar nicht gut aus.

Karl ging zurück zu einer Lichtung, wo Walter, sein Stoßtrupp und Tennetty warteten.

Die Koordination war das Problem. Zusammen mit Furnaels Kriegern in der Burg müßten sie die Holts aufreiben können, zumal die Heim-Gewehre sehr viel genauer schossen als die Gewehre der Sklavenhändler. Aber dazu mußten die Verteidiger wissen, daß sie draußen Verbündete hatten. Dann konnte Furnael – oder falls er tot war, der Kommandant – sich mit ihnen darüber absprechen, wie man am besten zusammenarbeitete.

Trotzdem würde es sehr blutig werden. »Ich habe mal irgendwo gelesen, daß, wenn zwei gleichstarke Armeen sich bekämpfen, das todsicher in die Katastrophe führt«, sagte Karl.

Walter zog die Augenbrauen hoch. »Und was schwebt dir vor?«

»Zwei Sachen. Erstens müssen wir den Holts Schaden zufügen, um unsere Glaubwürdigkeit zu beweisen. Zweitens müssen wir jemand mit Einfluß und einer Botschaft nahe an die Mauer bringen, der zu einem größeren Ablenkungsmanöver aufruft.«

»Also eine Kombination aus Finte, Scheingefecht, Hinterhalt und doppeltem Bluff?«

Karl lächelte. »Du hast es erfaßt!« Er wandte sich an Tennetty. »Bist du bereit, ein Risiko einzugehen?«

Sie nickte. »Genauso sehr wie du, Karl Cullinane.«

Gut, dachte er, *das ist jetzt deine Chance, um die Rechnung wegen Chak zu begleichen. Du verdienst …*

Er hielt inne. Nein, das war nicht richtig. Es gab mehr als genug Böses in der Welt. Das mußte man nicht noch vermehren, indem man seine eigenen Leute verriet.

»Tennetty«, sagte er, »reite zurück und sage Aveneer, er soll Wachen mit Armbrüsten aufstellen, dann alle bis zur Abenddämmerung ruhen lassen. Danach soll er mit seinen Leuten vorrücken. Such du dir acht Freiwillige, die bereit sind, sich auf ein Risiko einzulassen. Mit denen kommst du gegen Abend zurück – und bring auch Erek mit.«

»Macht sieben Freiwillige, Tennetty«, sagte Slowotski. »Ich habe mich schon ewig nicht mehr freiwillig gemeldet.«

»Nein.« Karl schüttelte den Kopf. »Für dich habe ich etwas anderes. Reite los, Tennetty.«

Slowotski starrte ihn an. »Was hast du vor, Karl? Soll ich vielleicht während des Angriffs durch das Lager der Holts schleichen, oder ist es etwas noch Idiotischeres?«

»Wie hast du das nur wieder erraten!« Karl deutete mit dem Daumen zum Wald. »Geh in den Wald und schlaf. Du wirst es brauchen.«

Eine kühle Abendbrise flüsterte in den Zweigen und liebkoste sein Gesicht. Die Nacht war klar und beinahe wolkenlos. Diesmal war ihm das recht. Bei Regen war es schwierig, fast aussichtslos, die Gewehre zu laden.

Er tätschelte Sticks Hals. Der kurze Hornbogen hing mit einem vollen Köcher neben dem Sattelknauf. Beim ersten Angriff wollte er keine Gewehre, die sofort ihre Anwesenheit verraten würden.

Er fluchte über die Brustplatte, die ihn beengte; aber diesmal war die Rüstung nötig. Er schaute zu Tennetty hinüber. »Meinst du, wir haben Slowotski genug Zeit gelassen?« Walter brauchte schon eine Weile, um sich so weit vorzuschlagen, daß er das Ablenkungsmanöver ausnutzen konnte.

Sie nickte.

»Dann wollen wir mal!« Er schwang sich in den Sattel und zog die Beinschienen fest. Diese verdammte Rüstung verrutschte dauernd.

Er überzeugte sich, daß sein Schwert fest in der Scheide steckte, und hoffte, daß er es nicht benutzen mußte. Wenn Karl nämlich auf Schwertlänge an die Holts herankam, würde das heißen, daß alles schiefgelaufen war.

Tennetty und die acht anderen saßen schon im Sattel. Auch sie hatten nur Armbrüste, mit Ausnahme von Bonard, der ebenfalls einen Hornbogen wie Karl hatte.

Aveneer gab Erek und Frandred das Zeichen, die Laternen zu heben. Die beiden hängten sie rechts und links in die Bäume.

»Los!« sagte Karl und drückte Stick die Fersen in die Flanken, so daß dieser über die niedrige Steinmauer sprang und auf das braune Feld dahinter stürmte.

Die anderen folgten ihm.

Selbst nach so langer Zeit gab es Sachen auf Dieser Seite, die Karl noch erstaunten. Zum Beispiel die Zahl der Soldaten um die Burg herum. Zu Hause hatten in manchen Studentenheimen mehr gewohnt als die tausend, die Furnaels Burg hier belagerten.

Es schien merkwürdig, daß etwas, das so eindrucksvoll klang wie eine Belagerung, von nur tausend Soldaten durchgeführt wurde. Aber Richard Löwenherz hatte auf seinem Kreuzzug auch nur achttausend Leute dabei, und diese Streitmacht kam aus ganz England. Vielleicht war es normal, daß der gesamte Krieg zwischen Bieme und Holtun nur von einigen Zehntausenden auf beiden Seiten geführt wurde.

Aber es sah trotzdem komisch aus.

Der Kommandeur der Holts hatte seine Armee von tausend Männern in vier Gruppen geteilt, natürlich nicht zu gleichen Teilen. Das wäre töricht gewesen. Die größte Gruppe, etwas über ein Drittel, kampierte außer Bogenschußweite gegenüber vom Haupttor. Zweihundertfünfzig lagen vor dem kleinen Tor und die beiden restlichen Abteilungen von je hundertfünfzig vor den übrigen Mauerabschnitten.

Das war eine intelligente Aufteilung. Sie verhinderte schnelle Ausfälle und Rückzüge der Verteidiger. In der Zeit, die Furnaels Soldaten brauchten, um die Fallgatter hochzuziehen, konnten sich die Angreifer schon sammeln und eindringen.

Furnael und seine Mannen saßen in der Falle.

Karl ritt jetzt langsam über das fahlbraune Feld auf die Hauptabteilung der Holts zu. Die anderen hatten sich nach links verteilt.

In der Ferne konnte er durch das eiserne Fallgatter des Haupttores die Wachfeuer im Burghof leuchten sehen. Karl war vor vielen Jahren durch dies Tor geritten. Jetzt hoffte er, daß Slowotski sich so weit nähern konnte, daß er die in der Burg alarmieren konnte, wenn die Zeit reif war.

Er nahm die Zügel zwischen die Zähne und band seinen Bogen los. Dann legte er einen Pfeil auf die Kerbe.

Die Holts erwarteten offensichtlich keinerlei Angriffe von außen. Karl war bis auf etwa hundertachtzig Meter an das Wachfeuer herangekommen, als ein Soldat aufsprang und einen Warnschrei ausstieß.

Sofort ließ Karl den Pfeil von der Sehne schnellen und schickte auch noch einen zweiten hinterher, weil er kein überragender Bogenschütze war.

Tennetty zielte mit ihrer Armbrust und drückte ab. Ein Soldat schrie auf und griff sich an den Oberschenkel, dann fiel er um.

»Ziel höher, verdammt!« brüllte Karl. »Aber nicht näher ran!« Die nächsten Holts waren etwa in Reichweite der Sklavenhändlergewehre.

Schreie hallten durch das Lager. Am liebsten wäre Karl aus dem Sattel gesprungen und vorwärts gestürmt.

»Noch eine Salve!« rief er und legte den nächsten Pfeil ein. Neun Bogen schoßen gleichzeitig und wurden von lauten Schreien der Holts belohnt.

Seit sie angegriffen hatten, waren nur wenige Minuten vergangen, aber schon machten sich etwa hundert Soldaten fertig, eine Gegenattacke zu reiten. Größe und Geschwindigkeit der Truppe sprachen für die Fähigkeiten ihres Kommandeurs. Aber Karl verstand auch etwas von diesem Handwerk.

»Waffen sichern und fertigmachen zum Rückzug«, rief er.

Das würde nicht einfach werden. Er wollte diese Holts

mit nach hinten locken, ohne sie aber auf Schußweite herankommen zu lassen. *Noch zehn Sekunden,* dachte er, neun, acht, sieben.

Ach was, zum Teufel! »Zurück!« Er wendete Stick und galoppierte auf den Waldrand zu, die anderen neben ihm.

Jetzt waren die Blenden der Laternen ganz aufgezogen, die bei ihrem Abritt nur Schlitze freigegeben hatten. Sie waren wie Leuchtfeuer zu beiden Seiten des Waldwegs, der zum Glück schnurgerade verlief.

Stick nahm die niedrige Steinmauer und donnerte dann dahin. Zweige schlugen Karl ins Gesicht und gegen den Helm, so daß er die Augen schließen mußte. Hinter ihm brachen die anderen durchs Geäst.

Eine Signalrakete zischte in den Himmel. Karl schaute zu ihrem weiß-blauen Feuer hinauf.

Aveneers Baß dröhnte durch die Nacht. »Feuer!«

Siebzig Gewehre gaben eine Salve ab.

Pferde und Männer schrien.

Der Weg wurde breiter. Karl brachte Stick zum Stehen und schwang sich von seinem Rücken, während Tennetty und die anderen weitergaloppierten.

»Zweite Abteilung!« erschallte Aveneers tiefe Stimme. *»Feuer!«*

Wieder knallten siebzig Gewehre. Karl eilte auf den Weg.

Aveneers erste Abteilung, die die erste Salve abgegeben hatte, näherte sich. Die Gewehre hatten die Männer über die Schulter geschlungen und metzelten mit Schwertern und Messern alles nieder, verwundete Tiere und Menschen. Von den hundert Kavalleristen, die Karl und seine Krieger verfolgt hatten, lebte nur noch ein knappes Dutzend, das schnell wie der Teufel auf das Hauptlager der Holts zuritt.

Karl legte die Rüstung ab. Erek brachte ihm Gewehre, Pistolen und einen großen Lederbeutel.

»Nachricht an Aveneer – nach Meldung auf Antwort warten«, sagte Karl. »Keine Ausfälle in meinem Trupp. Tennetty und die anderen gehen auf ihre Positionen.

Befehle: Abteilungsweise vorrücken, Salve abfeuern und bockspringen. Noch zweiten Läufer mit Erek zurückschikken. Frage: Ausfälle? Ende. Lauf!«

Der Junge rannte los.

Karl lud sein Gewehr. *Jetzt werden wir sehen, ob der dritte Teil funktioniert.* Der erste Teil des Plans hatte wie eine Eins geklappt: Über hundert tote Holts; der Rest summte herum wie ein aufgescheuchter Bienenschwarm. Ob der zweite Teil ein Erfolg oder ein Mißerfolg war, hing davon ab, ob Slowotski bis an die Mauer durchdringen konnte.

Beim dritten Teil hing viel davon ab, wie gut der Kommandeur der Holts war. Karls Trupp hatte er offensichtlich für eine kleine, räuberische Abteilung der Biemischen gehalten und konservativ reagiert, indem er eine für ihn übermächtige Kavallerieabteilung dagegen hinausschickte.

Als aber die Gewehre sprachen, hatte sich sein Eindruck zwangsläufig verändert. Da seines Wissens außer ihm nur noch Karl Cullinane über Gewehre verfügte, mußte er ihn damit identifiziert haben. Nur Karl konnte sein Gegner sein ... oder würde er die Möglichkeit in Betracht ziehen, daß seine Sklavenhändlerverbündeten sich gegen ihn verschworen hatten?

Auf alle Fälle mußte der Kommandeur seine Taktik ändern. Was würde er jetzt im Angsicht einer für ihn nicht überschaubar großen Angreifermacht tun?

Die konservative Reaktion würde sein, alle Truppen von der Belagerung abzuziehen und unter Kavallerieschutz über die Prinzenstraße nach Holtun und zur Baronie Adahan wegzureiten.

Seine Leute sollten ihm wichtiger sein als seine Mission, wenn er ein guter Kommandeur war.

Karl trat unter den Bäumen heraus. Über ihm schimmerten die Sterne. Die Soldaten der Holts bauten eine Verteidigungslinie auf. Ein großes Kontingent erwartete Aveneer, der mit seinen Abteilungen vorrückte, mit Gewehren, Armbrüsten und Bogen.

»Erste Abteilung – Feuer!« kommandierte Aveneer.

Karl drückte die Daumen. Es sah nicht gut aus. Die Holts verteidigten sich offenbar, statt sich zurückzuziehen.

»Du hast Mut!« flüsterte er seinem unsichtbaren Gegner zu. »Viel zuviel Mut.« War der Kerl nicht der Meinung, daß er zahlenmäßig unterlegen war? Wollte er einen letzten, verzweifelten Versuch machen?

Erek rannte mit einem jüngeren Krieger Aveneers herbei.

»Er sagt«, keuchte Erek. »Verstanden: Feuern auf Euren Befehl. Ausfälle gering: sieben verwundet, keiner tot.« Erek schüttelte den Kopf. »Ich glaube nicht, daß er alles gesehen hat. Einige Reiter sind durchgebrochen.«

Zwei Signalraketen gingen gleichzeitig etwa eine Meile entfernt los, als wollten sie sagen: »Wir kommen schon.«

Karl schob die Meldung über die Verwundeten und Toten für jetzt beiseite. *Darüber zerbreche ich mir später den Kopf, wenn ich alle Ausfälle weiß.* »Sieht aus, als hätten Tennetty und der Rest der Reiterabteilung die Signalraketen erreicht.«

»Ja, Karl.« Der Junge lächelte. »Werden die Holts wegrennen?«

»Na sicher«, sagte er.

Ich hoffe es! korrigierte er sich in Gedanken. *Na, General Patton, und jetzt?*

»Zweite Abteilung – *Feuer!*«

Jetzt brach eine wilde Flucht los. Die kleine Abteilung, die an der torlosen Nordmauer gelagert hatten, geriet in Panik. Soldaten bekämpften sich gegenseitig, um ein Pferd zu bekommen, andere warfen ihre Waffen weg und rannten einfach los.

Die Abteilung am hinteren Tor zog auch ab, aber in geordneter Art und Weise. Soldaten zu Fuß im Eilschritt, Kavallerie mit Armbrüsten vorneweg, um ihnen den Weg zu bahnen. Ihr Kommandeur war offensichtlich der Ansicht, daß Vorsicht besser als Heldenmut war.

Hervorragend. Aber die Haupttruppe rührte sich nicht von der Stelle. Zusammen mit der letzten kleineren Abteilung konnten die etwa dreihundert Männer Karl und seine

Leute zurückschlagen, es sei denn, Karl riskierte, sehr viel Blut von Aveneers Männer zu vergießen.

»Erek – Nachricht an Valeran, dann kommst du zurück. Befehl: Tu's! Ende.«

Wieder rannte der Junge los, diesmal in eine andere Richtung.

Das war der letzte Trick, den Karl noch im Ärmel hatte. Wenn der nicht funktionierte, würde es zu einer riesigen Sauerei kommen. Wenn die hundert Männer unter Valerans Kommando dem Kommandeur der Holts nicht weismachen konnten, daß ihm eine gewaltige Streitmacht gegenüberstand, blieb Karl nur noch die Hoffnung, daß Slowotski zu Furnael vorgedrungen war und dieser auch *effektiv* handeln würde.

Beides zusammen war mehr als unwahrscheinlich.

Rechts von ihm trat Valerans Truppe aus dem Wald heraus und gab eine Salve ab.

Aber die Holts wichen nicht, sondern luden nur ihre Gewehre und Bogen aufs neue.

Und dann geschah es: Ächzend und quietschend öffnete sich das Haupttor der Burg. Feldgeschrei wurde laut.

Jetzt reichte es den Holts. Sie gaben die Stellung auf.

Karl winkte Aveneers Läufer. »An Aveneer und komm gleich zurück. Befehl. Feuer einstellen, nachladen, vorrükken. Ziele nur mit Auge und Ohr. Ende. Lauf.«

Am Horizont tauchte ein heller Lichtschein auf. Karl wirbelte herum. Flammen schossen über den östlichen Himmel.

Flammen? Was, zum Teufel, ging da vor?

Was ... Teufel ... denkst ...?

»Ellegon!«

Er konnte die mentale Stimme kaum verstehen, als der Drache über den Himmel brauste, wohlweislich außer Reichweite der Armbrüste. Er spuckte Feuer und Dampf. Die Holts versuchten, noch schneller wegzulaufen.

Die Luftkavallerie ist da! Wie ich sehe, ein bißchen zu spät. Hoffe, du hast nicht allzuviel Ärger dadurch gehabt.

Nein, nein, überhaupt nicht. Dadurch hatte ich Gelegenheit, mir zu überlegen, wie ich mit zweihundertfünfzig Leuten die vierfache Menge in die Flucht schlagen könnte, dachte Karl und ließ in seine mentale Stimme eine gehörige Portion Sarkasmus einfließen. *Vielen Dank, Ellegon, daß ich diese Erfahrung machen durfte.*

Gern geschehen.

Karl spürte, wie der Drache tiefer in ihn eindrang.

Es tut mir leid wegen Chak. Wir müssen mal über ihn reden.

Später. Erst das Geschäftliche. »Erek, komm her – *schnell,* Junge. Nachricht an Aveneer, komm gleich zurück. Befehl. Attacke stop. Niemand aus der ersten Abteilung macht einen Schritt nach vorn, bis das Kommando kommt.«

Jetzt, wo die Holts flohen und Ellegon sie vom Himmel aus weiterjagte, wollte er auf keinen Fall riskieren, daß jemand durch Feuer aus den eigenen Reihen ums Leben kam. Furnaels Leute waren schon länger belagert. Da war es leicht möglich, daß ihnen die Finger am Abzug juckten. »Heiltränke ausgeben, wo nötig«, fuhr er fort. »Ende. Nachricht an Valeran: Drei Gefangene nehmen zum Verhör. Abstand halten von Biemischen und auf weitere Befehle warten. Ende. Lauf!«

Seine Nackenmuskeln entspannten sich gerade etwas. Es war, als hätte man ihm ein riesiges Gewicht von den Schultern genommen.

Ellegons Anwesenheit in seinem Kopf war wie eine Rettungsweste.

Vom Rücken des Drachen zuckten Blitze mitten unter die fliehenden Holts herab.

Blitze? *Ellegon mußte irgendwo Henrad aufgegriffen haben und – nein!* Henrad war doch noch nicht soweit, daß er hätte Blitze machen können.

Ellegon, Andrea ist doch nicht etwa bei dir?

Keine Antwort.

Bitte.

*Es war ihre Idee, Karl, nicht meine. Das galt auch für

Ahira. Ich habe ihnen gleich gesagt, daß dir das nicht paßt.* Seine Stimme klang vorwurfsvoll.

Ahira? Was, zum Teufel, ist zu Hause los? Sind die Kinder –

Den Kindern geht's gut. Kirah ist mit allen bei den Ingenieuren, für eine Zeitlang. Ellegon zog eine Schleife und setzte zur Landung an. *Ich bring sie dir.*

Nein! Bleib um Himmels willen oben, bis hier Ruhe eingetreten ist.

Er mußte mit Furnael sprechen und ...

Nein, sag Aveneer, er soll eine seiner Abteilungen zurück zum Lagerplatz bringen. Dann kannst du da landen. Das Wichtigste zuerst. Er hatte hinuntergehen und mit dem Baron sprechen wollen; aber das war jetzt wichtiger.

Kannst du Slowotski erreichen?

Ja.

Sag ihm, es wird noch eine Weile dauern, bis ich komme. Dann bewege deinen Schuppenkörper zur Landezone – aber dalli!

Ja, Karl. Ich freue mich auch, dich wiederzusehen.

Karl mußte trotz allem lächeln. »Stimmt ... He, du – ja *du*, bring mir mein Pferd.«

Kapitel zwanzig

Mehrere alte Bekannte

Nur der Tapfere weiß zu vergeben …

Laurence Sterne

Karl ließ den Hengst halten und schwang sich aus dem Sattel. Dann band er Sticks Zügel an einen Ast, weil der Hengst nicht wie Karotte allein stehenblieb.

Wenn dein Pferd wegrennt, darf ich es doch fressen, oder?

Ellegon hatte es sich im Gras bequem gemacht. Das mächtige Saurierhaupt lag auf den Vorderbeinen.

Nein! Warum willst du immer ausgerechnet meine Pferde fressen?

Alle sagen, daß ich, was Pferdefleisch angeht, ein ausgesprochener Feinschmecker bin.

Offensichtlich hatte der Drache Andy-Andy in das Gespräch mit eingeschlossen. Sie hob einen faustgroßen Stein auf und warf ihn lachend auf seine dicke Haut, ehe sie in ihrer Arbeit fortfuhr.

Ahira und Thomen Furnael saßen im Gras, gegen die baumstammdicken Vorderbeine des Drachen gestützt. Andy-Andy und Ranella dirigierten zehn von Aveneers Kriegern beim Auspacken des großen Korbes und dem Lösen des Drachengeschirrs.

»Laß die Finger von dem Faß!« sagte Ranella und deutete auf ein kleines Faß, das in einer dick gepolsterten Ecke des Korbes stand. »Stoß nicht dagegen und schaue es nicht mal schief an.«

»Was ist denn los?« fragte Karl und schaute Ahira und Andy-Andy an.

»Scht.« Andy-Andy legte lächelnd die Arme um seinen

Hals und gab ihm einen Kuß. »Kein Bettler schlägt ein Almosen aus, kein Hund eine Bratwurst und kein Krämer eine Lüge.«

»Du wolltest doch Hilfe, jetzt hast du sie!« meinte der Zwerg schnippisch. »Wenn ich mich recht erinnere, hat dich niemand zum Gott gewählt, Karl.«

»Und was machst du hier, Herr Bürgermeister?«

»Nenn mich Ahira.« Der Zwerg zuckte mit den Schultern. »Ich bin nicht mehr Bürgermeister. Vor vier Zehntagen habe ich die Vertrauensabstimmung verloren. Deshalb bin ich auch hier.«

»Du hast *was?*«

»Ich hab verloren. Chton hat eine neue Bürgerversammlung einberufen, und viele Farmer, die so gewählt hätten, wie du es gewollt hättest, haben nicht für mich gestimmt.« Er zuckte nochmals mit den Schultern.

»Du hast Heim verlassen, mit Chton als Bürgermeister? Du ...«

»Sehe ich so blöde aus? Ich habe nicht genug Stimmen bekommen, um im Amt zu bleiben, aber die Anhänger konnten auch keine Stimmenmehrheit bekommen.«

»Und wer ...?«

»Riccetti natürlich.«

»Moment mal. Wie hast du ihn an Chtons Partei vorbeigeschmuggelt?«

Ahira schaute fragend zu Andy-Andy. »Soll ich's ihm sagen? Oder willst du das Experiment durchführen?«

»Experiment?«

Sie sprach seelenruhig weiter zu Ranella. »Kannst du mit dem Rest allein fertig werden?«

»Ja, Andrea.«

Jetzt kam Andy-Andy zu Karl herüber. »Das Experiment soll zeigen, ob jemand an Neugier sterben kann.«

Das reicht. Wie sicher sind wir?

Kein unfreundlicher Gedanke, soweit mein Verstand reicht.

»Ahira, ich will nicht, daß irgend jemand nach Furnael

hinuntergeht. Wenn unten das große Saubermachen vorbei ist, kannst du Thomen zu seinem Vater bringen, aber nicht vorher.«

Der Junge fragte: »Aber, Karl Cullinane, das ist mein Zuhause. Ich kenne ...«

»Du kennst vielleicht jeden Baum, Strauch und Stein, Junge; aber wir haben Krieg. Ich will nicht deinem Vater sagen müssen, daß sein zweiter Sohn getötet wurde, während er bei mir war, verstanden?« Er wandte sich an Ahira und sagte auf englisch: »Slowotski ist unten. Sprich dich mit ihm ab. Halte das Kind am Leben, ja?«

»Alles klar, Karl.« Der Zwerg hob seine Streitaxt. »Es ist schön, wieder im Geschäft zu sein.«

Karl schnaubte. Dann ging er zum Korb und holte drei Decken heraus, die er sich über die Schulter warf. Wortlos nahm er Andy-Andy in die Arme und trug sie davon.

Wenn ich mich recht erinnere, gibt es eine kleine Lichtung nicht weit von hier. Schalte uns aus und sieh zu, daß man uns in Ruhe läßt.

Alles klar, Karl. Viel Vergnügen.

»Karl!« Sie zappelte und wehrte sich gegen seinen Griff. »Was fällt dir ein?«

»Das ist doch eindeutig, Andrea. Hast du etwa vor, mich daran zu hindern?«

»Und wenn ich das tue?«

»Dann kann ich auch nichts machen.«

»Dann ist es gut.« Sie legte den Kopf an seine Brust. »Solange ich nur die Wahl habe. Du hast mir auch schrecklich gefehlt.«

»Nicht reden, zeigen!«

Andy-Andy schaute über seine Schulter. »Wir sind außer Sicht, Karl. Du kannst mich abstellen«, sagte sie in geschäftsmäßigem Tonfall.

Er ließ ihre Füße zum Boden hinuter. »Dann hast du meinen Auftritt durchschaut?«

Sie nickte. »Ich kenne dich viel zu gut. Der Pseudomacho-Auftritt hat außer Ahira alle überzeugt; aber ich verstehe nicht, warum du diesen Quatsch machst.«

»Muß doch meinem Image treu bleiben, Liebste.« Er seufzte. Um das zu erledigen, was er sich vorgenommen hatte, mußten ihm andere folgen, und das hing auch von seinem Bild in der Öffentlichkeit ab. Aber da war noch etwas: Es war schon schlimm genug, seine Freunde in den Tod zu schicken; aber sich öffentlich reuevoll an die Brust zu schlagen, half auch nicht – aber jetzt war es ja nicht öffentlich.

Er schluckte. »Ich sag's dir ohne Umschweife: Chak wurde vor Enkiar getötet.«

Sie hielt den Atem an. »Wie?«

»Er ... beschloß, daß es wichtiger war, das Pulver der Sklavenhändler zu vernichten, als sein Leben zu retten.« Karl schlug mit der Faust gegen einen Baumstamm. »Das dumme Schwein ...«

Dann ging er in die Knie. Sie setzte sich neben ihn. Er vergrub sein Gesicht an ihrer Brust und ließ endlich die Tränen fließen.

Nach einer Weile holte sie aus der Innentasche ihres Gewandes ein Tuch. »Hier, putz dir die Nase und gib deinen Augen eine Chance zu trocknen, Held«, sagte sie, wobei ihre Stimme sehr viel liebevoller als ihre Worte war.

»Danke.« Er zwang sich zu einem sachlichen Ton. »Und jetzt erzähle mir mal: Was, zum Teufel, ist eigentlich zu Hause los? Hat Ahira absichtlich die Abstimmung verloren oder war Chton zu gut für ihn?«

»Ich glaube, er hat absichtlich verloren. Gwellin hat sich endlich entschlossen, doch nach Endell zurückzugehen und ...«

Sie hob eine Augenbraue. »Bist du nicht überrascht?«

»Nein. Das hat er mir schon vor einiger Zeit gesagt.«

»Er hat Ahira eingeladen, mitzukommen. Ahira hat zwar

abgelehnt; aber ... danach hat er sich mit allen Leuten angelegt und sich jede Menge Feinde gemacht. Ich habe noch versucht, die Wogen zu besänftigen; aber bei der Versammlung hatte Ahira nicht genug Stimmen.«

»Und wie hast du es geschafft, daß die Anhänger für Riccetti als Bürgermeister stimmten? Magie?«

»Viel besser.« Sie grinste. »Hinterlist. Ich habe Riccetti einem der Anhänger erklären lassen, daß die Ingenieure *überhaupt* keinen Handel mit den Therranji treiben würden, wenn Chton Bürgermeister würde. Offensichtlich meinte Chton, daß Khoral das wohl nicht allzu wohlwollend aufnehmen würde, und wollte uns übers Ohr hauen, indem er Riccetti *nominierte.* Geschickter Schachzug, wirklich. Khoral ist zufrieden, weil er mit Riccetti direkt verhandeln kann, und Chton ist zufrieden, weil er damit einen Keil zwischen uns und Lou treiben kann.«

»Aber Chton müßte doch wissen, daß das nicht klappt. Lous Loyalität steht außer Frage.« *Steht sie das wirklich?*

»Na ja, nicht mehr.« Sie hauchte ihre Fingernägel an und polierte sie an der Brust. »Weißt du ... anscheinend hat Riccetti schon lange eine *entsetzliche* Schwäche für mich und hat auch in deiner Abwesenheit Annäherungsversuche gemacht. Und als man belauschte, daß ich ihm sagte, er solle seine dreckigen Pfoten von mir wegnehmen ...«

Prima. Chton hatte diese angeblich verfängliche Situation ausgenutzt, aber selten *hinterlistig.* »Ich glaube, du hast dich zu lange mit Walter herumgetrieben.«

»Ach ja?«

»Das ist sein Stil, nicht deiner.«

»Und wo steht geschrieben, daß ich nicht lernen kann?«

Er antwortete nicht. Offensichtlich konnte sie die hinterlistige Seite der Heim-Politik lernen. *Sie könnte mir überhaupt viel beibringen. Meine erste Regung wäre gewesen, Chton einen Daumen ins Auge zu bohren.* »Letzte Frage: Warum ist Ahira mitgekommen?«

Sie zögerte mit der Antwort. »Ich weiß es nicht. Er hat sich freiwillig gemeldet. Gwellin war damit einverstanden zu warten, bis er zurückkommt. Sag mal, wenn du raten müßtest, was er am meisten vom Heim vermissen würde, was wäre das?«

»Das ist einfach: Janie oder Walter.« Karl sog die Luft zwischen die Zähne. »Er will Walter bitten, mit ihm zu gehen und Kirah und Janie mitzunehmen.«

Sie nickte. »Das habe ich vermutet.«

Verdammt. Da konnte man im Augenblick nichts machen. Vielleicht konnte man später Ahira davon abbringen, Walter zu bitten, oder Slowotski überreden, abzulehnen. »Tu mir einen Gefallen: Halte deinen Kopf tief und die Augen offen, okay?«

»Okay.« Sie lächelte zu ihm hinauf. »Aber sage du mir: Was würdest du sagen, wenn ich dir dasselbe rate?«

»Ich würde dir sagen, daß ich das bereits tue.« Er half ihr beim Aufstehen. »Komm, gehen wir zu den anderen zurück.«

Lächelnd schüttelte sie den Kopf. »Nein. Ich habe eine bessere Idee.« Sie strich langsam mit ihren Fingernagel über seinen Arm. »Da wir doch dein Image aufrechterhalten müssen …«

Karl strich sich mit den Fingern durchs Haar, um die Blätter zu entfernen. Sie gingen zurück zur Lichtung.

Ranella hatte das meiste ausgepackt und auf Planen ausgebreitet. Es schienen etwa zweihundert Gewehre zu sein, dazu Pulver, Kugeln und Bleirohlinge, aus denen man Kugeln fertigen konnte. Er nickte anerkennend.

»Karl Cullinane«, sagte Ranella. »Ich freue mich, dich zu sehen, Karl.«

Er zog eine Augenbraue hinauf und wollte schon fragen, warum ein Lehrling einem Gesellen gegenüber nicht mehr Respekt zeigte, hielt aber den Mund. Riccetti mußte sie inzwischen befördert haben.

»Gesellin Ranella«, sagte er und erwiderte ihren Gruß. »Ich freue mich auch, dich zu sehen.«

Sie machte ein langes Gesicht. Sie hatte erwartet, daß er sie zurechtweisen würde, hatte sich schon so darauf gefreut, mit ihrer neuen Stellung anzugeben.

»Und wieviel haben wir hier?« fragte er.

»Eine Menge. Zweiundfünfzig Pistolen, einhundertsechzig Schrotflinten, dreiunddreißig Gewehre.«

»Wo habt ihr das her?«

»Du hast doch gesagt, daß wir alle Waffen bringen sollten. Da haben wir die alten Gewehre von Davens Trupp requiriert und die meisten Waffen deiner Abteilung. Nehera arbeitet unentwegt an den Läufen. Die Lehrlinge kümmern sich um die Kolben, Schlösser und Züge.«

Das war eine Unmenge Arbeit für den Zwerg. Aus einem Rohling einen Lauf zu fertigen, erforderte Hunderte von Handgriffen. Auch wenn Nehera an mehreren rotierend arbeiten konnte, mußte er irgendwann auch mal schlafen. Karl würde Riccetti Bescheid sagen lassen, damit er Nehera nicht zu hart arbeiten ließ.

Sei nicht albern, schnaubte Ellegon. *Lou Riccetti ist nicht so alt und weise wie manche Leute, aber er ist auch kein Dummkopf. Der kümmert sich schon um Neheras Gesundheit.*

Karl nickte. Der Drache hatte recht. »Was haben wir sonst noch?«

»Dreitausend Schuß in diesem Sack – Bleistangen und eine Kugeldrehmaschine. In den beiden Fässern ist Schießpulver – und dann schickt der Ingenieur noch eine Überraschung.«

»Ach ja?« Karl zog eine Augenbraue hoch.

»Siehst du die zwei kleinen Fässer da drüben, Karl?«

»Ja.«

»In einem ist der Großteil der neuen Granaten des Ingenieurs. Sie sind mit Schießbaumwolle geladen.« Sie hob die Hand. »Der Ingenieur läßt dir ausrichten, daß er das Instabilitätsproblem noch nicht gelöst hat; aber wir haben dafür gesorgt, daß das Zeug kalt bleibt. Er kann nicht genau sagen, wie lange es dauert, bis es von selbst explodiert;

aber er meint, daß es sich die nächsten sechs Zehntage halten dürfte. Das andere Faß enthält sorgfältig verpackte Zündkapseln.«

»Zündkapseln?«

»Knallquecksilber. Knallsilber ist wahnsinnig heikles Zeug – du brauchst es nur anzublinzeln, schon geht's hoch; aber das hier ist stabil, relativ.«

Karl mußte einen Schauder unterdrücken. Knallquecksilber war hochempfindlich – Wärme, Reibung, ein plötzlicher Stoß, schon explodierte es. »Irgendwelche besonderen Anweisungen für die Zündkapseln?«

»Eigentlich nicht, Karl. Man soll die Zündkapseln erst in die Granaten einführen, oder in der Nähe der Granaten aufbewahren, wenn du sie anzünden willst.«

»Anzünden?«

Sie lächelte. »Er hat sich gedacht, daß dich das beeindruckt. Riccetti hat einen Zünder mit Schwefelspitze gemacht. Du reibst den Zünder gegen eine rauhe Fläche, bis er Feuer fängt, dann wirfst du.« Sie hob aber warnend den Zeigefinger. »Aber es gibt keine Garantie, daß das Ding nicht beim Einschlag explodiert.«

Sie grinste.

Überraschung, Überraschung! »Wenn unten alles gutgeht, werde ich in Furnaels Burg etwas Platz für ein Munitionslager brauchen – hmm, mehrere Magazine.« Am besten verteilte man die Granaten; wenn sich eine selbst entzündete, würde sie die anderen auch in die Luft jagen. »Kümmere dich darum – sprich mit Aveneer und Frandred wegen Wachposten.

»Jawohl, Karl.«

Hufeklappern wurde auf dem Weg laut. Erek fiel fast von seinem Pony herunter. »Aveneer ... meldet«, keuchte er hervor.

»Ärger?«

Erek schüttelte den Kopf. »Nein, er sagt ... daß alles klar ist. Walter ... Slowotski läßt ausrichten, daß der Baron ... Euch sehen will.«

»Andy, könntest du Erek etwas Wasser bringen?« Er klopfte dem Jungen auf die Schulter. »Ruh dich erst mal aus, Erek. Ich werde vorläufig keinen Läufer brauchen.«

»Ja ... Karl.«

Karl winkte Thomen zu sich. »Jetzt wollen wir dich mal zu deinem Vater bringen, Junge.«

Baron Furnael erwartete sie mit fünfzig Mann am Haupttor. Beinahe hätte Karl den Baron gar nicht erkannt. Die Zeit war mit Zherr Furnael nicht wohlmeinend umgesprungen. Die Ledertunika hing viel zu weit um den früher etwas korpulenten Mann.

Tiefe Linien hatten sich in sein Gesicht gegraben. Sein linkes Auge zuckte nervös, als würde er ständig jemandem zublinzeln. Ein Rest seiner früheren Stärke war aber spürbar, als er die Arme um Karls Schultern legte. »Seid gegrüßt, Karl Cullinane. Es ist lange her.« Furnaels Stimme war auch brüchiger geworden.

Karl stieg ab und übergab einem von Furnaels Männern die Zügel. Er war nicht sicher, was Furnael ihm gegenüber empfand; würde er ihm die Schuld am Tod seines Sohnes Rahff geben?

Furnael ließ Karl los und rief nach seinem Pferd. »Wir müssen viel besprechen, Karl Cullinane. Würdet Ihr mit mir reiten?«

»Selbstverständlich, Baron. Ich stehe Euch zu Diensten.« Jetzt brauchte Karl Furnaels Hilfe ebenso, wie dieser ihn bei der Belagerung gebraucht hatte.

Der Anflug eines Lächelns huschte über die ernsten Züge des Barons.

Als Furnael vor sechs Jahren Karl seinen Sohn Rahff als Lehrling übergeben hatte, waren sie auch diese Straße von der Burg zu den kleinen, sauberen Katen geritten, die Furnael als Quartier für seine Erntesklaven benutzte.

Obwohl auch damals die Frage, ob die Nacht mit Blutvergießen enden würde, über ihnen geschwebt hatte, war es ein angenehmer Ritt gewesen. Üppige Getreidefelder hatten sich im Wind flüsternd gewiegt. Sie hatten sich angeregt unterhalten.

Jetzt war alles anders. Zu beiden Seiten der tief gefurchten Straße lagen die Felder verwüstet da, die Maisstauden von Stiefeln und Hufeisen niedergetrampelt. Die Holts wollten keine Maisstauden, die ihnen die Sicht versperrten oder in denen sich ein Feind verstecken konnte. Was sie nicht für den eigenen Bedarf geerntet hatten, war verbrannt oder zertrampelt, so wie ein Schakal die Reste einer zu reichlichen Mahlzeit mit Erbrochenem bedeckt.

Furnael zog die Zügel seines braunen Wallachs an und stieg ab. Er forderte Karl auf, ebenfalls abzusteigen.

»Nicht ganz so wie beim letzten Mal, was, Karl Cullinane?« Der Baron musterte ihn, ohne zu zucken. »Ihr seht älter aus.«

»Ich fühle mich auch älter, um etwa eine Million Jahre, aber kaum weiser.«

»Ja«, sagte Furnael. »Ich kenne das Gefühl. Erinnert Ihr Euch noch an Euer Angebot, die Aershtyn-Rauber zu erledigen, wenn ich alle Sklaven in meiner Baronie freiließe?

Karl nickte. »Vielleicht hätte ich damals hartnäckiger sein sollen. Ich habe oft darüber nachgedacht.«

»Nein.« Furnael schüttelte den Kopf. »Ich war damals ... nicht bereit, Euch zu glauben. Erst als ich von Euren Heim-Reitern hörte. Viele gute Männer mußten sterben, weil ich Euch nicht glaubte, auch Rahff ...« Der Baron schwieg. »Wußtet Ihr, daß mein bester Freund vor einem Jahr getötet wurde?«

»Nein.« Karl schüttelte den Kopf. »Baron Adahan von Hiltun?«

»Ja. Vertum war einer von Uldrens besten Strategen. Er mußte beseitigt werden.« Furnael ballte die Fäuste. »Ich bin froh, daß Bren im Norden oben ist. Vielleicht wird wenigstens Vertums Sohn am Leben bleiben.«

Karl atmete erleichtert auf. Wenn Bren im Norden war, brauchte er wenigstens Rahffs besten Freund nicht umzubringen.

Furnael legte Karl die Hand auf die Schulter. »Sagt mir, Karl, wie ist mein Sohn Rahff gestorben?« fragte er mit unendlich müder Stimme.

»Ich habe Euch doch mit einem Händler einen Brief geschickt«, antwortete Karl.

»In Eurem Brief stand nur, daß er ehrenvoll starb, einen anderen Menschen schützend. *Wie* ist er gestorben, Karl Cullinane? Ich muß es wissen.«

»Verstehe.« Karl nickte. »Erinnert Ihr Euch an Aeia, Baron?«

Furnaels Gesicht spiegelt etwas von dem Mann wider, der er einmal gewesen war. Für einen kurzen Augenblick sah er nicht mehr wie sein eigener Geist aus. »Nenn mich Zherr, Karl. Ja, ich erinnere mich an sie. Das Mel-Kind, daß du nach Melawei zurückgebracht hast.«

»Sie blieb nicht in Melawei. Ich habe sie adoptiert. Ein Sklavenhändler wollte sie töten, Rahff warf sich dazwischen. Vielleicht habe ich ihn nicht gut genug ausgebildet, vielleicht war er nicht schnell genug. Ehe ich einschreiten konnte, hatte ihn der Sklavenhändler schon ... durchbohrt.«

»Ist er schnell gestorben?«

»Er muß fast keine Schmerzen gehabt haben«, log Karl. Sollte er Furnael sagen, daß sein Sohn in entsetzlichem Todeskampf mit aufgeschlitztem Bauch gestorben war?

»Der Kerl, der ihn umbrachte ...« In Furnaels Augen brannte ein inneres Feuer. »Hast du ...?«

»Ich habe dem Schwein den Hals umgedreht.« Karl spreizte die Hände. »Mit diesen Händen, Zherr.«

»Gut. Nun ... es sieht so aus, als stünde der Rest meiner Baronie in deiner Schuld. Wie können wir bezahlen?«

»Meine Leute brauchen unbedingt etwas zu essen und Ruhe. Aveneers Soldaten sind schon seit ewigen Zeiten unterwegs.«

»Wird erledigt. Ich nehme an, daß du gegen die Sklavenhändlerverbündeten der Holts vorgehen willst.«

»Ja.« *Und dann, irgendwie, diesen Krieg beenden. Den Geiern und Sklavenhändlern das Geschäft verderben.* »Hast du von einem Sklavenhändler mit Verbrennungen gehört, der mit den Holts zusammenarbeitete?

»Allerdings.« Furnael nickte. »Der heißt Ahrmin.«

»Stimmt. Er führte damals den Raubzug in Melawei und versorgt jetzt die Holts mit dem Schießpulver der Sklavenhändler.« Karl tätschelte Sticks Hals. »Ich werde die Gefangenen verhören lassen. Vielleicht erfahren wir, wo genau die Räuberbande am Berg Aeshtyn ihr Lager aufgeschlagen hat und wie sie ausgerüstet ist. Ich wette, daß am Aershtyn auch das Hauptquartier der Sklavenhändlerzunft ist.«

»Aber ... was nützt das?« Furnael zuckte mit den Schultern. »Ganz gleich, wo sich ihr Hauptquartier befindet – du kommst nie näher als einen Tagesritt heran, ohne daß sie dich entdecken.«

»Du vergißt Ellegon. Während die Haupttruppe sich vorarbeitet und ihre Aufmerksamkeit erregt, lasse ich mich mit ein paar anderen hinten vom Drachen absetzen.« Karl zog sein Schwert und zwang sich zu einem Lächeln. »Wenn wir es schaffen, das Rückgrat der Allianz zwischen den Holts und den Sklavenhändlern zu brechen, werden die Holts vielleicht um Frieden flehen.«

Das wäre die beste Lösung. Prinz Pirondael und seine Barone mußten zwar einem unbefriedigendem Waffenstillstand zustimmen; aber sie hatten dabei nichts zu verlieren. Der holtische Prinz Uldren und seine Barone würden einen Krieg beenden, von dem sie wußten, daß er sich bald gegen sie richten würde.

Einen Waffenstillstand zu gewinnen, statt einen Krieg zu verlieren, sollte beiden Seiten das Gefühl geben, klug gehandelt zu haben ... eine Zeitlang. Nach zehn Jahren würden wahrscheinlich beide Seiten erklären, daß jede den Krieg gewonnen hätte, wenn man ihr nicht den Frieden aufgezwungen hätte.

Karl konnte zwar wenigstens drei Schwachstellen in diesem Plan entdecken; aber es war zumindest eine Chance.

Furnael streckte ihm die Hand hin. »Ich freue mich, daß du da bist, mein Freund.«

Karl nahm die Hand des Barons und freute sich, daß der Griff jetzt stärker war als bei der Begrüßung. »Zherr ...« Er schloß die Augen. »Es tut mir leid wegen Rahff. Wenn ...«

»Nicht doch!« Der Baron schüttelte den Kopf. »Wir müssen beide weitermachen.« Dann schwang er sich in den Sattel. »Es gilt, einen Krieg zu gewinnen!« Dann schlug er sich auf den Schenkel und lachte. »Verdammt noch mal, es gilt, einen Krieg zu gewinnen.«

Karl lächelte. Furnael hatte nur einen winzigen Vorgeschmack von der Möglichkeit eines Sieges genossen, von der Möglichkeit, daß seine Leute und seine Baronie weiterleben würden, und zwar um zwanzig Jahre jünger geworden.

Karl schwieg, mußte aber denken: *Nein, Zherr. Nicht gewinnen, es gilt, einen Krieg zu beenden.*

Kapitel einundzwanzig

Ahrmin

Wen sie fürchten, den hassen sie.

Quintus Ennius

»Master Ahrmin?« ertönte Fenrius' Baß vor dem Zelt. »Es ist Zeit zu gehen.«

Mit schmerzverzerrtem Gesicht erhob sich Ahrmin mühsam von seinem Lager und humpelte aus dem Zelt. Dann blinzelte er in der Morgensonne. Seine Kutsche wartete auf ihn. Er ließ sich von Fenrius beim Einsteigen helfen.

Das Lager der Sklavenhändler am Fuß des Aershtyn unterschied sich von seinem Gegenstück auf halber Höhe. Oben gab es Pferche für die angeketteten Sklaven aus Bieme, die nur von wenigen Zunftmitgliedern bewacht werden mußten.

Aber dieses Lager hier wurde militärisch geführt. Hier wurde das Schießpulver aus Pandathaway gelagert, die Gewehre hergestellt und repariert. Bis heute – jetzt wurde das Lager abgebrochen, da Ahrmins Zunftmitglieder abziehen wollten.

Für dreihundert Männer war es schwierig, ganz leise dahinzuziehen. Nach der Vereinigung mit Prinz Uldrens holtischen Truppen würde es unmöglich sein. Aber zum Glück brauchten sie keinen Überraschungseffekt.

Das Problem mit dir, Karl Cullinane, ist nicht, daß du mich herausforderst. Wäre das alles, würde ich dich zwar dennoch töten; aber du würdest mich nicht in meinen Träumen verfolgen. Wärest du nur der Mörder meines Vaters, würde ich dich langsam töten lassen.

Aber ich habe mich geirrt: Du bist nicht nur mein Feind, du willst mir den Boden unter den Füßen wegziehen. Ich darf mir nicht den Luxus erlauben, dich langsam töten zu lassen. Es ist viel wichtiger, daß ich dich wirklich sicher umbringe.

»Bist du wegen der Meuchelmörder sicher?« fragte er Fenrius.

»Ganz sicher kann man nie sein«, antwortete der Mann vorsichtig. »Aber sie sollen sehr fähig sein. Ich bin ... zuversichtlich, daß er tot ist oder zumindest außer Gefecht gesetzt, wenn wir dort eintreffen werden.«

»Gut.« Einen Feind, der wie ein Käfer in einer verkorkten Flasche saß, mußte man nicht überraschen. Da brauchte man nur die Flasche zu erhitzen ...

»Sehr gut. Paß auf, daß die Fässer sicher verschnürt sind.« Ahrmin beugte sich aus dem Fenster und zeigte mit seiner heilen Hand auf den Wagen, auf dem die großen Pulverfässer standen. Die gut eingeölten Fässer waren so dicht, daß weder Wasser noch Luft eindringen konnte.

»Jawohl, Master Ahrmin.« Fenrius schnippte mit den Fingern, worauf sofort ein Dutzend Sklavenhändlergesellen zum Wagen eilten und die Seile nochmals überprüften.

»Hast du von den Holts was gehört?«

»Nichts Neues.« Fenrius zuckte mit den Schultern. »Prinz Uldren hatte die meisten seiner Soldaten von der Schlacht bei Arondel abgezogen, wie versprochen. Trotzdem bin ich nicht sicher, ob er die Nachricht geglaubt hat.«

»*Ich* habe sie geglaubt. Und das ist mehr als ausreichend, wie Uldren weiß.« Wenn Uldren nicht an einer Zusammenarbeit interessiert gewesen wäre, hätten die Biemischen auch ordentliche Verbündete abgegeben. Vielleicht sogar noch bessere. Es erschien unwahrscheinlich, daß Pirondael einen Heimvorteil derartig dämlich verschenkt hätte wie Uldren im Norden. Ahrmin wußte genau, daß Pirondael entschlossen war, jede mögliche Gelegenheit für sich auszunutzen.

Aber es war nicht nötig gewesen, die Allianz zu wechseln. Uldren wußte, daß sein Überleben vom Pulver und den Gewehren der Sklavenhändler abhing.

»Wir dürften für diese Aufgabe wirklich mehr als genug

Leute haben«, sagte Fenrius und zeigte auf den von einer Plane bedeckten Zylinder, doppelt so groß wie ein Mensch, der auf dem letzten Wagen festgemacht war.

Ahrmin nickte. »Stimmt. Hast du die letzte Ladung aus Hivael gesehen?«

»Ja.« Fenrius nickte. »Hundert Sklaven sind heute morgen durchgekommen.«

»Ich hoffe, daß sie nicht wie der letzte Haufen sind?«

»Nein, überhaupt nicht. Baron Drahan scheint Eure Nachricht verstanden zu haben.«

Ahrmin lächelte. »Man muß nur das Pulver zurückhalten, bis er seine Verpflichtungen eingelöst hat. Und da die Sendung an Kernahan zerstört wurde, herrschte akute Knappheit.«

»Das war wirklich ein Erfolg, Master Ahrmin.« Fenrius lächelte anerkennend. »Ich habe ein Dutzend Frauen zurückbehalten. Absolut kein Ausschuß. Beste Handelsklasse, vielleicht etwas schlapp.«

»Fein. Schick mir die besten zwei zur Aufmunterung während der Fahrt.«

»Jawohl, Master Ahrmin, sofort.«

Die Fahrt würde bestimmt schrecklich schmerzhaft werden, da konnte er schon eine nette Abwechslung vertragen. »Wenn sie bei mir eingetroffen sind, rücken wir ab.«

»Jahwohl, Master Ahrmin.«

Ahrmin ließ sich nach hinten in die Kissen sinken. Bald. Bald würde es so weit sein.

Du und ich haben noch eine alte Rechnung zu begleichen, Karl Cullinane. Es ist doch nur recht und billig … wenn einer deiner eigenen Apparate dich töten wird.

Kapital zweiundzwanzig

Verrat

Wenn du einen halb verhungerten Hund auf liest und ihn rausfütterst, wird er dich nicht beißen. Das ist der Hauptunterschied zwischen einem Hund und einem Menschen.

Mark Twain

Die Nachwirkungen der Belagerung und des Kampfes waren in mehr als einer Hinsicht eine ziemliche Schweinerei. Karl war froh, die Anfänge des Wiederaufbaus Furnael und seinen Leuten überlassen zu können. Ein Krieg konnte in Wochen das ruinieren, was in Jahren aufgebaut worden war. Es würde noch lange dauern, bis die Baronie wieder einigermaßen wie früher sein würde. Es fehlten die Leute, um die Felder zu bestellen; allerdings waren dadurch auch weniger Münder zu füttern.

Auch die umliegenden Baronien waren weitgehend entvölkert, die Bewohner in Ketten als Sklaven weggeführt worden, um in den Minen von Port Orduin und Sciforth zu arbeiten, die Felder in Lundescarne zu pflügen oder bei den besseren Familien in Pandathaway als Haussklaven zu dienen.

Vielleicht würde man einige befreien können. Aber dazu bedurfte es vieler Vorbereitungen. Am wichtigsten – und am angenehmsten für Karl – war, zu essen und sich auszuruhen. Aber natürlich mußten die Feuerwaffen überholt und rapariert werden. Ranella und Slowotski arbeiteten an Läufen und Schlössern in einer Schmiede, deren Eingang streng bewacht wurde.

Da die Schmiedearbeiten an den Waffen ganz geheim bleiben mußten, konnten nicht gleichzeitig Pferde beschlagen werden, was aber auch dringend nötig war.

Karl konnte zwar kein Hufeisen schmieden; aber er konnte Eisen, die Ranella angefertigt hatte, den Pferden auf die Hufe schlagen. Natürlich mußten die Hufeisen passend gemacht werden. Dazu brauchte er einen Amboß und ein Schmiedefeuer – oder etwas Ähnliches.

Hör auf, Ellegon ... du verängstigst ... würdest du bitte ruhiger pusten! dachte Karl, als er beiseite sprang, um nicht von der braunen Stute mit dem Huf getroffen zu werden.

Beinahe hätte er Glück gehabt. Der Huf erwischte ihn nur leicht am rechten Oberschenkel. Trotzdem war es wie ein Hammerschlag, und er stürzte zu Boden.

Wütend funkelte er Theren und Migdal an, die mit dem Pferd viel Mühe hatten. »Ich dachte, ihr wolltet mir helfen, diesen Mistbock zu beschlagen«, sagte er ruhig, aus Rücksicht auf das Pferd, nicht auf sie.

»Entschuldige, Karl«, sagte Migdal und zog an den Zügeln.

Erek lief herüber und half Karl auf die Füße. Er überlegte kurz, ob er weitermachen sollte oder die Stute mit drei Eisen laufen lassen. Nein, das ging auch nicht. »Na schön, Leute, noch das eine Eisen, dann machen wir für heute Schluß.« Eigentlich machte Karl die Arbeit mit Metall und Pferden viel Freude.

Er nahm die Zange, drehte sich um und klemmte das rechte Hinterbein des Pferdes zwischen die Schenkel.

Jetzt mach mir bloß das Vieh nicht wild, okay?

Der Drache, der auf der anderen Seite der niedrigen Ziegelmauer gemütlich hinter einem quadratischen Loch lag, gab keine Antwort.

Karl bemühte sich, mit der Zange die alten Nägel zu lokkern. Das war manchmal der schlimmste Teil der Areit, vor allem, wenn das Eisen sehr eingewachsen war.

Endlich hatte er das alte Eisen abgemacht. Er warf es auf einen großen Haufen. Dann nahm er das Messer zum Trimmen des Hufs, ehe er sich von Erek den Hobel geben ließ.

Endlich war der Huf einigermaßen glatt, auch um die alten Nagellöcher herum. Er ließ sich ein Eisen geben.

Verdammt! »Habt ihr ein weniger rundes?«

Erek gab ihm ein anderes Eisen. Besser, aber nicht ganz.

Dazu bin ich doch da, oder?

Karl ging zu der niedrigen Mauer hinüber. Gleich neben dem etwa ein Quadratfuß großen Loch stand ein kleiner Amboß. Karl hielt das Eisen mit einer langen Zange durchs Loch.

Ellegon pustete Feuer. Karl mußte die Augen schließen, als ihm die Flammen entgegenschlugen.

Das müßte reichen.

Karl holte das rotglühende Hufeisen durch das Loch zurück und legte es auf den Amboß. Nach ein paar schnellen Schlägen mit dem Hammer tauchte Karl es in einen Eimer mit Wasser. Es dampfte und zischte. Dann ging er zur Stute und paßte das Eisen an. Nicht schlecht.

Noch einmal ging er zu Ellegon, um das Eisen zu erhitzen. Ein paar Schläge, ablöschen und dann auf den Huf. Es rauchte, als er das Eisen aufdrückte.

Schnell nagelte er es fest. Noch immer pochte es in seinem Oberschenkel, wo die Stute ihn getreten hatte.

Genug. Er ließ den Fuß sinken. »Feilt die Kanten rund«, sagte er zu Migdal. »Ich mache Schluß.«

Er schaute im Abendsonnenschein zum Wächter auf der Burgmauer hinauf. Ihn brauchte er nicht zu fragen. Wenn der Mann etwas Ungewöhnliches bemerkt hätte, hätte er sofort Alarm gegeben.

Wo ist Andy? dachte er, als er den Lederschurz ablegte und statt der Werkzeuge wieder zu Schwert, Pistolen und Pulverbeutel griff.

Oben in euren Zimmern, sagte Ellegon. *Sie arbeitet mit Henrad.*

Kannst du unterbrechen?

Pause. *Ja, sie arbeiten nicht an etwas Gefährlichem.*

Dann übermittle bitte: Bin für heute fertig – besteht eine Möglichkeit, daß wir ein bißchen alleine sein können?

Sie sagt: »Laß mir noch eine Stunde – Henrad hat diesen Zauberspruch beinahe geschafft. Jetzt möchte ich noch nicht abbrechen.«

Ist gut. Dann kann ich noch baden.

Da hat sie dir aber einen Riesengefallen erwiesen, sagte Ellegon boshaft.

Karl lachte. »Komm schon und mach mein Badewasser heiß«, sagte er und rieb sich den Schenkel, als er über den Burghof zum Badehaus ging. Der Drache schob sich wie ein Überbus mit vier Beinen neben ihm her.

Drüben an der Ostmauer unterwies Valeran eine Gruppe im Lundischen Schwertkampf. Seine beiden Klingen blitzten im Abendsonnenschein. Karl wollte ihn nicht unterbrechen.

Aus der niedrigen Schmiede zogen Rauchwolken durch den Kamin. Zwei Wachposten standen mit dem Rücken zum Eingang davor. Man hörte drinnen das Hämmern auf Metall.

Karl nickte den Posten zu und betrat das Badehaus daneben.

Der Raum war dunkel und feucht. Karl legte seine Waffen und das Amulett auf ein Holzgestell. Dann zog er sich aus und pumpte Wasser in den Eichenbottich. Ellegon schob die Schnauzenspitze herein und steckte sie in die Wanne. Beinahe sofort begann das Wasser zu zischen und zu brodeln.

Versuch mal – aber vorsichtig.

Karl steckte die Hand ins Wasser. Es war angenehm warm.

Dann verziehe ich mich wieder.

»Wo willst du denn hin?«

Ahira braucht etwas Hilfe bei den Balken, die er aus den Tunneln der Holts holt. Ich will aber meinen Patrouillenflug erst erledigen, ehe ich zu ihm gehe.

»Prima.«

Ach, wegen Ahiras Weggehen ... soll ich ihm ...?

»Nein. Ich will nicht, daß du meine Freunde anzapfst.«

Wortlos schob sich der Drache zurück. Wind wehte Staub durch die offene Tür …

… dann Stille.

Nachdem Karl sich den gröbsten Schmutz unter dem eiskalten Wasserstrahl aus der Pumpe abgewaschen hatte, stieg er in den großen Bottich und ließ sich genüßlich ins warme Wasser gleiten. Langsam wich die Spannung aus Schultern und Halspartie. Er legte den Kopf zurück und genoß die Wärme.

Aershtyn würde schlimm werden, da bestand kein Zweifel. Wenn die Sklavenhändler so viele Sklaven hatten, wie Karl vermutete, würden sie sie auch scharf bewachen.

Und das bedeutete wahrscheinlich die Gegenwart von Gewehren. Karl war der Gedanke sehr zuwider, seine Leute gegen Gewehre vorzuschicken. So war auch Chak …

Nein! Er ballte die Fäuste. Nein, er durfte nicht dauernd an Chak denken. So war es nun einmal: Gute Menschen waren gestorben und noch mehr würden sterben in diesem Krieg.

Es gab keine leichte Lösung.

Das Wasser kühlte schnell ab.

»Wache!« rief er.

Sofort steckte Restius sein mürrisches Gesicht durch die Tür. »Habt Ihr gerufen?«

»Ja. Klopf an die Tür zur Schmiede und frage, ob Slowotski mal herkommen kann. Wenn möglich, soll er einen rotglühenden Stab mitbringen.« Er plätscherte im Wasser. »Aber einen großen.«

Restius lächelte. »Verstehe.«

Kurz darauf erschien Walter Slowotski mit einer rotglühenden Eisenstange.

»Mein lieber Mann, du gibst dich wirklich dem Luxus hin«, meinte Slowotski und tauchte die Stange ins Wasser. »Na?« Es zischte und brodelte.

»Viel besser, danke«, sagte Karl. »Ich schulde dir einen Gefallen, Walter. Wenn du das nächste Mal badest, wärme ich dein Badewasser. Einverstanden?«

»Einverstanden.« Slowotski traf keinerlei Anstalten zu gehen, sondern ließ sich auf dem Rand des Bottichs nieder. »Ich muß mit dir reden, Karl.« Er machte den Mund auf, schloß ihn aber gleich wieder.

»Na, was ist? Hemmungen mit zunehmendem Alter?«

»Nein. Es ist nur ... wie lange werden wir deiner Meinung nach hier noch brauchen?«

Karl zuckte mit den Schultern. »Na ja, ich schätze, daß wir in drei Wochen zum Aershtyn marschieren. Dort dürfte es nicht allzulange dauern. Ich will aber diesen verdammten Krieg abschließen – wie lange das dauert ...«

»So lange, wie du dich darum bemühst, ehe du aufgibst.« Slowotski nickte. »So wird's laufen, Karl. Du müßtest mal Furnaels Leute hören. Die wollen nicht nur Frieden, die wollen *Rache.*« Er zuckte mit den Achseln. »Ich kann's ihnen irgendwo nicht übelnehmen; aber darum geht es jetzt nicht.«

»Willst du wissen, wie lange dieser Krieg noch dauert?«

Slowotski sah ihm nicht in die Augen.

»Walter, nun rede schon!«

Keine Antwort.

»Geht's darum, daß du mit Kirah, Janie und Ahira nach Endell willst?«

Walter fiel der Unterkiefer herunter. »Du weißt es?«

»Andy ist draufgekommen.«

Karl stieg aus der Wanne, trocknete sich ab. Dann zog er sich an. »Was willst du von mir, Walter? Meine Erlaubnis? Die brauchst du nicht.« Er legte das Amulett an und gürtete sein Schwert um.

Slowotski schaute ihn an. »Vielleicht ... vielleicht habe ich manchmal das Gefühl, Karl, als würde ich sie brauchen. Mir geht alles hier so auf die Nerven. Ich kann mich noch an die Zeit erinnern, als es meine grausamste Tat war, einem Quarterback ein Bein zu stellen ... Ich weiß auch nicht, wie ich es sagen soll.«

Er drehte sich um und wollte gehen. Karl hielt ihn fest.

»Hör mal zu, Walter. Du brauchst meine Erlaubnis nicht;

aber wenn du meinen Segen willst, den hast du. Wir haben eine Menge zusammen durchgemacht, Walter, und ich liebe dich wie einen Bruder. Wenn du ein paar Jahre Ruhe brauchst, dann nimm sie dir! Das ist ein Befehl – kapiert?«

»Kapiert.« Slowotski lächelte gequält. »Wer weiß, vielleicht kommt's auch nicht dazu. Vielleicht werde ich am Berg Aershtyn getötet.«

»Immer optimistisch, was?«

»Immer.«

Sie traten hinaus in die goldene Abendsonne.

Walter streckte ihm die Hand hin. »Danke, Karl.« Er wollte noch mehr sagen.

Alarm! Gefahr! Warnung! ertönte die Stimme aus der Ferne.

Karl schaute hinauf. Sonst reagierte niemand.

»Was ist los, Karl?«

»Ellegon – kannst du ihn nicht auch hören?«

Slowotski schüttelte den Kopf.

Ellegon, was ist los?

Er spürte, daß Ellegon versuchte zu antworten; aber er konnte ihn nicht hören. Der Drache mußte extrem weit weg sein. Nur Karl konnte seine Worte, wenn auch bruchstückhaft, empfangen.

»Da ist etwas faul«, sagte Karl. Er hielt die Hände vor den Mund und rief zum Wächter hinauf. »Gib Alarm!«

Der Krieger begann rhythmisch auf den Alarmgong zu schlagen.

»Walter, deine Abteilung soll sich bewaffnen und die Mauer besetzen. Du übernimmst dort das Kommando. Erek! Wo, zum Teufel, steckt ...« Der Junge rannte schon zu ihm. »Nachricht an Piell und Aveneer: Ellegon hat Alarm gegeben. Grund unbekannt. Männer bewaffnen lassen und sich bei mir über Läufer melden. Ende. Nachricht an Valeran: Satteln. Männer und mein Pferd ans Haupttor bringen. Ende. Nachricht an Baron Furnael: Ärger. Bin am Haupttor. Wenn Ihr wollt, kommt mit Hauptleuten hin. Ende. Lauf!«

Karl! Die Stimme war jetzt etwas klarer. *Kannst du mich hören?*

Ja, verdammt. Ich habe Alarm gegeben. Was ist denn los?

Der Drache stürzte über die Mauer in den Burghof hinab. Dicke Staubwolken wirbelten auf. *Ich bin nicht sicher. Wollen wir, daß etwa fünfhundert holtische Kavalleristen einen halben Tagesritt östlich von hier auf der Prinzenstraße dahintraben?*

»Nein ... hast du *östlich* gesagt?« Das ergab doch keinen Sinn. In der Richtung lag Biemestren. Wie waren die Holts so weit nach Bieme eingedrungen und warum? Es war auch taktisch nicht zu verstehen, nachdem Karl die Belagerung beendet hatte.

Sie konnten in Marsch gesetzt worden sein, als die Belagerung noch stattfand. Aber selbst wenn sie als Entsatztruppen kämen, wären sie aus dem Westen gekommen, durch Holtun.

Es ergab wirklich keinen Sinn, es sei denn ... »Ellegon, sieh mal, was auf der westlichen Straße los ist. Sofort.«

Die westliche Straße?

»Ja, verdammt noch mal.« Das war die einzige Erklärung. Eine Kavallerietruppe von dieser Stärke würde nicht als Entsatz geschickt werden. Sie sollte eine Flucht verhindern.

Eine Flucht wovor? Vor dem, was auch immer aus Westen kam. »Jetzt schwing dich in die Lüfte. Flieg einen hübschen, hohen Erkundungsflug. Dann komm sofort zurück.«

Aber gerne. Die Lederschwingen setzten sich in Bewegung. Der Drache schwang sich in die Lüfte und zog über die Mauer ab. *Ich werde dich ...*

Ellegon schrie. Sein Verstand öffnete sich.

Schmerz schnitt durch Karls Brust, als drei Armbrustbolzen, deren Spitzen glänzten, sich in seine breite Brust bohrten. Sie drangen durch die dicke Schuppenhaut, als wäre diese Luft. Er versuchte, mit den Flügeln zu schlagen, um hochzuziehen mit letzter innerer Kraft; aber er machte eine Bruchlandung auf dem Boden und ...

»Karl!« Furnael schlug ihm nochmals ins Gesicht.

Er schüttelte den Kopf und sprang auf. »Nein! Ellegon ...«

Auf der Burgmauer feuerte ein Dutzend Gewehre eine Salve ab. Slowotski rief herunter: »Der Drache ist *unten*. Wir haben vier Armbrustschützen zurück in den Wald gejagt.«

Hufen klapperten, als Valeran mit Stick am Zügel und seinen zwanzig berittenen Mann erschien.

Karl sprang in den Sattel und stürmte durch das Tor. Valeran und seine Männer galoppierten hinterher.

Ellegon lag neben der Straße und wand sich vor Schmerzen. Seine Schreie und sein Stöhnen klang merkwürdig tierisch. Mit dem Schwanz und seinen dicken Beinen peitschte er den Staub auf.

Karl sprang aus dem Sattel. »Los«, rief er Valeran zu, »bring mir die vier. Sie müssen sterben!«

Man konnte nichts tun. Der Drache lag da und starb langsam. Drachenbann war tödliches Gift für Ellegon. Mit jeder Sekunde arbeitete es sich weiter in seinem Körper vor.

Nein, ich gebe nicht auf. Ellegon hatte den ersten Kontakt mit diesem Zeug auch überlebt. Vielleicht hatte er auch diesmal eine Chance zu überleben, wenn man das Gift herausholte – aber wie? Karl konnte nicht einmal die Schmerzmauer im Kopf des Tieres durchstoßen.

Ich muß, Ellegon, dachte er. *Kannst du mich hören?*

Ja. Aber das Wort war von grauenvollen Schmerzwellen begleitet. Karl griff sich an die Brust und fiel zu Boden.

Nein, dachte er, dann wurde die Gedankenverbindung schwächer. *Antworte nicht, hör nur zu! Ich werde die Bolzen entfernen. Bewege dich nicht!*

Die drei Bolzen staken in der Brust; aber so hoch, daß Karl sie nicht erreichen konnte.

Eine Hand legte sich auf seine Schulter. »Heb mich hoch, Karl!« schrie Andy-Andy ihn an. Sie hatte ein Messer mit einer langen Klinge in der Hand. Karl verschränkte die Hände, damit sie draufsteigen konnte, und hob sie so hoch er konnte.

Der Drache schrie wieder auf.

Beweg dich nicht, Ellegon. Wenn du uns wegschlägst, mußt du sterben.

Karl ... Seine mentale Stimme wurde schwächer. *Mein Freund ... ich fürchte, das ist der Abschied.*

»Nein, verdammt!«

»Sei ruhig!« zischte Andy ihn an. »Ich habe den zweiten schon beinahe heraus.«

Die Bewegungen des Drachen wurden matter. Sein Verstand entfernte sich immer mehr.

»Ich habe ihn! Geh jetzt fünf Schritte nach rechts, damit ich an den dritten herankomme.«

Karl schien es wie Stunden, dabei rief sie schon nach wenigen Sekunden. »Geschafft, laß mich runter!«

Er setzte sie ab und mußte sich die Tränen aus den Augen wischen. »Das reicht nicht. Wir müssen etwas gegen das Gift in die Wunden tun.«

Denk nach, verdammt! Er schaute zu den roten Löchern in Ellegons Schuppenhaut hinauf, aus denen langsam Blut quoll.

Andy-Andy barg ihren Kopf an seine Brust. »Ich glaube nicht, daß er durchkommt, Karl.« Der Drache atmete kaum noch. Es mußte doch etwas geben, diesen Drachenbann, dieses Gift aus dem Körper zu entfernen ...

»Ich hab's! Wir brennen die Wunden aus.« Er nahm sein Pulverhorn und hielt es hoch. »Mit Schießpulver!« Dann schnitt er von Andreas Gewand Stoff ab. Da hinein tat er Pulver. »Valeran, bring mir eine Fackel, schnell!«

Andreas Gesicht wurde heller. »Heb mich hoch!«

Sie kletterte auf seine Schultern. Er gab ihr das Pulverhorn und die Stoffetzen. »Stopf so viel Pulver wie möglich hinein.«

Als alle drei Wunden versorgt waren, stieg Andrea wieder herab. Karl nahm die Fackel von Valeran und hielt sie an einen Stoffetzen. Ein kurzer Knall, eine Flamme, dann beißender Rauch. Karl tat das gleiche bei den zwei anderen Wunden.

Der Drache atmete noch immer ganz schwach, zeigte aber keine Reaktion.

Andrea packte ihn am Arm. »Meinst du …?«

»Ich weiß es nicht. Wir müssen abwarten.« Dann befahl er Valeran, einen doppelten Kreis weit außer Schußweite mit seinen Männern zu bilden und den Drachen zu bewachen. »Niemand hat in Schußweite eines Bolzens etwas hier zu suchen. Verstanden? *Niemand!*«

»Verstanden.« Valeran nickte.

Karl drehte sich um »*Erek!* Alle Anführer sollen mit ihren Stellvertretern zu einer Lagebesprechung in den Speisesaal kommen. Frage den Baron um Erlaubnis und bitte ihn und Thomen auch dazu – vor allem Thomen.«

Der Junge rannte los.

Valeran wartete noch. »Karl, ich wollte dir sagen, daß wir einen geschnappt haben.« Er führte Karl auf die andere Seite des Drachen, wo ein kleiner, schmieriger Mann gefesselt und geknebelt im Gras lag. »Soll ich ihn zu Tennetty bringen?«

»Ja.«

»Anweisungen?«

»Sie soll ihn zum Reden bringen und dann langsam sterben lassen.«

Karl stand an der Stirnseite des langen Tisches und versuchte sich zu sammeln. Die anderen saßen schweigend um den Tisch herum und warteten.

Neben Karl saß Andy-Andy. Sie drückte schnell seine Hand. Neben ihr saßen Ahira und Tennetty. Ihre Gesichter waren eher teilnahmslos als ruhig. Rechts vom Zwerg hatte Piell sich auf dem hochlehnigen Stuhl zurückgelehnt und tat so, als ginge ihn das alles nichts an. Ahira gegenüber saß Walter Slowotski, neben ihm Zherr Furnael. Er sah wie eine Mischung aus dem Mann aus, der er vor sechs Jahren gewesen war und dem, der Karl am Tor begrüßt hatte. Furnael war der Schlüssel zu allem. Wenn der Baron noch ein paar Jährchen aushielt …

Thomen saß still neben seinem Vater und blickte nur umher. Seinen Augen entging nichts. Im Gegensatz zu seinem Bruder Rahff beobachtete er mehr, statt zu sprechen.

Valeran, Frandred und Aveneer saßen zusammen weiter unten am Tisch.

»Leute, es wird nicht leicht werden«, begann Karl. »Erster Punkt der Tagesordnung: wir müssen Ellegon mit Nahrung versorgen. – Wenn er überlebt. Treibt schon mal ein paar Tiere zusammen. Es müssen nicht die besten sein. Er ist nicht sehr wählerisch. Die Sache eilt aber.«

Aveneer hob den Kopf. »Ich verstehe diese Eile nicht. Das kann doch nicht nur an den fünfhundert Kavalleristen einen Tagesritt entfernt im Osten liegen, wie ich …«

»Moment«, unterbrach ihn Ahira. »Und warum nicht?«

Aveneer legte den Kopf zurück und lachte. »Vielleicht ist es dir noch nicht aufgefallen; aber Karl Cullinane gerät nicht leicht in Panik. Fünfhundert Reiter würden ihn nicht beunruhigen, nachdem wir hier die doppelte Zahl in die Flucht geschlagen haben.«

»Es geht nicht nur um die Reiter«, sagte Karl. »Die sind nur da, um uns den Fluchtweg abzuschneiden. Der Grund meiner Besorgnis ist, daß höchstwahrscheinlich zweitausend schwer bewaffnete Soldaten nur wenige Tage westlich von uns sind. Man hat mich verkauft, Leute, und Ahrmin ist auf dem Weg, um die Ware abzuholen.«

»Du beschuldigst doch hoffentlich keinen von uns«, sagte Valeran und reinigte sich mit der Dolchspitze die Fingernägel. »Ich bin zwar neu in deinen Diensten; aber ich war noch nie gern das Ziel falscher Anschuldigungen.«

Tennetty schob den Stuhl zurück und sagte, mit einer Hand am Schwertgriff: »Wenn du es warst …«

»Nein, Tennetty!« fuhr Karl sie an. »Valeran war es bestimmt nicht. Denk doch mal nach!

Holtische Kavallerie auf der Prinzenstraße aus Osten deutet doch ganz klar darauf hin, daß aus Westen sich etwas zusammenbraut. Das kann auch keine Verstärkung für die Belagerer sein – dann hätten sie nicht den Umweg über Bieme gemacht. Sieht nicht aus wie eine normale militärische Unternehmung, oder?

Der Angriff auf Ellegon ist ein klarer Beweis.« Er blickte Tennetty an. »Du hast den Gefangenen verhört. Hinter wem waren sie her?«

»Hinter Ellegon. Das hat er jedenfalls gesagt.«

»Genau. Mörder, mit Drachenbann ausgerüstet, gedungen, um Ellegon zu beseitigen. Das heißt, daß, wer auch immer hinter dieser Sache steckt, er *mich* haben will. Und wer hat so lange schon gewußt, daß ich hier bin, daß er Mörder schicken konnte?«

Die Frage stand im Raum.

»Nicht die Holts«, sagte Furnael. »Wenn sie von dir und deinen Leuten gewußt hätten, wären sie darauf vorbereitet gewesen, daß du die Belagerungstruppe angreifen würdest. Dann hätten sie nie die Reiter geopfert, die dich verfolgten, und wären auch nicht abgezogen. Willst du uns sagen, daß der, der dich verraten hat, einer aus Bieme ist, vielleicht aus Biemestren?«

Karl nickte. »Angenommen, daß ich recht habe, angenommen, daß ein großer Teil der holtischen Armee auf dem Wege hierher ist – wem würde das nützen?«

Furnael zuckte mit den Schultern. »Den Holts, natürlich, wenn sie die Burg nehmen können.«

»Unsinn! Die Holts hatten die Burg praktisch schon in der Hand. Sie hätten sie wie ein Ei geknackt, wenn sie aus dem Norden noch mehr Leute abgezogen hätten. Aber das haben sie nicht getan, oder?«

Furnael runzelte die Stirn. »Nein, aber ...«

»Wer kommt denn noch als Nutznießer in Betracht? Wer hatte die Baronie Furnael schon abgeschrieben? Wer würde nur allzu gern ein paar tausend Holts samt ihren Sklavenhändler-Verbündeten nach Süden schicken?«

»Warte!«

»Und wer würde davon profitieren, wenn die Holts im Norden geschwächt würden? Wer könnte einen Gegenangriff planen? Sagt mir, Baron, *wer?*«

»Dieser Hurensohn Pirondael!« rief Walter Slowotski. »Von seinem Standpunkt aus betrachtet, ist die Gelegenheit zu diesem Verrat ein Geschenk des Himmels. In Enkiar wußten alle, daß Ahrmin irrational handelt, wenn es um dich geht – genau wie du, wenn es um ihn geht –, warum sollte Pirondael das nicht auch gewußt haben? Er rechnet damit, daß der Dreckskerl mit allem, was er hat, hinter dir herjagt.«

Er schob den Stuhl zurück und lief hin und her. *»Scheiße,* Karl. Das ändert *alles.* Wir haben keine Rückzugmöglichkeit mehr. Selbst wenn wir uns irgendwie durch die holtische Kavallerie vor unserer Hintertür schlagen könnten, wäre es unmöglich, Hunderte von Kriegern durch Bieme zu schmuggeln.«

Furnael richtete sich hoch auf. »Bieme ist nicht euer Feind, auch nicht wenn ...«

»Blödsinn, Baron«, mischte Andy-Andy sich ein. »Wenn Euer Prinz Karl verraten hat, weiß er das auch und hat tödliche Angst vor meinem Mann – mit Recht.« Sie schaute zu Karl auf.

Furnael schüttelte den Kopf. »Ich kann es einfach nicht glauben. Mein Prinz würde seine Krone nicht derartig entehren.«

»Du verwechselst den Mythos mit der Realität, Zherr. Eine Krone auf dem Kopf macht noch keinen Ehrenmann.« Karl wandte sich an Slowotski. »Walter, wie viele Männer könntest du an den Holts vorbeischmuggeln?«

»Kann ich nicht sagen. Willst du mich nach Biemestren zurückschicken?«

Karl nickte.

»Na ja, und was soll ich dort machen?«

»Stell fest, ob Pirondael uns tatsächlich verraten hat. Wenn ich mich täusche, ist es leicht: Dann überrede ihn, uns Verstärkung zu schicken.«

»Wenn du das für leicht hältst, was ist dann bitte schwer?«

»Sollte ich recht haben, ist es an der Zeit, einen neuen Prinzen unter Pirondaels Krone zu setzen. Und dann sorge dafür, daß der neue Prinz uns Verstärkung schickt.«

»Wen?« fuhr Furnael auf. »Beide Söhne meines Prinzen sind in diesem verfluchten Krieg gefallen. Evalyn ist schon viel zu alt, um noch ein Kind zu gebären. Die Nachfolge ist unsicher. Den größten Anspruch hat wahrscheinlich Baron Tyrnael.«

»Nicht, wenn wir die Krone auf *dein* Haupt setzen, Zherr.« Karl blickte dem Baron lange in die Augen. »Nicht, wenn wir Pirondael ... überreden, zu deinen Gunsten abzudanken.«

Furnael blickte zurück. »Forderst du mich zum Verrat auf, Karl Cullinane?«

»Aber wenn ich nun recht habe? Wenn er dich, deine Baronie und deinen Sohn verraten hat?« Karl zeigte auf Thomen. »Er wird hier so sicher wie wir alle sterben.«

Furnael lehnte sich zurück und schloß die Augen. »So weit ist es nun gekommen.« Er schüttelte den Kopf. »Nein! Wie kann ich herausfinden, ob Pirondael schuldig ist, wenn ich hier meine Burg verteidigen muß? Ich kann nicht an zwei Orten zu gleicher Zeit sein.«

»Das kannst du nicht; aber du kannst mit Slowotski gehen und dir selbst ein Urteil über Pirondael bilden.« Langsam zog Karl sein Schwert heraus und balancierte es auf den ausgestreckten Handflächen. »Wir verschanzen uns hier. Ehe Ellegon nicht wieder gesund ist, kann ich nirgendwohin. Ich werde die Burg Furnael nach besten Kräften verteidigen. Darauf hast du das Wort von Karl Cullinane.«

Furnael überlegte, nickte aber dann. »Einverstanden.«

»Gut.« Karl steckte das Schwert wieder in die Scheide.

»Walter, am besten reitest du vor Sonnenaufgang. Wie viele willst du mitnehmen? Dreißig, vierzig?«

»Quatsch! Das wäre glatter Selbstmord. Nur eine ganz kleine Gruppe hat eine Chance durchzukommen und sich in die Burg zu schleichen.« Er lehnte sich zurück und überlegte eine Zeitlang mit geschlossenen Augen. »Okay. Die Gruppe besteht aus mir, dem Baron, entweder Henrad oder Andrea ...«

»Nicht Andy. Ich brauche ein bißchen Magie. Ferner jemand für die Pferde – Restius wäre gut – und noch einer, Ahira?«

Der Zwerg nickte. »Ich hatte gehofft, du würdest mich fragen.« Ahira stand auf. »Dann sollten wir uns gleich um die Ausrüstung kümmern.« Er schaute Karl an. »Bist du auch sicher, daß du hier durchhältst, bis wir dir zu Hilfe kommen?«

»Nein. Aber ich muß. Siehst du eine andere Möglichkeit?«

»Nein.«

Karl klatschte in die Hände. »Also, Leute, dann ran an die Arbeit.«

Kapitel dreiundzwanzig

Wieder in Biemestren

Das ist ein schlechter Plan, der keine Abänderung zuläßt.

Publius Syrus

Walter Slowotski bewegte sich schnell in der Dunkelheit. Wie ein Geist huschte er durch die Schatten der Burg von Biemestren.

Knapp zweihundert Meter westlich klebte ein Dutzend Katen am äußeren Mauerwall wie Moos an einem Baum. Nicht ganz vierhundert Meter nach Osten lag das Haupttor. Aber dieser Abschnitt hier war verlassen. Das Gras wuchs fast in Brusthöhe.

»Nur noch ein paar Schritte, Baron«, flüsterte er. Der Baron keuchte. Das war auch keine Aufgabe für einen alten Mann; aber es war offensichtlich ein lebenswichtiger Bestandteil des Planes, den Baron auf den Thron zu bringen.

Links von Walter stolperte Henrad. Ahira packte ihn von hinten, ehe der Junge hinfiel.

Slowotski schüttelte den Kopf. Henrad mochte vielleicht ein halbwegs guter Zauberlehrling sein; aber im Anschleichen so nützlich wie eine Kuh mit Glocke. Er schaute sich dauernd um, als könne er sehen, was in weiter Ferne in Furnael geschah.

Walter schüttelte den Kopf. Aber auch seine Gedanken schweiften ab. Es würde schlimm werden, wenn die Sklavenhändler und die Holts die Burg ernsthaft angriffen …

Jetzt muß ich aber auf diese Burg konzentrieren, dachte er. Sie schien nur leicht bewacht zu sein. Auf der Brustwehr über ihnen herrschte tiefe Stille, als sich die vier unten an die Mauer preßten. Das war gut so. Die festen Zinnen standen einladend da.

Ahira stieß ihn an. »Fertig? Oder willst du dich ausruhen?«

Slowotski schüttelte den Kopf. »Wir Menschenfliegen brauchen uns nicht auszuruhen.«

Walter zog seine Kletterhandschuhe aus Wildleder an, während Ahira ein langes geflochtenes Lederseil von der Schulter nahm. Ahira nahm Maß nach oben, wirbelte das Lasso und warf.

Die Schlinge legte sich um eine Zinne. Ahira zog es straff.

»Du bist dran«, sagte Ahira.

Walter kletterte wie ein Eichhörnchen am Lasso hinauf. Oben duckte er sich und lauschte. In der Nacht waren die Ohren ebenso wichtig wie die Augen. Eine Ledersohle auf Steinboden konnte man mehrere hundert Meter weit hören.

Etwa auf der Hälfte der Rundung der Außenmauer lag das Haupttor. Dort leuchtete ein Wachfeuer. Walter schloß die Augen und lauschte. Nichts außer den üblichen Nachtgeräuschen.

Er zog dreimal am Seil, wartete und zog noch zweimal. Wenig später war Ahira an seiner Seite. Sie machten unten auch eine Schlinge und holten damit Furnael und Henrad herauf. Restius war bei den Pferden geblieben.

»Und jetzt?« fragte Ahira flüsternd. Er rollte das Lasso zusammen und befestigte es am Gürtel.

»Bleibt einen Moment hier«, flüsterte Walter. Es war noch weit vor Mitternacht, genügend Zeit, die Dunkelheit auszunützen.

Er fand eine Steintreppe in der Nähe und holte die anderen. Leise stiegen sie die Stufen hinab, die in den Hof führten. Dann schlichen sie durch das Gras an der Mauer. Walter fragte Henrad: »Spürst du irgend etwas?«

Der Junge schüttelte den Kopf. »Nichts. Ich glaube nicht, daß ein Zauberer in der Nähe ist, außer mir.«

Ahira schnaubte verächtlich. »Schnapp bloß nicht über, Henrad.«

Die Abwesenheit von Pirondaels Magier erstaunte Walter im ersten Augenblick.

Eigentlich war es klar: Furnaels Magier war bei Beginn des Krieges auch desertiert. Die meisten Magier schienen ausgesprochene Feiglinge zu sein, was körperliche Gefahr anging. Da bei einem Kampf die Partei mit einem aktiven Magier im Vorteil war, mußte der Gegner immer versuchen, diesen Magier zu töten.

Deshalb hielten sich mit Ausnahme der wirklich mächtigen Magier die meisten aus einem Kampf heraus.

»Henrad«, flüsterte Walter. »Halt dich bereit, jeden Wachposten sofort auszuschalten, ehe er einen Schrei ausstoßen kann. Schick sie schlafen, verstanden?«

»Jawohl, Walter Slowotski.«

Die innere Burgmauer war schwieriger zu überwinden, weil hier ständig Wachen ihre Runden drehten. Man hörte ihre Sandalen.

Walter befahl den anderen zu warten. Er wollte sich ans Tor schleichen und sehen, ob das Fallgatter hochgezogen war. Das Gatter war zwar oben, aber es brannten so viele Fackeln in der Nähe des Tores, daß sie sich unmöglich hindurchschleichen konnten.

Verdammt.

Er schlich zurück und flüsterte Ahira ins Ohr: »Wir können nicht durchs Tor. Hol das Seil raus; aber diesmal ist es schwieriger. Alles hängt vom richtigen Timing ab.«

Wenn er sich nicht irrte, kam der Wächter oben alle fünfzehn Minuten vorbei. Das ließ ihnen nicht viel Zeit. Sobald die Schritte oben verklungen waren, nickte Walter dem Zwerg zu. »Jetzt.«

Wieder schwang Ahira das Seil wie ein Lasso. Der erste Versuch mißglückte; aber beim zweiten Mal saß die Schlinge fest um die Zinne. Walter kletterte behende hinauf und schaute sich um. Nichts.

Wieder zog er am Seil, Ahira kam und zog mit ihm die anderen beiden nach.

So weit, so gut!

Sie fanden wieder eine Treppe, die in den inneren Hof führte.

»Henrad«, flüsterte Walter. »Lokalisiere sie – aber sei nicht zu laut!«

»Jawohl, Walter Slowotski, wird erledigt«, antwortete der Junge etwas zu selbstzufrieden. Ein Lokalisierungszauber auf so geringe Entfernung war wirklich nicht sehr schwierig, zumal das Objekt seiner Suche dem Magier gut bekannt war.

Während der Junge die Worte murmelte, die man zwar hörte, aber sogleich wieder vergaß, blickte Walter auf sein Amulett. Es leuchtete nur schwach auf.

Trotzdem nahm er es ab und steckte es in eine Tasche seiner Pluderhosen. Es leuchtete zwar nur schwach, aber warum etwas riskieren?

»Sie ist ... in einem Gemach im ersten Stock des Bergfrieds, direkt gegenüber von einer Wachstube. Beralyn ist ... wach. In ihrem Vorzimmer ist eine Zofe, die aber zu schlafen scheint.«

Walter wandte sich an Furnael. »Wißt Ihr, wo dies Gemach ist?«

Furnael nickte mit grimmigem Gesicht. »Allerdings. Was macht Ihr wegen der Wachen? Selbst, wenn Karls Anschuldigungen gegen Prinz Pirondael stimmen, tragen sie keine Schuld.«

»Ich will ihr Blut nicht«, antwortete Walter. *»Habt Ihr ›Prinz Pirondael‹ gesagt, Baron? Ihr nennt ihn nicht mehr ›mein Prinz‹? Ausgezeichnet.«* Anscheinend fing Furnael an, Karl zu glauben. »Keine Angst, ich werde sie nicht töten.« Er nickte Ahira zu. »Gehen wir.«

Nach all den Schwierigkeiten, die Mauern zu überwinden, war es beinahe langweilig, in den Wohnturm einzudringen.

Sie warteten einfach im Schatten neben dem steinernen Eingangsbogen, bis sie nichts mehr hörten, und gingen durch das Tor hinein, dann eine dunkle Steintreppe nach oben.

Walter hielt seine Wurfmesser griffbereit. Er wollte zwar nicht das Blut Unschuldiger vergießen; aber wenn sie entdeckt würden, würde Blut fließen.

Und wenn schon jemand bluten muß, dann wäre es mir lieber, wenn es nicht gerade meine Wenigkeit wäre. Das war doch nur fair. Schließlich bestand das Universum aus Abermillionen von Menschen, die zusammen Abermillionen Gallonen Blut hatten. Walter Slowotski hatte nur seine mickrigen paar Liter, die er ständig hervorragend einsetzte.

Sie kamen in den ersten Stock und schlichen sich in die Halle. Die Tür zu Beralyns Gemächern stand offen. Das Vorzimmer wurde beleuchtet. Walter hörte leise Unterhaltung. Es waren seiner Schätzung nach vier bis acht Soldaten in der Wachstube.

Er nickte Henrad zu. »Zeig noch mal, was du kannst.« Dann wandte er sich Ahira zu. »Paß auf dein Timing auf.«

Der Zwerg hob eine Augenbraue hoch. »Nervös, was?«

»Ich nervös? Überhaupt nicht«, flüsterte er zurück. »Warum sollte ich nervös sein? Mich läßt es völlig kalt, in einer Burg neben den Kasernen herumzuschleichen, beide von zwei Mauerringen umgeben, was bedeutete, daß ich mit etwas Glück in wenigen Minuten tot bin, wenn nur ein einziger Soldat Alarm schlägt. Also weswegen, zum Teufel, sollte ich nervös sein?«

Henrad kniete sich auf den Boden und murmelte Worte, die man hörte, aber sofort wieder vergaß. Die Silben verflüchtigten sich im Ohr wie Zuckerstaub auf der Zunge.

Sobald Henrad mit dem Zauberspruch fertig war, zischte Ahira trotz seiner kurzen Zwergenbeine um die Ecke in die Wachstube.

Walter wartete auf das Klirren von Stahl auf Stahl oder einen Alarmruf ...

Nichts.

Uff! Walter ging um die Ecke. Ahira hatte bereits sieben schlafenden Soldaten die Schwerter abgenommen und sie leise in eine Ecke gestellt. Als der Zwerg ihn sah, lächelte er ihm zu.

Das war geschafft! Walter gab Henrad den Befehl, gemeinsam mit dem Zwerg alle zu fesseln und zu knebeln.

Jetzt waren er und Furnael an der Reihe. Walter schlich sich zuerst ins Vorzimmer. In der Hand hielt er mehrere Riemen. Das war ein Kinderspiel. Die Zofe schlief fest am Fenster. Das Sternenlicht fiel auf ihren offenen Mund. Walter stopfte ihr schnell einen Stoffetzen hinein, den er aus seinem Beutel mit den Riemen geholt hatte, und winkte Furnael hereinzukommen und zu Beralyn zu gehen.

Die Zofe riß die Augen auf. Aber da war sie schon gefesselt. Das arme Mädchen war vor Angst halb tot. Sie tat Walter zwar leid, aber er hatte sie außer Gefecht setzen müssen.

Furnael kam aus dem anderen Zimmer. »Beralyn zieht sich nur schnell an. Sie kommt sofort.«

Anziehen? Der Teufel soll alle Weiber holen. In dieser Situation hätte Beralyn auch im Nachthemd kommen können, oder in dem, was sie sonst im Bett trug. »Großartig. Sie kann mit Ahira nachkommen.« Walter warf sich die gefesselte Zofe über die Schulter und ging hinaus.

An der Treppe zum zweiten Stock blieb Walter kurz stehen, um Mut zu fassen.

Ahira tippte ihn auf die Schulter. »Wenn du Hilfe brauchst ...«

»Dann sind wir schon totes Fleisch«, sagte er. »Ich habe keinen Schimmer, was du machen willst, wenn du da oben einen Kampf hörst – aber mach's gut!«

Er schlich sich zu Pirondaels Schlafgemach hinauf, dicht gefolgt von Furnael. Zwei Soldaten in voller Rüstung hielten vor der Tür Wache, jeder mit einem Speer in der Hand. Walter griff nach seinen Wurfmessern.

»Nein!« flüsterte Furnael und legte ihm die Hand auf die Schulter.

Zum Streiten blieb keine Zeit. Walter schob ihn beiseite.

Schmerz schoß wie eine Explosion durch seinen Kopf. Die Welt wurde grau, als starke Finger ihm das Messer aus der Hand nahmen.

Nein, dachte er, *ich kann nicht …*

Allein durch Willenskraft schaffte er es, nicht in einer Ohnmacht fortzutreiben.

Er hörte, wie Furnael auf die Wachen zuging.

»Ich bin Baron Zherr Furnael«, sagte Furnael mit fester Stimme. »Ihr werdet Prinz Pirondael sofort wecken und ihm sagen, daß ich ihn sprechen muß.«

»Was?«

»Sofort, Bursche!«

Walter sah, wie eine der Wachen im Schlafgemach verschwand. Der andere stand zwischen Furnael und der Tür.

Zum Teufel mit dir, Furnael. Walter hob ein Wurfmesser und schleuderte es auf den Soldaten. Später wußte Walter nicht mehr, ob er absichtlich so geworfen hatte, daß der Messergriff den Soldaten genau zwischen die Augen traf. Er fiel wie eine Marionette, der man die Schnüre abschneidet, zu Boden.

Walter erwischte gerade noch den Speer, ehe dieser laut auf den Boden klirren konnte. Er knebelte und fesselte den Mann blitzschnell. Erst dann schaute er Furnael an.

Der Baron sah ihn unbeteiligt an. *Wenn man das nicht wie ein Ehrenmann tun kann,* schien sein Blick zu sagen, *sollte man es gar nicht tun.*

Du kannst mich mal, dachte Walter.

Im Schlafgemach hörte man Schritte. »Der Prinz wird Euch in Kürze empfangen«, sagte der Soldat.

Dann wurden seine Augen groß. Sein Mund öffnete sich.

Aber da hatte Walter ihm schon einen Handkantenschlag gegen die Kehle versetzt. Dann schlug er noch mit den flachen Händen gegen die ungeschützten Ohren des Mannes. Er überließ den zusammenbrechenden Soldaten Furnael und stürmte mit gezücktem Wurfmesser weiter. Er betete, daß er es nicht benutzen müßte.

Der Prinz, nur im Nachthemd, war gerade dabei, seine Armbrust zu laden, als Walter hereinbrach.

Walter sprang ihn an. Beide rollten auf dem dicken Teppich herum, bis Walter den viel größeren Mann richtig in den Griff bekam.

Endlich hatte er ihm den Arm auf den Rücken gedreht, so daß Pirondael sich nicht rühren konnte. Zusätzlich hielt er ihm noch die Messerspitze direkt über die Schlagader. »Hab ich dich, du fettes Schwein«, sagte er auf englisch. Dann wechselte er zu Erendra. »Ich rate Euch zur Vorsicht, Majestät – und zum Schweigen.«

Mit etwas lauterer Stimme sagte er: »Alles klar hier, Baron.« Dann schob er den Prinzen zum Bett und warf ihn dort mit dem Gesicht nach unten hin. Furnael kam herein und zündete mehrere Lampen an. »Sucht das Bett nach Waffen ab, während ich Euren Prinzen im Auge behalte.«

Der Baron durchwühlte schnell das Bettzeug und wischte einen Dolch vom Nachttisch auf den Boden. »Sonst nichts, Walter Slowotski.«

»Gut. Ladet bitte die Armbrust und gebt sie mir.«

Furnael gehorchte.

»Setzt Euch, Baron«, sagte Walter. »Die Show fängt gleich an.« Er nahm die gespannte Armbrust, dann ließ er den Prinzen los. »Ihr könnt Euch umdrehen, Majestät«, sagte er fröhlich, nachdem er auf einem Stuhl dem Bett gegenüber Platz genommen hatte. »Ich bin als einer der besten Armbrustschützen bekann, die es je gegeben hat«, log er. »Da wo ich herkomme, hat mich ein hoher Beamter mal gezwungen, einen Apfel vom Haupt meines Sohnes aus mehreren hundert Schritt Entfernung zu schießen ... ich glaube also kaum, daß es mir schwerfallen würde, Euch einen Bolzen durch die Kehle zu jagen, falls Ihr um Hilfe schreien wollt, oder?«

Der Prinz schüttelte den Kopf.

»Ich kann Euch nicht hören.«

»Nein, nein«, flüsterte der Prinz.

»Nein, nicht flüstern!« sagte Walter. »Nichts erweckt

mehr Aufmerksamkeit als eine Flüsterstimme.« Beinahe mußte er lachen, als der Prinz ihn anblickte, als sei er verrückt. »Sprecht ganz normal. Nun ... Karl Cullinane läßt Euch grüßen. Karl ist ein wenig verärgert, daß Ihr uns verraten habt. Daher hat er mich, den Baron und Ellegon geschickt, um von Euch eine Erklärung zu erhalten und zurückzubringen.«

Der Prinz brauchte einen Herzschlag zu lange, um erstaunt und überrascht auszusehen..

»Dann stimmt es also!« zischte Furnael durch die Zähne. »Die ganze Zeit hatte ich gewünscht, es gäbe noch eine andere Erklärung.«

»Warum, Pirondael?« fragte Walter.

Pirondael breitete die Hände aus. »Ich weiß überhaupt nicht, wovon Ihr sprecht, Walter Slowotski. Ich ... habe niemanden verraten.«

»Und wie erklärst du dir dann, daß die Holts Bescheid wußten und Mörder mit Drachenbann vorausschickten? Außer meinen eigenen Leuten wußten nur vier Menschen Bescheid: zwei deiner Soldaten, Beralyn und *du*. Keiner der anderen drei hat einen Grund, uns zu verraten. Du schon. Es hat nicht geklappt, aber ...« Walter schaute zum Fenster. »Ellegon ist wütend. Er wird es dir vor morgen früh noch persönlich darlegen.« Walter stand auf und lehnte sich gegen die Wand. »Wir müssen also ein bißchen warten.«

»Was ist mit dem Drachen?« fragte Pirondael mit etwas höherer Stimme.

Walter ignorierte die Frage und wandte sich an Furnael. »Wißt Ihr, warum die Leute Drachen nicht leiden können, Baron?«

»Nein, Walter Slowotski. Das weiß ich nicht.«

»Das liegt nicht nur daran, daß sie groß sind und Fleisch fressen, obwohl das auch eine Rolle spielt. Nein, der wahre Grund – *keine Bewegung, Pirondael!*« Gehorsam faltete der Prinz wieder die Hände im Schoß.

»Der wahre Grund«, fuhr Walter fort, »ist, daß Drachen Gedanken lesen können. Sie wissen, was man denkt.

Wenn das nicht reicht, können sie sogar tiefer bohren, nach allem, was man je gemacht hat. Jedes dreckige, kleine Geheimnis: jeden Verrat, Pirondael.«

»Ich habe niemanden verraten, Walter Slowotski.«

Slowotski zuckte mit den Schultern. »Erzähl das Ellegon. Er wird dich fressen, wenn du uns verraten hast. Schade, der Baron würde dich nur verbannen und dich mit einer kleinen Truppe und viel Gold abziehen lassen.«

»*Mich* verbannen?«

»Du kannst den Drachenzähnen auch entgehen, wenn du zugunsten von Baron Furnael abdankst.«

Pirondael lachte höhnisch. »Darum geht es also!« Sein Gesicht wurde ernst. »Das hätte ich nie von dir gedacht, Zherr. Ich hätte dich wirklich nicht für einen Verräter gehalten.«

»*Verräter?*« Furnael fuhr hoch. »Du nennst mich einen Verräter? Ich habe keinen ungetreuen Atemzug getan, Pirondael, bis ich davon überzeugt war, daß du meine Baronie, meine Leute und meine Freunde verkauft hast.«

»Haha! *Verkauft!* Die Baronie war doch schon längst verloren. Und was hätte deine Leiche Bieme noch nützen können?«

»Ich habe *ausgehalten!*« Furnael schlug mit der Faust gegen die Wand. »Wenn nötig, werde ich für immer aushalten. Aber du – du hast uns wie Schachfiguren behandelt.«

»Erspart mir Eure noble Schauspielerei, Baron. Versetzt Euch an meine Stelle: was hättet Ihr gemacht?«

Furnael schwieg einen Augenblick. »Ich weiß es nicht«, sagte er ruhig. »Aber ich hätte mein Wort gehalten, Pirondael, wie ich es immer getan habe.«

»Was seid Ihr doch für ein Ehrenmann«, höhnte Pirondael. »Ich habe getan, was ich für Bieme für das Beste hielt. Dafür schäme ich mich auch nicht.«

»Nein, das tust du nicht. Aber du solltest es.«

Furnael riß die Tür auf. Pirondael konnte zehn seiner Wachen gefesselt und geknebelt dastehen sehen. Ahira, Henrad und Beralyn mit gezückten Schwertern daneben.

Furnael nahm dem Hauptmann der Wache den Knebel aus dem Mund. »Was sagt Ihr dazu, Hauptmann?«

Da die Tür nicht fest geschlossen war, hatte man draußen alles mithören können.

Jetzt geht's rund, dachte Walter. Alles hing davon ab, welcher Typ Soldat dieser Hauptmann war. Wenn er auf Gedeih und Verderb zu dem Mann hielt, dem er die Treue geschworen hatte, ganz gleich, was dieser tat, dann waren sie verloren.

Wenn aber für Pirondaels Hauptmann wichtig war, daß sein Prinz ein Ehrenmann war und nicht der schleimigen Opportunist, als der er sich erwiesen hatte …

Der Hauptmann stand wortlos da. Tränen liefen über seine Wangen. »Ich hätte euch bis zum letzten Bluttropfen gedient, *Majestät*«, sagte er, wobei er den Titel wie einen Fluch aussprach. »Ich hätte deinen Körper mit meinem Leben verteidigt, du Schwein.« Er wandte sich an Walter. »Ihr habt also vor, Baron Furnael auf den Thron zu erheben?« fragte er ruhig.

»Allerdings. Er hat ebensoviel Anspruch wie irgendein anderer, und er wird weder sein Volk noch seine Freunde verraten.«

»Und was wollt Ihr *damit* machen?« Er deutete mit dem Daumen auf den Prinz.

»Wenn er zugunsten von Baron Furnael abdankt, ist das Sache des Barons, oder?«

»Verbannung«, sagte Furnael, »wenn er abdankt.«

»Sehr großherzig«, meinte der Hauptmann. Er streckte Ahira die Hand entgegen. »Gebt mir ein Schwert.«

Ahira hob fragend die Brauen. *Na?*

Furnael wartete nicht. Er zog sein Schwert aus der Scheide und warf es mit dem Knauf voraus dem Hauptmann zu. Er fing es auf und balancierte es auf den ausgestreckten Handflächen.

»Ich schwöre Euch Treue, Zherr Furnael«, erklärte er feierlich. »Auf solange, wie Ihr meiner Treue würdig seid.«

Dann wollte er das Schwert zurückgeben.

»Behalte es«, sagte der Baron. »Und was ist mit den anderen?«

Der Hauptmann nickte. »Das sind meine Männer, Majestät. Ich würde sie nicht in meiner Umgebung dulden, wären sie es nicht wert.«

»Dann bindet sie los, Freund Ahira.«

»*Verzeihung*«, mischte sich Walter ein. »Wenn Ihr einen Moment lang mit dem Spiel ›Küß-meinen-Ring‹ aufhören könntet? Wir müssen noch die Abdankung hinter uns bringen.«

Das Schwert sauste durch die Luft, bis seine Spitze direkt unter Pirondaels Kinn stehenblieb. Den Griff hielt der Hauptmann fest in der Hand. »Ich glaube nicht, daß wir da Probleme haben«, meinte er. »Oder, Pirondael?«

»N-nein, ich danke ab zugungsten von Tyr ...« Der Prinz mußte heftig husten, nachdem ihm die flache Klinge des Hauptmanns vor die Kehle geschlagen hatte.

»*Nein.* Wir haben die Wahl, nicht du!« fuhr ihn der Hauptmann an. »Einverstanden? Dann nicke kräftiger, Pirondael. Gut. Taren, hol Papier und Feder und auch den Siegelbewahrer. Keinerlei Erklärungen – bring ihn her.«

Walter blickte Furnael an.

Der Baron lachte. »Wenn Ihr diesem Hauptmann – wie ist Euer Name?«

»Garavar, Majestät.«

»Noch nicht Majestät. Wie gesagt, Walter Slowotski, wenn Ihr Garavar nicht trauen wollt, der sonst der Hauptmann meiner Leibgarde sein wird, höre ich gern andere Vorschläge.«

Walter lachte und zeigte mit der Armbrust zur Tür. »Lauf zu.«

Das war ein Fehler. Er wußte auch später nicht, woher Pirondael das Messer hatte. Sechs Zoll blitzenden Stahls sausten durch die Luft, bis sie von Furnaels Kehle aufgehalten wurden.

Walter zielte auf Pirondaels Brust und schoß. Der Bolzen blieb in der Schulter des Prinzen stecken. Walter schleuderte ein Wurfmesser hinterher und genoß den Klang, als sich die Klinge in Pirondaels Brust grub, direkt über dem Herzen. Das nächste Messer heftete die Handfläche des Prinzen ans Kopfteil des Bettes.

Walter ließ die Armbrust sinken und lief zu Furnael. Da würde auch kein Heiltrank mehr helfen.

Furnael war tot.

Er ging in die Knie. Erst Garavars Schütteln riß ihn aus der Betäubung.

Beralyn hielt ihren toten Gatten im Schoß. Sein Gesicht war unter ihrem Haar verborgen. Vorher hatte sie den Tod ihres Gatten beinahe gleichgültig erwartet; aber jetzt war sie tief getroffen.

Er schaute zum Bett hinüber. Pirondaels leere Augen starrten zurück.

Garavar schüttelte ihn wieder an der Schulter. »Was machen wir jetzt, Walter Slowotski? Habt Ihr irgendwelche guten Ideen?«

Walter stand auf und zwang sich zu nicken. *Scheiße! Jetzt muß mir aber blitzschnell was einfallen. Technisch gesehen ist jemand wie Tyrnael der Erbe – oder Thomen, wenn wir davon ausgehen, daß Furnael tatsächlich zugunsten Furnaels abdankte. Ich glaube, wir können seine Finger lange genug um das Siegel drücken, um alles, was wir brauchen, zu siegeln.*

Aber das reicht nicht. Tyrnael würde unsere Köpfe haben wollen, nur aus Prinzip, und Bieme braucht auch keinen sechzehn Jahre alten Prinzen oder eine Art Regentschaft.

»Ja, ich habe eine Idee«, erklärte er. »Pirondael dankte doch ab zugunsten der Person, die wir wählen, richtig?« Er holte tief Luft.

Vergib mir, mein Freund. »Also ...«

Kapitel vierundzwanzig

Die Verteidigung der Burg Furnael

Es gibt keine menschliche Tätigkeit,
die mit dem Zufall so beständig
und so allgemein in Berührung stände wie der Krieg.

Carl von Clausewitz

Karl Cullinane stand auf der Brustwehr und schaute hinaus dorthin, wo die Holts warteten. Sein Augen tränten, teils vom Glanz der Abendsonne, teils vom beißenden Rauch, den die leichte Brise auf ihn zutrieb.

»Feuer einstellen«, rief er mit gezücktem Schwert. Sein Befehl pflanzte sich in den Reihen der zweihundert Gewehrschützen fort. Das Schießen hörte auf. »Reinigen und wieder laden; nur Öllappen verwenden«, sagte er. »Aveneer, übernimm. Nur auf vernünftige Ziele schießen.«

Er kletterte die Leiter in den Hof hinunter und ging zu Ellegon hinüber. Die Augen des Drachen waren schrecklich trübe; aber es schimmerte noch ein Fünkchen Leben in ihnen.

Was ist los, Karl? Ellegons mentale Stimme war noch schwach, wurde aber mit jedem Tag stärker. Heute hatte der Drache sogar den Kopf heben können.

»Keine Ahnung.« Er rieb die harten Schuppen am Kinn des Drachen. »Sie verlegen die Truppen ein Stück, sonst nichts.« Diese Truppenbewegungen machten nur die Verteidiger nervös, dienten aber sonst keinem Zweck. Noch sah es nicht so aus, als würden die Holts zum Sturm ansetzen. Noch nicht.

Es ergab einfach keinen Sinn. Laut Tennettys letztem Erkundungsbericht taten die Holts absolut nichts. Sie hielten nur die Stellungen. Sie bauten keine Sturmleitern, keine Rammböcke, keine Tunnel. Zwischen dreitausendzweihundert und viertausend holtischen Soldaten lagen da draußen und warteten.

Jetzt weiß ich, wie sich eine Kerze auf einer Geburtstagstorte vorkommt. Aber selbst wenn Ahrmin auf dem Anmarsch ist – warum warten sie?

Ich weiß es auch nicht. Hat Tennetty eine Idee?

Da wir gerade von Tennetty sprechen ... wo ist sie eigentlich?

Auf der nördlichen Brustwehr. Ich habe schon nach ihr geschickt. Sie kommt.

»Scht. Spare deine Kraft. Schlaf, wenn du kannst.«

Junge Drachen brauchen nicht viel Schlaf.

»Du siehst im Augenblick aber gar nicht jung aus.«

Stimmt. Die tellergroßen Augen klappten zu.

Tennetty kletterte die Leitersprossen herunter.

»Du willst mich sprechen?« fragte sie und rieb sich die Stelle unter der Augenklappe.

»Ich hatte es vor – aber Ellegon war schneller.« Er drehte an der Kurbel des Brunnens in der Mitte des Burghofs. Sobald der Eimer oben war, schöpfte er zuerst für Tennetty eine Kelle Wasser, dann für sich selbst.

Das Wasser war herrlich kühl, als er es in den Mund, über Bart und Brust laufen ließ.

Das war das Schöne an der momentanen Situation: Alle Sinne waren hellwach. Alles schmeckte besser, sogar das leicht metallische Wasser des Brunnens.

»Los, schneller!« ertönte Aveneers tiefer Baß, als er die zweihundert Schützen herunterbrachte und für die Nacht einteilte.

Karl nickte zufrieden. Die Holts würden zwar kaum einen hinterlistigen Nachtangriff versuchen; aber warum ein Risiko eingehen?

Er wandte sich Tennetty zu. »Meinst du, daß wir heute nacht ungebetene Gäste bekommen werden?«

Sie schüttelte den Kopf. »Nein. Ich verstehe das nicht. Ich habe nicht gesehen, daß sie an irgendwelchen Leitern oder Rammböcken bauen.«

Er nickte. »Ich auch nicht. Es ist, als ob wir alle auf etwas oder jemand warten würden. Aber ich verstehe nicht, warum.«

»Ahrmin natürlich. Ich verstehe, daß er beim Ende dabeisein will.« Sie spielte mit dem Amulett an ihrem Hals. »Aber warum warten die Holts auf ihn?«

»Ich weiß es nicht.«

Tennetty legte den Kopf schief. »Soll ich es rausfinden?«

»Was hältst du davon, wenn *wir* es rausfinden?«

Sie schüttelte den Kopf. »Du kannst dich nicht gut genug anschleichen. Vielleicht Piell und ich?«

»Ich habe eine bessere Idee. Reden wir mit Andy-Andy.« Sie gingen zu den Zimmern, die er mit Andrea bewohnte.

Andy-Andy saß vor einer flackernden Lampe, die auf einem großen Holztisch stand. Vor ihr lag ein aufgeschlagenes großes, in Leder gebundenes Buch, in dem sie aufmerksam die Worte las, die Karl nicht sehen konnte.

Er wollte sie nicht bei ihrem Studium stören; deshalb wartete er bis sie aufblickte, ehe er sich räusperte.

»Karl.« Sie lächelte ihn an. Dann stand sie auf und streckte sich in ihren langen Gewändern wie eine Katze. »Bleiben sie immer noch außer Schußweite?«

»Allerdings. Das ist die komischste Belagerung, die ich je gesehen habe. Wie steht's mit deinen Unsichtbarkeitszaubersprüchen?«

»Gut genug«, sagte sie und blickte ihn an. »Hast du die Absicht, einen kleinen Abendspaziergang zu machen?«

»Tennetty und ich würden gerne gehen, wenn du das machen kannst.«

Die Spannung zwischen Karl und ihr war in den letzten Tagen verschwunden. Nach Chaks Tod brauchte er jemanden um sich, mit dem er gewohnt war zusammenzuarbeiten. Piell war mit seiner Abteilung Langbogenschützen beschäftigt, Walter und Ahira waren weg – da blieb nur Tennetty von der ursprünglichen Mannschaft.

Der wahre Grund war viel einfacher: Tennetty hatte zwar in Enkiar einen grauenvollen Fehler begangen, aber es hatte keinen Sinn, ihr deshalb bis ins Grab böse zu sein. Schließlich war sie ein wahrer Freund.

»Wann wollt ihr beiden Hübschen denn los?« fragte Andy-Andy.

Er strich ihr liebevoll mit dem Daumen über das Kinn. »Gegen Mitternacht, dachte ich. Gib uns vorher noch etwas Zeit – alleine.«

»Gut.« Sie lächelte ihn wieder an. »Offensichtlich habe ich dich vorige Nacht nicht total verschlissen.«

»Offensichtlich nicht.«

Die Überzeugung, daß sein Ende nahe war, hatte ihrer körperlichen Liebe viel Leidenschaft gebracht. Er fand, daß er nicht mit sich geizen sollte, wo doch das Ende so schnell näherkam.

Falls Walter und Furnael in Biemestren Erfolg hatten, würde Hilfe kommen. Das hing aber davon ab, a) ob sie überhaupt in Biemestren angekommen waren und, was noch unglaublicher war, Furnael auf den Thron setzen konnten, b) ob Furnael sofort die Leibgarde losgeschickt hatte und c) die Garde ihm bereitwillig gehorcht hatte und d) daß sie mit genügend Soldaten kamen, um die Straßensperre der Holts im Westen zu durchbrechen. Falls das alles zutraf, könnte Entsatz in einer Woche oder so eintreffen.

Aber das würde nie geschehen.

Da die Holts keine Katapulte oder andere Belagerungsmaschinen bauten, waren bestimmt schon fertige auf dem Weg hierher.

Vielleicht war es das! Karl und die Verteidiger hatten nicht unbegrenzt Zeit. Die Holts wußten oder vermuteten, daß der Drache sich langsam innerhalb der Burgmauern erholte. Sie und die Sklavenhändler bei ihnen hatten sicher keine Lust, den Angriff so lange zu verschieben, bis Ellegon wieder einsatzfähig war.

Er schüttelte den Kopf. Verdammt noch mal, sie konnten die Burg mit Leitern erstürmen, wenn sie keine andere, weniger kostspielige Möglichkeit hatten.

Vielleicht warteten die Holts aber auch darauf, daß Ellegon gesund genug sein würde zu fliehen, statt zu kämpfen.

Und dann, Liebste, können wir weg von hier. Du, Thomen Furnael, vielleicht Erek und Ranella. Dafür würde ich sorgen.

Und dann, dachte er und nahm sie in die Arme, *hauen wir Ahrmin und den Rest dieser Bastarde so in die Pfanne, daß sie für den Rest ihres Lebens vor Angst schreiend aufwachen.*

Tennetty räusperte sich. »Soll ich ein paar Sachen zusammenpacken? Armbrüste? Andrea, kannst du die in den Zauberspruch einschließen?«

»Ja, aber ...« Andy-Andy löste sich aus seinen Armen. »Ich kann euch nicht sehr lange unsichtbar sein lassen, höchstens ein paar Minuten, da ihr zu zweit seid. Lange genug, um herauszukommen ...«

»Aber nicht lange genug, um wieder hereinzukommen, ja?« Er lächelte. »Kein Problem, wir koordinieren unsere Rückkehr mit Aveneer. Tennetty, pack eine Signalrakete ein, für jeden zwei Granaten und Zünder.« Dann deutete er mit dem Kopf zu den Schlafgemächern. »Geh schon vor, ich komme auch gleich.« Andy-Andy lächelte zurück und ging mit ihrem Zauberbuch unterm Arm weg.

Er wandte sich an Tennetty. »Ich wollte dir schon lange etwas sagen wegen ...«

»Ich weiß; schon erledigt.« Sie blickte ihn ernst an. »Das war es doch alles wert, Karl, oder?«

Tennetty, ich habe von dir noch nie gehört, daß du deiner nicht sicher bist. Das gefällt mir gar nicht.

Er zwang sich zu einem Lächeln. »Aber sicher! Und jetzt geh packen.«

Aveneer wartete auf sie am vorderen Tor. Seine Augen funkelten im Licht der Fackeln. Er schüttelte seinen großen Kopf. »Ich habe noch nie gehört, daß Generäle selbst Kundschafter spielen, Karl. Es gefällt mir überhaupt nicht.«

Frandred nickte und schüttelte ebenfalls den Kopf. »Schlechte Idee, Karl, schlechte Idee.«

Karl ging es immer auf die Nerven, daß Aveneers Adjutant alles zweimal sagte. Das erinnerte ihn an einen geistig behinderten Jungen, der sein Nachbar gewesen war vor vielen, vielen Jahren ...

Karl nickte. »Findest du, daß dein Mann besser wäre?«

»Möglich.« Aveneer nickte.

»Na prima. Dann laß ihn gehen. Aber kann er auch eine mobile Waffenschmiede von einer mobilen normalen Schmiede unterscheiden?«

»Nein, aber das ist nicht wichtig«, antwortete Aveneer. »Er muß ja nur melden, was er gesehen hat.«

»Stimmt.« Karl winkte Aveneer näher zu sich. »Und du mußt nur meine Befehle ausführen«, flüsterte er, »und mir keine guten Ratschläge geben, wie ich meine Arbeit machen soll, verstanden?«

Aveneer legte Karl die Hände auf die Schultern. »Stimmt. Aber sei vorsichtig. Du willst doch nicht vorzeitig sterben, oder? Noch irgendwelche Ratschläge, falls du nicht zurückkommst?«

»Eigentlich nur die üblichen«, sagte Karl. »Spar die Granaten bis zu allerletzt auf. Fürs beste Resultat mußt du sie gebündelt einsetzen. Sollten sie stürmen, kannst du sie mit Salven eher zurückschlagen als mit Einzelfeuer.« Er ging zum Fallgatter und schaute hinaus.

Nicht ganz fünfhundert Meter entfernt leuchteten die ersten Lagerfeuer der Feinde in der Nacht. Er ging zu Andy-Andy und Tennetty zurück.

Dann zog er sich aus. Er behielt nur die kurzen Unterhosen an, die er mit einem Strick um die Mitte festband. Diesen Trick hatte ihm Walter Slowotski vor langer Zeit beigebracht: Beim Ausspähen war es am besten, so wenig wie möglich zwischen der Haut und der Luft zu haben. Es war, als wüchsen einem neue Nerven. Wenn er fast nackt durch die Nacht kroch, kam er sich immer besonders verwundbar vor.

Tennetty schmierte ihn mit Tarnfarbe ein, band ihm die Armbrust auf den Rücken und gab ihm den Köcher mit den Bolzen, den er am rechten Oberschenkel festband.

Er betrachtete seinen Schwertgürtel. Nein. Auf einem Kundschaftergang sollte man so leicht bewaffnet wie möglich sein. Er band sich den Gurt um, steckte aber nur ein von Nehera gefertigtes Bowiemesser in die Scheide. Das konnte man immer gebrauchen.

Ach was! Er steckte das Schwert doch ein.

Tennetty war fix und fertig. Sie stand da und ballte die Fäuste.

Karl wandte sich an seine Frau. »Tu es!«

Andy-Andy murmelte die Worte des Zauberspruchs, die von einem gewöhnlichen Verstand nur vergessen, nicht bewahrt werden konnten.

Langsam wurde die Welt um ihn grau, schließlich völlig schwarz. Beim einfachen Unsichtbarkeitszauber war das Problem, daß er einen völlig transparent machte, auch die Retina. Transparente Retinas konnten nicht auf Licht reagieren.

Aber dies war kein einfacher Unsichtbarkeitszauber. Andy war noch nicht fertig. Sie streckte die Hand aus und berührte seine Stirn. Dann glitten ihre Fingerspitzen hinab, bis sie die Augenlider berührten.

Der Druck auf die Lider wurde mit den Schlußworten des Zaubers immer stärker.

Sie ließ seine Lider los. Er öffnete die Augen. Ganz in seiner Nähe konnte er die dunkle Unterbrechung sehen, die anzeigte, wo Tennettys Auge war.

Als Karl an sich herunterblickte, konnte er völlig durch sich hindurchsehen, bis auf die Abdrücke seiner Stiefel im Boden.

Er nahm Tennettys Hand.

»Gehen wir«, flüsterte er. Sie mußten sich berühren, weil sie draußen in der Dunkelheit sich gegenseitig auch nicht sehen konnten, ebensowenig wie die Holts.

Dann traten sie durch die Tür in die Nacht hinaus. Vielleicht war einem eifrigen Wachposten der Holts die offene Tür aufgefallen, und er wartete jetzt darauf, daß jemand herauskam.

Aber Karl hatte die kleine Tür fünf Nächte lang öffnen und mehrmals schließen lassen. Inzwischen mußten die Wachen annehmen, daß man sie nur an der Nase herumführen wollte.

Karl und Tennetty eilten die Straßen hinunter.

Als sie wieder sichtbar wurden, waren sie schon im Schutz der Bäume. Vor ihnen breitete sich das Hauptlager der Holts aus. Obwohl diesmal die Truppe viel größer war, hatte auch der jetzige Kommandeur, wie der vorige, drei Kavallerieeinheiten getrennt vor den Mauerabschnitten lagern lassen und das Hauptlager an derselben Stelle wie sein Vorgänger aufgeschlagen.

Aber damit endeten die Ähnlichkeiten. Dieser holtische General war sehr viel sicherheitsbewußter. Um das Lager herum brannten zwölf Wachfeuer, jedes mit wenigstens zwanzig Mann besetzt. Im Lager selbst gab es noch eine zusätzliche Sicherheitssperre. Mehrere Kastenwagen – zweifellos war einer der Wagen der ihres Magiers – bildeten eine Art Wagenburg um ein etwa vierzig Quadratmeter großes Viereck. Karl war sicher, daß sich dort das Munitionsdepot befand.

Außerdem stand dort in der Mitte ein langer Zylinder, der mit Planen zugedeckt war.

»Das Ding in der Mitte war gestern noch nicht da«, flüsterte Tennetty. »Meinst du, wir könnten da rein?«

»Wir kämen nie wieder raus.«

»Ich habe nicht vom Rauskommen gesprochen. Wenn wir ihr Magazin in die Luft jagen könnten und ihr Pulver verstreuen, würde der Tau uns die Arbeit abnehmen.«

Im Prinzip eine hervorragende Idee, aber leider nicht durchführbar. Das Innere des Lagers war viel zu gut bewacht – nicht einmal auf Wurfweite würde er herankommen.

Er schüttelte den Kopf. »Ich glaube, nicht einmal Walter käme da hinein.« Verdammt. Er hob sein Amulett hoch. Es leuchtete rot auf. Offensichtlich hatten die Holts in den letzten Tagen nicht nur dieses Ungetüm unter den Planen, sondern auch einen Magier hinzubekommen.

Er blickte zu der Eiche hinauf, neben der sie standen. Von weiter oben konnte man sich möglicherweise einen besseren Überblick über das Lager verschaffen. »Wie gut bist du im Klettern?«

»Besser als du auf alle Fälle. Und leiser. Hilf mir mal.« Schnell entledigte sich Tennetty der Waffen und Stiefel. Karl spannte beide Armbrüste und lehnte sie gegen den Stamm, ehe er Tennetty zum ersten Ast hinaufhob.

Leise kletterte sie hinauf. Sie war in den Zweigen beinahe nicht zu sehen, aber nur beinahe. Karl hörte in einiger Entfernung Schritte. Eine Patrouille war genau das, was er sich jetzt wünschte! Aber vielleicht hatte er Glück und hörte über die Pläne des Generals.

Er hatte kein Glück. Die beiden holtischen Soldaten gingen schweigend vorüber.

Kurz darauf ließ sich Tennetty geschmeidig wie eine Katze ins Gras fallen. »Wenn sie nicht noch einen anderen Krüppel bei sich haben, ist *er* da. Ich habe ihn gesehen, wie er mit dem Zauberer aus dem Pulvermagazin kam.«

»Ahrmin?«

»Wer sonst? Er zeigte dem Zauberer den Rammbock.«

»Rammbock?«

»Na das ... Ding da neben dem Magazin. Ahrmin hatte die Plane kurz weggezogen. Es ist ein Rammbock, ein verdammt großer.«

Merkwürdig. Ein Angriff mit einem Rammbock wurde nur gemacht, wenn man auch an anderer Stelle mit Katapulten angriff, weil sonst die Mannschaft am Rammbock zu leicht vom konzentrierten Beschuß der Verteidiger zurückgeworfen wurde.

Es lief ihm kalt über den Rücken.

»Beschreib mir diesen Rammbock mal.«

»Ein komisches Ding. Wie eine lange, dicke Wurst aus Metall. Etwa zweimal so lang wie du groß bist. Steht auf einem Karren, vor den sie wohl Pferde spannen wollen. Und was dieses komische Loch soll ...«

»Ein Loch?«

Ach, du lieber Gott! »Das ist kein Rammbock, das ist eine Kanone.« Darauf hatten die Holts also gewartet! Eine Kanone konnte die Mauern durchbrechen, konnte mit Kartätschen- oderr Kettenfeuer die Verteidigung oben auf den Wällen sehr schnell in blutige Fleischklumpen verwandeln. Die Holts hatten nicht angegriffen, weil sie auf diese Kanone gewartet hatten.

Das Herz schlug ihm wie verrückt. Er mußte Andy-Andy noch heute nacht herausschmuggeln lassen. Bestimmt würden die Holts morgen früh mit der Beschießung beginnen.

Aber würde sie gehen? Wer konnte sie herausbringen? Zum Teufel mit Walter Slowotski! Warum hatte er Ahira mitgenommen?

Tennetty. Sie mußte es tun.

»Was ist eine Kanone?« flüsterte Tennetty.

»Wie ein riesengroßes Gewehr, das Mauern zusammenstürzen lassen kann.«

»Zusammenstürzen – verstehe.« Sie nickte. »Und was tut man gegen eine Kanone?«

»Man verstopft sie ...« Vielleicht doch? Nein, es waren zu viele Wachposten da, außerdem der Zauberer.

»Oder man macht das, was Chak gemacht hat, nur in größerem Maßstab. Ohne Pulver ist eine Kanone nutzlos.«

Sie nickte wieder. »Dann wollen wir mal – oder?«

Lächerlich! Absolut lächerlich! Sie hatten nicht einmal die Chance eins zu einer Milliarde, durch die Reihen der Holts bis ins Magazin vorzudringen. Auch einer größeren Truppe würde das nicht gelingen.

Aber warum eine größere Truppe? Einer allein reichte vollkommen, wenn dieser eine wußte, was zu tun war. Wenn einer die Kanone verstopfen oder zum Magazin vordringen konnte, würde das Walter etwas mehr Zeit geben, Furnael auf den Thron zu setzen und mit Hilfstruppen zur Burg zurückzukehren.

Auf alle Fälle müßten die Holts dann ihre Strategie ändern und erst mal Leitern und anderes Belagerungsgerät bauen.

»Karl, vielleicht haben wir nie wieder eine Chance, ihn zu erwischen. Wir müssen ...«

»Erzähl mir nicht, was wir tun müssen. Ahrmin ist nebensächlich, verdammt noch mal. Die Kanone ist jetzt das einzig Wichtige. Hör zu, du gehst zurück in die Burg und ...«

»Nein! Allein schaffst du es nicht.«

»Stimmt allerdings. Hol so viele Leute, wie du herausschmuggeln kannst, ohne gesehen zu werden. Keine Gewehre, aber alle Granaten, die ihr tragen könnt, alle Schmiedehämmer und ein Dutzend große Nägel.«

»Und wenn wir das schaffen ...?«

»Erst die Kanone und das Magazin. Dann töten wir das miese kleine Schwein.«

»Prima.« Sie lächelte und wollte gehen.

Er hielt sie fest. »Noch eins. Bring mir was zum Anziehen. Ich will nicht halbnackt sterben.«

Es kam ihm wie eine Ewigkeit vor, bis Tennetty zurückkam. Tausend verschiedene Pläne hatte Karl entworfen und verworfen, als sie endlich mit sieben anderen im Schlepptau auftauchte.

Sieben! Nicht mehr. Karl sagte nichts, weil sie besser als er wußte, wie viele sie herausbringen konnte.

Sie hatte aber nicht die Schlechtesten gewählt: Piell, Firkh, Hervean, Rahnidge, Thermen, Erek ... und Aveneer.

»Ich hatte dir doch das Kommando übergeben«, sagte Karl zu dem rotbärtigen Nyph, als er ihm Granaten zuteilte. Jeder bekam neun Stück. Zwei blieben übrig. Die steckte Karl noch ein.

»Stimmt. Und *ich* habe das Kommando an Valeran weitergegeben.« Aveneer zuckte mit den Schultern. »Ich habe zuviel Zeit meines Lebens weit vom Schluß zugebracht. Diesmal will ich sichergehen, daß ich nicht an Altersschwäche sterbe.«

Karl konnte nichts machen, auch wenn er Aveneer mit seiner Streitaxt eigentlich nicht besonders gern dabei hatte.

»Also«, sagte Karl, »zuerst müssen wir den Zauberer ausschalten.«

»Nein, Andrea schickt dir eine Nachricht«, unterbrach ihn Tennetty. »Sie läßt dir sagen, daß der Zauberer ihr gehört. Sobald sie die erste Granate hört, wird sie – wie hat sie gesagt? – ›ihr Feuer leuchten lassen‹. Der Holts-Zauberer wird es als Herausforderung betrachten.«

»Hier gilt, was ich sage. Der Befehl lautet: Wenn ihr den Zauberer seht, erledigt ihn. Verstanden?«

Tennetty schaute ihn an. »Auch wenn das heißt, die Kanone oder das Magazin zu verfehlen?«

Er packte sie an der Tunika. »Willst du meine Befehle anzweifeln, Tennetty?«

»Nein. Ich hinterfrage sie nur.«

Andy ... Er zwang sich zur Ruhe. »Hauptziele sind Kanone und Magazin, ohne Rücksicht auf Verluste.«

Karl setzte die Zündkapseln in die Zünder und diese in die Granaten ein. Dann steckte er sie vorsichtig in die Tunika, die Tennetty ihm gebracht hatte, und zog den Schwertgurt fest. »Haltet gleichmäßigen Abstand«, sagte er. »Nicht zu dicht! Wenn euch ein Schuß an der falschen Stelle erwischt, fliegt ihr samt den Granaten in die Luft.«

Tennetty grinste. »Schon gut. Geht's endlich los?«

Es hatte eine Zeit gegeben, die schon lange, lange her war, da wäre ein jüngerer Karl Cullinane nie in die Höhle des Löwen marschiert.

Aber das lag schon sehr, sehr lange zurück. Er schaute der Reihe nach in die Gesichter und suchte nach den richtigen Worten. Er fand sie nicht.

»Folgt mir!« sagte er schließlich.

Auf allen vieren krochen sie durch das hohe Gras. Tennetty und Piell hatten außer den Granaten noch die Armbrüste dabei. Mit ein bißchen Glück würden alle neun die Randstellung der Holts erreichen, ehe sie entdeckt wurden.

So viel Glück hatten sie nicht. Als sie noch fünfzig Meter vor dem Lager waren, rief eine heisere Stimme eine Warnung. Ein Schuß knallte, eine Kugel zischte über die Köpfe.

Piell stand auf und gab einen Schuß mit der Armbrust ab. Der Bolzen traf den Wachposten in die Brust. Er stieß einen grauenvollen Schrei aus. Hervean sprang auf. Die Granate zischte schon in seiner Hand.

Aber die holtischen Wachposten reagierten blitzschnell. Piell und Hervean wurden vom Gewehrfeuer dahingemäht. Karl war weitergerannt und schickte eine Granate zu den Holts hinüber. Sie landete zwischen drei Soldaten. Fleischfetzen und Körperteile flogen durch die Nacht.

Eine Explosion rechts von ihm riß ihn von den Füßen. Als er aufstand, holte er sofort eine neue Granate heraus und schleuderte sie, dann noch eine und noch eine.

Drei Schwertkämpfer rannten auf ihn zu. Karl zog sein Schwert und parierte den ersten Ausfall so, daß der Mann an ihm vorbeistürzte. Dem zweiten rannte er den Speer durch die Gurgel. Der dritte lächelte, als er sich auf Karl stürzte.

Das Lächeln verschwand, als ein Bolzen seinen Hals durchbohrte. Laut lachend schickte Tennetty die nächste Granate mitten in die Holts hinein. Karl warf eine ins Wachfeuer und verwandelte es in eine Funkenfontäne.

Karl konnte nicht sehen, wie es den anderen erging. Außer Tennetty und Aveneer hatten sie sich alle entfernt.

»Hier entlang«, rief er, als die drei sich weiter ins Lager vorarbeiteten. Aveneer benutzte seine Streitaxt wie eine Sense. Karl und Tennetty warfen Granaten mit einer Hand, in der anderen züngelten ihre Schwerter wie Schlangen.

Mit der flachen Klinge parallel zum Boden durchbohrte Karl einem Holt die Brust, versetzte der Leiche einen Tritt, um sie vom Schwert zu lösen, ehe er sich umdrehte und den Mann in Tennettys Rücken niedermachte.

Weniger als hundert Meter vor ihm stand der Magier der Holts auf halbem Weg zwischen Magazin und Kanone.

Aus seinen Fingern schossen Blitze heraus.

Andy – nein! Er kämpfte sich auf den Magier zu; aber ein schwerer Schlag traf ihn in der rechten Seite, direkt über der Mitte. Er stürzte zu Boden, ehe er den Schuß hörte. Als er aufstehen wollte, traf ihn eine Stiefelspitze in die Brust, so daß ihm die Luft wegblieb.

Instinktiv stieß er die Schwertspitze nach oben in den Schenkel des Angreifers und hinauf zwischen die Beine. Karl sprang auf und gab dem Schwert noch eine Drehung, ehe er es herauszog. Ein anderer Holt zielte auf Tennetty. Karl trat zu und packte den Mann an den Haaren. Der Körper des Holt zuckte zweimal, als er die Schüsse auffing, die für Karl bestimmt gewesen waren.

Karl zog ihm noch die Klinge über die Kehle, ehe er ihn zu Boden fallen ließ. Dann zündete er schnell wieder zwei Granaten und schickte sie in die Nacht hinaus.

Und jetzt greife ich mir den Zauberer!

Wo war der Zauberer? An der Stelle, wo er eben noch gestanden hatte, war jetzt nur noch ein kleiner Krater.

Tennetty zog ihn am Arm. Das Schreien und Schießen umbrandete ihn wie ein reißender Fluß, der sich an einem Felsen bricht.

»Ich habe den Zauberer erledigt«, rief sie ihm zu. »Ich hoffe, du bist mir nicht böse.«

Es war keine Zeit, ihr zu danken. »Ich nehme mir die Kanone vor. Gib mir Deckung.«

Sie wehrte zwei Angreifer ab, als er auf die Kanone zulief. Er ließ sein Schwert fallen und holte Hammer und Nägel aus dem Beutel an seinem Gürtel.

Ein schweres Gewicht landete auf seinem Rücken. Er stieß einen Ellenbogen zurück und schwang den Schmiedehammer nach hinten. Der Schädel des Holt knackte wie eine Eierschale.

Die Kanone unbrauchbar zu machen, dauerte kaum mehr als eine Sekunde. Als er aber den Hammer fallen ließ, um sein Schwert aufzuheben, warf ihn ein harter Stoß in den Rücken zu Boden. Er suchte in seiner Tunika nach einer Granate; aber sie waren alle in der Dunkelheit davongerollt. Die Schwäche in seiner rechten Seite und im Rükken breitete sich schnell im ganzen Körper aus.

Irgendwo hinter ihm hörte er wieder eine laute Explosion; aber das half ihm nichts. Das Magazin lag vor ihm.

Er kroch langsam vor, als es donnerte und Regen herabfiel. Eine dunkle Masse prallte von der Seite her in ihn. Blind griff er in das Gesicht des anderen und stieß auf eine Augenklappe. »Tennetty!«

Sie lächelte schwach. Ihr Mund bewegte sich; aber kein Ton kam aus den blutenden Lippen. Ihre Augen schlossen sich.

Es tut mir leid, Tennetty, Rahff, Fialt, Erek, Aveneer, Chak – ihr alle ...

Aber Regen? Jetzt war doch keine Regenzeit.

Andy! Es war Andys Abschied, ihr Weg, ihm zu sagen, daß sie überlebt hatte. Der Zauberer der Holts hätte keinen Regen kommen lassen, selbst wenn er es gekonnt hätte. Im Regen konnte man nicht nachladen, weil das Pulver naß wurde. Jetzt konnten die Holts nicht mehr laden.

Nein, das konnten sie nicht, oder? Richtiges Schießpulver würde im Regen naß und unbrauchbar werden.

Aber das Pulver der Sklavenhändler mußte trocken gehalten werden, sonst verwandelte es sich zurück in überhitzten Dampf.

Das Pulver mußte naß werden. Mit zitternden Fingern suchte er in Tennettys Tunika nach einer Granate. Er fand eine, rieb den Zünder am Daumennagel und schleuderte sie zum Magazin.

Jetzt würde das Pulver naß werden. Die Explosion riß eine Wand des Munitionsdepots weg. Die Fässer drinnen klapperten laut.

Er schloß Tennetty in die Arme und preßte ihren Körper gegen seine Brust, als er das Holz splittern hörte ...

... und die größte Explosion aller Zeiten ließ die Welt zu weißglühenden Funken des Schmerzes werden. Dann war alles um ihn herum schwarz.

Kapitel fünfundzwanzig

Arta Myrdhyn

Was soll's? Dies Feld ist verloren.
Aber damit noch nicht alles: Unbezwingbarer Wille bleibt,
Und Suche nach Rache, unsterblicher Haß
Und der Mut, sich niemals zu ergeben.

John Milton

Lange Zeit gab es nur das Nichts. Niemand war da ... und kein Körper war da.

Dann war da ein Funke, und der Funke dachte: *Also so fühlt es sich an, wenn man tot ist.*

»Ich bezweifle, daß du auch nur über annähernd genug Informationen verfügst, um das beurteilen zu können, Karl«, sagte eine arrogante, helle Stimme aus seiner Vergangenheit. »Solltest du es je herausfinden, wäre ich dir dankbar, wenn du es mich wissen lassen würdest. Falls du es dann *kannst.* Darüber mache ich mir nämlich schon lange Gedanken, schon sehr lange.« Deighton kicherte laut.

Es bestand kein Zweifel. Das war die Stimme Deightons. Professor Arthur Simpson Deighton, Ph. D., Dozent für Ethik, Spielleitung, Magie.

Das Schwein, das uns alle hinüberschickte.

»Keine Beleidigungen, Karl. Für das zweite Mal trifft mich keine Schuld. Wenn ich mich recht entsinne, hattest du mir ein Messer an die Kehle gesetzt.« Leises Lachen hallte durch das leere Universum. »Dabei hätte ich es auch gern getan, wenn du mich nur darum gebeten hättest ... wie du inzwischen vielleicht gemerkt haben dürftest.«

Wo bist du, Deighton? Wo, zum Teufel, bin ich eigentlich?

»Mit dem Teufel hat das nichts zu tun, Karl. Es ist eher eine Illusion. Würdest du dich damit begnügen? Sie wird aber sehr überzeugend sein, das kann ich dir versprechen.«

Was, zum ...

Es gab keine lauten Geräusche oder helles Licht. Das Universum kam einfach zurück, und Karl Cullinane saß auf dem Holzstuhl am zerkratzten Mahagonitisch in Zimmer 109 der Mensa.

Das Zimmer war so, wie sie es vor langer Zeit verlassen hatten. Wie in jener Nacht waren Mäntel und Bücher an der Wand aufgeschichtet. Auf dem Tisch lagen Bleistifte, Papiere und Würfel. Er schaute zur Deckenbeleuchtung. Merkwürdig, ganz merkwürdig, Leuchtstoffröhren nach so langer Zeit wiederzusehen. Kein Flackern, nur stetes Licht.

Ganz langsam stand er auf und wartete, daß seine Wunden wieder schmerzten.

Aber der Schmerz kam nicht. Er fühlte sich wohl, nur daß er es nicht war, nicht der, der er hätte sein sollen, nicht hier. Er trug Jeans und ein kariertes Hemd, genau wie damals, aber er war immer noch wie auf der Anderen Seite, nicht der mickrige Karl Cullinane von Dieser Seite.

Er spannte den Bizeps im rechten Arm an. Der Stoff platzte am Saum auf.

»Ja, ja, und wenn du dich stichst, blutest du auch«, sagte die Stimme aus dem Nichts. »Aber das ist alles eine Illusion. Möchtest du eine illusionäre Tasse Kaffee? Oder vielleicht eine Phantom-Zigarette? Vielleicht fühlst du dich dann besser.«

Karl schaute auf den Tisch. Da stand eine weiße Porzellantasse mit dampfendem Kaffee vor ihm. Daneben lag eine halbvolle Schachtel Zigaretten.

»Trink aus, Karl.«

Er zuckte mit den Schultern und trank vorsichtig einen Schluck.

Gute Bohnen aus Kolumbien, mit Sahne und Zucker. Karl hatte Kaffee früherr für ein Genußmittel gehalten, an das man sich erst im Lauf der Zeit gewöhnt hatte, das man aber nach einer gewissen Zeit der Abstinenz nicht vermissen würde. Jetzt wußte er, daß er sich geirrt hatte: Der Kaffee schmeckte einfach himmlisch. Er nahm sich eine Zigarette und lachte innerlich über die auf der Packung aufgedruckte Warnung vor der Schädlichkeit des Rauchens.

Ich nehme an, daß wir Toten uns keine Sorgen mehr um die Gesundheitsgefährdung durchs Rauchen machen müssen. Er steckte sich den Filter zwischen die Lippen. »Feuer?«

»Wie ich dir schon sagte – du bist nicht tot. Trotzdem ist eine illusionäre Zigarette harmlos. Genieße sie.« Das Ende der Zigarette flammte auf.

Karl sog den Rauch genießerisch tief ein.

... und mußte so husten, daß es ihn schüttelte. Er warf die Zigarette weg.

»Ich sagte ›harmlos‹, aber nicht ›wirkungslos‹.«

»Schon gut, Deighton.« Er wischte sich den Mund mit dem Handrücken ab. »Oder sollte ich sagen – Arta Myrdhyn?«

»Es geht beides.«

»Warum zeigst du dich nicht?«

»Wenn du möchtest ...« Die Luft auf der anderen Tischseite flimmerte ganz kurz auf. Dann saß er da, so wie Karl ihn an jenem Abend vor über sieben Jahren gesehen hatte. Ein dünner Mann mit hängenden Schultern in einem hellbraunen Wollanzug, der mit vielen Brandlöchern verziert war, für die seine Bruyèrepfeife verantwortlich war.

Deighton nahm die Pfeife aus dem Mund und berührte mit ihr die Stirn, als würde er salutieren.

»Wie ist es dir so ergangen, Karl?« fragte er und paffte eine dicke Rauchwolke in die Luft.

Karl überlegte, ob er sich auf ihn stürzen sollte; entschied sich aber dagegen. Entweder war dies ein sehr realer Traum oder ein Trick Deightons. In keinem Fall würde es viel nützen, wenn er sich jetzt auf Deighton stürzte.

»Freunde von mir mußten wegen dir sterben, Arta Myrdhyn«, sagte er.

»Stimmt.« Deighton nickte. »Das stimmt allerdings. Und ich darf dir versichern, daß ich das ebensogut weiß wie du. Jason Parker eingeschlossen. Übrigens war es sehr nett von dir, deinen Sohn nach ihm zu nennen.« Sein Gesicht wurde nachdenklich. »Ich ... ich wollte wirklich nicht, daß einer von euch Schaden erleidet. Ich würde dir auch ganz ehrlich alles erklären, Karl, wenn es nicht gute Gründe gäbe, es nicht zu tun.«

»Was willst du?«

»Wir hatten ein Abkommen, Karl Cullinane.« Alle Nettigkeit war von ihm abgefallen. Deightons Augen waren eisig geworden. »Du hast dich einverstanden erklärt, mein Schwert für deinen Sohn aufzubewahren, bis er alt genug sein würde, es zu benutzen. Als Gegenleistung für dieses Versprechen durftest du es gegen diesen jungen Narren Thyren einsetzen. Aber du hast dein Versprechen nicht gehalten, Karl.«

Karl stand auf. »Nicht mit meinem Sohn, du Bastard. Du läßt deine dreckigen Finger von ihm.«

Setz dich!

Karl wollte sich auf ihn stürzen –

– mußte aber feststellen, daß er wieder auf dem Stuhl saß.

»Illusion, denk dran! Meine Illusion, nicht deine.« Deighton zog an seiner Pfeife. »Ich mache dir noch mal ein Angebot: Hol das Schwert für Jason, und bewahre es für ihn auf, bis er alt genug ist, es zu benützen. Dann schicke ich dich zurück.«

Karl bemühte sich, ruhig zu sprechen. »Ich dachte, das alles hier sei eine Illusion«, sagte er und freute sich, daß er tatsächlich ruhig redete. »Wie kannst du mich da zurückschicken?«

»Stimmt ... nun, Karl, dein Körper befindet sich – wie soll ich es ausdrücken? – im Augenblick auf dem Schlachtfeld auf Messers Schneide zwischen Tod und Leben. Normalerweise könnte ich nicht mit dir über die Barriere zwischen Dieser Seite und der Anderen Seite sprechen; aber dies ist ... eine besonderre Situation. Du bist zwar nicht auf Dieser Seite, aber auf der Anderen auch nicht ganz. Verstehst du, was ich sagen will?«

Deighton legte den Kopf schief und faltete die Hände vor dem Kinn. »Ich könnte dich nicht von den Toten zurückbringen, und ich würde dich auch nicht in den Abgrund hinabstoßen; aber ich werde … mein möglichstes tun, um dich erst einmal auf der Seite des Lebens zu halten. Natürlich nur, wenn wir zu einer Einigung kommen.«

»Keinerlei Abkommen!« Karl schüttelte den Kopf. »Ich mache keine Geschäfte mit dir, Art. Du wirst mit dem Leben meines Sohnes nicht solch ein Schindluder treiben wie mit meinem«, erklärte er entschieden. Es hatte eine Zeit gegeben, da hatte er Probleme, sich auf irgend etwas festzulegen, selbst auf ein Hauptfach.

Aber das war vor langer, langer Zeit gewesen.

»Ja«, sagte Deighton und musterte ihn scharf. »Es hat sich einiges geändert. Es ist klar, daß nichts, was ich zu tun bereit wäre, deine Meinung ändern könnte.« Er stand auf. »Na ja, das war's dann wohl«, meinte er ganz ruhig und warf seine Pfeife weg. Sie war plötzlich verschwunden.

Das Zimmer schien wegzuschmelzen. Die Farben vermischten sich. Karl bereitete sich auf die endgültige Dunkelheit vor. *Leb wohl, Andy …*

»Ach, sei doch nicht so melodramatisch!« Das Zimmer wurde wieder fest. »Hör auf, den Helden zu spielen. Heb dir das für andere Gelegenheiten auf, wo es passender ist. Ich muß dich trotzdem zurückschicken«, sagte Deighton und drohte ihm mit dem Zeigefinger. »Aber du solltest wirklich vorsichtiger sein. Wenn wir uns das nächste Mal treffen, werde ich kaum noch in der Lage sein, so viel für dich zu tun.«

»Beim nächsten Mal?«

Deighton nickte. »Noch ein weiteres Mal, Karl Cullinane.«

Plötzlich stand Deighton neben ihm. Der alte Mann streckte ihm die Hand entgegen. »Laß es dir gut gehen, Karl Cullinane. Paß gut auf deinen Sohn auf. Er ist ungemein wichtig, wie du schon vermutet hast.«

Karl nahm die Hand nicht. »Ich werde auf meinen Sohn

aufpassen, Deighton, ganz gleich, ob du das von mir verlangst oder nicht.«

»Das habe ich von dir erwartet.«

»Sag mir nur noch eines, bitte: warum?«

»Ich kann es dir nicht sagen. Jetzt nicht.«

»Wirst du es je tun?«

»Nein.« Deighton biß sich auf die Lippe. »Es tut mir leid, Karl. Ich kann es dir im Augenblick nicht erklären, und ich bezweifle, daß ich bei unserem nächsten Zusammentreffen Gelegenheit dazu haben werde.« Er klopfte Karl auf die Schulter. »Laß es dir gut gehen, mein Freund.«

»Du bist nicht mein Freund!«

Deighton sah in überrascht an. »Natürlich nicht. Aber du bist für mich ein Freund. Ich hege die Hoffnung, daß du mir einen großen Gefallen erweisen wirst, wenn wir uns wiedersehen. Bis dahin ... laß es dir gutgehen, Karl.«

»Warte!«

»Noch eins: Ahrmin ist nicht tot. Er ist wieder entwischt. Ich kann dir zwar diesmal keine Schuld daran geben; aber du hättest in Melawei wirklich gründlicher sein sollen, Karl.«

Deighton lächelte. »Laß es dir gutgehen, Karl.«

Das Zimmer schmolz davon.

Kapitel sechsundzwanzig

Die Silberkrone

Unruhig liegt das Haupt, das eine Krone trägt.

William Shakespeare

»Karl, Karl!« Andy-Andys Stimme klang süßer in seinen Ohren als alles, was er je gehört hatte. Es kam ihm vor, als hätte sie seinen Namen immer wieder gerufen – seit Minuten, oder waren es Stunden?

Sie klingt besorgt. Seine Augenlider waren auch nicht schwerer als zwei Volkswagen; daher machte er sie auf. Viel veränderte sich dadurch nicht: Der Raum war dunkel, und es war viel zu anstrengend, die Augen scharf zu stellen. Er lag auf einer Matratze. Die schweren Decken auf seiner Brust erschwerten ihm das Atmen.

»Karl«, sagte sie eindringlich. »Kannst du mich hören?«

»Natürlich kann ich dich hören«, wollte er sagen; aber die Worte kamen als *klmph* heraus.

Er kann dich einwandfrei hören. Ellegons mentale Stimme war fest. *Karl, sage nichts. Benutze nur deinen Verstand – vorausgesetzt, daß du einen hast. Ich übermittle.*

Prima. Ich muß ihr von Deighton erzählen.

Heb dir das für später auf.

Aber …

Aber gar nichts. Du träumst von nichts anderem, seit sie dich in meine Reichweite gebracht haben. Ich weiß Bescheid.

Ellegon …

Halt die Klappe und hör zu. Du bist das größte Glückskind, das es je unter Menschen gab. Na ja, Blut hast du nach Andreas Meinung über einen Liter verloren; deshalb mußt du erst mal etwas kürzer treten. Fünf Kugeln haben wir aus deiner Haut geholt. Keine hat etwas Lebenswichtiges getroffen. Du bist in den Explosionsschatten der Kanone gefallen – was dir das Leben gerettet hat .... Außerdem konnte Andrea mit dem Heiltrank so schnell zu dir vordringen, daß sie bis auf drei Finger an deiner linken Hand das meiste retten konnte. Elf Tage schwebst du nun schon zwischen Leben und Tod. Wir haben uns alle Sorgen gemacht, ob du überhaupt wieder aufwachst. Glücklich?

Seine Augenlider wogen jetzt schwerer als Buicks. Er ließ sie zuklappen.

Tennetty, Aveneer, Erek: sind sie ...

Tennetty geht's gut, Karl. Sie hat ein paar angeknackste Rippen, sonst nichts. Als sie hörte, daß du über dem Berg bist, machte sie einige unschöne Bemerkungen über deine Grapscherei in ihrer Tunika. Wenn du das noch mal malchen willst, sollstest du sie vorher hübsch darum bitten.

Ellegon, was ist mit den anderen? Hat einer ...

Nein. Keiner hat überlebt.

Er wollte die Fäuste ballen, aber seine Kraft reichte noch nicht. *Die Holts und die Sklavenhändler?*

Alle zum Teufel. Weg. Nach der Explosion hat Valeran mit einer Abteilung Gewehrschützen ihre Verfolgung aufgenommen. Die Holts konnten ihre Gewehre wegen des leichten Regens, den Andrea weiterrieseln ließ, nicht einsetzen. Valeran nahm etwa zweihundert gefangen, tötete mehr als dreimal so viele und schlug den Rest in die Flucht. Jetzt schlaf aber weiter.

Als er das nächste Mal aufwachte, strömte helles, warmes Licht durch die Fenster auf sein Lager.

Andy-Andy saß neben ihm auf einem niedrigen Schemel. Ihr Gesicht war ganz nahe. Sie lächelte ihn an und nahm seine Hand.

»Hallo du«, sagte sie. Die Erschöpfung in ihrem Gesicht strafte die ruhige, gelassene Stimme Lügen. Unter ihren rot umränderten Augen lagen tiefe dunkle Ringe. Sie brauchte unbedingt Schlaft.

»Hallo.« Er konnte schon mit der Hand auf die Matratze zeigen. »Komm ... rein.«

»Wirklich?« Sie strahlte. »Du erholst dich zwar schnell; aber so gut geht's dir nun auch wieder nicht, mein Lieber.«

»Nein. Schlafe.«

»Vielleicht später. Möchtest du etwas Brühe?«

Ich habe bereits Essen in der Küche bestellt, Andrea. Ich muß es ihm jetzt sagen.

»Das kann *warten!*« zischte sie.

Darüber kann man sich streiten. Ich bin für jetzt. Karl, Walter läßt dir ausrichten, daß Pirondael abgedankt hat, wie du es wolltest, daß aber Furnael nicht überlebte.

Furnael tot? Hieß das, daß Thomen jetzt Prinz war? Ein bißchen jung; aber Beralyn würde eine gute Regentin abgeben.

Stimmt. Thomen ist Baron Furnael, seine Mutter wird Regentin sein; aber nur für die Baronie Furnael.

Moment mal. Wenn Pirondael zugunsten von Zherr Furnael abdankte, dann ...

Hat er aber nicht. Prinz Pirondael dankte ab zugunsten der Person, für die sich Hauptmann Garavar entscheiden würde. Damit kann Garavar den nächsten Prinzen bestimmen. Und wenn den Baronen die Wahl nicht paßt, können sie dagegen protestieren.

Wer ist dieser Garavar?

Offiziell ist er der Hauptmann der Leibgarde. Inoffiziell ist er der Oberbefehlshaber der biemischen Truppen. Das muß der neue Prinz aber erst noch bestätigen.

Großartig. Und wer ist der neue Prinz? So ein ...

Du!

Sehr komisch!

Ganz deiner Meinung. Aber Hauptmann Garavar ist mit der Leibgarde hier, und er und seine zweitausend Soldaten finden es gar nicht komisch. Sie sind sogar verdammt beeindruckt von dem Feuerzauber, mit dem Majestät sich auf den Thron befördert haben; eine zerstörte Sklavenhändlerkanone, mehrere hundert Gewehre mit richtigem Schießpulver, über ein Dutzend Handgranaten und – ahem! – ein leicht ramponierter Drache. Die Baronessewitwe Beralyn hat Boten an die anderen Barone geschickt mit der Meldung, daß die Baronie Furnael Euch, Majestät, die Treue schwört und daß Ihr und fünfhundert Männer soeben zwei Regimenter Holts und Sklavenhändler zur Hölle geschickt habt – was sie beeindrucken müßte.

Das ist doch alles völlig verrückt.

Darüber kann man sich streiten. Wenn ich du wäre, würde ich mich an den Gedanken gewöhnen. Und jetzt schlaf weiter.

Aber ...

Das war nicht bloß ein Vorschlag.

Er kapierte überhaupt nichts von alldem.

Nur Schlafen, das schon.

Schlafen, essen und ruhen gaben ihm allmählich wieder Kraft. Nach drei Tagen meinte Andrea, daß er Besuch haben könne.

Walter Slowotski kam als erster. »Hallo, Prinz! Wie geht's?« Seine Selbstzufriedenheit war nicht zu übersehen – wie üblich.

Karl schob die Schüssel mit der Suppe weg, die Andy-Andy ihm einzuflößen versuchte. »Nein, ich will jetzt ein riesiges Steak und Maiskolben mit viel Butter, vielleicht noch in Schmalz gebackene ...«

»*Hoppla,* Held!« Andy-Andy lachte und gab ihm einen Kuß auf die Stirn.

»Nicht so schnell.« Sie gab ihm noch ein schwesterliches Küßchen.

Karl beschloß, ihr kurz und bündig zu beweisen, wie gut er sich schon fühlte.

Sex. Dieser Kerl denkt immer nur an ...

Scht.

Andy-Andy stand auf, um hinauszugehen. Sie flüsterte Walter zu, er solle den Besuch kurz machen.

»Na ja«, meinte Slowotski und schüttelte den Kopf. »Es gibt eine Menge zu besprechen. Ich werde mir aber Mühe geben.«

Sie blickte ihn streng an, hielt die Hand vor Walters Gesicht und murmelte einige Worte. Funken schlugen aus ihrem Daumen zum Zeigefinger. »Nur ein paar Minuten, eine Minute, dreißig Sekunden – wie du meinst.« Slowotski wartete, bis sie die Tür hinter sich geschlossen hatte. »Uff!« Er schüttelte den Kopf. »Mann, bin ich froh, wenn ich wieder bei Kirah bin. *Meine* Frau ist wenigstens nicht tödlich.« Er setzte sich auf die Bettkante. »Wie lange muß du deiner Meinung nach noch hier rumliegen?«

Karl setzte sich auf. Ihm war aber noch schwindelig. »In ein paar Tagen bin ich wieder auf den Beinen. Bis ich wieder topfit bin, dürfte es noch eine Weile dauern, aber ...« Er betrachtete den Verband über den drei Fingerstümpfen, die sehr schmerzten. »Es hätte schlimmer kommen können.«

»Gut. Ich schicke dir Garavar kurz herein. Eigentlich wollte ich ihm ja einen aufrecht stehenden Karl Cullinane vorführen, keinen, der im Koma liegt.«

»Was soll dieser Blödsinn, daß ich ein Prinz bin?«

»Kein Blödsinn. Bieme gehört dir – außer wenn *du* abdankst. Das würde ich dir aber nicht raten. Es hat sich sowieso viel verändert.«

»Aber warum *ich?* Verdammt, Walter, das ist nicht meine Schuhgröße und du ...«

»Garavar war einverstanden. Einer mußte es machen, und dein Name lag auf dem Tisch. Ich habe mich auch für dich stark gemacht, weil ich glaube, daß nur so der Krieg beendet werden kann. Wenn die Holts jetzt um Frieden bitten, würde das nichts nützen, wenn irgendein rachsüchtiger Baron auf dem Thron von Bieme säße.

Das ist deine Chance. Wenn sich erst herumgesprochen hat, daß du zwei Regimenter aus Holts und Sklavenhändlern geschlagen hast, wirst du der am meist gefürchtete

Mann der Mittelländer sein. Wenn die Holts nicht von sich aus Friedensgespräche suchen, wird Andy-Andy bestimmt nachhelfen. Wenn die Holts ihre Gewehre nicht benutzen können, mäht Valeran sie mit seinem Haufen locker nieder.«

»Aber ich wollte den Krieg doch beenden.«

»Auf deine Art.« Walter breitete die Hände aus. »Vielleicht schaffst du's, vielleicht nicht. *Waszumteufelistdennlos?* Willst du nun die Krone oder nicht?«

Karl ballte die rechte Faust. »Fang nicht an ...«

»Na großartig. Gib sie Thomen und laß Beralyn als Regentin herrschen. Ein prima Geschenk für Furnaels Sohn.«

»Jetzt warte mal!«

»Oder laß die Barone sich doch gegenseitig wegen der Krone den Schädel einschlagen. Vielleicht gewinnt Bieme, und die Holts werden kaputtgemacht und scheibchenweise an Pandathaway verkauft.«

»Nicht, solange ich lebe!«

Slowotski nickte. »Auch nicht, solange du Prinz bist. Karl, das ist wirklich *die* Chance, hier einige Sachen zu verändern. Nütze sie!« Er ging zur Tür und rief. »Garavar! Er empfängt dich jetzt.«

Garavar war ein großer grauhaariger Mann um die Fünfzig. Seine Züge waren regelmäßig, die Hände normal groß; aber in seinen Augen entdeckte Karl wie bei Aveneer den Blick des Adlers.

»Majestät«, sagte er, als er mit einem Holzkästchen hereinkam.

Karl seufzte. Walter hatte recht. Es blieb ihm nicht anders übrig, im Augenblick, nicht für immer.

Natürlich nicht für immer. Du lebst nämlich nicht für immer.

Gut gesagt.

Vielen Dank.

»Ich bin Karl Cullinane«, sagte er vorsichtig.

»Ich bin Garavar von der Leibgarde. Mit den anderen

haben wir versucht, so gut es ging, alles zu halten, bis Ihr Eure Pflichten übernehmen könnt.«

»Gut«, sagte Karl und schwang die Beine aus dem Bett. »Helft mir mal, damit ich mich anziehen kann. Walter, besorg mir mal Sachen. Die Arbeit wartet schon.«

»Andy-Andy hat aber gesagt …«

»Wenn ich Prinz bin, stehe ich höher im Rang, oder? Los schon. Hauptmann?« Er gab sich Mühe, nicht zu schwanken. »Ich möchte heute abend eine Stabsbesprechung. Frandred, Valeran, Beralyn, meine Frau, Tennetty, Ihr natürlich und alle von der Garde, die Eurer Meinung nach kommen sollten. Inzwischen … kannst du schon wieder fliegen, Ellegon?«

Nur kurze Strecken. Ich muß … mich noch schonen. Du aber auch.

»Halt's Maul! Hauptmann, sagt Valeran, ich will, daß das Sklavenhändlerlager am Aershtyn ausgekundschaftet wird, und zwar möglichst gestern.«

Der Krieger nickte bedächtig. »Jawohl, Majestät. Wollt Ihr eine Abteilung nach Aershtyn hinaufschicken?«

Karl schnaubte verächtlich, während ihm Walter in die saubere Tunika und die Hosen hineinhalf. »Ich werde eine Abteilung hinauf*führen,* Hauptmann.«

»Bei allem Respekt: es ist nicht üblich, daß Prinzen …«

Walter lachte laut. »Bei allem Respekt, Hauptmann, dieser Prinz wird immer das tun, was *er* will. Daran müßt Ihr Euch gewöhnen.« Er legte Karl den Schwertgurt um. »Gebt Ihm schon das, was im Kästchen ist.«

Garavar öffnete es. Drinnen lag ein Silberreif, mit Diamanten, Rubinen und Smaragden besetzt. »Ihr könnt auch eine schlichte Kappe tragen, wenn Euch das lieber sein sollte.«

»Für jetzt wird das genügen«, sagte Karl und setzte sich die Krone auf den Kopf. Sie saß nicht fest. Er mußte sich ganz gerade halten, damit sie nicht herunterfiel.

Wahrscheinlich muß ich eine Art Haarklammer anbringen, aber das hat noch Zeit. »Hauptmann Garavar, von jetzt an besitzt niemand in Bieme andere Menschen. Wenn einer denkt ...«

»Ta havath, Karl.« Slowotski lachte. »Das habe ich Garavar schon mit allem Drum und Dran klar gemacht. Du brauchst jetzt keine Grundsatzerklärung abzugeben. Auch wenn du brüllst und auf und nieder hüpfst, wird sich nichts ändern, bis der Krieg nicht aufgehört hat. Hmmm ... was willst du mit den ehemaligen Sklaven eigentlich anfangen?«

»Erntehelfer wäre doch ein Schritt nach oben, oder? *Nein!* Nicht Erntehelfer!« Er dachte an den kleinen Petros, der so an seinem schäbigen Stückchen Land hing. »Ich habe eine bessere Idee: Wir werden den früheren Sklaven Land aus dem Besitz der Barone geben und den Baronen dafür vernünftige Steuereinnahmen zubilligen.«

Bald werde ich von den Baronen ›Karl der Tyrann‹ genannt werden. Aber das ist deren Problem. Eine Regierung brauchte sich um die Starken und Reichen keine Sorgen zu machen. Die konnten immer schon für sich selbst sorgen. »Gib mir deinen Arm«, sagte er. »Ich muß an die Arbeit.«

Kapitel siebenundzwanzig

Abschiede

Warum, Maecenas, ist kein Mensch zufrieden mit dem Los, das ihm der Zufall in den Schoß geworfen hat, und warum preist jeder nur die, die auf anderen Pfaden wandeln?

Horaz

Andy-Andy und Tennetty standen neben Karl, als er von Walter und Ahira am Burgtor Abschied nahm.

Ihre Reitpferde und Packtiere scharrten mit den Hufen und kauten nervös auf dem Zaumzeug herum, möglicherweise, weil Ellegon sie so interessiert beäugte.

»Wollt ihr bestimmt keine Eskorte?« fragte Karl. »Wenn ihr ein paar Wochen wartet, kann ich euch Ranella mitschicken – ich könnte aber auch gleich eine Kompanie bis Biemestren mitreiten lassen.«

Karl, durch Aufschieben läßt sich auch nichts ändern, oder?

Ich weiß nicht. Aber wie kann ich diesen beiden Lebewohl sagen?

Kurz und bündig, wenn du nicht willst, daß einem noch nicht ganz gesunden Drachen kotzübel wird.

Ahira rutschte im Sattel seines Ponys hin und her. Er schüttelte den Kopf.

»Am besten, wir machen's kurz.«

Slowotski fummelte an dem Gewehr neben dem Sattel herum. »Das finde ich auch. Und wer weiß? Vielleicht ist Endell stinklangweilig. Vielleicht halte ich es dort kein Jahr aus und sehne mich wieder zurück ins Geschirr. Teufel auch, vielleicht sind wir auch noch im Heim, wenn du mit Ellegon die Kinder abholst.«

»Das wäre schön.«

»Karl.« Der Zwerg schaute zu ihm herunter. »Ich muß es

dir noch mal sagen: Wenn du einen von uns brauchst ... du weißt, wo du uns findest, Karl. Komm, wenn du kannst, sonst schick uns eine Nachricht. Das ist kein Lebewohl – nur ›Bis später‹.«

Ich brauche euch beide jetzt, dachte er. Aber das konnte er nicht sagen. Nicht vor allen Leuten.

Verdammt! Er gab Ahira noch mal die Hand, dann Walter. »Ihr werdet mir beide fehlen.«

»Brauchsst du *mir* nicht zu sagen«, meinte Slowotski heiser. Er schüttelte Tennetty die Hand und sprang aus dem Sattel, um Andy-Andy lange zu küssen. Er hielt sie fest und flüsterte ihr etwas ins Ohr.

Das soll dich eifersüchtig machen.

Halt's Maul, erklärte Karl.

Walters Alles-ist-bestens-in-einem-Universum-mit-Walter-Slowotski-im-Zentrum-Lächeln sah gezwungen aus, als er wieder in den Sattel stieg.

Andy-Andy ging zu Ahira und schlang die Arme um seine Taille. Ohne etwas zu sagen, preßte sie nur die Wange an seinen Schenkel, während der Zwerg ihr liebevoll durchs Haar strich. Als sie aufschaute, war ihr Gesicht naß.

»Paß auf deinen Hintern auf, Karl. Oder lieber auf Andys, der ist niedlicher!« rief Walter zurück, als sie durchs Tor hinausritten, gefolgt von drei Packpferden. »Und denk an Slowotskis Gesetz Nummer neunundzwanzig: ›Es ist nicht vorbei, bis es vorbei ist, und manchmal nicht mal dann.‹«

Karl blickte ihnen noch nach, bis sie hinter der Biegung verschwunden waren.

Dann wandte er sich an Tennetty. »Wenn wir die Sklavenhändler am Aershtyn erledigt haben, könntest du doch mit Ellegon nach Hause fliegen und unsere Heimtruppe übernehmen?«

»Nein.« Sie kramte in ihrem Lederbeutel herum, holte

das Glasauge heraus und hielt es zwischen Daumen und Zeigefinger gegen das Licht. »Wir müssen diese Aershtyn-Sache so schnell wie möglich abwickeln, damit ihr, du und Ellegon, noch im Tal ankommt, ehe Gwellin weggeht.«

»Und warum?«

»Du könntest doch Daherinn überreden, die Truppe zu übernehmen, statt nach Endell zurückzugehen. Gwellin würde es nicht machen, aber Daherinn schon, glaube ich.«

»Dann willst du lieber Aveneers Abteilung?«

»Jetzt Frandreds«, sagte sie fest. »Zugegeben, er gibt jeden Befehl zweimal; aber das schadet nichts.«

»Und was hast du vor?«

Sie warf das Glasauge in die Luft und ließ es in die Handfläche klatschen. Dann steckte sie es wieder in den Beutel, zupfte an ihrer Augenklappe und lächelte ihn an. »Ich werde auf deinen Rücken aufpassen. Jemand muß sich darum kümmern, damit keine Messer rauswachsen.«

Und ich?

»Du?« Tennetty lachte. »Du kannst nicht mal einem Quartett von Armbrustschützen ausweichen. Und du willst auf Karl aufpassen? Wer paßt denn dann auf dich auf?«

Ellegon antwortete nicht. Er legte nur seinen dicken Kopf auf die Vorderbeine und machte die Augen zu.

Andy-Andy lächelte Tennetty dankbar zu.

Karl ging ein paar Schritte weg. Er gab sich Mühe, seine Schultern nicht hängen zu lassen. Er mußte eine Zeitlang allein sein.

Es war nicht dieser absurde Titel oder die Kappe, die ihn belasteten. Karl hatte schon vor langer Zeit ein viel größere und schwierigere Aufgabe übernommen als die Regierung eines winzigen Fürstentums. Kein verkrüppelter Sklavenhändler und kein manipulierender Magier würde ihn von seinem Weg abbringen können. Es würde Veränderungen geben, ganz gleich wieviel es kostete.

Karl. Jeder Anflug von Neckerei war aus Ellegons Stimme verschwunden. Er sprach sanft, aber ernst. *Meinst du, daß Walter und Ahira das nicht wissen? Glaubst du, daß sie sich nicht ebenso verpflichtet fühlen? Wenn man Urlaub macht, gibt man noch nicht seinen Beruf auf, Karl.*

Das weiß ich.

Walter, Ahira, Lou, Andrea, Tennetty und der Rest auch! Sie sind alle ebenso pflichtbewußt wie du und ich, mein Freund. Sanfte Finger streichelten seinen Verstand. *Das Motto lautet: »Wir geben uns hiermit gegenseitig unser Leben, unser Glück und unsere heilige Ehre als Pfand.« Und wir werden die Flamme *weiterbrennen* lassen.*

Ellegon schickte eine Feuergarbe zum Himmel empor. *In mehr als einer Hinsicht.*

»Das ist mir nur recht.« Karl Cullinane nahm die Schultern zurück und wischte sich die Augen, ehe er zu den anderen zurückging.

»Es gibt viel zu tun. Laßt uns beginnen!«

Epilog

Ahrmin

Glück ist wie Glas – je heller es glänzt, desto leichter zerbricht es.

Publius Syrus

Ahrmin blickte im Aershtynlager umher und schüttelte traurig den Kopf. Die Sklavenkarawane nach Pandathaway mußte innerhalb der nächsten Tage aufbrechen oder niemals. Es war sicher, daß Karl Cullinane einen Stoßtrupp auf den Berg Aeshtyn schicken würde, um die Sklaven zu stehlen. Ahrmin hatte nicht die Absicht, dabeizusein, wenn das passierte.

Unter keinen Umständen würde er versuchen, Karl Cullinane einen Hinterhalt zu legen, nicht diesmal. Jetzt war die Stunde Karl Cullinanes. Am besten ließ man ihn gewinnen. Es würden auch andere Zeiten kommen.

Nur einmal noch, Karl Cullinane ...

Es war sogar denkbar, daß Cullinane mit seinem ramponierten Drachen die Karawane auf dem Weg nach Pendathaway überfiel. Auch da wollte Ahrmin unter keinen Umständen anwesend sein. Sollte doch Fenrius die Karawane nach Pandathaway führen. Ahrmin würde allein viel schneller reisen.

Er schüttelte den Kopf. Der Angriff auf Cullinane in der Burg Furnaels war eine Katastrophe gewesen; aber Ahrmin hatte schon früher Katastrophen überlebt. Der Trick war, nicht einfach zu überleben, sondern die Niederlage in einen Vorteil umzuwandeln. *Die Sache ist keineswegs so gut gelaufen, wie du denkst, Karl Cullinane,* dachte er. Bis jetzt hatte Cullinane sich frei bewegen können, weil er durch Magie davor geschützt war, entdeckt zu werden. Bis jetzt war der einzige Ort, an dem er sicher zu finden gewesen war, dieses verdammte Tal gewesen. Und das war zu gut abgesichert.

Jetzt sah es aber anders aus. Cullinane saß in Bieme fest. Damit war er viel verletzlicher. Sollte er ruhig ein oder zwei Jahre eine Krone tragen. Man konnte eine Krone ebenso leicht von einem Kopf trennen wie einen Kopf von den dazugehörigen Schultern.

Wir sind noch nicht fertig miteinander, Karl Cullinane, dachte Ahrmin. *Du hast nur zwei Schlachten gewonnen. Das ist alles.*

Die dritte Schlacht und der Krieg werden mir gehören.

»Fenrius«, sagte er, »sattle mein Pferd. Ich möchte mit einer Eskorte von zwölf Männern abreiten, noch ehe die Nacht anbricht. Du bringst den Zug Sklaven nach Pandathaway. Dort werde ich dich treffen.«

»Jawohl, Master Ahrmin.«

Wenn wir uns das nächste Mal treffen, Karl Cullinane, wirst du sterben! Er war sich ganz sicher, daß es so geschehn würde.

Ahrmin lächelte.

ENDE